HEYNE

Das Buch

Livvie Brannon fühlt sich merkwürdig, als sie nach ihrer Reise von St. Andrews in die irische Heimat das erste Mal in ihrem Jugendbett auf dem elterlichen Bauernhof aufwacht. Erinnerungen an früher stürmen auf sie ein, als sie mit ihren zwei »Schwestern« Holly und Alice auf dem Heuboden herumtollte, vor dem tragischen Ereignis, das alles verändert hat. Livvie spürt, dass die Wunden nie verheilt sind, und dass auch sie heute nicht heilt, wenn sie sich nicht ihren Hoffnungen und Träumen stellt und Antworten sucht auf die schmerzhafte Frage: Wo ist die Grenze zwischen Schicksal und Schuld?

Wahr, geheimnisvoll, tragisch: Liz Balfour erzählt eine wunderbare Geschichte von Freundschaft, Liebe und der Kraft der Ehrlichkeit.

Die Autorin

Liz Balfour, geboren 1968, studierte Theaterwissenschaften und ist als Dramaturgin in Deutschland sowie im englischsprachigen Raum tätig. Schon von früher Jugend an war sie fasziniert von Irland, der grünen Insel, und verbringt ihre freie Zeit am liebsten im County Cork.

Lieferbare Titel

Ich schreib dir sieben Jahre

Emmas Geheimnis

Das Haus bei den fünf Weiden

Liz Balfour

DIE DRITTE SCHWESTER

Roman

WILHELM HEYNE VERLAG
MÜNCHEN

MIX
Papier aus verantwortungsvollen Quellen
FSC® C014496

Verlagsgruppe Random House FSC® N001967

2. Auflage
Originalausgabe 10/2014

in der Verlagsgruppe Random House GmbH,
Neumarkter Str. 28, 81673 München
Redaktion: Anne Tente
Printed in Germany
Umschlaggestaltung: Eisele Grafik-Design, München
unter Verwendung von © plainpicture/Design Pics; shutterstock
Satz: KompetenzCenter, Mönchengladbach
Druck und Bindung: GGP Media GmbH, Pößneck
ISBN: 978-3-453-47125-2

www.heyne.de

1.

Die trägen, heißen Sommer unserer Kindheit, sie kehren nie zurück. Was bleibt, ist die Erinnerung, so lebhaft und intensiv, als könnte man alles noch einmal erleben, als wäre alles zum Greifen nah. Ein Versprechen, das sich nie einlösen lässt.

Ich verbrachte die Sommer damals immer mit meinen Freundinnen Holly Bryson und Alice Tannert, und obwohl meine Schwester Eva drei Jahre älter ist als ich, schloss sie sich uns oft an, wenn wir durch die grünen Wiesen und Felder streiften, über die Mauern kletterten und uns durch Gestrüpp kriechend bis zum Wasser vorkämpften.

Unser kleiner Ort Cheekpoint liegt östlich der Stadt Waterford an der Stelle, wo sich die Flüsse Suir und Barrow vereinigen und in die Irische See fließen. Vorher strömt der Nore in den Barrow. Diese drei Flüsse nennt man auch »The Three Sisters«, die drei Schwestern. Zu dieser Zeit fühlten wir uns auch genau so: Holly, Alice und ich.

Nah ans Wasser zu gehen war uns streng verboten. Dazu waren wir noch zu jung: Niemals ohne Aufsicht, niemals ohne die Erwachsenen, hieß es. Besonders meine Eltern legten Wert darauf und drohten mit empfindlichen Strafen wie Hausarrest, und zwar nicht nur für ein paar Tage, sondern die gesamten Ferien über. Meist liefen wir daher den Minaun Hill hinauf, von dem aus wir zumindest den Hafen von Waterford und die lange Brücke über den Barrow sehen konnten. Doch mit jedem unserer Ausflüge wurden wir verwegener: Wir entfernten uns immer weiter von zu Hause, blieben immer länger fort, stiegen abseits der festen Wege auf den Minaun und erforschten schließlich sogar die Bereiche, die man uns verboten hatte.

Es war in dem Sommer nach meinem ersten Schuljahr, als wir von unserem Vater dabei erwischt wurden. Zu Hause hatten wir gesagt, wir würden zu Holly gehen und dort im Garten spielen. In Wirklichkeit aber wollten wir wieder ans Wasser, das uns, wie die meisten Kinder, magisch anzog: Wir rannten aufs Feld, kletterten über die Mauer, folgten einem kleinen Trampelpfad, der hinunter zum Fluss führte, und liefen am Ufer entlang. Wir spielten nah am Ufer und streckten Hände oder Füße in den Fluss. Immer weiter und weiter gingen wir, scherzten, lachten, alberten herum. Wir sammelten Steine, die wir im hohen Bogen ins Wasser warfen, winkten den vorbeiziehenden Schiffen zu, auch wenn niemand zurückwinkte. Wir versanken in unserer Welt, vergaßen Eltern und Mittagessenszeit, weil wir Ferien hatten, frei waren, die Sonne schien. Wir sahen den Seevögeln hinterher, sammelten Pflanzen, die wir für selten hielten, wühlten in der Erde nach verborgenen Schätzen, die wir nie fanden und doch immer wieder suchten. Wir glaubten fest daran, dass wir unverwundbar waren und das Leben niemals schöner sein konnte.

Der Tag, an dem wir erwischt wurden, fing anders als üblich an. Wir waren sehr viel früher aufgebrochen, weil es nachts so heiß gewesen war, dass keine von uns gut geschlafen hatte. Kurz vor Sonnenaufgang war es kühl genug gewesen, um Ruhe zu finden, aber nur wenig später schienen wir wie durch ein geheimes Zeichen zu erwachen. Wir standen auf und drängten nach draußen, trafen uns alle am Tor vor unserem Hof, wo wir immer zusammenkamen, bevor wir loszogen. Wir spürten keine Müdigkeit, rannten los, bis wir weit genug vom Dorf entfernt waren. Dann schlenderten wir langsam über die Wiesen am Flussufer. Wir erzählten uns unsere Träume, und da Eva und Alice sich an ihre nicht erinnern konnten, dachten sie sich etwas aus, nur damit sie Holly und mich mit ihren Gruselgeschichten übertrumpfen konnten. Kichernd taten sie so, als hätten sie von Gespenstern geträumt, von Monstern unterm Bett, und irgendwann kamen wir, ganz außer Atem vor Lachen, vor einer Heiligenfigur zum Stehen.

Alice sagte: »Die hab ich noch nie gesehen.«

Und Holly antwortete: »Vielleicht ist sie neu.«

»Nein«, sagte Eva. »Sie ist doch schon ganz verwittert. Wir sind ganz schön weit gelaufen.«

Ich sah nach der Sonne. Sie stand hoch am Himmel, es musste längst Mittag sein. Wir waren seit Stunden unterwegs, ohne bemerkt zu haben, wie die Zeit vergangen war.

»Livvie, das wird ein langer Rückweg«, sagte meine Schwester zu mir. »Hoffentlich werden wir nicht erwischt.«

»Die arbeiten doch«, sagte ich. »Die können gar nicht wissen, wo wir sind.«

»Wir müssen zurück«, mahnte Eva, ganz die vernünftige ältere Schwester. »Vielleicht hat uns jemand gesehen.«

»Wer soll die hier denn sein?«, fragte Holly, die fasziniert von der Heiligenfigur war.

»Los, Livvie, wir müssen!« Eva klang nervös, aber sie hatte keine Chance. Holly, Alice und ich inspizierten die Figur, als gäbe es dafür Extrapunkte in der Schule: ein aus Holz geschnitzter Dominikanermönch, nicht so kunstvoll, wie ich es aus der Kirche kannte, die Farben schon deutlich verblasst. Er stand in einem kleinen Schrein, den ein schlichtes, ebenfalls hölzernes Flurkreuz umgab.

»Ein Mönch«, sagte Alice schließlich ernst.

Holly verdrehte mit so viel Dramatik, wie sie aufbringen konnte, die Augen. »Ja, aber *welcher* Mönch?«

»Ein heiliger«, sagte Alice.

»Du bist wirklich doof, Alice. Ich weiß, dass das ein Mönch ist. Ich will wissen, wie er heißt und warum er da steht.«

»Einfach so, zum Beten«, sagte Eva. »Gehen wir jetzt?«

»Den stellt man doch nicht einfach so hierhin.« Holly hatte keinen Respekt vor dem Rat des in ihren Augen schon fast erwachsenen Mädchens, und ihre Neugier war schon immer größer gewesen als die von uns allen zusammen. »Hier kommt doch nie jemand vorbei.«

»Falsch«, sagte Eva und zeigte mit einigem Triumph auf die frisch gepflückten Blumen neben dem Flurkreuz.

»Stimmt. Warum liegen da frische Blumen?« Holly sah auf den Strauß hinab.

»Weil sie jemand hingelegt hat«, antwortete Eva.

Holly sah sie böse an. »Aber warum?«

»Ist doch egal. Das hier ist ja wohl langsam langweilig«, rief Alice. »Gehen wir ans Wasser!«

»Wir gehen zurück!«, rief Eva, aber Holly und ich rannten Alice bereits hinterher. Widerstrebend folgte Eva und setzte sich zu uns ans Ufer, wo wir verglichen, was wir auf dem Weg alles gesammelt hatten. Wir hielten die dreckigen, nackten Füße in den breiten Fluss und ließen das kühle Wasser zwischen unseren Zehen hindurchströmen. Wie erschraken wir, als die Stimme meines Vaters aus dem Nichts herabdonnerte und uns zu sich rief. Schnell zogen wir die Füße aus dem Wasser. Holly und Alice stoben auseinander wie verängstigte junge Katzen, und Eva und ich wurden von unserem Vater über einen Feldweg zur Straße gejagt, wo sein Auto parkte. Er fing noch Alice und Holly ein, die zu Fuß ausbüxen wollten, schob uns alle auf den Rücksitz und fuhr uns der Reihe nach heim.

»Nie wieder«, sagte er mit rauer Stimme, kaum dass wir auf den Hof gefahren waren. »Nie wieder, hört ihr?«

»Es ist doch nichts passiert!«, protestierte ich.

»Wir wollten gerade zurückgehen«, sagte Eva.

»Ich will keine Ausreden hören! Wir haben es euch verboten. Ihr habt euch nicht dran gehalten. Ihr wusstet, was das bedeutet. Für den Rest der Ferien bleibt ihr auf dem Hof, wo ich euch sehen kann! Ist das klar?«

Wir nickten und sprangen aus dem Auto. Trotz des schönen Wetters verschwanden wir sofort missmutig in der Scheune, kletterten auf den Heuboden und spielten dort mit den kleinen Kätzchen.

Es dauerte bestimmt eine halbe Stunde, bis unsere Mutter die Leiter zu uns hinaufstieg. Sie strich sich ein paar lose Strähnen zurück, die sich aus ihrem dunkelblonden Pferdeschwanz gelöst hatten, und setzte sich zu uns ins Heu.

»Ihr wart ganz weit unten am Fluss, hab ich gehört?«

Wir nickten, voller Angst, welches Donnerwetter uns

jetzt wohl noch erwarten würde. Die kleinen Kätzchen krabbelten maunzend über unsere nackten Beine. Ein fast vollständig Schwarzes mit einem weißen Klecks auf der Brust rollte sich auf meinem Schoß zusammen. Ich streichelte es ganz sacht und vermied es, meine Mutter anzusehen.

»Und jetzt seid ihr hier oben, obwohl das eurem Vater auch nicht so richtig gefällt.«

Ich hörte an ihrer Stimme, dass sie lächelte. Als ich den Blick hob und sie ansah, erschrak ich, weil es ein trauriges Lächeln war.

»Er hat es uns nicht verboten«, sagte Eva gerade.

»Tut mir leid«, murmelte ich leise.

Eva fuhr fort: »Es ist noch nie was passiert, weder hier noch am Wasser. Und ich passe immer auf, dass nichts passiert.«

»Ich weiß«, sagte unsere Mutter.

»Wir sind ja nicht blöd. Wir fallen doch nicht in die Löcher im Heuboden.«

»Es ist trotzdem gefährlich. Auch am Fluss. Besonders am Fluss.«

»Mam, wir sind echt nicht so dumm, wie ihr meint. Wir fallen auch nicht einfach ins Wasser.« Eine vierfarbige Glückskatze zwischen Evas Knien versuchte, den Strohhalm zu fangen, mit dem meine Schwester vor ihr herumwedelte.

»Trotzdem. Geht niemals allein, niemals im Dunkeln, niemals bei schlechtem Wetter, niemals, ohne uns Bescheid zu geben, wo ihr seid, und vor allem: niemals in den ungesicherten Bereich direkt am Wasser. Verstanden?«

Wir nickten. Sie hatten uns all das schon so oft gesagt, dass wir es nachts im Schlaf mitsprechen konnten.

»Ihr müsst es mir versprechen. Wirklich richtig versprechen. Es ist sehr wichtig. Olivia? Eva Louise?«

Wieder nickten wir. Wenn sie uns mit unseren richtigen, vollständigen Namen ansprach, war es ihr mehr als ernst. Eva sagte ganz leise »Versprochen«, und ich tat es ihr gleich.

Mam wusste genau, was sie tat: Wenn Dad uns anpolterte, wurden wir bockig, ihr jedoch konnten wir nichts abschlagen.

»Könnt ihr mir noch etwas anderes versprechen?« Sanft nahm unsere Mutter das schwarze Kätzchen aus meinem Schoß, setzte es auf ihre Handfläche und stupste seine Ohren vorsichtig mit ihrer Nase. »Entschuldigt euch bei eurem Vater.«

Eva schnappte nach Luft, und ich schob die Unterlippe vor. »Aber es ist doch überhaupt gar nichts passiert!«, sagte ich. »Und außerdem hat er gesagt, dass wir die ganzen Ferien nicht mehr vom Hof runterdürfen.«

»Er liebt euch, und er würde euch am liebsten rund um die Uhr bewachen. Ich auch! Aber wir müssen nun mal arbeiten, und ihr müsst Verantwortung lernen. Die lernt man nicht mit einem Schlag, wenn man volljährig ist.«

»Ich hab noch ganz viel Zeit, bevor ich erwachsen werde«, sagte ich wütend und sah zu Eva. Sie stocherte verdrossen mit den Fingern im Heu herum und schien die Glückskatze ganz vergessen zu haben.

»Schaut euch das kleine Ding an«, sagte Mam und hielt die Hand hoch, auf der das schwarze Kätzchen saß. »Schaut es euch an und sagt mir in vier Wochen, was es alles dazugelernt hat. Schaut ihm dabei zu, wie es wächst und immer selbstständiger wird.«

»Ich bin keine Katze«, sagte ich. »Und ich bin schon sieben!«

»Und ich zehn!«, rief Eva.

»Eben. Ihr seid wie dieses kleine Ding, das seinen eigenen Kopf hat und eine Menge im Leben lernen muss. Und jetzt ab, ihr zwei. Geht zu eurem Vater und entschuldigt euch.«

Wir konnten nicht anders. Obwohl wir verärgert waren und auch ein Stück weit Angst davor hatten, unser Vater könnte uns noch strenger bestrafen, standen wir auf, kletterten brav die Leiter hinunter und suchten nach ihm. Mam hatte eine unwiderstehliche natürliche Autorität. Sie musste nie laut werden, man tat einfach, was sie sagte, weil man irgendwie spürte, dass sie recht hatte.

Und wir hielten uns in den folgenden Jahren an unser Versprechen. Wir durchstreiften weiter mit Holly und Alice die Felder und Wiesen, stiegen auf den Minaun, wir gingen auch zum Wasser, aber nie ganz ans Ufer. Auch meine beiden Freundinnen übernahmen unser Versprechen. Keine von uns war wohl zur Rebellin geboren.

Einmal noch verliefen wir uns wieder bis zu dem Flurkreuz mit dem Dominikanermönch. Es war im folgenden Sommer, und wir waren alle erschrocken, als wir völlig überraschend vor ihm standen, weil wir das Gefühl hatten, unser Versprechen gebrochen zu haben. Dabei hatten wir uns dem Wasser diesmal nicht genähert. Trotzdem beeilten wir uns zurückzukommen. Gerade als wir über die Mauer kletterten, die ein Feld von Hollys Familie umgab, ertönte die Stimme ihres Bruders Stephen, der sie zum

Abendessen rief. Alice, Eva und ich gingen weiter bis zum Hof meiner Eltern und aßen dort zusammen. Danach spielten wir noch mit den Katzen im Stall, bis es dunkel war und wir ins Bett mussten. Alice war die Tochter einer entfernten Cousine unserer Mutter, und wenn es spät geworden war, übernachtete sie bei uns. Unsere Eltern riefen dann bei ihren Eltern an und sagten kurz Bescheid. Während unsere Felder an das Ufer des Suir grenzten, lag der Hof von Hollys Familie auf der anderen Seite der Landspitze am Ufer des Barrow. Wir brauchten fünf Minuten von einem Hof zum anderen, wenn wir querfeldein liefen. Niemand im Dorf störte sich daran, wenn eine Horde Kinder durch den Garten tollte, um den Weg abzukürzen. Natürlich gab es immer mal wieder jemanden, der hinter uns her schimpfte, weil wir in unserem Übereifer im Vorbeirennen ein Bettlaken von der Wäscheleine rissen oder Stapfen im frisch gesäten Rasen hinterließen, aber wirklichen Ärger gab es nie. Damals waren die Mauern niedrig genug, so dass wir sie als Grundschülerinnen überwinden konnten, Zäune gab es nur für Tiere, und kaum jemand kam auf die Idee, sein Haus abzuschließen. Mein Vater vergaß die meiste Zeit, den Autoschlüssel abzuziehen. Wir hatten unbeschwerte, freie Sommer. Nicht einmal schlechtes Wetter konnte uns die Laune verderben, weil uns immer etwas einfiel, was wir tun konnten.

Doch diese Sommer hörten auf, als wir zwölf waren. Als das Furchtbare geschah, das unsere Freundschaft für immer verändern sollte.

2.

Josh saß an meinem Bett und hielt nicht meine Hand. Er trommelte nervös mit den Fingern auf seinen Knien herum. Den Blick hatte er auf den Boden gerichtet.

»Du musst nicht jeden Tag herkommen«, sagte ich schließlich. »Ich komme genauso gut oder schlecht klar, wenn du nicht die halbe Stunde pro Tag neben mir herumzappelst.«

Sofort hielt er die Finger ruhig und hob den Blick. »Das ist jetzt schon ein bisschen ungerecht«, sagte er.

Ich sah weg. »Niemand zwingt dich, mich hier zu besuchen, außer deinem schlechten Gewissen. Deshalb sage ich dir: Lass es sein, wegen mir musst du nicht mehr herkommen.«

Josh schien zu überlegen, ob ich ihn testen wollte. Er sagte: »Jemand muss doch …«

»Nein«, sagte ich. »Du bist ausgezogen, wir sind nicht mehr zusammen. Ich sehe nicht, was daran jetzt anders ist.«

Josh aber blieb sitzen. Er nahm immer noch nicht meine Hand, obwohl ich es mir insgeheim wünschte, so wie ich mir auch wünschte, er würde sagen, dass alles ein Irrtum war und er wieder zurückkommen würde. Schließlich waren wir fast drei Jahre lang zusammen gewesen und hatten wunderbar zueinander gepasst. Jeder hatte über uns gesagt: Ihr habt euch gesucht und gefunden, nur wenige haben das große Glück, einen Partner zu finden, mit dem man so großartig harmoniert. Daran hatte ich geglaubt, und Josh bis vor Kurzem auch.

»Du bist sauer auf mich«, sagte er.

»Ja, stell dir vor.«

»Das ist nicht richtig. Ich habe nichts falsch gemacht.« Er sprach leise.

»Ich etwa?«

»Findest du, ein Krankenhaus ist der richtige Ort, um …« Er suchte nach Worten.

»Ich finde, es gibt keinen besseren. Falls ich mich zu sehr aufrege, ist innerhalb von Sekunden jemand mit einer Beruhigungsspritze da.«

»Du bist unglaublich.« Er sah mich vorwurfsvoll an.

»Das hast du mir schon öfter gesagt. Nur leider in einem anderen Kontext, wenn ich mich recht erinnere.« Ich wich seinem Blick nicht aus.

»Livvie, bitte. Wir haben doch über alles gesprochen.«

»Ja, das haben wir. Oder vielmehr: Du hast mir deine Entscheidung mitgeteilt, und ich durfte sie gnädigerweise akzeptieren. Ich frage mich, was du getan hättest, wenn ich dich angefleht hätte zu bleiben.«

»So bist du nicht«, sagte er.

»Und das ist – was? Gut? Schlecht?«

»Gut natürlich«, sagte er ohne nachzudenken. »Du bist eben eine intelligente, rational denkende Frau, die nicht überreagiert. Das lieb …« Erschrocken unterbrach er sich. »Das schätze ich sehr an dir.« Josh fing wieder an, mit seinen Fingern zu trommeln, und ich zog die Bettdecke enger um mich. Sich drei Tage nach einer Operation kaum bewegen zu können und komplizierte Beziehungsgespräche mit dem Ex zu führen, all das gab mir das Gefühl, der Umwelt schutzlos ausgeliefert zu sein. Ich hoffte nur, nicht auch noch in Tränen auszubrechen. Die Ereignisse der vergangenen Wochen hatten mich Nerven und Energie gekostet, und die körperliche Versehrtheit trug ebenfalls nicht dazu bei, mich sonderlich ausgeglichen und stark zu fühlen.

»Wenn du mich so sehr … *schätzt*«, ich ließ das Wort ein paar Sekunden nachklingen, »dann frage ich mich, was die wahren Gründe für deine Entscheidung sind. Hast du eine andere Frau kennengelernt?«

»Das ist Unsinn. Das weißt du.«

»Nein, woher?« Trotzig starrte ich ihn an.

»Weil …« Er stockte wieder, und ich wusste, er hatte sagen wollen: »Weil ich dich liebe.«

»Was ist es dann?«

Er sah mich mit seinen irritierend grünen Augen hilfesuchend an, strich sich das volle, dunkelblonde Haar aus der Stirn, senkte wieder den Blick, ohne zu antworten.

Ich tat es für ihn. »Weil du mir nicht mehr vertraust. Und ich sage dir zum tausendsten Mal, dass es dafür keinen Grund gibt.«

Josh hob die Schultern. Ich dachte: Irgendwann, ganz am Anfang, da fand ich diese jungenhafte Unsicherheit, die er mir gegenüber hatte, unglaublich anziehend. Denn üblicherweise trat er immer ganz selbstsicher und fast ein wenig arrogant auf. Er war so klug, er hielt die witzigsten und zugleich lehrreichsten Literaturvorlesungen, die ich je gehört hatte, aber wenn er dann vor mir stand, war er ganz schüchtern. Wir hatten uns auf einer Institutsfeier kennengelernt, jemand hatte ihn mitgebracht. Josh lehrte englische Literatur. Ich hatte mich sofort verliebt, und bis vor Kurzem hatte ich es nicht bereut. Ich war überzeugt gewesen, dass er der richtige Mann für mich war. Der, mit dem ich alt werden würde. Meine perfekte Ergänzung.

Und ich wusste auch jetzt noch, dass er mich liebte.

»Ich habe Angst«, sagte er mit klarer Stimme. »Ich kann damit nicht umgehen.«

»Ich kann versuchen, sie dir zu nehmen«, antwortete ich ruhig. Ich tastete nach seiner Hand, aber er stand abrupt auf und ging zum Fenster.

»Das sind unangenehme Gefühle. Sie vergiften alles. Ich habe dir gleich gesagt, dass es mir nicht gut geht und dass du dein Verhalten ändern musst. Aber du hast es nicht getan, und jetzt kann ich nicht mehr …« Er drehte mir den Rücken zu.

»Ich hab dir doch alles erklärt. Ich dachte, ich tue das Richtige. Und da hätte ich deine Unterstützung gern gehabt. Aber du …«

Er wirbelte herum. »Ich! Ich habe dir gleich gesagt: Du machst einen Fehler. Und dein Verhalten tut mir nicht gut!«

Ich schwieg. Es war schwierig, jetzt weiter zu argumentieren, da ihm der Ausgang der Geschichte recht gegeben hatte. »Gut, ich habe einen Fehler gemacht. Aber ich habe dir doch nicht wehtun wollen.«

Er hob die Schultern, ratlos. »Ich kann dir nicht mehr vertrauen. Du warst nicht immer offen und hast mir Dinge verschwiegen. Das hat mir sehr wehgetan, und damit komme ich nicht klar. Es tut mir leid.«

»Aber deshalb musst du doch nicht *alles* infrage stellen, was zwischen uns war?«

Er nickte. »Es tut mir leid«, wiederholte er.

Ich schloss die Augen, weil ich Kopfschmerzen bekam. »Du musst hier wirklich nicht jeden Tag herkommen«, sagte ich erschöpft.

Er antwortete nicht.

Eine Weile blieb es ganz still, dann hörte ich die Tür. Ich machte die Augen auf. Josh stand noch am Fenster. Es war meine Zimmernachbarin, die zurückkam.

»Oh, Miss Brannon, Sie haben Besuch, wie schön! Störe ich?«, fragte sie und klang so heiter, dass man ihr unmöglich die Wahrheit sagen konnte.

»Ich wollte gerade gehen«, sagte Josh betont heiter, vermutlich dankbar für diese Wendung. »Bis morgen dann.«

»Ja, junger Mann, bis morgen!«, rief meine Zimmergenossin.

Ich warf ihm nur einen letzten Blick zu und schüttelte den Kopf. Er verstand und ging.

3.

Seitdem war Josh nicht mehr wiedergekommen. Anderthalb Wochen später, kurz bevor ich entlassen werden sollte, wirkte die Ärztin, die mich operiert hatte, zufrieden und zuversichtlich, was die Heilung meiner körperlichen Wunden anging. Nach allem anderen fragte sie nicht. Entweder spürte sie, dass ich nicht darüber reden wollte, oder sie hatte einfach keine Zeit, sich auch noch um die seelischen Befindlichkeiten ihrer Patientinnen zu kümmern. Ich schlief sehr viel, die Schmerzmittel machten mich müde, und seit ich allein aufstehen durfte, zwang ich mich nach jeder Mahlzeit, ein wenig spazieren zu gehen. Darauf, in zwei Tagen in ein menschenleeres, halb ausgeräumtes Haus zu kommen, freute ich mich nicht besonders. Andererseits war ich froh, nicht mehr das Geturtel meiner Bettnachbarin, einer rüstigen Zweiundsiebzigjährigen, ertragen zu müssen – sie hatte sich, wie sie mir erzählte, erst kürzlich verliebt, und ihr Freund, ein ebenso rüstiger, nur wenige Jahre jüngerer Witwer, teilte ihr ständig mit, wo er gerade war und was er tat. Neugierigen Fragen nach meinem Liebesleben wich ich aus, was sie allerdings zum Anlass nahm, ihrerseits noch mehr von ihrer neuen Liebe zu erzählen. Wahrscheinlich wollte sie mir nur Mut machen. Aber ich wollte nicht ermutigt werden. Ich wusste gar nicht einmal genau, was ich eigentlich wollte. Die Zeit zurückdrehen vielleicht. Nur, wie lange zurück?

Gerade hatte ich mich zu meinem nachmittäglichen Spaziergang aufgerafft. Durch die Gehschiene bereitete mir das Laufen trotz Bänderriss kaum Probleme, aber ich hatte noch Schmerzen, wo die Schnittwunden am linken Unterbauch genäht worden waren und noch ganz verheilen mussten. Wenigstens von innen. Die Narben würden für immer bleiben. Ich trat eben auf den Krankenhausflur, als ich mich meiner Mutter gegenübersah. Sie lächelte mich an und breitete die Arme aus. Ich brauchte einen Moment, um mich von der Überraschung zu erholen. Schließlich hatte ich meinen Eltern kein Wort davon erzählt, was geschehen war und dass ich im Krankenhaus lag. Langsam ging ich auf sie zu und ließ mich umarmen.

»Vorsichtig«, sagte ich. »Die linke Seite.«

Mein Kopf ruhte länger, als es zur Begrüßung nötig war, an Kendras Schulter. Ihre Wärme tat mir gut. Ich erwartete Fragen, vielleicht sogar Vorwürfe. Aber sie sagte nur: »Du wolltest gerade an die frische Luft, nicht?«

Ich nickte. »Möchtest du mitkommen, oder sollen wir wieder hineingehen?«

Als Antwort hakte Kendra sich bei mir unter – in Wirklichkeit suchte sie wohl nur nach einem Vorwand, mich stützen zu können – und wir gingen langsam zum Aufzug, um nach unten zu fahren. Sie sprach vom Wetter, wie schön es heute draußen war, wie sich der Frühling den Mai eroberte. Erst als wir ein paar Schritte durch die Sonne gegangen waren bis zu einer Parkbank mit Blick auf ein kleines Bächlein, ließ sie die Scharade sein und sah mich ernst an. Die eine große Frage stand nun unübersehbar zwischen uns: Was war geschehen?

»Schön, dass du hier bist«, sagte ich anstelle einer Antwort. Oder hatte ich ihr das schon gesagt? Ich hatte nicht gewollt, dass sie kommt, aber nun, da sie hier war, freute ich mich wirklich darüber.

»Josh hat mich angerufen«, sagte Kendra.

Ich fühlte ein heißes Brennen durch meinen Körper fahren. »Warum?«

»Warum?« Sie sah mich durchdringend an, und als hätte ich Angst, sie könnte in mich hineinsehen, wandte ich rasch den Blick ab. »Vermutlich, weil du schwer verletzt im Krankenhaus liegst, nun schon seit einer ganzen Weile, ohne dich auch nur einmal bei deinen Eltern zu melden?«

Ich hob nur die Schultern. Um meine Verlegenheit zu überspielen, wollte ich mich vorbeugen und ein paar Grashalme abzupfen. Ich kam nicht weit, der stechende Schmerz der noch im Heilen begriffenen Wunden in der Leiste hielt mich zurück.

»Wolltest du uns gar nichts davon sagen?«, fragte sie weiter.

»Was hat er genau gesagt?«

»Dass du überfallen worden bist. Dass es dir wieder ganz gut geht. Dass du in ein paar Tagen entlassen wirst.«

Ich nickte, ahnend, was als Nächstes kam.

»Und dass es schön für dich wäre, wenn du nicht in eine leere Wohnung kämst.«

Ich bemühte mich, die Tränen zurückzuhalten. Es gelang mir nur schlecht. Wenn ich sie jetzt ansah, würde ich auf der Stelle losheulen.

»Livvie, wann habt ihr euch getrennt?«

Immer noch vermied ich Blickkontakt. »Vor vier, fünf Wochen«, murmelte ich.

»Hat dieser … Überfall etwas damit zu tun?«

»Nein. Nicht direkt. Es war auch gar nicht … Ach, das ist kompliziert.« Ich hielt inne, um nicht zu weinen.

»War *er* das?«

»Unsinn!« Heftig drehte ich mich zu ihr, wieder schmerzte die Bewegung.

»Das hätte ich auch nicht angenommen. Aber wenigstens schaust du mich jetzt an. Du wirst das Opfer eines Verbrechens und sagst kein Sterbenswörtchen zu deiner Familie? Was ist los?«

»Mam, das war kein richtiges Verbrechen! Und vielleicht hab ich einfach mal Zeit für mich gebraucht.«

»Wer war das?«, fragte sie eindringlich und beugte sich zu mir.

»Keine Angst, er läuft nicht frei herum. Hat Josh denn nichts erzählt?«

»Er sagte nur, jemand hätte dich an der Uni überfallen. Wir haben nur sehr kurz gesprochen. Es schien ihm unangenehm zu sein, mit mir zu reden.«

Meiner Mutter sah man an, wenn sie log. Sie war immer geradeheraus, bevorzugte die Abkürzung, ging auf direktem Weg auch dahin, wo es wehtat. Eine sehr rationale Frau, der es an Wärme nicht mangelte. Aber sie ließ emotionale Ausweichmanöver nicht wirklich zu, bei sich nicht, und bei anderen auch nicht. Deshalb war ich überzeugt davon, dass Josh ihr tatsächlich nichts gesagt hatte.

»Einer von meinen Studenten hatte … Probleme«, antwortete ich. »Er kam mit einem Messer ins Institut. Ein Glück, dass nicht mehr passiert ist. Wie gesagt, er ist jetzt … ich denke, man kümmert sich um ihn. Psychiatrisch.«

Meine Mutter sah mich forschend an. »Die Sache scheint dich wenig zu interessieren.«

»Josh hat mich verlassen. Ich weiß gerade nicht, an welcher Stelle es mir mehr wehtut.« Jetzt ließ ich den Tränen freien Lauf. Sie legte den Arm um meine Schultern, zog ein Papiertaschentuch aus ihrer Umhängetasche und drückte es mir sanft in die Hand.

»Ich bleibe ein paar Tage da. Kann ich in eurem … deinem Haus wohnen, bis sie dich entlassen?«, fragte sie mich. »Ich habe noch kein Hotel gebucht. Aber wenn dir das lieber ist …«

Schniefend schüttelte ich den Kopf. »Natürlich wohnst du bei mir und nicht im Hotel! Ist das alles, was du dabei hast?«, fragte ich sie und deutete mit dem Kinn auf ihre Tasche. Zuzutrauen wäre es ihr: Niemand packte so effizient wie sie.

»Nein, der Koffer ist im Mietwagen. Ich habe keinen Rückflug gebucht, weil ich nicht sicher war, wie lange ich hierbleiben soll.«

»Wie lange kannst du denn bleiben?«

Wärme legte sich in ihren Blick. Sie wusste jetzt, dass ich sie nicht loswerden wollte. Dass sie willkommen war. »So lange du mich brauchst.« Dann umarmte sie mich.

Ich hätte es wissen müssen: Meine Mutter hatte längst einen Entschluss gefasst, wie es mit mir in den kommenden Wochen weitergehen würde. Sie war sich vermutlich in demselben Moment, in dem Josh bei ihr angerufen hatte, sicher gewesen, was zu tun war. Während ich noch zwei Nächte im Krankenhaus verbrachte, abschließende Untersuchungen abwartete und mir gute Ratschläge und Anweisungen von den Krankenschwestern abholte, räumte sie in meinem Haus die Möbel so um, dass Joshs Fehlen nicht mehr so offensichtlich war.

Kendra holte mich mit dem Mietwagen, einem knallroten Mini Cooper mit weißen Streifen, im Krankenhaus ab. Als Physiotherapeutin wusste sie, worauf ich von nun an achten musste. Ich war glücklich und froh, jemanden an meiner Seite zu haben, der auf mich aufpasste, als ich nun nach Wochen das erste Mal das Haus wieder betrat.

Es war tatsächlich mein Haus, nicht »unser Haus«. Ich hatte es vor ein paar Jahren zu günstigen Konditionen gekauft, als ich die Professur für Kunstgeschichte in St. Andrews angenommen hatte, und Josh war bald darauf bei mir eingezogen. Geld war zwischen uns nie ein Thema gewesen, weshalb es nun bei unserer Trennung auch in dieser Hinsicht keine Komplikationen gab. Er hatte mitgenommen, was ihm gehörte, und dagelassen, was mir gehörte. Die wenigen Dinge, bei denen er sich wohl nicht ganz sicher war, hatte er zurückgelassen: den alten Globus, den wir bei einem Antiquitätenhändler in Glasgow gefunden hatten, oder das gerahmte Poster einer Ausstellung deutscher Expressionisten in Berlin, die wir gemeinsam besucht hatten … Ich wollte nichts davon behalten. Ich wollte nicht mehr an ihn erinnert werden. Ausgerechnet meine Mutter, die in ihrem Leben nie mit einem anderen Mann als meinem Vater zusammen gewesen war, schien genau zu wissen, was nun das Richtige für mich war. Käme man zum ersten Mal in mein Haus, würde man nicht einmal bemerken, dass ich dort jemals mit meinem Partner zusammengewohnt hatte. Dass so vieles einfach nicht mehr da war. Aber ihre Umräumaktion war für sie nur der Anfang.

»Es reicht nicht, einfach nur diese Sachen wegzuräumen. Du wirst in jedem einzelnen Zimmer erwarten, ihn zu sehen, sobald du die Tür öffnest. Wenn du ein Geräusch hörst, wirst du im ersten Moment glauben, dass er es ist. Und an die einsamen Nächte, in denen er nicht neben dir liegt, hast du sicherlich schon selbst gedacht. Du brauchst Abstand! Und zwar richtig.«

Ich dachte an die ersten Tage direkt nach seinem Auszug, daran, wie ich mich gefühlt hatte. Meine Mutter hatte natürlich recht: Hier zu sein war eine Qual. Besonders jetzt nach den zwei Wochen im Krankenhaus fühlte ich mich besonders verletzlich und sehnte mich danach, jemanden um mich zu haben, der mich tröstete, der für mich da war. In meinem kleinen Haus am Botanischen Garten hatte ich mich immer so wohlgefühlt. Hier war mein Zuhause. Wenn ich nicht gerade in der Welt herumreiste, um Vorträge zu halten, Ausstellungseröffnungen beizuwohnen oder Museen zu beraten, wenn es um Neuanschaffungen oder Ausstellungsplanungen ging, die mit meinem Spezialgebiet, der Porträtmalerei, zu tun hatten, war hier mein Mittelpunkt. Josh, mein Fels in der Brandung, hatte irgendwann einfach dazugehört. Er war ein Teil von meinem Zuhause geworden.

Ein paar Möbel zu verschieben und Dinge auszusortieren reichte wohl wirklich nicht. Ich würde Zeit verstreichen lassen müssen. Zeit heilt schließlich alle Wunden, oder? Das sagte ich ihr, aber sie schien nicht meiner Meinung zu sein.

»Hast du einen besseren Vorschlag?«, fragte ich und ließ mir bereitwillig das indische Curry, das sie geholt hatte, servieren. Ich hatte es mir auf der Couch im Wohnzimmer bequem gemacht, sie saß mir gegenüber aufrecht im Sessel, den Teller auf den Knien.

»Natürlich«, sagte Kendra. »Zu warten, bis es weniger schlimm ist? Nein, das genügt nicht. Vermiete das Haus. Dann kommt hier anderes Leben rein.«

»Anderes Leben?«

»Ja. Andere Leute. Eine andere … Atmosphäre.«

Ich nickte nachdenklich und probierte mein Curry. Es schmeckte nicht schlecht, vielleicht etwas fad, aber den fehlenden Geschmack schrieb ich den starken Schmerzmitteln zu, die ich immer noch nehmen musste. Seitdem schien alles irgendwie fad und langweilig zu schmecken. »Ich soll also ein Zimmer untervermieten? Klingt tatsächlich nach einer guten Idee. Dann hätte ich Ablenkung, und das Haus wäre nicht so leer. Und es wäre jemand da, wenn ich wieder unterwegs bin. Ich denke, gerade im Sommer könnte ich doch …«

»Nein«, unterbrach mich Kendra. »Ich meine noch etwas anderes. Vermiete dein Haus, bis das nächste Studienjahr beginnt. Du bist jetzt ohnehin ein paar Monate freigestellt. Warum willst du hierbleiben? Wo dir Josh jeden Tag über den Weg laufen kann?«

»Soll ich mich etwa verstecken?«, fragte ich zweifelnd. »Das wäre wohl nicht das Richtige.«

»Du sollst zur Ruhe kommen. Dich erholen. Gesund werden. Und ich meine ganz gesund.« Sie stellte den Teller auf dem Couchtisch ab, ihr Essen war so gut wie unberührt. »Hier ist mein Vorschlag: Du vermietest das Haus auf Zeit, bis zum September. Sicherlich findest du jemanden, der es für die nächsten drei, vier Monate nimmt. Such dir eine Freundin oder einen Freund, der vor Ort für die Mieter da ist, sich um sie kümmern kann, wenn Bedarf ist. Und du kommst in der Zeit mit zu uns. Ich passe auf, dass du wieder ganz schnell auf die Beine kommst und dieses Ding an deinem Fuß nicht mehr brauchst.« Sie lächelte. »Auch wenn es sehr praktisch ist. Wenn ich nur daran denke, wie so ein Bänderriss noch vor ein paar Jahren behandelt wurde … Früher hätten sie dir den Fuß eingegipst. Und was diese Schnittverletzungen angeht, musst du dir sowieso Zeit geben. Gibt es denn eine bessere Luft als bei uns in Irland?«

»Na ja, hier ist die Luft jetzt auch nicht wirklich schlecht«, sagte ich mit einem Augenzwinkern. »Aber mal im Ernst, wir haben Ende Mai. Ich kann doch nicht ein Vierteljahr bei meinen Eltern wohnen und …«

»Klar kannst du das.«

»Mam, ich bin zweiunddreißig!«

»Ja. Und?«

»Das kommt mir komisch vor.«

»Dann bist du die Einzige, der das komisch vorkommt. Dein Vater freut sich schon. Deine Schwester übrigens auch. Und ihre Kinder sowieso, sie bekommen ihre Tante ja fast nie zu Gesicht.« Sie hatte also schon alles geplant. Das war typisch Mam. Kendra zog ihr Smartphone aus der Umhängetasche, die sie neben den Sessel gestellt hatte. »Soll ich Flüge buchen?«

»Mam, ich weiß nicht …«

»Du hast recht. Wir nehmen besser deinen Laptop. Ich hole ihn dir.« Sie stand auf, und ich hörte, wie sie die Treppe hinaufging. Ich hatte mir oben in dem zweiten Schlafzimmer ein Arbeitszimmer eingerichtet. »Bis unsere Kinder kommen«, hatte Josh immer gesagt. Ihm waren Kinder so wichtig gewesen. Es lag an mir, dass wir noch keine hatten. Ich hatte immer noch warten wollen, aus Angst, dann keine Zeit mehr zu haben, um durch die Welt zu reisen. Was, wenn wir ein Kind bekommen hätten? Wäre er dann noch bei mir? Hatte ich denn wirklich alles falsch gemacht? Tränen liefen über meine Wangen. Ich wischte sie mit dem Handrücken fort.

»Siehst du, hier wirst du von den trüben Gedanken verfolgt«, sagte Kendra, als sie mit meinem Laptop zurück ins Wohnzimmer kam. Sie stellte ihn auf den Couchtisch. Dann suchte sie nach einer Box mit Taschentüchern und reichte sie mir.

»Danke.«

»Es wird mit der Zeit besser.«

»Ich weiß.«

»Alle Phrasen, die du kennst. *Jeder Tag ist ein neuer Anfang, es gibt noch so viele andere Männer, er hat dich nicht verdient* … Alles, was dir so einfällt. Tu einfach so, als hätte ich es gesagt.«

»Mach ich.«

»Weil es nämlich wahr ist. Aber ich komme mir so albern vor, wenn ich es sage.« Sie klappte den Laptop auf und sah mich auffordernd an. »Was ist, wir könnten gleich morgen fliegen.«

Und ich wusste wieder ganz genau, warum ich meine Mutter so sehr liebte.

Meine Mutter war nicht übergriffig. Sie wusste einfach, wann sie Dinge in die Hand nehmen musste. Von selbst hätte ich mein Haus nicht verlassen, schon gar nicht so schnell. Ich wäre noch wochenlang dort geblieben, hätte mich nicht hinausgetraut aus Angst, Josh zu begegnen – oder dem Studenten, dem ich nicht in die Augen sehen könnte. Kendra akzeptierte sonst stets die Entscheidungen anderer Menschen, ob sie sie nun für richtig oder falsch hielt. Dass sie in dieser Situation fast schon gnadenlos eingriff, war aber wohl eine unvermeidbare Rettungsmaßnahme, so wie man eine Ertrinkende aus dem Wasser zog, und ich war ihr von Herzen dafür dankbar.

Ich buchte also die Flüge für den nächsten Tag, und noch in der Nacht suchte meine Mutter alles zusammen, was ich brauchen würde, bereitete das Haus so vor, dass sich ein Mieter jederzeit zurechtfinden würde, schaltete in den einschlägigen Portalen Anzeigen, schlief wahrscheinlich nur wenige Stunden – wenn überhaupt – und packte mich am nächsten Morgen mitsamt der Koffer in den Mini Cooper, mit dem wir zum Flughafen von Edinburgh fuhren. Ich hatte einer Nachbarin den Zweitschlüssel gegeben und sie gebeten, sich um die zukünftigen Untermieter zu kümmern.

Am frühen Nachmittag landeten wir in Cork, wo uns mein Vater bereits erwartete und mich mit offenen Armen empfing. Auch meine Schwester Eva, ihr Mann Conor und ihre drei Töchter waren mitgekommen. Mit dem Temperament einer italienischen Großfamilie riefen sie alle durcheinander, als sie mich begrüßten wie eine von den Toten Auferstandene. Ich war die verlorene Tochter.

Ich hatte meine Gründe gehabt, in den Jahren nach der

Schule nur noch selten herzukommen, vielleicht zwei oder drei Mal im Jahr. Zu eng war mir hier alles vorgekommen, zu nah an meiner Kindheit, und dabei hatte ich doch erwachsen werden, der Heimat entwachsen wollen. Ich hätte jedoch aus Stein sein müssen, um bei dieser Begrüßung nicht gerührt zu sein. Es war mitten in der Woche, meine Schwester und mein Schwager hatten sich extra für mich freigenommen. Ich ließ mich umarmen und küssen und von meinen Nichten an die Hand nehmen. Ich schloss einen Moment lang die Augen und genoss einfach nur, das fröhliche irische Geschnatter der Mädchen zu hören.

Eva, Conor und die Kinder fuhren schließlich mit ihrem eigenen Wagen zurück nach Waterford. Kendra nahm meinem Vater die Autoschlüssel aus der Hand – ich kannte es nicht anders, wenn beide zusammen unterwegs waren, fuhr immer sie –, und mit schlechtem Gewissen sah ich tatenlos zu, wie meine Eltern die schweren Koffer zum Parkplatz hievten. Noch war ich nicht soweit, dass ich schwere Gegenstände heben oder herumwuchten durfte. Ich beruhigte mich damit, dass meine Mutter als Physiotherapeutin und lebenslange Sportlerin auch mit über sechzig immer noch sehr gut in Form war, und mein Vater, Arthur, war als Landwirt körperliche Anstrengung gewöhnt. Und doch schien es mir nicht richtig. Ich fühlte mich, als würde ich einen Teil meines Erwachsenseins aufgeben. Es lag nicht nur an den Koffern, von denen ich nicht einen einzigen auch nur berühren durfte. Die medizinische Notwendigkeit hinter diesem Teil der aufgegebenen Selbstständigkeit ließ es mich noch akzeptieren. Aber in meiner eigenen Entscheidung, den Sommer hier im

Süden Irlands zu verbringen, wurde ich mit einem Mal unsicher. Dabei war es doch das einzig Richtige: In St. Andrews wartete ein Haus auf mich, das seit Joshs Auszug für mich den Charme eines Mausoleums hatte.

Ich schüttelte die dunklen Zweifel ab. Meine Mutter hatte recht gehabt: Abstand gewinnen war das eine, die Vermietung und mich selbst eine Weile woanders einzuleben, das nächste. Die Dinge mussten umfunktioniert werden, um eine neue Bedeutung zu bekommen.

Doch was für mein Haus galt, das galt erst recht für den Ort, an dem ich aufgewachsen war. Er hatte nie eine andere Funktion, eine neue Bedeutung für mich erfahren. Als wir an Waterford vorbeifuhren und Cheekpoint erreichten, fiel ich durch das Kaninchenloch wie Alice im Wunderland und wurde zwanzig Jahre jünger.

4.

Der Sommer, der unsere Freundschaft für immer veränderte, begann wie jeder andere für Alice, Holly und mich. Meine ältere Schwester Eva unternahm nicht mehr so viel mit uns, sie fühlte sich jetzt mit ihren fünfzehn Jahren viel zu erwachsen für uns und verbrachte lieber Zeit mit einem Jungen aus ihrer Klasse, der sich in sie verliebt hatte. Hinterher fand ich heraus, dass sie gar nicht in ihn verliebt gewesen war, aber sie hatte gedacht, sie müsste einen Freund haben, so wie alle anderen Mädchen in ihrem Alter. Eva war in Wirklichkeit in einen anderen Jungen verliebt gewesen, den auch Alice und ich verehrten: in Stephen, Hollys großen Bruder. Aber der war für uns alle unerreichbar, allein schon, weil er bereits zwanzig war. Und wir gerade mal zwölf. Mittlerweile war er auch nur noch in seinen Semesterferien zu Hause, weil er in Dublin Geschichte und Politik studierte. Von Holly wussten wir, dass er dort eine Freundin hatte – nicht die erste, und sicherlich auch nicht die letzte –, und trotzdem hatten wir nichts besseres zu tun, als darauf zu hoffen, er würde uns sehen und Hallo sagen, wenn er uns zufällig im Dorf begegnete. Wir legten alles daran, ihm zufällig zu begegnen, was Holly zwar nervte, aber gleichzeitig half sie uns, indem sie uns wissen ließ, wann er zu Besuch kam und wo wir ihn dann finden würden. Wir waren albern. Wir waren jung. Wir liebten das Leben und den Sommer, und als eines Tages das Wetter nicht gut genug war, um draußen zu spielen, und wir auf dem Heuboden herumtobten, da geschah, was nie hätte geschehen dürfen: Holly fiel durch eins der Löcher in den Holzbohlen. Und es war meine Schuld.

Wir hatten uns gestritten. Wir stritten uns natürlich öfter, und jedes Mal versöhnten wir uns wieder. Es ging dabei nie um etwas Besonderes. Wer die größten Äpfel geklaut, wer den schönsten Schmetterling gefangen hatte. Wessen Stein am Weitesten über das Wasser geflogen war. Ob Erdbeereis besser schmeckte als Vanilleeis. Wer beim Spielen anfangen durfte. Wer zuerst welches Buch aus der Bibliothek für die Ferien ausleihen durfte. Wir fanden immer Gründe, wie wahrscheinlich alle Kinder auf der Welt.

An diesem Tag ging es aber um mehr: Alice beschuldigte Holly, in der Schule gemeine Sachen über sie an die Wand der Mädchentoilette geschrieben zu haben. Ich weiß noch, wie erschrocken ich über die Heftigkeit ihrer Vorwürfe war. Ich konnte es nicht glauben, denn Holly war eine treue Freundin. Und das sagte ich Alice auch. Hinterher konnte ich mich nicht mehr daran erinnern, wie es dazu gekommen war, dass so etwas mitten in den Ferien zur Sprache gebracht wurde. Alice jedenfalls war fest davon überzeugt, dass Holly hinter ihrem Rücken über sie herzog.

»Du bist doch nur neidisch auf mich!«, rief Alice.

»Auf dich? Warum das denn?« Holly war vor Empörung dunkelrot angelaufen.

»Weil ich viel hübscher und schlanker bin als du!«

Mit Letzterem traf Alice allerdings ins Schwarze. Holly war kleiner als wir und pummeliger. Beim Sportunterricht hatte sie schlechte Noten, und niemand wählte sie gern ins Team, wenn es darum ging zu gewinnen. Aber Holly war selbstbewusst und konnte einiges einstecken. Sie verschränkte die Arme und lachte. »Na und? Das ist Babyspeck. Wenn ich in der Pubertät bin, geht der weg.« Das klang nach meiner Mutter. Ich war mir sicher, dass sie mit Holly gesprochen hatte, um ihr Mut zu machen. »Und wenn nicht, kann ich immer noch Sport machen ...«

»Ha! Du und Sport!«

Aber auch darauf hatte Holly eine Antwort, und spätestens jetzt war mir klar, dass sie eine sehr ausführliche Unterhaltung mit meiner Mutter gehabt haben musste. »Ja, ich und Sport. Aber nicht diese Art Sport, die wir in der Schule haben. Es gibt sehr sinnvolle Trainingsmethoden. Sie müssen nur individuell genutzt werden.« So wie sie die einzelnen Worte gewichtig aussprach, hatte sie nur eine vage Vorstellung von dem, was damit gemeint war. Alice hielt immerhin für ein paar Sekunden den Mund, weil sie erst darüber nachdenken musste. Ich hatte mich auf einen Heuballen gesetzt und spielte mit einer Katze. Ich hatte meine Meinung gesagt und wollte nicht Teil dieses bösen Streits sein. Vor allem aber wollte ich Alice mit ihren gemeinen Vorwürfen nicht länger zuhören müssen. Der Regen prasselte auf das Dach, und langsam nahm das ohnehin schon schwache Licht, das durch die Scheiben der Dachluken fiel, ab.

»Na und«, sagte Alice endlich. »Ich werde immer hübscher sein als du.«

Ich hob den Kopf und war doch gespannt, was Holly darauf erwidern würde. Einen Moment lang dachte ich, sie würde anfangen zu weinen. Denn es stimmte: Alice hatte langes, glattes, glänzend nussbraunes Haar und riesige dunkle Augen, dazu eine makellos helle Haut, eine fein geschwungene Nase und einen kleinen Mund. Hollys rotorangene Mähne kräuselte sich widerspenstig, besonders dann, wenn die Luft feucht war und der Wind blies. Beides war so gut wie immer der Fall, schließlich war das Meer nicht besonders weit weg. Ihre etwas zu eng zusammenstehenden Augen waren wässrigblau, ihre Nase etwas zu groß, der Mund recht klein, und nicht nur im Gesicht, sondern am ganzen Körper war ihre Haut mit Sommersprossen übersät. Sie kam ganz nach ihrem Vater. Ihr großer Bruder Stephen hingegen ähnelte der Mutter: hochgewachsen, dünn, dunkelhaarig, schön auf eine feminine Art.

Holly weinte immer noch nicht. Sie sagte würdevoll: »Hübsch bist du noch ein paar Jahre, und dann? Ich bin viel klüger als du. Ich werde einmal studieren und viel Geld verdienen, und vielleicht werde ich sogar reich.«

»Ich werde reich und berühmt! Als Schauspielerin oder Model!« Alice' Stimme überschlug sich, nun schrie sie fast. »Ich bin das hübscheste Mädchen an der ganzen Schule, ich sehe nämlich perfekt aus, und ich werde Schauspielerin oder Model oder beides und gehe nach Amerika, und dann kenne ich euch alle gar nicht mehr! Dann hab ich nichts mehr mit euch zu tun! Ihr seid alle so scheiße!«

Dass Alice so überreagierte, war neu. Ich hatte sie so noch nie erlebt, und Holly war ebenso starr vor Staunen.

»Und du kannst noch so viele blöde Sprüche über mich an die Klowand schreiben, es ist mir egal! Mit so einer hässlichen, fetten Kuh wie dir will ich nämlich überhaupt nicht befreundet sein! Du bist so eklig! Du wabbelst ja nur, wenn du dich bewegst!« Und mit diesen Worten stürzte sie sich auf Holly, die noch immer regungslos dagestanden hatte. Holly wehrte sich, so gut sie konnte, aber Alice war wie entfesselt. Sie riss an Hollys Haaren, kratzte, biss, spuckte, trat und schlug, während sie schrie, wie sehr sie Holly doch hasste. Ich war aufgesprungen und rief: »Aufhören! Aufhören!« Aber natürlich hörte sie nicht auf. Holly schrie vor Schmerzen. Als ich dazwischengehen und die beiden trennen wollte, fing ich mir einige Schläge und Tritte von Alice ein. Ich taumelte zurück, stolperte, wollte mich festhalten. Dabei bekam ich Hollys Arm zu packen und riss sie mit mir zu Boden. Nur dass dort, wo sie hinfiel, kein Boden war, sondern das Loch, durch das die Heuballen, die hier oben lagerten, nach unten geworfen wurden. Den gellenden Schrei meiner Freundin werde ich niemals vergessen.

Wir waren vor Schreck nicht in der Lage, richtig nachzudenken. Alice und ich starrten durch das Loch im Heuboden nach unten. Regungslos lag Holly da, Arme und Beine komisch verdreht, die Augen geschlossen, den Mund geöffnet, und auf ihrer Stirn Blut, das sich immer weiter verteilte. Ich merkte, wie meine Knie zitterten.

»Du hast sie umgebracht«, sagte Alice, und ich fühlte mich, als hätte mich ein Blitzschlag getroffen.

»Nein!«, rief ich nur. »Nein! Nein!«

»Du hast sie umgebracht!« Triumphierend warf sie den Kopf zurück und grinste böse. »Du warst es. Das werde ich allen sagen. Du bist schuld. Und ich werde allen sagen, dass du eigentlich mich umbringen wolltest.«

Ich drehte mich um und rannte zur Leiter, kletterte sie schnell hinunter und lief zu Holly. Als ich vor ihr stand, bekam ich noch viel größere Angst. Alice hatte recht gehabt. Ich hatte unsere Freundin umgebracht. Holly bewegte sich nicht, und ihr ganzes Gesicht war blutüberströmt. Das grüne T-Shirt war voller Blutspritzer. Aus dem Heuballen, auf den sie gefallen war, ragte eine Heugabel hervor, direkt neben ihrem Kopf. Ihr rechter Arm war verdreht, als hätte sie einen zweiten Ellenbogen, und mit der Schulter stimmte auch etwas nicht. Ich wusste nicht, was es war, ich dachte nur: Das sieht nicht richtig aus. Vorsichtig berührte ich ihren Fuß, der in Turnschuhen steckte, und rief ihren Namen. Aber sie reagierte nicht.

»Du hast sie umgebracht!« Alice stand direkt hinter mir. Ich hatte nicht gehört, dass sie mir gefolgt war. Sie rannte jetzt aus der Scheune, ich hörte ihre Stimme über den Hof schallen, wie sie nach meinen Eltern rief. Tränen liefen über mein Gesicht, als ich mich neben Holly setzte und ganz sacht ihre linke Hand in meine nahm. Dann legte ich mich neben sie, schmiegte mich an sie, weinte in ihr Haar.

»Was ist passiert?« Die Stimme meines Vaters ließ mich aufschrecken. Er blieb kurz im Gegenlicht stehen, ich erkannte ihn nur als schwarze Silhouette. Dann kam er eilig näher, beugte sich zu uns runter. »Gleich kommt Hilfe. Ist sie bei Bewusstsein?«

Bevor ich etwas entgegnen konnte, sagte Alice, die hinter meinem Vater stand: »Livvie hat Holly runtergestoßen.«

»Olivia! Ist das wahr?« Mein Vater war kreidebleich. Er stand auf.

»Nein, ich …« Ich heulte los und konnte nichts sagen, als Stephen, Hollys Bruder, hineingestürmt kam. Ohne ein Wort zu uns kniete er sich neben seine Schwester, fasste ihr Handgelenk, legte eine Hand auf ihren Bauch.

»Krankenwagen! Habt ihr einen Krankenwagen gerufen?«

»Natürlich. Kendra wollte die Rettung und euch anrufen.« Mein Vater warf unruhig die Arme hoch. »Wir müssen ihr doch irgendwie helfen, bis der Krankenwagen kommt!«, rief er.

Stephen stieß mich von seiner Schwester weg. Er zog sein Sweatshirt aus, wischte ihr mit dem Ärmel das Blut aus dem Gesicht, bis er die Wunde gefunden hatte und sie vorsichtig abdrückte. »Livvie, hol saubere Handtücher«, sagte er zu mir. Ich konnte mich nicht rühren. Ich kauerte noch auf dem Boden, wo ich gelandet war, nachdem er mich weggestoßen hatte. Mein Vater lief los und kam kurz darauf mit Handtüchern zurück.

»Was kann ich sonst noch tun?«, fragte er, als er Stephen die Handtücher reichte.

»Ich glaube, ihr Arm ist gebrochen. Und sie ist bewusstlos. Heben Sie ihre Beine an, ganz vorsichtig, und legen Sie sie hoch.«

Dad tat, was der Nachbarsjunge ihm sagte. Ohne Widerworte, ohne Kommentar. Er hob sanft Hollys Beine an, die wie dünne Äste in seinen großen Händen wirkten. Dann schob er Heu unter ihnen zusammen, damit sie höher lagerten als der Rest des Körpers. Stephen saß nun hinter ihr, hielt ihren Kopf in seinem Schoß und drückte ein Handtuch auf ihre Stirn.

»Sie hat sich schlimm gestoßen«, sagte er. »Das muss genäht werden. Und Arm und Schulter sind gebrochen.«

Mein Vater sah Stephen kopfschüttelnd an. »Junge, woher willst du das alles so genau wissen? Bist du Arzt?«

»Ich habe Augen im Kopf, das reicht«, sagte Stephen, und ich war so erschrocken darüber, wie arrogant es klang, dass ich fast vergaß, weiter zu weinen. Auch meinem Vater verschlug es die Sprache.

»Was soll das heißen?«, rief Alice. »Sie ist doch tot! Livvie hat sie umgebracht!«

»Keine Angst, Alice. Sie ist nicht tot. Sie ist nur bewusstlos«, sagte Stephen. »Gleich kommt ein Arzt und kümmert sich um sie.«

Noch während er sprach, kam meine Mutter zu uns gelaufen. Sie hockte sich neben Holly und schien ihren rechten Arm zu befühlen. Ich sah nicht genau, was sie tat, weil sich Alice vor mich schob und schrie: »Sie ist tot! Sie ist doch tot!«

»Nein, Alice. Beruhige dich«, sagte nun auch meine Mutter. »Holly wird wieder gesund, ganz bestimmt.«

Aber Alice stampfte mit dem Fuß auf. »Livvie hat sie umgebracht! Sie ist tot! Ich will, dass sie tot ist!« Mein Vater packte Alice am Arm und zog sie mit sich nach draußen, während Alice immer weiterschrie. Es waren jetzt keine verständlichen Sätze oder erkennbaren Wörter mehr, Alice klang wie eine Wahnsinnige. Ich hielt mir die Ohren zu, hörte aber trotzdem noch ihr grausames Kreischen. Das war nicht mehr Alice, das war nicht mehr unsere Freundin, das war eine Fremde. Sie schrie sogar noch, als der Krankenwagen kam, und erst, nachdem man ihr eine Spritze gegeben hatte, verstummte sie und ließ sich mitnehmen. Stephen fuhr ebenfalls mit, um seiner Schwester beizustehen.

Ich blieb mit meinen Eltern zurück.

»Sie ist wegen dir runtergefallen?«, fragte mein Vater, als wir im Haus waren und auf einen Anruf aus dem Krankenhaus warteten. Meine Mutter hatte Hollys Vater angerufen und ihm gesagt, dass seine beiden Kinder im Krankenhaus waren – und warum.

Ich nickte.

»Habt ihr euch gestritten?«, fragte nun meine Mutter und versuchte, die Fassungslosigkeit aus ihrer Stimme zu halten. Es gelang ihr nicht.

»Holly und Alice haben sich gestritten«, sagte ich leise.

»Und du?«

»Ich wollte Holly helfen.«

»Und dabei hast du sie gestoßen?«

»Nicht richtig gestoßen. Ich bin irgendwie gegen sie geprallt.« Ich erzählte ihr, was geschehen war. Vater hörte schweigend zu. Am Ende nickte er knapp. Das war das Zeichen, dass die Angelegenheit für ihn erledigt war. Ich war erleichtert, dass er mir glaubte. Einen Moment fühlte ich mich etwas weniger schuldig. Ich sah zu meiner Mutter hinüber.

»Du weißt, dass du uns nicht anlügen musst?«, fragte meine Mutter.

»Ich weiß das.«

»Tust du es gerade?«

»Nein.« Ich konnte sie nicht mehr ansehen, ihren Zweifel nicht ertragen, und schaute kurz auf meine Hände hinab. Dann sah ich wieder hoch. Sie sollten erkennen, dass ich nicht log.

Meine Mutter nickte nun auch. Aber sehr viel langsamer und nachdenklicher als mein Vater.

Ich wusste, was das bedeutete: Sie zweifelte an meiner Geschichte. Wütend, enttäuscht, verängstigt und noch unter Schock stehend ließ ich meine Eltern stehen und rannte hinauf in mein Zimmer. Ich knallte die Tür zu, schloss ab, versteckte mich unter der Bettdecke und heulte.

Später am Abend erfuhren wir, dass Holly Glück im Unglück gehabt hatte. Fast drei Meter tief war sie gefallen, aber auf dem Heuballen gelandet. Dabei hatte sie sich den rechten Arm und das Schlüsselbein gebrochen. An der Stirn hatte sie eine große Platzwunde, die genäht werden musste, weil sie mit dem Kopf gegen die Heugabel geschlagen war. Wie gut, dass die Heugabel nicht offen dagelegen hatte. Wie gut, dass nicht noch mehr passiert war. Nur einen Monat zuvor war die Tante einer Klassenkameradin von deren Heuboden gestürzt und hatte sich das Genick gebrochen.

Meine Mutter kam in mein Zimmer und erzählte mir die guten Nachrichten, und dass ich Holly erst in ein paar Tagen besuchen durfte.

»Will sie mich denn überhaupt sehen?«, fragte ich.

Sie nickte. »Natürlich. Sie sagt, du kannst nichts dafür, und Alice hätte schließlich angefangen. Du wolltest nur helfen.« Sie strich mir über das Haar, wie um sich zu entschuldigen.

»Warum hast du mir das nicht gleich geglaubt?«, fragte ich trotzig.

Meine Mutter schwieg und sah aus dem Fenster. Dann, als hätte sie die Frage nicht gehört: »Alice wird noch sehr lang im Krankenhaus bleiben.«

»Warum denn?« Ich sah sie vor mir, das kreischende Mädchen, das für einen Nachmittag eine Fremde geworden war. Sie musste sich doch mittlerweile wieder beruhigt haben?

»Weil es ihr nicht gut geht.«

»Was hat sie denn? Ihr ist doch gar nichts passiert!«

»Es geht ihr einfach nicht gut. Sie ist sehr erschöpft. Sie hat sich so aufgeregt, weißt du, und jetzt braucht sie Ruhe.«

Ich verstand damals nicht, was meine Mutter meinte. Ich dachte nur: Wenn sie einfach nur Ruhe braucht, dann wäre es doch schöner für sie, zu Hause bei ihren Eltern zu sein. Und bei uns. Aber dann dachte ich: Vielleicht ganz gut, wenn Holly sie eine Weile nicht sieht. Und ich auch nicht. Alice war so unglaublich gemein gewesen, wie wir sie vorher noch nie erlebt hatten. Und sie war schuld daran, dass der Streit überhaupt angefangen hatte. »Wie lange bleibt sie weg?«, fragte ich.

Mutter hob die Schultern. »Vielleicht bis zum Ende der Ferien. Wenn es sein muss, auch ein bisschen länger. Wir werden sehen.«

»Soll ich sie besuchen?« Ich fragte, mehr weil ich glaubte, die Frage stellen zu müssen, und nicht, weil ich sie tatsächlich sehen wollte.

Und zu meiner Überraschung antwortete Mutter: »Nein. Sie braucht wirklich sehr viel Ruhe.« Dann wandte sie sich zur Tür, um mein Zimmer zu verlassen. Bevor sie ging, sagte sie noch: »Du warst sehr mutig, weil du deiner Freundin helfen wolltest. Aber du darfst nie wieder etwas tun, das wir dir verboten haben. Wir lassen dir viel Freiraum, das weißt du. Also: Du gehst nicht mehr auf den Heuboden. Du gehst nicht mehr nah an den Fluss. Du kletterst in keine Bäume und auf keine Felsen. Du balancierst nicht auf Brückengeländern. Du fährst nicht freihändig Fahrrad …«

»Ja, ja, ich kenne die Liste«, murmelte ich schuldbewusst.

»Ihr hattet unglaublich großes Glück.«

»Ja.«

»Denk immer daran. Ein zweites Mal geht es nicht so gut aus.«

Ich nickte stumm, und presste mir den alten Teddybär an die Brust, mit dem ich schon seit Jahren nicht mehr spielte, der aber immer noch in meinem Zimmer einen Ehrenplatz hatte, weil er ganz alt war und ich ihn von Eva geerbt hatte.

Meine Mutter sah auf den Teddy. Ich dachte, sie würde jetzt endlich gehen, aber sie kam zu mir zurück, umarmte mich und vergrub dabei ihr Gesicht in dem alten Stofftier.

Als ich wieder allein war, merkte ich, dass das Fell des Teddys feucht von ihren Tränen war.

5.

Die Koffer standen in meinem alten Zimmer, und meine Mutter räumte sie aus. Ich saß, wo ich vor zwanzig Jahren mit meinem Teddy gesessen hatte – auf dem Bett –, und fragte mich, warum meine Eltern so wenig verändert hatten. Eva lebte mit ihrer Familie nicht weit weg. Sie brauchte ihr Kinderzimmer nicht mehr. Und ich war so selten zu Besuch, dass ebenfalls keine Notwendigkeit bestand. Sie hätten Gästezimmer daraus machen und sie vermieten können, aber dagegen hatten sie sich immer verwehrt. »Wir haben doch so schon genug Arbeit. Und außerdem wollen wir keine fremden Leute im Haus haben«, war die Antwort gewesen.

Mein Vater war bereits wieder draußen auf dem Feld. Vermutlich war er noch mit den Kartoffeln beschäftigt. Oder war die Pflanzung schon vorbei? Ich hatte mich nie sehr für den Hof interessiert und vieles schon wieder vergessen.

»Bohnen«, sagte meine Mutter, als hätte sie meine Gedanken gelesen. »Und die Eisheiligen haben wir ja auch noch vor uns. In den nächsten Tagen soll es richtig kalt werden. Typisch Mai.« Sie legte Pullover, T-Shirts und Jeans in den Schrank, hängte meine Kleider und Jacken ordentlich auf, reihte die Schuhe nebeneinander. Wäsche und

Strümpfe legte sie in die Schublade einer kleinen Kommode, die neben dem sehr schmalen Jugendkleiderschrank stand. Mein Kinderzimmer war nicht besonders groß und bot wenig Raum für Möbel. Ich hatte aber als junges Mädchen nie viel Interesse an Kleidern gezeigt und war mit dem, was ich hatte, zufrieden. Der Platz hatte mir gereicht. Heute sah es anders aus. Meine Mutter gab sich alle Mühe, auch noch den letzten Bügel zwischen die anderen zu quetschen, ohne dass der Schrank auseinanderbrach.

»Vielleicht hätten wir doch nicht so viel mitnehmen sollen«, sagte ich.

»Wer weiß, wie lang du bleibst, und das Wetter ändert sich ja auch gerade«, antwortete meine Mutter. Sie ließ sich neben mir aufs Bett fallen, atmete tief durch und sah mich an. »Hungrig?«

»Ja. Ein bisschen.«

Sie lachte. »Aber du müsstest doch ausgehungert sein, nachdem du wochenlang nur Krankenhausessen bekommen hast! Hatten sie da eigentlich Biokost? Dein Vater beliefert immer noch vor allem Schulen, aber es kommen mittlerweile auch Anfragen von Krankenhäusern und Seniorenheimen.«

Vor zehn Jahren hatte mein Vater seinen Betrieb komplett auf biologischen Landbau umgestellt, und seitdem lief es besser denn je. Er konnte gar nicht so viel produzieren, wie es die Nachfrage erforderte. »Und die Supermärkte müssen Waren aus Südamerika und Afrika dazukaufen, um den Bedarf an Biolebensmitteln zu decken«, hatte er mir mal erzählt. Er arbeitete viel mehr als früher, hatte mehr Mitarbeiter und betonte immer wieder, dass er den schönsten Beruf der Welt hatte.

Meine Mutter arbeitete ebenfalls sehr viel, aber nicht, wie mein Vater, rund um die Uhr. Und sie hatte ein paar Termine in den kommenden Tagen verschoben, damit sie sich um mich kümmern konnte. »Du brauchst Physiotherapie«, sagte sie. »Ich kann dir helfen. Wenn du nicht willst, dass das deine Mutter macht, schicke ich dich zu einer Kollegin. Aber glaub mir, die ist so mitleidslos, dass du weinend zu mir zurückkommen wirst.« Sie lachte, als sie das sagte, und ich fügte mich.

Am Nachmittag zeigte sie mir kleinere Übungen, die ich von nun an mehrfach täglich machen sollte, und anschließend gingen wir los, um einen kurzen Spaziergang zu machen. Ich nahm mir vor: In zwei Wochen will ich durch den Wald, den Minaun hinauf. In drei Wochen will ich eine lange Tour am Flussufer entlang machen. In vier Wochen will ich vergessen haben, dass ich im Krankenhaus war.

Wir waren noch nicht sehr weit gekommen, als mir mein Smartphone verriet, dass ich eine SMS bekommen hatte.

»Sieh ruhig nach«, sagte meine Mutter.

Die Nachricht kam von Josh. Er hatte wohl bemerkt, dass ich nicht mehr in St. Andrews war, und wollte nun wissen, wie es mir ging und wo ich mich aufhielt. Er fragte auch, ob er etwas tun könne. Mein Herz schlug schneller. Ich wollte so sehr glauben, dass er sich um mich sorgte. Und gleichzeitig war ich davon überzeugt, dass er nur sein schlechtes Gewissen beruhigen wollte. Ohne zu antworten, steckte ich mit zitternden Fingern das Telefon zurück in meine Jackentasche und atmete tief durch.

Es war ein milder Frühlingstag, und wenn man sich in

der Sonne aufhielt, kam man fast schon ins Schwitzen. Aber der Wind, der vom Meer kam, war noch zu kalt, um ohne Jacke das Haus zu verlassen. Außerdem war das Wetter in Irland viel zu unberechenbar. Jeden Tag musste man damit rechnen, mindestens einmal in einen Regenguss oder Hagelschauer zu kommen.

»War er das?«, fragte meine Mutter.

Ich nickte.

»Willst du mit ihm telefonieren? Ich kann schon mal vorgehen, wenn du …«

»Nein«, fiel ich ihr ins Wort. »Es ist …« Ich sah sie hilflos an. »Ich weiß immer noch nicht genau, was ich von allem, was in den letzten Wochen geschehen ist, halten soll. Was ich fühle.«

»Willst du drüber reden?«

Ich schüttelte den Kopf. »Am liebsten würde ich nicht mal drüber nachdenken. Es tut so weh, dass er nicht mehr mit mir zusammen sein will.«

»Und dieser … Überfall? Möchtest du darüber reden?«

»Mam, bitte.« Ich umarmte sie. »Gib mir noch ein bisschen Zeit, bis ich das alles für mich sortiert habe. Okay?« Ich löste mich von ihr und sah ihren prüfenden Blick. »Nur ein bisschen Zeit, bitte«, wiederholte ich.

Sie nickte, obwohl ich ihr ansehen konnte, dass sie am liebsten weitergefragt hätte. Aber sie tat es nicht, und dafür war ich ihr sehr dankbar.

Schweigend gingen wir ein Stück weiter, und ich dachte darüber nach, ob und was ich Josh antworten sollte. Als ich den Blick hob, sah ich mich dem Haus gegenüber, in dem Alice und ihre Eltern früher gewohnt hatten. Es sah bewohnt aus.

»Sind die Tannerts wieder da?«, fragte ich und spürte, dass ich so etwas wie Angst vor der Antwort hatte.

»Nein. Sie haben es nun doch verkauft. Niemand wusste davon. Aber sie haben Käufer gefunden, und die sind erst vor ein paar Tagen eingezogen. Ich habe sie noch nicht getroffen. Vorher haben sie es komplett renovieren lassen. Im Herbst wurde schon damit angefangen.«

»Sie haben lange gebraucht, um das Haus zu verkaufen.«

»Ja«, sagte meine Mutter. »Sie konnten sich wohl nicht davon trennen. Aber niemand hat wirklich damit gerechnet, dass sie jemals zurückkommen würden.«

Jetzt, wo ich darüber nachdachte, bemerkte ich, dass mein letzter Besuch hier in Cheekpoint schon fast über ein Jahr her sein musste.

»Und ihr habt auch nichts von ihnen gehört? Nicht mal, als sie den Verkauf beschlossen haben?«, fragte ich, obwohl ich die Antwort kannte, und meine Mutter schüttelte nur den Kopf.

»Nein, manchmal sind die Verbindungen, die man zu anderen hat, nicht so eng, wie man sich das wünschen würde.« Sie schaute mich nicht an, als sie das sagte, sondern in die Ferne. Ich hatte das Gefühl, dass sie nicht nur über die Tannerts sprach, aber ihr Gesichtsausdruck war so verschlossen, dass er mir quasi verbot, nachzufragen. Ich versuchte, mich abzulenken, auf die Landschaft zu konzentrieren. Auf die Palmen in den Vorgärten, auf die sanften Hügel, auf das satte Grün. Aber da war etwas, das mich nicht abschalten ließ, etwas, das zur Abwechslung nichts mit Josh, nichts mit dem zu tun hatte, was mir in den vergangenen Wochen und Monaten widerfahren war.

Nein, es hatte mit ihr zu tun. Ich betrachtete sie erneut von der Seite. Ihre Bemerkung eben hatte mich aufhorchen lassen. Da war etwas in ihrem Gesicht, ein neuer Ausdruck, den ich bisher nicht kannte. Ihr für ihr Alter erstaunlich glattes Gesicht hatte um die Mundwinkel herum etwas seltsam Erstarrtes, und ihr Blick wirkte unstet. Ratlosigkeit lag auch in ihrem Ausdruck. Als sie mich in Schottland abgeholt hatte, war mir nichts davon aufgefallen. Ob ich zu sehr mit mir beschäftigt gewesen war, zu überrascht darüber, sie zu sehen, um es zu bemerken? Aber nein, das war es nicht. Sie hatte diesen Ausdruck erst hier in Irland angenommen, erst jetzt, da wir ein paar Schritte von zu Hause weg und allein waren.

Sollte ich sie darauf ansprechen? Aber so verschlossen, wie sie eben wirkte, war ihr das nicht recht. Vielleicht war es nur eine vorübergehende, nicht besonders wichtige Sache, die sie gerade quälte, und es würde sie nur noch mehr belasten, wenn ich das Thema darauf lenkte. Ich beschloss, sie mir in den nächsten Tagen sehr genau anzusehen. Die Tannerts waren auch ein schwieriges Thema, das ich nun nicht weiter vertiefen wollte. Deshalb begab ich mich auf das sicherste Konversationsgebiet, das wir Iren kannten: das Wetter.

»Schön, wie jetzt alles blüht«, sagte ich. Es funktionierte.

»Ja, das Wetter war die letzten Tage und Wochen richtig schön.« Kendra schien erleichtert, und sie schaute nicht mehr abwesend auf den Horizont.

»Letztes Jahr war ich im Frühling in Südtirol«, sagte ich. »Und da war ja …«

Bevor ich weitererzählen konnte, rief sie: »Ach, das hast du gar nicht erzählt? Warum warst du da? Beruflich?« Sie wirkte fast dankbar darüber, dass wir endlich ein anderes Gesprächsthema hatten.

»Ja, es gab eine Ausstellung im Museum für moderne und zeitgenössische Kunst in Bozen, und zur Eröffnung sollte ich einen Vortrag halten. Danach war ich noch für ein paar Tage in einer kleinen Pension in Lana. Ich wollte in Ruhe noch einen Artikel schreiben, und …«

»Lana? Wo ist das?«

»Zwischen Meran und Bozen. Näher an Meran. Es liegt noch in dem Talkessel, in dem auch Meran liegt, aber man ist sofort in den Bergen. Meine Pension lag sehr malerisch am Hang, und die Obstbäume standen in voller Blüte.«

»Hast du Bilder gemacht? Die würde ich mir gern ansehen. Aber …« Sie zog die Augenbrauen zusammen. »Wahrscheinlich hast du sie gar nicht dabei.«

Ich lachte. »Meine liebe Mutter, alle Bilder sind digital, und würdest du deine Mails etwas aufmerksamer lesen, hättest du den Link zu dem Online-Fotoalbum, den ich dir geschickt habe, längst gefunden.«

»Man muss heutzutage doch immer so vorsichtig sein, bevor man auf einen Link in einer Mail klickt«, sagte sie ein wenig besserwisserisch.

»Aber doch nicht, wenn die Mail von mir kommt.«

»Im Fernsehen haben sie gezeigt, dass das manchmal gar nichts zu bedeuten hat, wer dort als Absender steht. Schließlich hätte auch jemand dein Mailkonto hacken können und …«

»Schon gut!«, unterbrach ich sie, erfreut, sie jetzt so lebhaft zu sehen. Der starre, bedrückte Ausdruck war verschwunden. »Ich gebe zu, ich hätte mich etwas klarer ausdrücken sollen.«

»Oder mich noch einmal darauf hinweisen können.«

»Ich habe Vater doch auch den Link geschickt. Er hat sich bedankt und gesagt, die Bilder seien sehr schön.«

»Hat er das?« Sie klang überrascht.

»Ich war mir sicher, ihr würdet darüber reden.« Ich sah sie fragend an.

»Hat er bestimmt nur vergessen, mir zu sagen«, murmelte sie und sagte dann: »Also, die Obstblüte?«

»Genau. Mitten in der Nacht gingen Sirenen los. Ich dachte, es sei Feueralarm und rannte aus dem Haus. Dabei war es nur ein Signal für die Sprinkleranlage. Die Blüten werden, wenn es Frost gibt, vereist und mit einem bestimmten Frostschutzmittel davor geschützt zu erfrieren.«

»Ja, ja, das kenne ich«, sagte sie.

»Am nächsten Morgen, als die Sonne auf die vereisten Blüten fiel … das war beeindruckend. Und gleichzeitig musste ich natürlich an euch denken. An die ganze Arbeit auf dem Bauernhof. Sag mal, wenn jetzt die Eisheiligen wieder vor der Tür stehen … Aber in den letzten Jahren ging es gut mit dem Wetter? Da seid ihr klargekommen, ja?«

Ich hätte vielleicht einfach nur so über das Wetter sprechen sollen. Meine Mutter nickte mit einem Mal abwesend: »Ja, doch, das läuft gut. Besser als je zuvor.« Sie machte eine kleine Pause. »Aber erzähl doch lieber mehr von dir. Südtirol hat dir also gefallen? Würde es mir auch gefallen? Ich weiß gar nicht, wann ich zuletzt richtig Urlaub gemacht habe.« Vermutlich wollte sie Dad nicht ins Gehege kommen. Ich würde ihn später danach fragen.

»Du musst dir aber mal eine Auszeit gönnen, Mam! Zwei Wochen auf Evas Kinder aufpassen, weil sie mit ihrem

Mann im Wellnesshotel ist und, wie sie sagt, Erholung braucht, ist kein Urlaub!«

»Ich kümmere mich doch gern um die Kleinen.« Sie lächelte und zeigte hinunter zum Fluss. »Sie sind lange nicht so wild, wie ihr es früher wart.«

»Wir waren doch nicht wild!«, protestierte ich.

»Vielleicht sehe ich es heute auch nur anders. Vielleicht werden heute die Kinder viel zu sehr behütet. Aber du weißt ja …« Sie hielt inne und wirkte nun etwas traurig. »Es kann so viel geschehen.« Vermutlich dachte sie nicht nur an unsere Ausflüge zum Fluss, sondern auch an Hollys Unfall.

Wir schwiegen und sahen den Schiffen nach, die den Fluss hinunterfuhren, hinaus aufs Meer. »Ich gehe mit deinen Nichten gern hierher. Sie erzählen mir dann immer Geschichten über die Schiffe. Woher sie kommen und wohin sie fahren und was sie transportieren. Und sie denken sich aus, wer der Kapitän ist und welche Abenteuer er schon bestanden hat.« Ein verschmitzter Ausdruck trat in ihre Augen. »Callie besteht darauf, Kapitänin zu werden. Sie sagt, sie sieht überhaupt nicht ein, warum immer nur Männer Schiffe fahren. Sie sagt, warum sollen nur die Männer den Spaß haben, über das Meer zu fahren?«

»Gutes Mädchen.« Ich nickte anerkennend.

»Eva muss nun mit ihr zum Informationstag der Marine.«

»Sie ist doch erst acht!«, rief ich.

»Du weißt doch, wie unglaublich stur, unglaublich dickköpfig und unglaublich intelligent sie ist! Viel zu weit für ihr Alter. Denk an ihre frühe Einschulung, und dass sie eine Klasse übersprungen hat. Aber stell dir vor: Sie langweilt sich immer noch im Unterricht.«

»Sie ist doch erst acht«, wiederholte ich seufzend.

»Ja, und wenn es so weitergeht, hat sie mit zwölf ihren Schulabschluss und räumt die irische Marine auf.«

»Callie.« Fassungslos schüttelte ich den Kopf. »Und Ellie ist ja riesig geworden. Sie ist doch jetzt elf, richtig? Kann es sein, dass sie immer mehr nach ihrem Vater kommt?«

Mutter nickte. »Und die Kleine auch. Larissa sieht zwar mehr wie ihre Mutter aus, aber sie ist eine ganz ruhige, in sich gekehrte, ähnlich wie Ellie. Nur Callie ist anders. Sie hat wahrscheinlich zu viel Energie für ihre beiden Schwestern.«

»Und da heißt es immer, die Sandwichkinder bekommen zu wenig Aufmerksamkeit.«

»Die holt sie sich.«

»Ich frage mich, wem sie ähnlich ist. Im Aussehen. Und im Temperament.« Mit einem Grinsen wandte ich mich zu meiner Mutter. »Meinst du, sie ist vielleicht gar nicht von Conor? Hat Eva da ein kleines Geheimnis?« Mit Kendra konnte man solche Späße machen. Sie war weder prüde noch konservativ, und sie kannte mich gut genug, um zu wissen, dass ich so etwas nicht ernst meinte. Umso mehr wunderte mich ihre Reaktion. Sie sagte nur brüsk: »Unsinn. Unterstell Eva so etwas nicht.« Dann wandte sie sich zum Gehen. »Komm, es wird kalt. Dein Vater wird außerdem schon mit dem Abendessen auf uns warten.«

Noch an diesem ersten Abend bei meinen Eltern merkte ich, dass sich einiges verändert hatte. Dass sich Mam und Dad verändert hatten. Die beiden sahen sich kaum an. Es fehlten die flüchtigen Berührungen, wie sie langjährige

Partner, die sich immer noch liebten, selbstverständlich im Alltag austauschten. Etwas war zwischen meinen Eltern vorgefallen, und ich hatte keine Ahnung, was es sein konnte. War es erst vor Kurzem dazu gekommen? War es schon länger so? Meine Besuche bei ihnen waren in den vergangenen Jahren immer nur kurz gewesen, aber wir hatten regelmäßig telefoniert. Hatte ich nicht genügend auf sie geachtet? Warum hatte niemand mit mir gesprochen? Ich beschloss, meiner Schwester eine SMS zu schicken und sie zu fragen, ob wir telefonieren könnten, aber ich bekam keine Antwort. Vielleicht schlief sie schon oder sah nicht auf ihr Telefon, weil sie zu viel zu tun hatte. Drei Kinder wollten ihre Aufmerksamkeit, ihr Ehemann ebenso, und dazu arbeitete sie noch als Buchhalterin bei einem Glaskristallfabrikanten in Waterford. Vielleicht war ihr Telefon abends einfach ausgeschaltet, weil sie ihre Ruhe wollte. Sie würde sich bestimmt bald melden.

Ich ging noch einmal den Tag im Kopf durch. Dieser seltsame Ausdruck meiner Mutter – hatte er etwas mit meinem Vater zu tun? Hatten sie sich gestritten? Ich dachte nach, wie es früher gewesen war. Die beiden waren sicherlich nicht immer einer Meinung gewesen, aber sie hatten meist alles besprochen, ruhig und sachlich. Wenn mein Vater explodiert war, schaffte Kendra es immer, ihn schnell wieder zu beruhigen. Großes Geschrei hatte es bei uns kaum gegeben. Im Gegenteil hatten sich die beiden, trotz ihrer unterschiedlichen Berufe, immer eine Menge zu erzählen gehabt. Jeder hatte Anteil am Leben des anderen genommen: Arthur hatte sie dabei unterstützt, sich als Physiotherapeutin selbstständig zu machen. Kendra war manchmal eingesprungen, wenn in stressigen Zeiten jemand von Vaters Mitarbeitern krank war. Abends hatten sie sich immer darüber ausgetauscht, was sie tagsüber erlebt hatten: Da ging es um schwierige Patienten oder verhagelte Ernten, um glückliche Mitarbeiter und Dankesbriefe. Kendra hatte immer ein Auge darauf gehabt, dass Arthur in seinem Idealismus, mit dem er am liebsten die Welt gerettet hätte, noch die Wirtschaftlichkeit im Blick behielt. Und umgekehrt hatte er bei seiner Frau darauf geschaut, dass sie in ihren Versuchen, stets zu vermitteln und auszugleichen, nicht zu viel Ärger herunterschluckte oder gar Frust in sich hineinfraß.

Ich hatte nie einen anderen Eindruck gewonnen, als dass meine Eltern sich aufrichtig liebten und eine enge Freundschaft pflegten. Dass sie sich gegenseitig gut taten. Ich hatte sie immer dafür bewundert, dass die beiden einfach alles in ihrer Beziehung richtig gemacht zu haben schienen, während ich stets daran verzweifelte, dass ich es selbst für mich nicht so hinbekam. Ganz anders als meine Schwester, die mit ihrem Conor die große Liebe und den perfekten Partner gefunden hatte. Aber wahrscheinlich tanzte immer ein Kind aus der Reihe, und in dem Fall war ich es eben.

Hatten sich meine Eltern nun doch auseinandergelebt? Oder war es zum Streit gekommen, etwas, das sich nicht so leicht gemeinsam lösen ließ? Ich dachte an ihre Reaktion auf meinen schlechten Scherz, Callie könnte vielleicht einen anderen Vater als Conor haben. Hatte einer der beiden jemand anderen kennengelernt? Die Vorstellung, mein Vater könnte eine andere Frau als meine Mutter lieben, schien mir absurd. Andererseits war er auch nur ein Mensch, und die beiden nun schon vierzig Jahre zusammen. Was war mit meiner Mutter? Gab es in ihrem Leben einen anderen Mann? War sie es leid, dass mein Vater so lang und hart arbeitete, jeden Tag in der Woche, und nie mit ihr wegfahren konnte? Wollte sie endlich die Welt sehen, etwas Neues erleben? Nach allem, was wir heute gesprochen hatten, schien mir das Letztere die einzige wahrscheinliche Antwort auf ihre Veränderung und den seltsamen Umgang der beiden miteinander zu sein. Konnte ich sie darauf ansprechen oder sollte ich warten, bis sie etwas erzählte?

Ich saß am Fenster meines Kinderzimmers. Meine Gedanken wollten nicht aufhören. sich in meinem Kopf zu drehen, immer neue Fragen stellten sich mir. Warum hatte ich mich immer geweigert, bei ihnen zu übernachten? Wenn ich schon jedes Mal nur kurz hier gewesen war? Hätte ich mich nicht wenigstens dazu durchringen können? Ich hatte ihnen gesagt, ich würde lieber in Cork in einem Hotel in Flughafennähe übernachten, um beim Rückflug in der Nähe des Flughafens zu sein, was natürlich nicht stimmte. Ich hatte mir nach dem Landen einen Mietwagen genommen, um sie zu besuchen. Ich war immer so weit von ihnen weg gewesen, obwohl ich sie liebte und mich gut mit ihnen verstand. Aber ich hatte es einfach nicht gekonnt, in meinem alten Zimmer zu übernachten und so viel Zeit auf dem Hof zu verbringen.

Ich dachte daran, wie ungern ich Menschen, die ich neu kennenlernte, davon erzählte, woher ich ursprünglich stammte. Ich sagte dann immer nur: »Aus Irland« oder »Ich bin Irin«, und meist fragte niemand weiter nach. Die meisten glaubten wohl automatisch, ich sei aus Dublin, weil es die einzige Stadt war, die sie kannten. Ich wollte nichts über meine Kindheit und Jugend erzählen, nichts darüber, wie erleichtert ich gewesen war, von hier fortzukommen, und wie schwer es mir fiel, einfach nur hier zu sein.

Nun war ich wieder in Cheekpoint, in meinem Zimmerchen. Hätte Josh mich nicht verlassen, wäre ich nach der tiefen seelischen Wunde nicht auch noch körperlich verletzt worden, ich wäre nicht hergekommen. Aber all das hatte mich geschwächt und offenbar auch meinen Widerstand gebrochen, in meine alte Heimat zurückzukehren und zuzulassen, dass ich mich fühlte wie – ein schutzbedürftiges Kind, das sich fragt, ob es schuld am Streit der Eltern ist.

Ich sah hinaus in die sternklare Nacht. Es hatte deutlich abgekühlt, die Eisheiligen kündigten sich an.

Vorhin war mir klar geworden, warum ich hier so selten war. Als wir am früheren Haus von Alice' Eltern vorbeikamen, konnte ich nicht anders als endlich einsehen, dass ich einfach nur hatte vergessen wollen, was hier geschehen war. Das mit Holly. Und das mit Alice. All das, was uns auseinandergebracht und einen Teil von uns zerstört hatte. Ich hatte die alten Wunden nicht mehr aufreißen wollen. Aber sie waren immer noch da.

6.

Hollys Unfall damals veränderte unsere Freundschaft und unser Leben. Ich hatte ein schlechtes Gewissen, auch wenn mir jeder sagte, ich müsste keins haben, schließlich hatte ich nur helfen wollen. Aber Alice' Stimme, wie sie rief, ich hätte Holly umgebracht, suchte mich noch monatelang in meinen Albträumen heim. In diesen Träumen war Holly wirklich tot, und Stephen wollte sich an mir rächen, während immer wieder die schrille Stimme meiner Freundin ertönte und Hollys Tod verkündete.

Holly hingegen blühte nach ihrem Unfall richtig auf: Während ihre Knochen verheilten, entwickelte sie den Ehrgeiz, ihr Äußeres zu verändern. Sie achtete auf ihre Ernährung und nahm ab, bewegte sich viel. Als sie ihren Arm wieder bewegen konnte, trieb sie mehrmals in der Woche Sport: Schwimmen, Reiten, Laufen. Sie probierte alles Mögliche mit ihren Haaren aus und entschied sich dafür, sie ganz lang wachsen zu lassen, wodurch ihre Locken etwas gebändigt wurden. Ihr Unfall hatte sich natürlich in der ganzen Gegend herumgesprochen, und jede neue Version klang dramatischer als die zuvor. Alle in der Schule waren nun neugierig auf sie und wollten wissen, wie es sich angefühlt hatte, so tief zu fallen, so schwer zu stürzen, fast gestorben zu sein. Manche dachten, sie sei von der Heugabel aufgespießt worden. Andere erzählten, sie hätte sich fast das Genick gebrochen, aber ihr Bruder hätte sie durch sein geschicktes Eingreifen vor Ort retten können – wodurch Stephen ebenfalls zum Held wurde. Interessanterweise war nie die Rede von Alice und mir. Offenbar ging man davon aus, dass wir zwar vor Ort gewesen waren, aber keine Rolle bei dem Vorfall gespielt hatten. Hollys Sturz blieb ein bedauerlicher Unfall, der ein gutes Ende genommen hatte.

Was Holly blieb, war die Narbe oberhalb der Schläfe. Sie verlief parallel zum Haaransatz, war vier Zentimeter lang (wir hatten nachgemessen) und – todschick. Jedenfalls waren so ziemlich alle an der Schule dieser Meinung. Kaum jemand sonst hatte eine solche Narbe oder konnte eine so aufregende Geschichte erzählen. Ein anderes Mädchen, das zwei Klassen über uns war, kam bald darauf mit einem tiefen, genähten Schnitt am Arm in die Schule, aber es stellte sich heraus, dass sie sich die Wunde selbst beigebracht hatte, um auch mit einer Narbe angeben zu können.

Holly wurde nach diesen verhängnisvollen Ferien zum beliebtesten Mädchen unseres Jahrgangs. Alle wollten mit ihr befreundet sein. Auch die Jungs fanden sie mit einem Mal interessant. Trotzdem blieb sie meine beste Freundin. Erst wunderte ich mich darüber. Eva hatte nämlich zu mir gesagt: »Pass auf, die bist du los. Jetzt ist sie der große Star und kennt dich nicht mehr. Und irgendwann, wenn die anderen das Interesse verlieren, kommt sie wieder angerannt und will deine beste Freundin sein.«

Aber so kam es nicht. Holly vertraute mir kurz vor den Weihnachtsferien, als der Unfall schon vier Monate zurücklag, etwas Erstaunliches an. Sie sagte: »Ich hab Stephen erzählt, dass jetzt alle so supernett zu mir sind, und weißt du, was er gesagt hat? Er hat gesagt: Holly, da darfst du gar nichts drauf geben. Nach ein paar Wochen finden sie wen anders toll, und dann bist du unten durch. Deshalb musst du deinen echten Freundinnen jetzt treu bleiben. Die stehen zu dir, weil sie schon immer für dich da waren. Besonders Livvie. Denk doch mal, wie du vor den Sommerferien noch geheult hast, weil ein paar von den anderen Mädchen so gemein zu dir waren und dich wegen deiner Haare gehänselt haben? Und dass die Jungs eine Liste geschrieben haben, welche Mädchen sie gern küssen würden, und dein Name stand da als letzter, und sie haben es dir sogar noch gezeigt? Denk immer dran, wer deine wahren Freunde sind. Dann lernst du was fürs Leben.« Sie lachte, als sie mir davon erzählte. »Mein großer Bruder ist echt schon ganz schön alt. Aber ich bin brav und höre immer auf ihn.« Sie umarmte mich und gab mir einen Kuss auf die Wange. »Danke, dass du meine Freundin bist.« Und mit einem schelmischen Grinsen fügte sie hinzu: »Natürlich sage ich das jetzt nur wegen meines Bruders.«

Ich freute mich darüber. Allerdings nicht nur, weil Holly meine Freundin bleiben wollte, sondern weil Stephen etwas so Schönes gesagt hatte. »Er hat gesagt: besonders Livvie?«

Holly lachte. »Ja. Ihm ist es ganz wichtig, dass wir Freundinnen bleiben. Das sagt er immer wieder. Mein Vater auch.«

Da ich zu dem Zeitpunkt schrecklich verknallt in Stephen war, interessierte mich einzig und allein, was er über mich gesagt hatte. Und wahrscheinlich freute ich mich sogar noch ein wenig mehr darüber, dass Holly meine Freundin blieb, weil sie Stephens Schwester war.

Alice kam erst im neuen Jahr zurück, fast ein halbes Jahr nach Hollys Sturz. In dieser Zeit hatte sie sich »ausgeruht und erholt«, wie es immer hieß. Hollys Vater und meine Eltern hatten uns gebeten, Alice nicht auf Hollys »Unfall«, wie es alle nur nannten und immer nennen würden, anzusprechen. Auch unser Klassenlehrer betonte, dass wir auf keinen Fall über Dinge reden sollten, die Alice aufregen, verärgern oder verwirren könnten. Niemand sagte uns, was mit unserer Freundin los war, also legten wir uns selbst mit der limitierten Lebenserfahrung und Weltsicht, die wir als Dreizehnjährige hatten, eine Erklärung zurecht.

»Alice hat gedacht, dass ich wirklich tot bin und dass du mich umgebracht hast. Und das hat sie so schrecklich aufgeregt, dass sie dringend Ruhe braucht«, sagte Holly damals, und ich nickte. »Das muss es sein.«

Meine Eltern und Hollys Vater nickten ebenfalls, als wir ihnen unsere Version einer Erklärung mitteilten. Auch meine Schwester Eva und Hollys Bruder Stephen bestätigten unsere Theorie. Und an der Schule glaubten alle, da sie von meiner Beteiligung an dem Unfallhergang nichts wussten, dass Alice einen ganz schlimmen Schock bekommen hatte. Natürlich gab es damals sofort auch Gerüchte, Alice sei seit diesem Unfall verrückt. Dass der Schreck ihre Psyche geschädigt hatte.

Alice war im Januar also wieder bei uns. Wir freuten uns auf sie, aber hatten auch ein wenig Angst vor ihr und vor dem Wiedersehen. Ihre Mutter rief bei meinen Eltern und Hollys Vater an, wir sollten rüberkommen und Hallo sagen. Aber auf keinen Fall dürften wir sie fragen, wo sie gewesen war und was sie gemacht hatte, damit sie sich nicht aufregte. Das half uns nicht bei unserer Nervosität, aber wir versprachen es und gingen zu ihr rüber. Holly und ich hatten Plätzchen für sie gebacken. Wir waren erschrocken, als wir sie sahen. Sie hatte ungemein zugenommen und sah gar nicht mehr wie unsere Freundin, die hübsche Alice, aus. Ihr Gesicht wirkte fast aufgequollen, und ihr Blick hatte etwas seltsam Starres. Ihre Bewegungen waren verlangsamt, und wenn wir sie etwas fragten, dauerte es ein paar Sekunden, bis sie reagierte. Wir hielten uns aber an das Versprechen, das wir unseren Eltern und auch Alice' Eltern gegeben hatten. Wir fragten sie nicht, was mit ihr geschehen war. Stattdessen sprachen wir von dem Plan, Schlittenfahren zu gehen und bald wieder unsere Abenteuerspaziergänge zu machen. Unsere Scheu legte sich langsam. Unter all dem Fremden war unsere Alice noch sichtbar. Ihre Gemeinheit gegenüber Holly und mir schien vorüber, zumindest wollten wir nicht an sie denken, und Alice war bemüht, sie uns vergessen zu machen. Sie erzählte zwar nichts über die vergangenen Monate, erwähnte aber immer wieder lustige Begebenheiten aus dem letzten Schuljahr, und dankbar lachten wir zusammen.

Wir fuhren von da an wieder zusammen zur Schule und wieder zurück. Wir verbrachten gemeinsam die Pausen, und wir spielten nachmittags. Alles sollte so sein wie immer.

Alice kam anfangs nur schlecht in der Schule mit. Vom Sportunterricht war sie sogar befreit. Aber als der Frühling kam, ging sie trotzdem hin. Die Lehrerin fragte, ob sie sich das wirklich zutraute, und Alice sagte Ja. Sie schien einen merkwürdigen Ehrgeiz entwickelt zu haben, uns allen zu beweisen, dass sie wieder ganz die alte Alice war, und zum Ende des Schuljahres hatte sie den versäumten Stoff nachgearbeitet und war mit uns auf einem Level.

»Das reicht mir nicht«, sagte sie, als Holly sie dafür lobte.

»Was? Wieso reicht dir das nicht?«, fragte Holly verwundert.

»Weil ich mehr kann. Ich werde es euch beweisen.«

Wir wussten nicht, was wir dazu sagen sollten. So etwas hatten wir noch nie von Alice gehört. Aber obwohl wir so viel Zeit mit ihr verbrachten wie vorher, hatten wir seit dem ersten Treffen im Januar kaum mehr über sie erfahren. Alice hatte nicht nur zugenommen, sie war sehr viel schweigsamer geworden, und immer hatte man den Eindruck, dass etwas in ihrem Kopf vorging, von dem sie niemandem etwas sagen wollte. Außer mit uns sprach sie kaum mit Gleichaltrigen, dafür mussten wir nach der Schule häufig länger auf sie warten, weil sie sich noch mit den Lehrern unterhielt. Etwas, das noch im Jahr zuvor undenkbar gewesen wäre.

Seit dem Unfall war nun ein Jahr vergangen, und wir hatten wieder Sommerferien. Nun wurde es noch seltsamer: Alice wollte nur noch selten mit uns spielen, weil sie lieber zu Hause blieb, um zu lernen. Wir waren enttäuscht, dass sie offensichtlich so wenig mit uns zu tun haben wollte. Und dann noch der Grund: Alice und lernen! Ausgerechnet meine Schwester Eva war es, die ihr Taschengeld damit aufbesserte, Alice Nachhilfeunterricht zu geben. Neugierig fragten wir sie aus, in der Hoffnung, dass sie einen besseren Draht zu Alice hatte als wir.

»Sie will Klassenbeste sein«, sagte Eva. »Sie will jetzt schon wissen, welcher Stoff im nächsten Schuljahr drankommt, und wir gehen meine alten Schulsachen durch.«

»Warum das denn? Das ist doch total bescheuert!«, rief ich. »Dafür will sie den Sommer aufgeben?«

Meine große Schwester zuckte gleichgültig die Schultern. »Mir soll's recht sein. Ich kann das Geld gut gebrauchen.« Eva sparte nicht etwa auf eine größere Anschaffung. Sie gab alles, was sie hatte, sofort aus und kaufte sich davon Kleider, Parfüm, Kosmetika und CDs. Ich beschwerte mich nicht, denn ich profitierte davon, weil ich ihre abgelegten Sachen bekam, und mein Musikgeschmack orientierte sich schnell an ihrem: Garbage, Radiohead, Oasis, Sonic Youth, alles Bands, die auch Hollys Bruder gern hörte, wie ich herausgefunden hatte.

Verbissen und angestrengt arbeitete Alice ab diesem Schuljahr daran, die Klassenbeste zu werden, wo es ihr doch zuvor noch gereicht hatte, die Schönste im ganzen Land zu sein. Je besser ihre Noten wurden, desto dünner wurde sie. Zu diesem Zeitpunkt dachten wir noch, sie würde einfach nur versuchen, wieder ihr altes Gewicht zu bekommen. Traurig waren wir allerdings, weil wir sie kaum noch sahen, weil wir dachten, dass wir ihr nicht mehr wichtig waren.

Alice hatte sich noch in anderer Hinsicht verändert. Sie war schweigsam und oft übellaunig. Sie wurde schnell aggressiv und weinte beim kleinsten Anlass. Deshalb hatten wir trotz unserer Enttäuschung auch immer weniger

Lust, uns mit ihr zu treffen. Holly und ich rückten in dieser Zeit näher zusammen, und Alice schien es nicht zu stören. Manchmal, wenn wir uns, was selten vorkam, zu dritt trafen, saß sie einfach nur daneben und las in einem Buch, während Holly und ich Musik hörten oder den neuesten Klatsch und Tratsch aus der Schule durchkauten. Vor Alice konnten Holly und ich natürlich nie über den Unfall reden, und Alice sprach mit uns nicht über die Zeit, in der sie sich hatte »ausruhen« müssen. Seit ihrer Rückkehr hatten wir gehofft, dass sie von selbst davon anfangen würde, aber dazu sollte es nie kommen. Unausgesprochenes verdirbt eine Freundschaft früher oder später. Es kam sogar noch ein weiteres Thema hinzu: Alice' Gewicht. Wann immer wir sie darauf ansprechen wollten, wurde sie wütend, selbst wenn wir ihr etwas Nettes sagten.

Als es auf Weihnachten zuging, als Alice fast ein ganzes Jahr wieder zurück in Cheekpoint war, machten wir eine bestürzende Entdeckung: Während sich alle in der Klasse kleine Geschenke machten und Kärtchen mit Weihnachtsgrüßen verteilten, bevor es in die Ferien ging, blieb Alice' Tisch nahezu leer. Die anderen hätten ihr kaum deutlicher zeigen können, wie unbeliebt sie sich seit ihrer Rückkehr gemacht hatte.

An diesem Tag beschlossen Holly und ich, dass sie unsere Freundin bleiben würde, ganz egal, was auch passierte.

»Dazu sind Freundinnen da«, sagte Holly und klang dafür, dass wir erst vierzehn waren, schrecklich erwachsen. »In guten wie in schlechten Zeiten. Wenn sie über manche Dinge nicht reden kann, dann ist das eben so.«

Ich glaube, diese tiefe und weise Einsicht kam auch daher, weil wir zu der Zeit selbst genug mit uns zu tun hatten und auch nicht immer wussten, wie wir darüber reden sollten. Wir kamen in die Pubertät, wir entdeckten unsere Sexualität, und wir kämpften mit unseren Körpern und dessen Regungen, mit fremden Gefühlen, die schön und erschreckend zugleich waren.

Ich hatte zum Beispiel nie mit Holly darüber gesprochen, dass ich in ihren Bruder verknallt war. Wann immer die Rede auf ihn kam, tat ich so, als sei er mir wahlweise furchtbar egal oder sogar lästig. Mein Verknalltsein wandelte sich auch bald in Schwärmerei, die vergleichbar mit dem war, was man in diesem Alter für Rockstars oder Schauspieler empfand. Stephen war schließlich unerreichbar, und er lebte auch längst nicht mehr in unserem County, sondern studierte in Dublin. In diesem Jahr, 1995, war er sogar an den Greenpeace-Protesten beteiligt, bei denen es darum ging, dass die Ölplattform Brent Spar nicht einfach in der Nordsee versenkt, sondern an Land entsorgt wurde. Dass Stephen jemand war, der die Welt retten wollte, beeindruckte mich ungemein. Für mich war er ein Held, kein realer Mensch mehr, dem man auf der Straße einfach so »Hallo« sagen konnte. Und dass er der Bruder meiner besten Freundin war, erschien mir noch absurder.

Eva fing an, sich Greenpeacebuttons an Jacke und Schultasche zu heften und Poster der Umweltaktivisten in ihr Zimmer zu hängen. Ich tat es ihr gleich, ohne allerdings immer so ganz genau die Zusammenhänge zu verstehen. Eva war schon siebzehn, ich bewunderte sie, und sie freute sich, mein Vorbild zu sein.

Als Eva mit der Schule fertig war, studierte sie ein paar Semester Wirtschaft, dann arbeitete sie in einem Steuerbüro, und schließlich landete sie bei dem Glaskristallfabrikanten als Buchhalterin.

Holly, Alice und ich kämpften uns bis zum Schulabschluss durch, küssten viele Jungs, hielten mit ihnen Händchen, machten auf Schulfesten in der Mädchentoilette und an Wochenenden auf Parkbänken herum. Holly wurde immer selbstbewusster und immer attraktiver. Sie lernte, sich geschickt zu schminken und das Beste aus sich zu machen. Alice verbesserte ihre Noten, bis sie überall auf einer glatten Eins stand, kümmerte sich mit genauso viel Sorgfalt um ihr Aussehen und wurde dabei immer noch dünner. Holly und ich führten das darauf zurück, dass sie, wie sie selbst immer wieder sagte, ihren Wunsch, Schauspielerin oder Model zu werden, weiter verfolgte. Und ich? Ich war die Träumerin: Ich fotografierte viel, hielt mich gern und lang an der frischen Luft auf, vergaß oft die Zeit, weil ich mich um meine Bilder kümmerte oder mit meiner Kamera herumspielte, hatte mal gute, mal schlechte Noten, denn ich lernte nur so viel, wie ich gerade wollte. Trotzdem machte auch ich einen ordentlichen Abschluss. Ich wollte irgendetwas mit Kunst oder Design studieren.

Es hatte sich schon abgezeichnet, dass wir drei alle woanders landen würden, statt auch nach der Schulzeit zusammenzubleiben, wie wir es uns früher oft ausgemalt hatten. Als es soweit war, stand ich fast unter Schock. Ich wollte Holly und Alice wenigstens zu einem gemeinsamen Urlaub überreden. Holly war von der Idee begeistert. Alice lehnte ab: Sie würde sofort die Koffer packen und nach Dublin gehen, um sich schon einmal einzugewöhnen und auf ihr Jurastudium vorzubereiten. Zur Überraschung aller hatte sie nämlich mit einem Mal vor, Anwältin zu werden. Mein Studienplatz – ich hatte mich für Kunstgeschichte entschieden –, war in Cork, während Holly als Au Pair nach New York gehen würde, mit dem Plan, sich dann vor Ort einen attraktiven Praktikumsplatz bei einem Verlag oder einer Literaturagentur zu angeln. Ich war also die einzige von uns dreien, die in der Gegend bleiben würde. Zu der Zeit konnte ich mir einfach nicht vorstellen, woanders zu leben als in meiner Heimat. Ich liebte den Süden Irlands, ich gehörte hierher, ich glaubte, keine andere Luft atmen zu können. Cork war zirka zwei Stunden mit dem Auto von Cheekpoint entfernt. Wie oft ich jedoch nach Hause fahren würde, wusste ich noch nicht. Das würde sich ergeben.

»Wir besuchen uns doch?«, fragte ich die anderen beiden. Eine rhetorische Frage, aber ich wollte, dass wir es uns alle drei in die Hand versprachen, Freundinnen zu bleiben. Holly nickte eifrig. Alice reagierte nicht.

»Hey, Alice, was ist los?«, fragte ich sie.

»Nichts, wieso?«

»Ich habe gefragt, ob wir uns gegenseitig besuchen. Und du sagst nichts?«

Jetzt zuckte sie mit ihren knochigen Schultern. »Wenn Zeit dafür ist, warum nicht. Man muss sehr viel lernen, wenn man Jura studiert.«

Ich war wie vor den Kopf geschlagen, und als sie fort war, sprach ich mit Holly darüber. Holly sagte: »Vielleicht ist sie einfach nur aufgeregt. Was hältst du davon, wenn wir ihr einen Überraschungsbesuch abstatten, sobald sie in Dublin ist?«

Genau das taten wir ein paar Wochen später: Es war ein schrecklich heißer August, und wir waren wild entschlossen, ein paar großartige Tage in Dublin zu verbringen. Alice aber ertrug uns offensichtlich nur, von Begeisterung war nichts zu spüren. Wir ärgerten uns über sie. Doch als wir wieder zurückfahren wollten, war sie diejenige, die sagte: »Wir sehen uns an Weihnachten in Cheekpoint, oder?«

Ich war glücklich, sie das sagen zu hören. »Ja! Natürlich!« Dass Weihnachten alle zu Hause sein würden, daran bestand kein Zweifel. Ich umarmte sie, und Holly legte die Arme um uns beide. Wie ein Kleeblatt standen wir drei da. Wir klammerten uns aneinander, als wüssten wir, dass es das letzte Mal sein würde, dass wir uns so nahe waren.

Im September des Jahres 2000 verabschiedete ich Holly am Flughafen von Cork und bezog mein winziges Studentenzimmer. Ich konzentrierte mich auf meine Seminare und die neuen Menschen, die ich kennenlernte. Es war spannend, in eine andere Welt einzutauchen. In die Welt der Bilder, in die Welt, wie andere sie sahen: die Künstler. Und zu lernen, wie man über diese Welt spricht, wie man Bildkomposition analysiert und sich den Entstehungskontext erschließt. Mit meinen Eltern telefonierte ich, mit meiner Schwester schrieb ich mir Mails. Die Zeit bis Weihnachten verging wie im Flug. Mitte Dezember stand ich wieder am Flughafen und holte Holly ab. Wir fuhren nach Cheekpoint und erfuhren dort von meiner Schwester, dass Alice offenbar ihr Studium geschmissen hatte und wieder bei ihren Eltern wohnte. Die Nachricht traf uns vollkommen unvorbereitet, denn in der ganzen Zeit hatten wir nichts mehr von Alice gehört.

»Sie hat noch im ersten Trimester geschmissen?«, fragte ich fassungslos. Holly und ich saßen mit Eva in der Küche meiner Eltern und wärmten unsere kalten Finger an dampfenden Teetassen.

»Ich hab nur gehört, dass sie wohl seit Anfang Dezember wieder hier ist. Gesehen hab ich sie auch nicht.« Eva hob die Schultern und goss sich Tee nach.

»Warum hast du mir denn nichts gesagt?«, fragte ich verärgert.

»Ich dachte, du weißt das längst. Ihr seid doch Freundinnen!«

»Ja«, sagte ich leise. »Dachte ich jedenfalls.«

Und Holly sagte: »Ich habe ihr ständig Mails geschrieben. Fast so oft wie dir. Sie hat nie geantwortet. Ich dachte dann, sie wollte sich voll auf das neue Leben stürzen und habe sie schließlich in Ruhe gelassen. Ich wusste ja, dass wir uns Weihnachten hier sehen würden.«

»Mir hat sie auch nicht geantwortet, ich hatte mich im Oktober bei ihr gemeldet.«

Eva schüttelte langsam den Kopf. »Das konnte ich ja nicht wissen.«

»Nein, natürlich nicht«, sagte ich. Und zu Holly gewandt: »Wir gehen zu ihr rüber.«

Holly nickte. Wir packten uns wieder warm ein und stapften durch den scharfen, kalten Wind die Straße entlang zum Haus von Alice' Eltern, den Tannerts.

»Als wir uns von ihr verabschiedet haben«, sagte Holly, »da dachte ich wirklich, dass sie sich auf Weihnachten freut. Dass sie vielleicht nur angespannt war, weil sie nicht wusste, was auf sie zukommen würde. Neue Stadt, und dann das Studium, neue Leute …«

»Stimmt, das ging mir auch so«, sagte ich. »Sie freut sich ja vielleicht auch, aber dass sie uns nichts von ihrem Studium erzählt hat, das ist schon ein Ding. Wir sind doch ihre Freundinnen.«

Auf unser Klopfen reagierte niemand. Wir klingelten und klopften weiter. Schließlich hatten wir Licht in ihrem Zimmer gesehen. Aber nichts geschah. Wortlos ließ mich Holly stehen und ging ums Haus herum. Ich folgte ihr. Sie ging einfach zur Hintertür, die offen war. In der Küche saßen Alice' Eltern und sahen uns verärgert an.

»Oh, hi«, sagte Holly und tat so, als wäre es das normalste der Welt, einfach so reinzuplatzen. Es hatte mal Zeiten gegeben, da war es normal gewesen. Aber irgendwann waren wir bei Alice nur noch durch die Vordertür gekommen. »Wir haben gehört, dass Alice auch schon da ist. Wir wollten sie besuchen.«

Mrs. Tannert stand auf und verließ, eine Entschuldigung murmelnd, die Küche. Ihr Vater erhob sich ebenfalls, aber nicht um uns hereinzubitten und einen Platz anzubieten, sondern um zu sagen: »Tut mir leid, dass ihr umsonst gekommen seid. Sie ist nicht hier.«

Es war offensichtlich, dass er nicht die Wahrheit sagte. Aber was sollten wir tun? Ihm ins Gesicht sagen, dass er uns anlog? Und was, wenn er doch die Wahrheit sagte, wenn das Licht oben nur so brannte und er sich gerade einfach unglaublich komisch benahm?

»Wann kommt sie denn? Sie kommt doch sicherlich an Weihnachten nach Hause?«, fragte ich.

»Sie meldet sich dann bei euch, ganz sicher.« Mr. Tannert legte die Hand an den Türrahmen und versperrte uns den Weg. Als hätte er Angst, wir wollten ins Haus eindringen.

»Wie geht es ihr? Wir haben gar nichts mehr von ihr gehört«, sagte Holly.

»Gut, gut, sie hat viel zu tun. Sie lernt viel und geht viel aus und hat viel Spaß mit den neuen Leuten. Also dann, ich sag ihr, dass sie sich bei euch melden soll. In Ordnung?«

Wir ließen uns abwimmeln, so überrumpelt waren wir von den Lügen des Vaters. Von wegen »viel lernen«. Wir murmelten etwas von »Grüße ausrichten« und gingen.

Wir mussten wissen, was mit ihr los war. Wir schickten ihr eine Mail. Wir schrieben eine SMS, und noch eine. Dann riefen wir sie auf dem Handy an, aber es war ausgeschaltet. Die Mailbox war nicht aktiviert. Am nächsten Tag gingen wir am Haus vorbei, klingelten diesmal aber nicht. Am darauffolgenden Tag gingen wir zweimal am Haus vorbei, tags drauf wieder. Und da sahen wir sie an einem der Fenster im ersten Stock. Es war bereits dunkel, das Zimmer war nur schwach erleuchtet, aber ihre langen dunklen Haare, ihre zarte Gestalt waren unverkennbar. Wie Schneewittchen sieht sie aus, dachte ich, als sie sich zum Fenster drehte, um die Vorhänge zuzuziehen. Hatte sie uns gesehen? Wir klopften an die Tür, niemand öffnete.

»Sie will uns nicht sehen«, sagte ich zu Holly.

»Das ist bitter«, antwortete sie.

Ich fühlte mich, als hätte ich etwas Schlechtes gegessen, das mich nun von innen vergiftete: Da standen wir vor dem Haus unserer Freundin, und sie ließ uns nicht herein, ohne dass wir den Grund erfuhren. Ganz offensichtlich geschah hinter diesen Mauern etwas, von dem wir nichts wissen durften. Alice hatte sich entschieden, die Freundschaft mit uns zu beenden und uns in der Kälte stehen zu lassen.

Ich konnte nicht anders. Ich fing an zu weinen. Holly nahm mich in den Arm und führte mich zurück zu unserem Hof.

Wir warteten nun bis zum zweiten Weihnachtsfeiertag, dann brachten wir kleine Geschenke vorbei. Alice sollte verstehen, dass wir sie nicht aufgeben wollten.

Diesmal öffnete ihre Mutter die Haustür, sie hatte offensichtlich jemand anderen erwartet.

»Ist Alice da?«, fragte Holly sofort, bevor Alice' Mutter die Tür wieder zumachen konnte. Sie sah nämlich so aus, als hätte sie genau das am liebsten getan.

»Äh, nein, sie ist …«

»Wir wissen, dass sie da ist. Wir haben sie doch gesehen.«

Mrs. Tannert starrte uns ertappt an. »Wo?«

»Na, im Haus, oben«, sagte Holly und machte Anstalten, sich an ihr vorbeizuschieben. Aber Mrs. Tannert stellte sich ihr in den Weg.

»Nein!«, rief sie. »Sie ist … sie schläft gerade. Sie ist krank. Also, sie hat … hohes Fieber. Und ich warte auch gerade auf den Arzt. Ich dachte, es wäre der Arzt, als es geklingelt hat. Ihr geht besser nach Hause, nicht dass ihr euch ansteckt oder so.«

Ich hielt ihr die Tüte mit den Geschenken hin: eine CD, ein Buch, ein paar Plätzchen, ein hübsches Halstuch.

Dinge, von denen wir wussten, dass Alice sie mochte. Jedenfalls die Alice, die wir einmal gekannt hatten.

»Aber das geben Sie ihr, ja?«

Alice' Mutter zögerte, gab sich dann aber einen Ruck und nahm die Tüte.

»Gute Besserung«, sagte ich und wollte schon gehen, aber Holly packte mich am Arm und hielt mich zurück.

»Wir wollen sie sehen. Wir stecken uns schon nicht an.« Sie starrte Mrs. Tannert trotzig an.

»Es geht nicht«, sagte sie, und ihre Stimme klang, als wäre sie den Tränen nahe.

»Warum nicht?«, sagte Holly leise. »Entschuldigen Sie, wenn ich das so direkt sage, aber ich habe nicht den Eindruck, dass Sie ehrlich zu uns sind. Was ist mit Alice los?«

Mir blieb der Mund offen stehen. So mit Erwachsenen zu reden, mit den Eltern einer Freundin – ich mochte vom Alter her volljährig sein, aber in dieser Hinsicht war ich noch ein Kind. Holly hatte sich viel schneller entwickelt und war viel selbstbewusster als ich.

Auch Mrs. Tannert war überrascht von Hollys bestimmtem Auftreten. Und dann brach sie noch auf der Türschwelle in Tränen aus und schluchzte so herzzerreißend, dass ich völlig vor den Kopf geschlagen war. Im selben Moment waren schnelle Schritte auf der Treppe zu hören. Ihr Mann polterte die Stufen herunter, legte den Arm um seine Frau, starrte uns böse an und zog sie ins Haus und knallte wortlos die Tür zu.

»Oh scheiße«, sagte Holly zu der geschlossenen Tür.

Ich nahm ihre Hand. »Lass uns gehen«, sagte ich leise. Sie nickte.

Wir schlugen den Weg zum Hof der Brysons ein. Ich wollte Hollys Vater noch frohe Weihnachten wünschen.

»Sie muss sehr schwer krank sein«, sagte Holly.

»Warum sagt uns niemand was?«

Sie seufzte. »Ich weiß nicht. Aber wenn sie schon seit ein paar Wochen hier ist und die Uni schmeißen musste, ist es wohl sehr, sehr ernst.«

»Dann ist es sicherlich keine Grippe mit Fieber.«

»Nein.«

»Es ist etwas ganz anderes.« In mir regte sich eine Ahnung.

Holly blieb stehen und sah mich an. »Was denkst du?«

»Ich glaube, sie ist …« Ich musste mir einen Ruck geben, um es auszusprechen. »Ich glaube, sie ist schwanger.«

Holly riss die Augen auf. »Schwanger?!«, wiederholte sie. »Livvie, meinst du wirklich?«

»Was soll es denn sonst sein? Du hast es doch selbst gesagt. Sie schmeißt das Studium und versteckt sich. Bestimmt schämt sie sich furchtbar.«

Sie schüttelte den Kopf. »Ich glaub das nicht. Sie ist nicht schwanger.«

»Was denn sonst?«, wiederholte ich.

Holly hob den Blick und sah mich fest an. »Vielleicht ist sie magersüchtig.«

»Unsinn!«, rief ich. »Wie kommst du darauf? Ich meine, klar, sie ist schrecklich dünn. Aber sie ist eben ein nervöser Typ. Seit deinem Unfall ist sie … hat sie schwache Nerven. Bestimmt hat sie Probleme mit dem Magen. Sie lernt ja auch so viel.« Ich stolperte nur noch durch meine

Gedanken. »Magersüchtig? Also, ich weiß nicht. Das glaube ich nicht!«

»Ich wollte eigentlich warten, bis wir sie gesehen haben. Aber jetzt müssen wir drüber reden. In New York hab ich eine Frau kennengelernt«, sagte Holly, »die sieht genauso aus und verhält sich auch genauso wie Alice. Na ja, vielleicht ist ›kennengelernt‹ zu viel gesagt. Sie wohnt im selben Haus, in der die Agentur ist.«

»Aber das heißt doch nicht …«, hob ich verzweifelt an.

»Ich habe meine Chefin gefragt, was mit dieser Frau los ist, und sie hat es mir erzählt. Sie hat gesagt, sie musste schon ein paar Mal den Krankenwagen rufen, weil die Frau auf der Treppe zusammengebrochen ist. Im Sommer läuft sie auch in Wintersachen rum, weil sie ständig friert. An ihrem Körper ist kein bisschen Fett, sie friert eigentlich immer. Im Krankenhaus wird sie dann immer eine Weile künstlich ernährt, bis sie sich wieder selbst entlässt und nach Hause geht. Bis alles wieder von vorne losgeht. Meine Chefin hat gesagt, sie wiegt unter vierzig Kilo.«

»Alice hat doch nicht …« Ich hielt inne und dachte an die weite Kleidung, die sie auch im Sommer oft getragen hatte. Mir fiel ein, dass sie immer eine Ausrede gehabt hatte, wenn es ums Essen ging, aber ich hatte mir nie etwas dabei gedacht, wenn sie gesagt hatte: »Nein, danke, ich hab schon zu Hause gegessen« oder Ähnliches. Warum auch.

»Magersüchtig«, sagte ich leise. »Oh Gott.«

»Sag, dass ich komplett danebenliege«, sagte Holly matt.

»Ich glaube nicht. Es passt alles zusammen«, antwortete ich hilflos.

Ich fühlte mich schuldig und schlecht, nicht gesehen zu haben, dass meine Freundin vermutlich so krank geworden war. Ich sagte zu Holly: »Hattest du schon früher so einen Verdacht?«

»Nein, der kam mir erst in den letzten Monaten. Kennst du jemanden, der magersüchtig ist? Kennen unsere Eltern jemanden? Ich hab davon mal gelesen oder gehört. Models sind magersüchtig. Oder Schauspielerinnen. Oder welche, die Model oder Schauspielerin werden wollen. Aber nicht ganz normale Mädchen. Meine Güte, Alice, die wollte doch …« Sie schnaufte.

»Weißt du noch, wie sie gesagt, hat, dass sie Model werden wollte?«

»Da war sie zwölf«, sagte Holly. »Jetzt wollte sie Jura studieren!«

Ich schüttelte fassungslos den Kopf. »Wieso will Alice denn abnehmen, sie hatte doch gar keinen Grund! Sie war immer so hübsch!«

»Ich glaube, es geht darum, die Kontrolle zu behalten.«

»Die Kontrolle?«

»Man hat den Eindruck, dass nichts im Leben richtig läuft, und dann will man wenigstens die Kontrolle über seinen eigenen Körper haben. Es ist eine Krankheit«, fügte sie hinzu und starrte zu Boden.

»Sie ist es, oder?«

»Ich denke schon. Und wir haben es nicht gemerkt.«

»Nein.« Ich versuchte zu verstehen, aber ich konnte es nicht. Alice Tannert hatte doch immer alles gehabt. Sie war ein von ihren Eltern verwöhntes, geliebtes Einzelkind. Sie zählte immer zu den hübschesten Mädchen. Dass ihre schulischen Leistungen nicht glänzend gewesen waren, hatte sie ja dann geändert. War in dieser Zeit die Magersucht gekommen? Warum war es ihr mit einem Mal so wichtig gewesen, Klassenbeste zu sein?

Es musste daran liegen, was in der Zeit geschehen war, in der sie sich »erholt« hatte.

Wir hatten Hollys Zuhause erreicht. Sie öffnete die Tür, und ich konnte die Stimmen von Stephen und Mr. Bryson hören. Aber Holly zog mich gleich die Treppe hinauf in ihr Zimmer.

»Damals in der Psychiatrie«, begann ich. Wir hatten es nie sicher erfahren, aber uns beiden war irgendwann klar gewesen, dass sie in der Psychiatrie gewesen sein musste, nicht in irgendeinem Krankenhaus. Alles andere ergab wenig Sinn. »Wer weiß, was da mit ihr geschehen ist.«

»Sie ist kranker rausgekommen, als sie rein ist.« Holly warf sich auf ihr Bett.

»War sie schon magersüchtig, als du den Unfall in der Scheune hattest?«

Sie starrte ins Leere. »Meinst du, ich bin schuld?«

»Was?«

Jetzt sah sie mich an. »Na, meinst du, sie hat sich über mich geärgert und war dann total erschrocken, weil ich runtergefallen bin, und dann hatte sie ein schlechtes Gewissen und ist darüber ein bisschen ...« Sie malte Kreise mit dem Zeigefinger in die Luft neben ihrem Kopf. » ... verrückt geworden?«

»Quatsch«, rief ich. Aber dann hörte ich wieder ihre Stimme, ein Echo aus der Vergangenheit. Alice, die rief, ich hätte Holly umgebracht. Mit dieser Genugtuung, diesem Triumph, der mitschwang.

»Was ist?«, fragte Holly, die sah, dass mich etwas beschäftigte.

Ich erzählte ihr von dem irren Triumph in Alice' Stimme. Davon, dass sie gerufen hatte: »Ich will aber, dass sie tot ist!«, nachdem Stephen verkündet hatte, Holly sei verletzt, aber am Leben.

Holly schwieg eine Weile, dann sagte sie endlich: »Warum hast du mir das nie gesagt?«

Ich hob die Schultern. »Was hätte das denn gebracht? Sie war aufgeregt und wusste nicht, was sie sagt. Du wärst doch dann nur sauer gewesen und …«

»Mein Gott, sie war offenbar total durchgeknallt!« Holly setzte sich aufrecht hin. »Was tun wir jetzt?«

»Was sollen wir tun? Ihre Eltern lassen uns nicht zu ihr. Wir können gar nichts tun.«

»Wir schreiben ihr einen Brief. Und sagen ihren Eltern, sie muss ihn lesen!«

Wir setzten uns gemeinsam an ihren schmalen Schreibtisch und feilten in den nächsten Stunden an jedem einzelnen Satz, bis wir uns schließlich auf eine sehr schlichte, kurze Botschaft einigen konnten: »Alice, wir glauben fest an dich. Wir lieben dich. Du wirst wieder gesund. Deine besten Freundinnen Holly und Livvie.«

Zur Sicherheit lasen wir uns die Zeilen noch einmal gegenseitig laut vor. Uns kamen dabei sogar einige Tränen. Es war, als hätten wir zu diesem Zeitpunkt schon geahnt, dass wir unsere Freundin nie mehr wiedersehen würden.

Wir suchten eine Weihnachtskarte und schrieben den Text ordentlich ab.

Wir brachten ihn zum Haus der Tannerts, wo zwar Licht brannte, aber niemand öffnete. Vor dem Haus stand ein fremder Wagen, vermutlich der Arzt, von dem Mrs. Tannert gesprochen hatte.

Zwei Tage später war das Haus der Tannerts dunkel und verlassen. Auch im neuen Jahr war nichts von ihnen zu sehen. Sie kamen nicht mehr wieder, und wir erfuhren erst viele Wochen später, dass Alice unseren Brief nicht mehr hatte lesen können. Sie war in der Nacht vom 26. auf den 27. Dezember gestorben.

7.

Die erste Nacht in meinem alten Kinderzimmer hatte mir erstaunlich gutgetan. Als ich morgens aufwachte, war es bereits zehn Uhr. Die Sonne schien in mein Zimmer, aber sie hatte mich nicht geweckt. Ich hatte so tief und fest geschlafen wie schon lang nicht mehr. Ich versuchte, mich daran zu erinnern, was ich geträumt hatte, aber es gelang mir nicht. Ich wollte nicht sofort aufstehen, sondern noch einen Moment lang die Sonnenstrahlen genießen, die mein Bett streiften. Es war ein schmales Kinderbett, vielleicht achtzig Zentimeter breit, und nicht einmal ein richtiges Bett, sondern eher eine Polsterwulst, wie ein Sofa ohne Lehne. Ich hätte erwartet, Rückenschmerzen zu haben, einen steifen Nacken vielleicht, oder dass ich im Schlaf rausfallen würde, weil ich nachts immer viel Platz brauchte. Aber nichts davon war eingetreten.

An den Wänden hingen noch die Poster, die ich mir mit sechzehn oder siebzehn aufgehängt hatte. Die Poster von Greenpeace und Musikgruppen waren billigen Kunstdrucken gewichen. David Hockney, Yves Klein, John Baeder, eine wilde Mischung. Dazu Postkarten mit Fotos von William Klein, Ansel Adams, Man Ray … An der Wand über dem Bett hingen drei Regalbretter, die mir als Bücherregale gedient hatten. Ein paar Bücher standen noch hier, ich hatte sie nie mitgenommen, weil ich schnell über sie hinausgewachsen war: Einführung in die Kunst der Fotografie. Die Geschichte der Malerei. Die Geschichte der Architektur. Die hundert wichtigsten Designklassiker. Baustile im Wandel der Jahrhunderte.

Einsteigerbücher. Ich lächelte, während ich bei jedem der Bücher daran dachte, wann und wo ich sie mir gekauft hatte, oder wer sie mir zum Geschenk gemacht hatte. Meine Mutter hatte immer wieder gefragt: Willst du nicht mal einen Roman lesen? Sollen wir dir eine CD zum Geburtstag schenken? Ich hörte dieselbe Musik wie meine Schwester, wohl aus Bequemlichkeit. Ich interessierte mich damals aber schon mehr für die Gestaltung der Heftchen, in denen die Songtexte abgedruckt waren. Auch an Büchern interessierten mich die Cover mehr als die Geschichten zwischen den Buchdeckeln. Wenn es nicht gerade um Kunst ging, oder Architektur, Fotografie, Design.

Ich dachte daran, wie ich mit meiner Kamera ständig Bilder geknipst und mein ganzes Taschengeld für Filme und die Entwicklung ausgegeben hatte. Wie ich an der Schule in den Fotografiekursen Schwarz-Weiß-Fotos selbst entwickelt und oft so lang in der Dunkelkammer gearbeitet hatte, bis mich der Hausmeister rauswerfen musste. Wie lange es gedauert hatte, bis ich ein Auge für die wirklich besonderen Motive entwickelt hatte. Wie ich dann später meine erste Digitalkamera besaß und Fotos auf den Rechner hochlud, um sie zu bearbeiten …

Ich setzte mich auf, sah müßig den Staubkörnern zu, die im Sonnenlicht tanzten, und überlegte, wo meine Mutter meine Kamera hingepackt haben könnte, die sie aus St. Andrews mitgenommen hatte. Es war schon eine

Weile her, dass ich mit Lust und Hingabe fotografiert hatte. Als es zwischen mir und Josh angefangen hatte zu kriseln, hatte ich das Interesse verloren. Meine Gedanken waren zu zerstreut, als dass ich mich auf Motivsuche hätte begeben können. Und seit unserer Trennung hatte ich nicht einmal mehr daran gedacht, dass ich überhaupt eine Kamera besaß. Andererseits, was hätte ich im Krankenhaus auch fotografieren sollen? Die Patientin, die mit mir das Zimmer geteilt hatte, wäre ein wundervolles Motiv gewesen. Aber in diesem Kontext zu fotografieren, wäre mir unpassend erschienen. Ich eignete mich ganz offensichtlich nicht zu einer echten Fotografin, die wirklich jede Gelegenheit für ein gutes Bild ergreifen würde. Einmal hatte ich auf einem Uniball eine Fotojournalistin kennengelernt. Statt einer kleinen Handtasche, die zum Ballkleid passte, hatte sie eine Kameratasche umhängen. Als wir kein Taxi mehr bekamen und barfuß über das Kopfsteinpflaster der Altstadt gingen, hörten wir Rufe vom Strand. Wir drehten um und sahen nach, dachten, es sei etwas passiert, aber dann waren es nur ein paar Studenten, die in voller Robe in der vom Vollmond beschienenen Nordsee tanzten. Die Fotografin drückte mir ihre Kameratasche in die Hand, nahm den Fotoapparat heraus und warf sich in den Sand, um den besten Winkel für das Bild zu bekommen. Ihr Kleid war ruiniert. Ihr Foto wurde abgedruckt. Sie war glücklich.

Wie jeden Morgen seit dem Angriff auf mich befragte ich meinen Körper. Wo waren die Schmerzen, wie stark waren sie, was konnte ich mir heute zutrauen? Die Wunden taten mit jedem Tag weniger weh, außer bei heftigen Bewegungen, die ich natürlich vermeiden musste. Die

Narben verheilten sehr gut, und die Gehschiene würde ich in zwei Wochen wohl nicht mehr brauchen, jedenfalls nicht mehr den gesamten Tag über. Meine Mutter bestand selbstverständlich darauf, mit mir leichte Übungen zu machen, um Fehlbelastungen zu vermeiden und die übrige Muskulatur zu stärken.

»Sie haben Glück, dass der Knöchel nicht gebrochen ist«, hatte man mir nach dem Röntgen gesagt. »Bänderrisse sind zwar sehr schmerzhaft, aber sich ein so kompliziertes Gelenk zu brechen, bringt häufig sehr schwere Komplikationen.« Es hatte aufmunternd klingen sollen. Ich fühlte mich danach nur wenig aufgemuntert. Aber jetzt dachte ich: In ein paar Wochen kann ich mich wieder ganz normal bewegen. Ich zuckte kaum noch zusammen, wenn ich beim Duschen die Narben spürte oder sie beim Umziehen im Spiegel sah. Wie schnell man sich an etwas gewöhnen konnte ... Auch an die Stimme gewöhnte ich mich langsam, die mir jeden Tag leise und eindringlich sagte: *Es ist deine eigene Schuld, es ist deine eigene Schuld. Hättest du nur auf Josh gehört.*

Doch darüber wollte ich nicht nachdenken, nicht jetzt. Ich richtete mich auf, streckte die Arme, gähnte ausgiebig und schwang die Beine aus dem Bett. Der Teppichboden war ganz warm vom Sonnenlicht. Ich suchte gerade meine Kleider zusammen, als es leise an der Tür klopfte.

»Ich bin wach«, rief ich.

Die Tür ging auf, und meine Mutter kam herein. »Ich wollte dich schlafen lassen. Dein Vater ist schon seit Stunden auf den Feldern. Ich habe heute erst ab zwölf Termine. Kann ich dir was helfen?«

Ich schüttelte den Kopf, aber dann fiel mir etwas ein.

»Wo hast du meine Kamera hingelegt, als du gestern meinen Koffer ausgepackt hast?«

Sie deutete auf das Nachtschränkchen neben dem Bett. »Wo sie immer lag«, sagte sie. »Hast du da nicht zuerst nachgeschaut?«

Ich schüttelte verwundert über mich selbst den Kopf. »Da habe ich gar nicht dran gedacht!«

Das Nachtschränkchen hatte eine Schublade und darunter ein geräumiges Fach. In der Schublade hatte ich immer einen Schreibblock und Stifte liegen gehabt, Haargummis, Knöpfe, Krimskrams. Ich öffnete die Tür unter der Schublade und fand meine Kamera, eine Leica M, auf die ich sehr stolz war. Ich hatte lange auf das Vorgängermodell gespart, und als ich vor anderthalb Jahren das Geld endlich zusammenhatte, bot mir der Händler stolz die neue Leica M an – und ich konnte das Modell als eine der ersten weltweit in der Hand halten.

»Willst du Fotos machen? Das Wetter ist ausgezeichnet, und es soll den ganzen Tag so bleiben. Sofern man das hier sagen kann.« Sie spielte auf das unberechenbar wechselhafte Wetter in unserer Gegend an. Mein Vater sagte immer, dass die Wettervorhersagen in Radio und Fernsehen viel unzuverlässiger seien als die Treffsicherheit seines Fußballclubs Waterford United, deren Auf und Ab zwischen der Premier und First Division ihn schon viele Nerven gekostet hatte. Er sagte auch, dass jeder, der Augen im Kopf hatte und in der Gegend groß geworden war, einen besseren Wetterfrosch abgab als die gelehrten Herrschaften im Fernsehen, die offenbar nie einen Fuß vor die Tür setzten.

Ich nahm meine Kamera, schaltete sie ein, überprüfte

den Akkustand. »Ich muss die Akkus erst laden«, sagte ich zu ihr.

»Frühstücken, duschen, reicht das zum Aufladen?« Sie lächelte. »Na komm, ich hab dir Kaffee gemacht.«

Ich nickte, warf mir den Bademantel über und folgte ihr die Treppe hinunter in die Küche. Meine Mutter hatte frisches Brot gebacken. Der alte Backofen stand noch offen und verströmte herrlichen Duft und angenehme Wärme. Die Kücheneinrichtung war, wie mir erst jetzt auffiel, seit Jahrzehnten nicht erneuert worden. Ich sprach meine Mutter darauf an.

»Sie gefällt uns. Wir haben Anfang des Jahres die Elektrik erneuern lassen. Und hier, Spüle und Armaturen sind neu. Sie haben nur dasselbe Design wie vorher. Deshalb sieht man es nicht sofort.«

»Der Kühlschrank ist auch neu«, sagte ich. »Sehe ich erst jetzt.«

»Dieselbe Farbe, dieselbe Größe, derselbe Hersteller, ja! Aber der Herd funktioniert immer noch einwandfrei. Der muss erst kaputtgehen, bevor wir einen neuen kaufen.«

Ich goss mir eine Tasse Kaffee ein und schielte auf das Brot. Es würde noch eine Weile dauern, bis ich davon essen konnte. Bis dahin begnügte ich mich mit Toastbrot, das ich mit Butter und Marmelade bestrich. Meine Mutter stellte eine Pfanne auf den Herd und nahm Eier aus dem Kühlschrank. »Zwei? Drei?«

»Drei«, sagte ich dankbar. Sie hatte mich zwar schon in den letzten Tagen bekocht, aber es war nochmal etwas anderes, wenn sie es hier tat, in der Küche, die ich noch aus Kindertagen kannte. Wenn ich meine Stippvisiten in den letzten Jahren gemacht hatte, war ich meist nur kurz in der Küche gewesen. Wir hatten uns im Wohnzimmer aufgehalten, dort geredet … Hatte ich die vertrauten Gespräche in der Küche gemieden, um schneller wieder fortzukommen? Hatte ich einen Bogen um diese Nähe gemacht, um nicht ständig an früher erinnert zu werden?

»Wo willst du hingehen? Und soll ich nicht besser mitkommen?«, fragte sie und schlug die Eier am Pfannenrand auf.

»Nein. Ich werde langsam gehen und gut auf mich aufpassen. Versprochen.«

»Keine Kletterpartien, ja?«

»Natürlich nicht! Das geht doch auch gar nicht mit dem Fuß.«

»Tut er noch weh?«

»Doch, ja. Aber entweder ich habe mich dran gewöhnt, oder er wird wirklich langsam besser.«

»Und dieser Überfall auf dich …«

»Mam.« Ich biss mir auf die Lippen, überlegte kurz, dann sagte ich: »Josh hat es dir nicht ganz richtig erzählt. Es war kein Überfall. Es war ein Unfall. Ich wollte einem Studenten helfen, und er hat mich aus Versehen mit dem Messer verletzt. Dann bin ich unglücklich die Treppe runtergestürzt und hab mir den Fuß verknackst. Es war einfach nur großes Pech.«

Sie sah mich an, als glaubte sie mir nicht, sagte aber nichts. Ich seufzte und wechselte das Thema. »Hat sich denn hier im letzten Jahr etwas getan? Ich überlege, wo ich hingehen könnte. Die Ruine von der alten Faithlegg Church vielleicht? Oder der alte Fischkutter. Liegt der noch vorne am Anleger und rostet vor sich hin?«

Meine Mutter kippte die Spiegeleier auf einen Teller

und stellte ihn vor mich. Sie sagte immer noch nichts, und ich wusste auch warum. Weil sie nicht damit einverstanden war, wie ich das Thema gewechselt hatte. Weil sie aber gleichzeitig meinen Wunsch, nicht weiter darüber zu reden, respektieren wollte.

»Ich spaziere vielleicht nur ein bisschen im Ort rum. Ich schaue einfach, wie weit ich komme«, sagte ich kleinlaut und machte mich über mein Frühstück her.

Ohne ein Wort fing sie an abzuwaschen. Ich starrte auf ihren Rücken und dachte: Sie wirkt so müde, so ganz ohne Energie. Was ist bloß mit ihr? Mein schlechtes Gewissen ihr gegenüber brachte mich dazu zu sagen: »Mam, ich verschweige dir wirklich keine wichtigen Dinge. Die ganze Sache ist mir nur wahnsinnig unangenehm und … sie hat mich so verletzlich gemacht. Nicht nur äußerlich verletzt. Verstehst du? Und das mit Josh … Ich will da einfach jetzt nicht so viel drüber reden. Bitte. Gib mir noch ein paar Tage.«

Sie reagierte nicht, jedenfalls nicht direkt. Sie arbeitete weiter an einem Topf herum, als wollte sie ein Loch in den Boden schrubben. »Mam? Alles okay?«, fragte ich vorsichtig. »Du musst dir keine Sorgen machen, ich werde wieder. Ich will dir doch wirklich nichts verheimlichen oder so, nur …«

Sie drehte sich abrupt um, den Spülschwamm noch in der Hand. Wasser und Schaum spritzten herum. Ein paar Tropfen trafen mich im Gesicht. Verwundert wischte ich sie fort. Sie sah es, kommentierte es aber nicht weiter.

»Es hat nichts mit dir zu tun. Ich weiß, dass du Zeit brauchst. Es ist nur …« Sie verstummte. Ihr Blick suchte hilflos etwas, um sich daran festzuhalten, fand aber nichts und irrte weiter durch die Küche. Dann wandte sie sich wieder dem dreckigen Geschirr zu.

»Was ist los, Mam?«, fragte ich leise. Ich war erschüttert, denn so hatte ich sie noch nie gesehen. »Ist was mit Dad?«

»Was soll mit ihm sein«, murmelte sie.

»Ich weiß nicht. Irgendwie … nur so ein Gefühl. Ihr seid komisch. *Du* bist komisch, seit wir hier sind. In St. Andrews warst du viel entspannter. Und deshalb frag ich dich: Ist was mit Dad?«

Sie hörte auf, das Geschirr zu malträtieren, drehte sich aber nicht zu mir um, seufzte dafür lange und tief. »Ich mach mir ein wenig Sorgen um ihn. Er ist in letzter Zeit schnell müde und erschöpft, er müsste mal zum Arzt gehen. Das ist alles.«

»Warum geht er nicht zum Arzt?«

»Weil immer irgendetwas dazwischenkommt.«

»Aber kannst du ihm denn nicht …«

»Livvie!« Endlich wandte sie wenigstens den Kopf zu mir um. »Ich kümmere mich um ihn, okay? Du weißt selbst, wie stur er ist. Du bist manchmal genau wie er.«

Ich nickte schweigend. Langsam aß ich auf, dann ging ich nach oben ins Bad, um mich für den Tag fertig zu machen.

Ich war schon wieder in meinem Zimmer und legte Verband und Gehschiene an, als ich draußen Stimmen hörte. Ich stand auf, hielt mich an der Fensterbank fest und sah hinunter. Meine Mutter rief meinem Vater etwas hinterher, der ohne zu reagieren zur Scheune hinüberging und dann die Scheunentür scheppernd hinter sich zuschlug. Meine Mutter verschränkte die Arme und blieb wie gelähmt stehen. Erst jetzt bemerkte ich, dass auch meine Schwester da war. Sie legte Mutter sacht die Hand auf den Arm. Meine Mutter erwachte aus der Erstarrung, schüttelte die Hand ab und ging in die Scheune. Eva fuhr sich mit beiden Händen durchs Haar und ging kopfschüttelnd ins Haus. Ich befestigte die Schiene und wollte nach unten gehen, um mit ihr zu sprechen, aber dann dachte ich daran, noch die Kamera mitzunehmen, weil ich sonst ein weiteres Mal herauf und hinunter müsste. Ich legte den aufgeladenen Akku in die Leica, prüfte, ob die Speicherkarte eingelegt war, packte die Kamera in die Fototasche, dazu noch einen Ersatzakku und eine zweite Speicherkarte. Dann zog ich den Mantel über und ging langsam die Treppe hinunter.

»Eva?«, rief ich. »Bist du da?«

Keine Antwort. Ich sah in der Küche nach, im Wohnzimmer und im vorderen Zimmer. Aber sie schien bereits wieder weg zu sein.

Ich verließ das Haus und ging auf die Scheune zu. Meine Eltern kamen gerade heraus. Vater lächelte mich an. »Na, gut geschlafen, hab ich gehört? Und jetzt geht's los auf Fotosafari?« Er klopfte mir im Vorbeigehen auf die Schulter. »Gutes Kind. Zeigst mir heute Abend die Ausbeute, ja?«

Ich sah ihm verwundert hinterher. Was war denn mit ihm los? Er und Mam hatten sich gerade gestritten, und jetzt hatte er blendende Laune? Hier stimmte doch eindeutig etwas nicht.

»Hast du dich entschieden, wohin du gehen willst? Zum Hafen?«, fragte meine Mutter und riss mich aus meinen Gedanken. Ich zeigte perplex in die Richtung, in der Dad verschwunden war. Aber Mam winkte nur ab.

»Alles in Ordnung«, sagte sie.

Skeptisch hob ich die Augenbrauen. »Mam!«

Sie lachte auf. »Wirklich! Ich weiß nicht, was du hast!«

»Habt ihr euch gestritten?«

»Nein! Wie kommst du denn darauf?«

»Ich habe euch doch gesehen. Und besonders innig wirkte das nicht.«

»Du hast dich geirrt.« Sie schüttelte energisch den Kopf.

Ich wusste nicht, was ich darauf sagen sollte, deshalb fragte ich: »War Eva nicht gerade noch hier?«

»Was? Hast du mit ihr gesprochen?«

»Dann würde ich wohl kaum fragen, ob sie gerade hier gewesen ist.«

»Sei doch nicht so schnippisch.«

»Ich bin nicht schnippisch, ich frage nur!«, gab ich ungeduldig zurück.

»Ja, sie war kurz da! Warum?«

»Muss sie nicht arbeiten?«

»Heute fängt sie wohl etwas später an. Also«, Mam strich sich eine Haarsträhne hinters Ohr, »wo gehst du hin?«

»Wechselst du gerade das Thema?«

Kendra schüttelte mit verständnislosem Blick den Kopf.

»Na gut. Wenn du nicht darüber reden willst. Ich denke, ich gehe zur Ruine«, sagte ich schließlich.

Mutter nickte, drückte kurz meinen Arm. »Pass auf dich auf. Du hast dein Handy dabei, ja?«

»Hab ich.«

»Übernimm dich nicht.«

»Aber nein.«

Ich sah ihr nach, als sie im Haus verschwand. Dann sah ich rüber zu den Feldern. Mein Vater stand vor einem der

Gewächshäuer und sprach mit einem seiner Mitarbeiter. Sie waren ganz weit entfernt und so winzig wie Playmobilfiguren.

Ich war stolz auf meinen Vater. Seit zehn Jahren machte sein Hof beständig Gewinn. Er war mit einem guten finanziellen Polster und großen Ländereien angetreten, als er zum biologischen Landbau umrüstete. Die Banken gewährten ihm Kredite, sodass er sich nach und nach neue Maschinen kaufen, neue Gewächshäuser bauen, feste Mitarbeiter einstellen konnte. Meine Mutter verdiente genug, um die Haushaltskosten der beiden zu bestreiten. Sie kamen ohne große Sorgen über die Runden. Und ich war froh, ihnen schon lange nicht mehr auf der Tasche zu liegen. Gerade kam jemand mit ein paar Gemüsekisten aus dem Gewächshaus, nickte meinem Vater und dem anderen Mann kurz zu und lud die Kisten in Vaters Jeep. Mein Vater winkte dem Wagen hinterher, als er wegfuhr. Dann fiel sein Blick auf mich, und er winkte.

Ich winkte zurück und machte mich auf den Weg zur Faithlegg-Ruine. Die Mittagssonne gewann an Kraft, und mir war es fast zu warm in meinem Mantel. Ich wusste aber, dass ich ihn im Schatten und bei auffrischendem Wind gut gebrauchen konnte und behielt ihn an.

Während ich die Straße hinunterging dachte ich daran, wie froh ich war, dass nicht mein Vater, sondern einer seiner Mitarbeiter jetzt hinterm Steuer saß, um die Gemüsekisten wegzubringen. Als mein Vater aus der Scheune gekommen und nah an mir vorbeigegangen war, hatte ich nämlich seine Fahne gerochen.

Er hatte morgens schon getrunken.

8.

Ich wollte die düsteren Gedanken loswerden und versuchte mir einzureden, dass ich mich getäuscht hatte. Dass alles ganz harmlos war. Vielleicht kam die Fahne von einem Medikament, flüssig eingenommen, das Alkohol enthielt. Mam hatte doch gesagt, dass es ihm nicht gut ging. Aber sie hatte auch gesagt, dass er noch nicht beim Arzt gewesen war. Ein kleiner Schluck am Morgen? Machte er das? Und wenn ja, war es harmlos? Mein Vater hatte nie viel getrunken, es passte nicht zu ihm.

Aber warum hatten sich die beiden gestritten? Mam machte sich Sorgen, dass er zu viel arbeitete und sich übernahm. Von Alkohol war keine Rede gewesen. Hätte sie es mir gesagt, wenn das ein Thema gewesen wäre? Schließlich war ich kein Kind mehr. Andererseits sprach ich im Moment auch nicht offen und ehrlich mit ihr über alles, was mich beschäftigte. Ich wollte nicht darüber reden, wie ich mich wegen Josh fühlte – mies, beschämt, verletzt, beleidigt, alles das zusammen. Und die Situation, die zu meinen schweren Verletzungen geführt hatte, war mir so unangenehm, so peinlich, dass ich sie nicht in Worte fassen wollte. Wann immer sich Gedanken und Bilder, die an diesen Tag erinnerten, in meinen Kopf schlichen, wehrte ich sie ab.

Während ich mich auf den Weg zur Ruine machte, dachte ich darüber nach, warum ich so wütend auf meine Eltern war. Dieses Nicht-darüber-reden-wollen hatte so viel Verwirrung und Unsicherheit gestiftet, was Alice betraf, und nachdem sich Josh von mir getrennt hatte mit dem Vorwurf, ich sei einfach nicht offen ihm gegenüber, hatte ich mich fragen müssen, ob ich dieses Verhaltensmuster von meinen Eltern übernommen hatte. Ausgerechnet das, was ich am meisten verurteilt hatte, machte ich ihnen nach! Aber war das wirklich so?

Tief im Innersten hatte ich außerdem wohl gehofft, hier genug Abstand von Josh und allem, was gerade in meinem Leben schieflief, zu gewinnen, und was geschah? Ich traf auf Eltern, die sich stritten und offensichtlich Sorgen mit sich herumtrugen. Hier würde ich sicherlich nicht zur Ruhe kommen.

An jeder Ecke musste ich an Alice denken.

Josh war ständig in meinem Kopf und meinem gebrochenen Herzen.

Die Schmerzen erinnerten mich an alles, was ich Josh gegenüber falsch gemacht hatte.

Und meine Eltern konnten mir gerade keinen Halt geben, weil sie selbst irgendwelche Probleme hatten, bei denen ich ihnen wiederum nicht helfen konnte, weil sie nicht darüber sprachen.

Ich blieb mitten auf dem Weg stehen. Was tat ich hier eigentlich? Konnte und sollte ich irgendetwas ändern? Jetzt in diesem Moment wohl kaum. Ich riss mich mühsam zusammen, verscheuchte die düsteren Gedanken und sah mich um. War ich wirklich gerade unterwegs nach Faithlegg? Wollte ich allen Ernstes die Ruine einer mittelalterlichen Kirche fotografieren, in Irland? Wie einfallsreich ich doch war! Dazu noch den Friedhof mit den keltischen Kreuzen, und als kleine Besonderheit die große Palme, die schon seit Jahren neben der Ruine stand? Nein, das ging nicht, das war wie in einer Touristenbroschüre. Ich verlor die Lust und ging den Weg zurück. Dann bog ich ab und nahm die Straße runter zum Hafen. Es ging, fand ich, schon erstaunlich gut.

Es war ein wunderbarer Frühlingstag, von den Eisheiligen war noch nichts zu spüren. Die meisten Leute hatten ihre Vorgärten schon hübsch bepflanzt, und als ich am Hafen ankam, schimmerte der River Suir so strahlend hell, als schwömmen Milliarden Diamanten an seiner Oberfläche.

Früher war der Hafen ein reiner Fischereihafen gewesen, die kleinen, wendigen Boote, mit denen die Fischer hinausfuhren, um vor allem Lachse zu fangen, hatten sogar einen eigenen Namen: Die Cheekpoint Prong war fünf Meter lang, maß an der breitesten Stelle keine anderthalb Meter und hatte eine Tiefe von gut sechzig Zentimetern.

In den neunziger Jahren hatte man angefangen, sehr lange ins Wasser ragende Buhnen zu bauen, bis zu zweihundert Meter lang, um zu verhindern, dass größere Schiffe über den River Suir in den Hafen von Waterford einfuhren. Dadurch war der Hafen von Cheekpoint versandet, was eine Landung verkomplizierte, und es konnten nur noch sehr kleine Schiffe und Boote anlegen. Die Cheekpoint Prongs waren schon ausgemustert worden, bevor die Fischerei für Cheekpoint an Bedeutung verloren hatte – oder vielmehr, Cheekpoint für die Fischerei. Holzboote, die ständig zum Trocknen aus dem Wasser geholt, regelmäßig abgedichtet und geteert werden mussten, waren längst nicht mehr zeitgemäß. Das Anfügen von Außenbootmotoren hatte auch gezeigt, wie instabil die Holzboote waren. Die Fischer verließen sich lieber auf neue Materialien wie Fiberglas. Das konnte nicht verrotten.

Es gab einige sehr alte, vor sich hin rostende Schiffe im Hafen, und manchmal sah man irgendwo am Ufer auch noch die ein oder andere Cheekpoint Prong, die jemand aus Sentimentalität dort liegen und verrotten ließ oder mit Blumen bepflanzt hatte.

Der Hafen lag direkt am Zusammenfluss von River Suir und River Barrow, und am Ufer gegenüber sah man die beiden hoch aufragenden, schmalen Schornsteine der Great Island Power Station, einem Gaskraftwerk, von dem die Betreiber und Investoren behaupteten, es gehöre bald zu den »saubersten, effizientesten und zuverlässigsten« in ganz Irland. Aussagen, bei denen die Bewohner nur die Augenbrauen hoben: Erst einmal abwarten.

Aus fotografischer Sicht war es für mich ein schöner Gegensatz: Hier ein rostendes Fischerboot, malerisch und mit dem Charme des Verfalls, der Ausklang einer Ära, dort im Hintergrund, verschwommen nur, weil ich den Fokus so setzen würde, aber doch zu erkennen, das Neue, das Moderne. Ich machte einige Bilder, von denen ich sicher war, dass sie gelungen waren, und sah mich nach weiteren Motiven um. Jemand hatte Ende der 1990er Jahre eine große, bunte Statuette der Heiligen Jungfrau Maria errichten lassen. Eine weitere Figur, eine Schutzsuchende, kniete davor und betete Maria an, stellvertretend für alle, die sich aufs Wasser begaben. Ein paar Meter entfernt war ein großes Kruzifix aufgestellt worden. Die christliche Seefahrt, dachte ich, und zugleich waren Seeleute abergläubischer als die meisten anderen Berufsgruppen. Aber das passte zu Irland. Ein tiefkatholisches Land, und die Menschen stellten noch Milch raus, um die Feen zu füttern.

Ich überlegte, wie ich diesen Gegensatz im Bild festhalten konnte, ob sich etwas fand, aber ich bekam keine guten Ideen. Ich machte ein paar uninspirierte Fotos, die ich wahrscheinlich zu Hause gleich wieder löschen würde. Dann fiel mir etwas ein: Das rätselhafte Flurkreuz, das wir einmal als Kinder entdeckt hatten. Ob es noch da war? In meiner Erinnerung war es an einer einsamen Stelle, an der selten jemand vorbeikam, errichtet worden. Die Maria als Universalschutzheilige am Hafen leuchtete mir ein. Welchem Heiligen gedachte man mit dem Flurkreuz, vor dem damals frische Blumen gelegen hatten? Es mochte eine unsinnige Idee sein, die zu nichts führte, aber ich hatte sonst nichts zu tun, ich war auf der Suche nach Motiven, um mich zu beschäftigen, und ich brauchte Bewegung. Nicht zuletzt, um so einigen trüben Gedanken davonzulaufen. Oder in meinem konkreten Fall wohl eher: davonzuschleichen. Wirklich zügig ging es mit der Gehschiene noch nicht voran, aber die frische Luft tat mir gut.

Nachdem mich meine Mutter aus dem Krankenhaus abgeholt hatte, hatte sie mir sofort verordnet, mehr als nur einen kleinen mittäglichen Spaziergang zu unternehmen. »Deine Muskulatur verkümmert doch sonst. Und du hast ohnehin so einen schrecklichen Beruf, bei dem man nur rumsitzt. Schrecklich natürlich nur im physiotherapeutischen Sinne«, fügte sie augenzwinkernd hinzu.

In den zwei Tagen, die sie bei mir in St. Andrews gewesen war, hatte sie mich drei, vier Stunden an die Luft gezerrt, und es hatte mir gutgetan. Der kleine Ausflug gestern ebenfalls, und auch, wenn wir keine anstrengende Strecke zurückgelegt hatten, auch wenn wir langsam gegangen waren, spürte ich heute so etwas wie Muskelkater. Sie hatte recht, ich musste in Bewegung bleiben.

Es war nicht mehr möglich, vom Hafen aus die Nordspitze zu umlaufen und das östliche Ufer am Wasser entlangzugehen, wie wir es als Kinder getan hatten. In den 1990er Jahren hatte es einen Bauboom gegeben, und teilweise wurde dort heute noch gebaut. Grundstücke mit Blick aufs Wasser waren begehrt. Herumstromernde Kinder auf Privatbesitz hingegen nicht gern gesehen. Eine herumstromernde Erwachsene mit einer Gehschiene schon gar nicht. Ich hielt mich an die Straßen, bog dann ab, hinunter zu Ryans Quay, weil ich dachte, südlich davon könnte ich am Wasser entlanggehen, aber auch von dort aus ging es nicht weiter. Ich kehrte um, musste zurück auf die Hauptstraße und ging wieder um den Minaun herum, bis ich fast schon auf Höhe von Faithlegg war. Vielleicht sollte ich doch nur zur Ruine, dachte ich. Die Sonne schien immer noch warm, der Mantel war mir schon eine Weile lästig, obwohl ein frischer Wind blies, und ich fühlte mich ein wenig erschöpft bei dem Gedanken, dass ich den ganzen Weg ja wieder zurückgehen musste. Ich hatte bisher vielleicht drei Kilometer zurückgelegt, wenn ich mein Vor und Zurück mit einrechnete, und hatte dafür fast zwei Stunden gebraucht. Ich wusste nicht, wie lange ich noch unterwegs sein musste, um das Flurkreuz zu finden, zumal ich mir nach so vielen Jahren, nach Jahrzehnten eigentlich, nicht mehr sicher sein konnte, dass ich es finden würde. Gäbe es noch die Trampelpfade am Flussufer, lägen die Dinge anders. Aber ich kam ja nicht bis zum Wasser. Dann sah ich einen unbefestigten Feldweg, an dem entlang neu aussehende Häuser standen. Ich verließ die Hauptstraße und ging den Weg hinunter. Der Feldweg verzweigte sich immer wieder nach rechts und links, doch führten diese kleinen Wege fast immer zu neuen Häusern. Doch dann hörte die Bebauung zur Wasserseite hin auf. Nur noch Felder lagen zu meiner Linken. Pferde grasten friedlich, ich entdeckte zwei Schimmel, die im Schatten standen und wohl schliefen. Die Koppeln waren nicht eingezäunt, oder vielleicht waren sie es, und ich würde die dünnen Elektrozäune erst sehen, wenn ich näher herankam. Ich ging immer weiter und hatte mit einem Mal das Gefühl, genau richtig zu sein. Hier irgendwo müsste es stehen, dachte ich, und sah mich um. Es gab einen kleinen Trampelpfad, der in Richtung des Ufers führte und vermutlich entstanden war, um besser zu den Pferden zu gelangen. Ich folgte ihm. Ein gutes Stück vor mir sah ich einen bunten Spielzeugdrachen aufsteigen. Ich würde also nicht allein sein, stellte ich erleichtert fest, nicht die einzige sein, die hier möglicherweise unerlaubt über die Felder wanderte. Andererseits hatte ich keine Hinweise darauf gesehen, dass jemand das Betreten des Lands untersagt hätte.

Tatsächlich kam ich bis hinunter ans Ufer, und ich musste nicht lange suchen, bis ich das Flurkreuz entdeckte. Doch bevor ich dorthin ging, um es mir genauer anzusehen, nahm ich meine Leica und schoss Fotos von dem kleinen Jungen, der den Drachen steigen ließ. Der Anblick war einfach zu hinreißend. Ein etwa siebenjähriger Junge mit karottenroten Locken und sommersprossiger, heller Haut im satten Grün des Grases und der Büsche, das sich vom Tiefblau des Flusses und des Himmels abhob. Dazu der flatternde bunte Drachen, der einen langen Schwanz mit weißen Wimpeln hinter sich herzog. Der Junge trug Jeans und eine Jeansjacke und war voll und ganz auf sein Spielzeug konzentriert. Er bemerkte mich gar nicht.

Als ich genügend Fotos von dem Jungen und seinem Fluginstrument gemacht hatte, ging ich zu dem Flurkreuz. Darin stand ein Mönch im Habit der Dominikaner. Er hielt ein Kruzifix in der einen, eine Statue von Maria mit dem Jesuskind in der anderen Hand. Ich erkannte ihn, da er mir einmal im Studium untergekommen war: Es war der heilige Hyazinth von Polen. Ein Freund des heiligen Dominikus, dem Begründer des Predigerordens, der Dominikaner. Ich machte einige Detailaufnahmen der nicht besonders kunstvoll geschnitzten, aber doch sehr ausdrucksstarken, erhaben wirkenden Holzfigur, deren Farben zunehmend verblassten und verwitterten. Was machte der Schutzheilige von Polen und Litauen hier? Wahrscheinlich hatten hier einmal Einwanderer aus diesen Ländern gelebt, oder lebten noch hier, und hatten dieses Wegekreuz errichtet. Ich trat einen Schritt zurück und sah am Fuße des Kreuzes eine Steinvase mit Narzissen. Sie waren zwar nicht mehr ganz frisch, aber jemand kam noch immer hierher und legte Blumen ab. Ich konnte mich nicht erinnern, damals eine Vase bemerkt zu haben, aber zwanzig Jahre waren eine lange Zeit, und als Kind hatten mich solche Dinge wohl auch nicht interessiert. Ich wusste nur noch: Auch damals hatte es frische Blumen gegeben.

Ich fotografierte gerade das Kreuz in der Totalen, als ich einen gellenden Schrei hörte. Rasch drehte ich mich um, und wieder ertönte ein Schrei. Etwas musste mit dem kleinen Jungen sein! Sein Drachen flatterte haltlos durch die Luft, und der Junge schrie weiter. Ohne nachzudenken, legte ich die Kamera neben den Heiligen, rannte los, die Schmerzen im Fuß ignorierend, und dann sah ich ihn: Er war abgerutscht und hing mit den Beinen im Wasser. Die kleinen Hände umklammerten das Ufergestrüpp. Ich rannte weiter, bis ich ihn erreicht hatte, beugte mich zu ihm, packte ihn an den Armen, konnte ihn aber nicht hochziehen. Ich sprach beruhigend auf ihn ein, kniete mich hin, umfasste seinen Oberkörper und zog ihn zu mir hinauf. Die Uferböschung war nicht dramatisch tief, aber für einen so kleinen Jungen ein Abenteuer. Dazu ein gefährliches: Hätte das Wasser höher gestanden, wäre die Strömung schneller gewesen, er hätte sich vielleicht nicht halten können und wäre ertrunken. Schwer atmend lagen wir im Gras, ich hielt ihn weiter umarmt, er lag auf mir. Der Junge weinte voller Angst und zitterte am ganzen Leib. Erschöpft schloss ich die Augen. Jetzt spürte ich den pochenden Schmerz in meinem linken Knöchel. Ich hätte am liebsten mindestens so laut geschrien wie der Junge noch vor einer Minute.

Ich spürte, wie der kleine Körper von mir gehoben wurde. »Komm her, Kleiner. Komm«, sagte eine Männerstimme. Ich öffnete die Augen und musste gegen die Sonne blinzeln.

»Sie sollten besser auf ihren Sohn aufpassen. Er wäre fast ertrunken«, zischte ich den Mann an, der über mir stand.

Der Junge heulte jetzt laut los.

»Ist ja gut. Es ist doch nichts passiert«, sagte der Mann in beruhigendem Ton. »Ich hab dir doch schon mal gesagt, geh nicht zu nah ans Wasser, das ist sehr, sehr gefährlich! Gerade hier!«

»Aber mein Drachen!«, heulte der Junge.

»Einen Drachen kann man sich wieder kaufen. Aber wenn du erstmal da draußen im Fluss treibst, was dann?«

»Das war mein Lieblingsdrachen! Der ist so gut geflogen wie sonst keiner!«

»Hey. Sean. Du bekommst einen neuen. Okay? Aber du musst mir versprechen, und wirklich, wirklich versprechen, dass du so etwas nie wieder tust. Hast du mich verstanden?« Der Mann klang jetzt gar nicht mehr beruhigend, sondern sehr ernst und eindringlich, und der kleine Junge schien endlich zu verstehen. Er weinte wieder laut und umklammerte das Bein des Mannes. Ich richtete mich im Gras auf, stützte mich auf die Ellenbogen, und sah mir den Mann an: zerzaustes, etwas zu langes, fast schwarzes Haar, in dem sich erste graue Strähnen zeigten, sehr groß, sehr sportlich. Klein-Sean kam äußerlich wohl eher nach seiner Mutter. Irgendetwas an diesem Mann aber kam mir bekannt vor, und ich überlegte, ob ich ihn von früher kannte. Ob er vielleicht einfach nur jemandem ähnelte, den ich kannte. Aber ich kam nicht drauf.

»Und jetzt ab nach Hause. Sag deiner Mutter, was passiert ist. Hast du gehört? Ich komme gleich nach. Aber du sagst es ihr, verstanden?«

Sean wollte deutlich nicht nach Hause gehen. »Mein Drachen!«

»Sean. Der Drachen ist egal. Dir ist nichts passiert. Das ist die Hauptsache. Okay?«

Sean nickte in die Hose des Mannes.

»Sag mir, dass du es verstanden hast.«

»Mir ist nichts passiert, das ist die Hauptsache.«

»Genau. Und einen Drachen kann man immer neu kaufen. Deine Gesundheit und dein Leben sind viel wichtiger und wertvoller als irgendwelche Sachen. Klar?«

»Klar.«

»Und jetzt ab.«

Sean zögerte.

»Na?« Der Mann stupste ihn neckisch an. »Angst vor deiner Mutter?«

Sean nickte.

»Quatsch. Die wird ein bisschen schimpfen, und da hat sie auch recht, weil das ganz schön doof von dir war. Und das weißt du auch. Aber sie wird sich am allermeisten darüber freuen, dass dir nichts passiert ist.«

»Wirklich?« Hoffnungsvoll und treu, wie nur ein kleines Kind schauen kann, sah er zu dem Mann hinauf.

»Wirklich. Trotzdem wird sie mit dir schimpfen. Das muss sein.« Der Mann hatte sich hingekniet, damit er mit Sean auf Augenhöhe war.

»Warum?«

»Weil du Mist gebaut hast, kleiner Mann.«

»Warum?«

»Weil du zu nah ans Wasser bist.«

Ich musste trotz allem ein bisschen grinsen über den Dialog der beiden. Der Mann schien genau zu wissen, wie er mit seinem Jungen zu reden hatte. Und der Junge wusste genauso gut, wie er seinen Vater mit Fragen an den äußersten Rand seiner Geduld treiben konnte.

»Aber mein Drachen ist weggeflogen.«

»Da musst du trotzdem aufpassen. Sprich mit deiner Mutter. Ich komm nachher vorbei. Abmarsch!«

Sean trollte sich widerwillig. Der Mann kam auf mich zu und streckte seine Hand aus, um mir aufzuhelfen.

»Was ist mit Ihrem Fuß?«, fragte er mit Blick auf mein Bein.

»Bänderriss.« Ich stellte mich unsicher hin. Auftreten war mit dem linken Fuß, trotz Gehschiene, nicht möglich. Die Schmerzen waren nicht zu ertragen.

»Warten Sie, stützen Sie sich auf mich. Ich bring Sie rüber zu der Bank.« Er deutete auf eine rot gestrichene Parkbank, die an dem Feldweg stand. Ich klammerte mich an seinen Arm und humpelte neben ihm her. Wenn ich aus Versehen mit dem linken Fuß aufkam, wimmerte ich unwillkürlich.

»Wow. Danke, dass Sie trotzdem …«, sagte er.

»Was denken Sie denn?« Ich war mit einem Mal schrecklich gereizt. Erschöpfung, Schmerz, Angst, all das traf mich wie ein Faustschlag, als das Adrenalin sich abbaute. »Wenn Sie nicht auf Ihr Kind aufpassen können? Hätte ich ihn absaufen lassen sollen?«

»Äh, nein, also …«

»Wie kommen Sie überhaupt dazu, ihn hier allein spielen zu lassen? So nah am Ufer?« Hätte ich es gekonnt, hätte ich zur Bekräftigung mit meinem Fuß auf den Boden aufgestampft.

»Er weiß, dass er nicht …«

»Na toll. Hab ich ja gesehen, wie er das weiß. Meine Güte, was sind Sie eigentlich für ein Vater?!«

»Um ehrlich zu sein, gar keiner.«

»Ja, den Eindruck könnte man glatt gewinnen.«

»Ich meine, ich bin gar nicht sein Vater.«

Verdutzt sah ich ihn an. Die Beschimpfungen und Vorwürfe, die sich gerade in mir gesammelt hatten, verschwanden schlagartig. »Oh«, konnte ich nur noch sagen.

»Ja. Nun. Aber ich gebe gern weiter, was Sie gesagt haben. An seine Mutter. Sein Vater ist vor ein paar Monaten gestorben.«

»Oh«, sagte ich wieder.

»Er hat noch drei Geschwister. Seine Mutter ist wirklich eine großartige Frau, die sich sehr gut um ihre Kinder kümmert. Aber Sean hat eben … seinen eigenen Kopf. Und seine Mam hat nur zwei Augen. Für vier Kinder. Das jüngste ist noch keine zwei.«

Ich konnte gerade so vermeiden, wieder »Oh« zu sagen.

»Tut mir leid«, sagte ich stattdessen. »Ich wollte Sie nicht … Sie wissen schon.«

»Schon gut. Sie hatten ja irgendwie auch recht.«

»Sind Sie mit der Familie befreundet?« Wir hatten endlich die Bank erreicht, und ich ließ mich dankbar auf sie fallen.

Er schüttelte den Kopf. »Ich treffe hier nur manchmal auf Sean. Er wohnt gleich da drüben und spielt hier immer. Dann reden wir manchmal.«

»Einfach so?«

Der Mann lachte. »Erst halten Sie mich für einen verantwortungslosen Familienvater und jetzt für einen, der kleine Jungs belästigt? Nein, ihm war sein Fußball etwas zu nah an die Pferde gerollt. Und er hat Angst vor Pferden. Wenigstens etwas.«

»Und so haben Sie ihn kennengelernt«, sagte ich und seufzte auf vor Schmerz. »Verdammt, was mach ich jetzt?«

»Zum nächsten Arzt, würde ich sagen.«

Ich nickte und sah auf meinen Fuß, dann zu ihm. Verdammt, woher kannte ich ihn nur? Ich wollte ihn mir genauer ansehen, aber ich sah ihn nicht richtig. Ich konnte den Blick nicht mehr scharf stellen. »Irgendwas ist komisch«, sagte ich.

Er schien zu antworten, ganz entfernt klangen Worte, doch vor allem rauschte es immer lauter. Mir fiel meine Kamera ein. Ich murmelte: »Die Leica.« Dann wurde es dunkel, und ich kippte mit dem Oberkörper zur Seite.

9.

Als ich die Augen aufschlug, sah ich blauen Himmel, durch den eine Möwe flog. Verwundert drehte ich den Kopf zur Seite und sah den besorgt blickenden Mann neben mir knien. Ich lag mit dem Oberkörper im Gras, die Beine auf der Bank.

»Doctor Fuller kommt gleich«, sagte er.

»Wie soll denn hier ein Arzt ...«

»Das geht schon. Doctor Fuller kennt hier jeden Schleichweg. Der unschlagbare Vorteil von Landärzten.« Der Mann nickte mir lächelnd zu. »Sie waren bewusstlos. Wie geht's Ihnen? Ist Ihnen schlecht?«

»Nein. Es geht mir eigentlich ganz gut.«

»Und der Fuß?«

»Pocht fleißig.«

»Und sonst?«

Ich dachte an meine Schnittwunden, daran, ob sie gut genug verheilt waren, ob sie möglicherweise wieder aufgegangen waren. War ich ohnmächtig geworden, weil ich innere Blutungen hatte? Panik überfiel mich, und der Fremde, der mir immer noch bekannt vorkam, bemerkte es. Er nahm meine Hand.

»Ganz ruhig und gleichmäßig atmen«, sagte er. »Ruhig bleiben. Es kann Ihnen nichts passieren.«

»Ich komme gerade erst aus dem Krankenhaus …«

»Ja. Hilfe ist unterwegs. Ruhig weiteratmen.« Seine Stimme war tief und schön, und sie beruhigte mich wirklich ein wenig. Ich atmete ein und aus. Langsam konnte ich mich aufsetzen. Schließlich half mir der Mann auf die Bank.

»Es ist nicht nur der Fuß. Ich hatte Schnittwunden. Die mussten genäht werden.«

Er drückte meine Hand fester. »Was ist passiert? Hatten Sie einen Unfall? Erzählen Sie mir davon, wenn es Sie nicht zu sehr aufregt. Aber immer schön atmen. Es ist gut, wenn Sie wach bleiben. Wollen Sie mir davon erzählen?«

»Kein Unfall, oder – doch, na ja, irgendwie schon«, sagte ich und wunderte mich darüber, wie leicht es war, die Geschichte einem Fremden zu erzählen. Ich fragte mich, wann ich bereit sein würde, mit meinen Eltern darüber zu reden.

»Kein Unfall? Sind Sie etwa überfallen worden? Vielleicht sollten wir doch lieber über das Wetter reden.« Er lachte, und es klang unsicher. »Sie sollten sich jetzt nicht aufregen. Okay?«

»Ich bin erwachsen. Ich bin nicht Sean«, sagte ich und grinste. »Aber im Ernst, es regt mich nicht auf. Ich glaube, es tut mir gut, jemandem davon zu erzählen.«

»Also los.« Ich hörte Zweifel in seiner Stimme, und während ich dalag und ihn anblinzelte, dachte ich wieder: Er kommt mir so bekannt vor, sogar irgendwie vertraut. Ich muss ihn danach fragen. Aber wahrscheinlich bilde ich es mir auch nur ein, sonst hätte er bestimmt schon etwas gesagt.

»Ich bin Professorin für Kunstgeschichte. Ich unterrichte in St. Andrews. Einer meiner Studenten … nun. Er hatte sich wohl in mich verliebt.« Ich machte eine Pause. Regte es mich auf, wenn ich darüber sprach? Seltsamerweise nicht. In Gegenwart dieses Mannes wirkte es wie eine Nichtigkeit, oder eher: wie etwas von einem anderen Stern.

»Warten Sie, was ist mit meiner Leica?«, fiel mir ein.

Er drückte wieder meine Hand. »Leica gesichert. Tasche gesichert. Alles in Ordnung. Ihr Student hat sich also in Sie verliebt. Das kann man ihm kaum verübeln.«

Ich sah ihn an, und er zwinkerte mir zu.

»Er konnte nur mit der Zurückweisung nicht umgehen.«

»Und da ist er auf Sie losgegangen?« Jetzt hielt er meine Hand ganz fest. Legte noch seine andere Hand auf meine.

»Oh, nein. Nein. Er wollte sich umbringen. Ganz dramatisch. Er hatte ein Messer, mit dem er vor mir herumfuchtelte. Wollte sich die Pulsadern aufschneiden und hatte damit auch schon angefangen. Ich habe versucht, ihm das Messer abzunehmen. Dabei kam es zu einem … sehr unglücklichen Gerangel. Er verletzte mich mit dem Messer, aber es war keine Absicht. Er hatte mir nie etwas tun wollen. Als er sah, wie stark ich aus dem Bauch blutete, bekam er Panik und dachte, ich würde sterben. Er rief nur noch ›Was hab ich getan, was hab ich getan!‹, und wollte sich das Messer selbst in die Brust rammen. Also hab ich es ihm aus der Hand geschlagen, bin dabei die Treppe runtergefallen und habe mir diesen Bänderriss zugezogen. Das ist die Kurzfassung. Na ja, die ausführliche Kurzfassung. Um genau zu sein, erzähle ich es gerade zum ersten Mal in dieser Länge, abgesehen von dem Bericht, den die

Polizei von mir wollte.« Und abgesehen von Josh, der sich das meiste davon selbst erschlossen hatte.

»Warum haben Sie das niemandem erzählt? Klingt doch eher heldenhaft, wie Sie sich dazwischengeworfen haben, um ihn zu retten.«

»Weil ich mich schäme.«

»Was? Wofür? Ist es Ihnen peinlich, dass Sie ... die Treppe runtergepurzelt sind?«

Ich zögerte, aber dann sagte ich es ihm. »Ich habe den Studenten ermutigt. Ich habe sehr viel falsch gemacht in Bezug auf ihn.«

Der Mann schwieg nachdenklich und hielt weiter meine Hand. Von Ferne hörte ich einen Motor. Erst dachte ich, es sei ein Boot, aber dann wurde mir klar, dass es ein Auto war.

»Rettung naht«, sagte er und erhob sich. »Ich gehe Doctor Fuller ein Stück entgegen, ist das okay? Wenn was ist, rufen Sie ganz laut. Ich höre Sie.«

»Klar«, sagte ich und starrte weiter in den wolkenlos blauen Himmel.

Robert, dachte ich. Mein Student. Ein kluger Junge, etwas verträumt und zart, innerlich wie äußerlich, mit einem schönen Gesicht, zu schön für einen Jungen. Gleich zu Beginn des Studienjahres, eigentlich schon während der ersten Stunde meines Kurses, bemerkte ich, dass er sich augenblicklich in mich verliebt hatte.

Ich genoss es, von ihm angebetet zu werden. Ich fühlte mich geschmeichelt. Mehr noch: Ich wusste sehr bald, dass es keine Schwärmerei, sondern Liebe für ihn war. Statt etwas dagegen zu unternehmen, forderte ich es geradezu heraus. Unbewusst, jedenfalls zu Anfang. Ich führte lange Gespräche mit ihm, wir machten kleine Spaziergänge. Ich las die langen Essays, die er mir schickte, obwohl sie gar nicht Teil seines Lehrplans waren. Ich wusste, dass er sie für mich schrieb, damit ich verstand, wie gebildet und interessiert er war, wie nah an meinen Themen. Und ich ging darauf ein, schrieb ihm lange Antworten, diskutierte seine Aufsätze.

Ich hielt das alles für ein harmloses Spiel, selbst als er mir Liebesbriefe nach Hause schickte und mich dort anrief, selbst als er bei mir zu Hause vor der Tür stand. Josh hatte sofort verstanden, was los war, aber ich wollte nicht auf ihn hören. Ich glaubte, alles im Griff zu haben. Mein Fehler war es, dass ich nicht wollte, dass er aufhörte, für mich zu schwärmen. Ich wollte weiter seine Essays lesen, sie waren sehr gut, nicht nur für sein Studienjahr, sondern grundsätzlich. Ich genoss es, mich mit ihm zu unterhalten. Natürlich hatte ich kein Interesse daran, eine Beziehung mit ihm einzugehen. Aber es schmeichelte mir, dass er in mich verliebt war. Also erzählte ich Josh nichts mehr von Robert. Um ihn ganz zu beruhigen, sagte ich ihm sogar, Robert sei gar nicht mehr am Institut. Ich fing an, Geheimnisse vor meinem Freund zu haben. Und ich verstieß gegen die Institutsregeln, die privaten Kontakt mit Studierenden untersagten.

Josh erfuhr irgendwie davon, dass Robert immer noch da war und sich mit mir traf. Bei aller Harmlosigkeit, die diese Gespräche meiner Meinung nach hatten, wurde Josh wütend: Ich hatte ihn angelogen. Ich hatte ihm nicht vertraut. Ich hatte Geheimnisse vor ihm.

Natürlich hatte er recht.

»Wenn du wirklich nichts von dem Jungen willst, wird

das ganz übel ausgehen«, sagte er zu mir. Und auch damit sollte er recht behalten.

Das Motorgeräusch kam näher. Der Wagen, ein alter Jeep, rollte langsam heran und kam zum Stehen. Eine blonde Frau um die Fünfzig stieg aus, einen Arztkoffer in der Hand. Das also war Doctor Fuller.

Sie untersuchte mich mit geübten Handgriffen, stellte mir ein paar knappe Fragen, entschied, dass man mich besser doch im Krankenhaus noch einmal komplett auf den Kopf stellen sollte.

»Stephen, kannst du sie fahren? Bis der Krankenwagen hier ist, schneit es schon wieder. Oder sie kommen mit einem Hubschrauber. Letztens kamen sie echt mit einem Hubschrauber. Völlig durchgedreht.« Sie schüttelte den Kopf, packte ihre Arzttasche zusammen und ging zu ihrem Jeep. »Alles Gute«, rief sie mir zu und verschwand.

»Hat das Zeug zur Tierärztin«, sagte ich, als sie mit ihrem Wagen davonbrauste.

»Aber sie hat recht. Ich bringe Sie jetzt nach Waterford. Einverstanden? Ich habe da vorn geparkt. Schaffen Sie das?«

Wieder reichte er mir die Hand, doch diesmal zog er mich mit sehr viel mehr Sorgfalt und Rücksicht hoch als zuvor.

Zum ersten Mal genoss ich es, verletzt zu sein.

Ich konnte ihn überreden, nach Hause zu fahren, nachdem er mich im Krankenhaus abgeliefert hatte. Dann rief ich bei meinen Eltern an, die mich schon vermissten, und schließlich bei Eva, um sie zu bitten, mich später abzuholen und zurück nach Cheekpoint zu bringen. In der Aufregung hatte ich vergessen, nach dem Namen meines

Retters zu fragen. Ich konnte nur hoffen, ihn irgendwann zufällig wiederzusehen. Schließlich würde ich noch eine ganze Weile in Cheekpoint bleiben.

Eva stand schon bereit, als man mich aus dem Untersuchungszimmer entließ.

»Alles in Ordnung«, sagte ich zu ihr. »Nur ein wenig überanstrengt, das ist alles. Aber die Schiene werde ich wohl zur Sicherheit doch etwas länger tragen müssen, als ursprünglich geplant, meinte der Arzt.«

»Morgen rufe ich eine Orthopädin an, die soll nach dir schauen«, sagte Eva. »Kannst du wirklich laufen?«

»Nicht so viel, aber grundsätzlich wohl ja. Sie haben mir Schmerztabletten gegeben.«

Meine Schwester verdrehte die Augen. »Du bleibst am besten über Nacht hier bei mir, und wir gehen dann morgen früh als Erstes zu der Orthopädin. Ich bin mit ihr befreundet. Ich schicke ihr gleich eine SMS.«

So kam es, dass ich die zweite Nacht seit meiner Rückkehr nach Irland bei meiner Schwester verbrachte. Ich hatte noch nie bei ihr übernachtet, es fühlte sich merkwürdig an. Sie steckte zwei ihrer Töchter in ein Zimmer, damit ich ein Bett hatte, zauberte scheinbar aus dem Nichts ein Abendessen, das ich auf der Couch vor dem Fernseher liegend essen durfte – wofür mich meine drei Nichten ausgiebig beneideten, legte mir Schlafanzug, Socken und Unterwäsche raus.

»Bier, Wein, Whiskey?«, fragte sie, als ich fertig gegessen hatte.

»Wasser«, antwortete ich.

»Wow. Von der ganz harten Sorte. So kenn ich meine Schwester«, witzelte sie.

»Ich bin randvoll mit Schmerztabletten.«

»Andere Leute bezahlen eine Menge Geld für die Wirkung, die ein Schluck Wein jetzt bei dir erzielen könnte.«

Ich lachte. »Vielen Dank. Mir reicht eine Ohnmacht am Tag.«

Sie setzte sich zu mir auf die Couch und tippte an meinen verletzten Fuß. »Und dein Lebensretter? Hast du wenigstens seine Telefonnummer?«

»Oh.« Sie hatte recht. Wie dumm von mir. Ich konnte mich jetzt gar nicht richtig bei ihm bedanken und ihm vielleicht ein kleines Dankeschön vorbeibringen.

»Na. Cheekpoint ist überschaubar. Du wirst ihn schon noch aufspüren. Bist ja lang genug hier.«

»Allerdings«, seufzte ich. Aber ihm wieder zu begegnen, könnte tatsächlich etwas länger dauern.

»Was stöhnst du so? Was ist los? Ist es, weil du wieder hier bist?«

Ich schüttelte den Kopf. »Nein, so einfach ist das nicht. Es ist nur … ich komme mir hier komisch vor.« Mir fiel wieder ein, dass ich sie heute Morgen noch bei unseren Eltern gesehen hatte. »Sag mal, was ist eigentlich mit Dad?«

Sie sah mich nicht an. »Was soll mit ihm sein?«

»Fängst du jetzt auch damit an? Denkt ihr, ich merke nicht, dass irgendwas nicht stimmt?«

Eva hob die Schultern. »Mam meinte nur, er wäre gesundheitlich gerade nicht ganz auf der Höhe. Aber alles nicht dramatisch. Wieso fragst du denn?«

»Weil er heute Morgen nach Alkohol gerochen hat.«

Meine Schwester hob überrascht die Augenbrauen. »Hat er?«

Ich nickte.

Langsam sagte sie: »Ich sollte dir nicht sagen, dass es ihm nicht so toll geht, damit du dich nicht aufregst. Aber glaubst du wirklich, dass er trinkt? Nur weil er einmal … Ich meine, er hat doch nie …« Sie wirkte hilflos.

»Keine Ahnung. Was machen wir jetzt? Mit Mam reden? Mit ihm reden? Soll ich, willst du?«

Meine Schwester schnaufte. »Warte, warte. Nicht so schnell. Mam hat doch gesagt, es geht ihm nicht gut. Vielleicht war es ein Ausrutscher. Lass die beiden mal, die raufen sich wieder zusammen.«

Ungeduldig schüttelte ich den Kopf. »Eva, wir müssen doch irgendetwas …«

»Nein«, unterbrach sie mich. »Was ist denn schon passiert?«

»Na, irgendetwas stimmt nicht mit den beiden! Mit Dad!«

Sie seufzte. »Lass uns abwarten.«

»Ist das dein Ernst?«

»Ja.« Sie schien entschlossen.

»Was? Ich versteh dich nicht. Sind dir die beiden egal?«

»Absolut nicht.«

Ich sah meine Schwester irritiert an. Warum wollte sie nichts unternehmen? Verschwieg sie mir etwas? War an dem Morgen vielleicht doch mehr vorgefallen, als man mir sagen wollte? Bevor ich sie danach fragen konnte, fuhr sie fort: »Livvie, ich bin die ganze Zeit hier. Du kommst nur hin und wieder mal vorbeigeschneit. Weißt du was, es kommt auch bei unseren Eltern vor, dass dicke Luft ist. Das passiert. Manchmal kriegen sie sich einfach in die Wolle. Das ist normal. Und sie kriegen sich auch wieder ein. Okay?«

»Ich glaube nicht, dass es nur ein ganz normaler Streit war. Und warum trinkt Dad morgens Alkohol?«

»Ich weiß es nicht!«, rief Eva. »Aber die beiden sind erwachsen! Und selbst wenn er morgens mal einen Schluck getrunken hat, weil er … keine Ahnung … sich über irgendwas geärgert hat, dann heißt das doch noch lange nicht, dass er Alkoholiker ist, oder? Vielleicht hat Mam ihn genervt, vielleicht hatte er Verdauungsprobleme, was weiß ich? Meinst du nicht, wir sollten die beiden mal einfach machen lassen, es weiter beobachten und in ein paar Tagen weitersehen?«

»Mam war aber sehr komisch«, murmelte ich stur.

»Ja, klar, und? Meinst du, nur, weil sie zufällig unsere Eltern und über sechzig sind, müssen sie sich wie Vorzeigeerwachsene benehmen, immer ausgeglichen, nie fehlerhaft? Livvie, bitte.«

Mit einem Mal erschien es mir fast lächerlich, dass ich mir überhaupt Sorgen gemacht hatte. Es stimmte, was Eva sagte: Ich war gerade erst angekommen, hatte die beiden längere Zeit nicht gesehen und sah vermutlich Gespenster. Ich stöhnte auf. »Es geht mir gar nicht darum, recht zu haben«, sagte ich. »Ich will nur, dass alles in Ordnung ist.«

»Bestimmt ist es das. Es ist nicht immer alles perfekt, aber grundsätzlich ist alles in Ordnung. Ganz bestimmt.« Sie lächelte mich an. »Es ist sehr gut, dass du da bist.«

»Findest du?«

»Ja.«

Ich entspannte mich langsam wieder und wechselte das Thema. »Habe von Mam gehört, mit Callie sei es nicht ganz einfach. Hat sie Stress mit ihren Geschwistern oder was ist los?«

»Drei Mädchen«, seufzte Eva. »Da ist immer Theater. Ich hab mir immer einen Jungen gewünscht. Ich weiß nicht warum. Nicht von Anfang an, bei Ellie war's mir egal. Als ich dann Callie bekam, dachte ich: Na gut, kann sie die Kleider und Spielsachen von ihrer Schwester hernehmen. Und als ich dann mit Larissa schwanger war, habe ich mir wirklich einen Jungen gewünscht. So sehr, dass ich Angst hatte, mir das Geschlecht sagen zu lassen. Bis zur Geburt habe ich damit gewartet. Ich weiß gar nicht, warum. Hätte ja eh nichts geändert.« Sie verzog das Gesicht. »Du glaubst gar nicht, ein wie großes schlechtes Gewissen man als Mutter über die Jahre aufbauen kann. Larissa darf ungefähr alles. Die beiden Großen denken, es liegt daran, weil sie die Kleinste ist. Aber in Wirklichkeit ist es nur mein schlechtes Gewissen, weil ich wollte, dass sie ein Junge wird.«

»Nach dem, was Mam erzählt hat, ist an Callie ein Junge verloren gegangen, sofern du in traditionellen Rollenklischees denken willst«, neckte ich sie.

»Callie ist ein Traum«, sagte Eva. »Mam denkt, dass sie schwierig ist, weil sie so viel Energie hat und ständig widerspricht und alles hinterfragt. Aber sie ist ein Traum. Ich denke immer: Warum habe ich nicht früher etwas von ihrem Temperament gehabt? Und dann frage ich mich natürlich auch, von wem sie es hat. Da müssen irgendwelche Gene über Generationen geschlummert haben.«

»Von Conor vielleicht?«, schlug ich vor. »Wo ist der überhaupt?«

»Dienstreise«, murmelte Eva.

»Läuft es gerade nicht so gut zwischen euch?«

»Du siehst mich nie. Warum weißt du so was?«

»Weil du meine Schwester bist«, sagte ich. »Was ist passiert?«

Jetzt hob sie die Schultern und seufzte. »Nichts.«

»Nichts. Soso.«

»Und genau das ist wohl das Problem. Es ist nichts passiert. Es passiert seit Jahren nichts. Ich merke nicht mal, ob er zu Hause ist oder unterwegs. Er nimmt mir im Haushalt keine Arbeit ab, er unternimmt am Wochenende was mit den Mädchen, aber dann versinkt er vor dem Fernseher und schaut Sport, er muss ja abschalten, weil er so viel arbeitet, und wenn ich sage: Hallo, ich arbeite auch, und ich habe immer die Mädchen und mache immer den Haushalt, dann wird er komisch. Und weißt du was, Olivia? Es geht doch allen so. Wärst du verheiratet und hättest Kinder, würdest du jetzt zu mir sagen: Ach ja, liebe Eva, das kenne ich …«

»Würde ich das?«

»Oh ja.«

»Dann heirate ich besser mal nicht, was?«

»Wart's ab.« Sie schlug die Hand vor den Mund und sah mich erschrocken an. »Oh scheiße. Tut mir leid.«

Ich verstand nicht, was sie meinte. »Was?«

»Na, ich meine, wegen … Ich bin so unsensibel. Wo du doch gerade …«

»Weil sich Josh von mir getrennt hat?«

Eva nickte.

Ich schaute auf meine Hände hinab, dachte nach und spürte, wie sie mich genau betrachtete. Dann entschied ich mich, die Geschichte von meinen Verletzungen heute zum zweiten Mal zu erzählen. Und diesmal würde ich auch ungefragt den Grund nennen, warum ich mich so schämte.

Eva hörte konzentriert zu, unterbrach mich nur selten, um genauer nachzufragen, und sagte dann am Ende: »Erzähl's den Eltern.«

»Was?«

»Doch. Tu's einfach.«

»Es ist so unglaublich peinlich. Und ich habe einen jungen Menschen so derart ins Unglück gestürzt, nur weil ich mich geschmeichelt gefühlt habe. Wie dumm kann man sein?«

»Erzähl es, und dann will ich den einen Menschen sehen, der dich nicht verstehen kann.«

»Ich bin doch an allem schuld. Robert ist in psychiatrischer Behandlung, damit er sich nicht umbringt. Und Josh hat mich verlassen, weil es mir wichtiger war, mich von einem Erstsemesterstudenten anhimmeln zu lassen. Das kann man doch niemandem erzählen!«

Eva zuckte die Schultern. »Sie wollen verstehen, warum Josh dich verlassen hat. Es ging also nur um diesen Robert?«

»Josh wollte, dass ich ihn anzeige. Schon Wochen vorher. Er wollte, dass ich ihn von der Uni werfen lasse. Ich habe immer gesagt: Lass doch, irgendwann hört das auf, das ist eine harmlose Schwärmerei. Er sagte, es sei nicht richtig, wie ich mich verhielte. Ich erzählte ihm nichts mehr von Robert.«

»Und das hat er rausbekommen?«

Ich hob die Schultern. »St. Andrews ist winzig. Das hätte ich mir denken können.«

»Hattest du denn was mit …«

»Fang du nicht auch noch an. Nein! Natürlich nicht!«

»Ich frage ja nur.«

»Der Junge ist achtzehn!«

»Nun, manch eine würde zu einem Achtzehnjährigen nicht Nein sagen.«

»Wann kommt Conor eigentlich wieder?«

»Morgen.«

»Dann mach die Augen zu und denk einfach, er wäre achtzehn.«

»Das funktioniert nicht. Und glaube mir, ich habe es versucht.«

Wir mussten beide laut loslachen. Aber dann wurde ich mit einem Schlag wieder traurig.

»Ich habe ihm wehgetan«, sagte ich. »Er hat allen Grund, auf mich böse zu sein.«

Eva schüttelte heftig den Kopf. »Weil du nicht die Miss Perfect warst, die er sich vorgestellt hat? Oh, welch Todsünde!«

»Eva, schließlich habe ich …«

»Du hast nicht auf ihn gehört. War es das, was ihn gestört hat?«

Ich sah sie mit offenem Mund an. »Nein, ich habe tatsächlich Fehler gemacht. Ich war ihm gegenüber nicht …«

»Und deshalb stellt er gleich alles infrage?«

Ich nickte. »Er sagte, er hätte nicht mal den leisesten Verdacht gehabt, dass ich ihn anlügen oder vor ihm Geheimnisse haben könnte. Er war vollkommen erschüttert und konnte sich gar nicht mehr richtig auf mich einlassen. Sein ganzes Vertrauen in mich … ich habe es wohl verspielt.«

Eva beugte sich vor und nahm meine Hand. »Weißt du, was ich denke?«

»Hm?«

»Er kriegt sich wieder ein.«

»Meinst du wirklich?«

Sie nickte. »Auf jeden Fall. Jetzt ist er durcheinander und schockiert, und in ein paar Wochen vermisst er dich und verzeiht dir alles. Wart's ab.«

Verwundert sah ich sie an, meine Hand noch immer in ihrer. »Wie kommst du darauf?«

Jetzt lachte sie. »Lebenserfahrung? Bauchgefühl? Nenne es, wie du willst. Würdest du ihn denn zurückhaben wollen?«

»Auf der Stelle.«

Sie drückte meine Hand ganz fest. »Pass auf, er kommt bestimmt zurück zu dir.«

»Ich will unbedingt, dass du recht hast.«

»Männer sind, wie sie sind. Na? Vielleicht doch einen Schluck Alkohol?«

»Wie unvernünftig du sein kannst«, sagte ich.

»Ich denke, das heißt Ja.«

»Du willst mich wohl umbringen?«

»Wir sind Iren. Uns bringt ein ordentliches Getränk so schnell nicht um.« Sie stand auf, holte ein Glas, goss mir einen Whiskey ein und reichte ihn mir. Ich roch daran, konnte mich aber noch nicht überwinden, davon zu trinken. Ich musste an unseren Vater denken und an eine Meldung, die es bis in die britischen Zeitungen geschafft hatte, nämlich dass ein Kommunalpolitiker letztens erst gefordert hatte, Alkohol am Steuer für Menschen, die weit außerhalb lebten, zuzulassen, damit sie nicht vereinsamten und mit dem Auto ins Pub fahren konnten. Nein, er war nicht einsam. Er war kein Trinker. Eva hatte recht: Ich sah Gespenster.

»Auf die Männer«, sagte Eva und hob ihr Glas. Ich prostete ihr ebenfalls zu, trank aber nur einen winzigen Schluck, der gerade mal meine Zungenspitze benetzte. »Erzähl mir von deinem Retter.«

»Habe ich doch schon«, sagte ich widerstrebend.

»Aber nicht alles. Erzähl mir alles. Das Wichtigste zuerst: Wie sah er aus?«

»Das ist das Wichtigste?« Ich lachte. »Er sah gut aus.«

»Wie gut?«

»Sehr.«

»Und mit Kindern kann er auch umgehen?«

»Schien mir so.«

»Erzähl weiter. Ich will träumen. Beschreib ihn mir genau.«

»Groß, sehr gut gebaut, schwarze Haare, schon leicht grau, hier und da. Die Haare etwas zu lang, für meinen Geschmack. Unrasiert, was ihm aber gut steht. Braune Augen … Und er kam mir irgendwie bekannt vor.«

»Hm.« Eva klang etwas abgekühlt. »Was fährt er für ein Auto?«

»Einen silbernen Beetle. Er sagte, er fährt ihn schon seit bestimmt fünfzehn Jahren und will ihn auf keinen Fall hergeben.«

»Klingt nach Stephen B., wenn ich ehrlich bin«, sagte Eva. Ihr Enthusiasmus für den mysteriösen Fremden war dahin.

»*Der* Stephen?« Und jetzt erst wurde mir alles klar. Natürlich! Es musste der Stephen gewesen sein, Hollys Bruder! Die Ärztin, Doctor Fuller, hatte ihn ja auch Stephen genannt, der Name war an mir vorbeigerauscht, weil ich mit meinem schmerzenden Fuß beschäftigt war und Angst hatte, schwerer verletzt zu sein, als äußerlich zu sehen war. Stephen Bryson.

»Wirklich?«, fragte ich ungläubig. »Hollys Bruder Stephen? Und ich hab ihn nicht erkannt?«

»Tja. Damals warst du unsterblich verliebt, und heute erkennst du ihn nicht einmal.« Sie grinste. »Mach dir nichts draus. Er hat sich ja wirklich sehr verändert. Ich habe ihn auch erst nicht wiedererkannt. Hat er dich erkannt?«

»Jedenfalls hat er nichts gesagt.«

»Hast du ihm nicht deinen Namen gesagt?«

Ich zögerte. »Nein … Komisch. Er hat gar nicht gefragt.«

»Vielleicht hat er dich ja erkannt.«

Hätte er dann nichts gesagt? Ich dachte an den Stephen zurück, den ich als junges Mädchen angehimmelt hatte. Damals hatte er sein Haar ganz lang getragen, mal zum Pferdeschwanz gebunden, mal offen. Wir hatten das unglaublich verwegen gefunden, mutig, rebellisch. Dabei war er immer glatt rasiert gewesen, heute trug er ein wenig Bart, wie es eben gerade Mode war und was ihm den Look eines Hollywoodschauspielers gab. Früher war er richtig dünn gewesen, heute sah er aus, als würde er viel Sport treiben und darüber auch das gute Essen nicht vergessen. Nein, ich hatte ihn wirklich nicht erkannt. Acht Jahre war er älter als ich, damals hatte sich das angefühlt wie ein halbes Leben. Waren meine Erinnerungen an ihn so verblasst? Hatte ich ihn gar mit so manch anderem, das mit Cheekpoint zu tun hatte, vergessen *wollen*?

Wusste er, wer ich war? Aber warum hatte er mich nicht angesprochen? Und wenn er mich nicht erkannt hatte, warum hatte er nicht einfach nach meinem Namen gefragt?

Ich sagte zu Eva: »Ich glaube nicht. Wahrscheinlich war er einfach nur höflich, weil ich Hilfe brauchte, aber in Wirklichkeit total genervt von mir und froh, mich irgendwann los zu sein. Er hatte sich seinen Tag bestimmt anders vorgestellt.«

»Er hat dich am Krankenhaus abgesetzt und ist gefahren, ohne noch irgendwas zu dir zu sagen?«

»Na ja doch, ›Alles Gute‹ oder ›Gute Besserung‹ oder so was.«

»Ich meinte eher so etwas wie: Wir sehen uns ja bestimmt in Cheekpoint.«

»Nein.« Das war wirklich etwas komisch.

»Hm.«

»Was macht Stephen hier? Wohnt er wieder hier?«, fragte ich.

»Puh, er ist Journalist, aber frage mich nicht, für welche Zeitung er im Moment schreibt. Sein Vater ist doch an Weihnachten gestorben. Seitdem ist er hier und kümmert sich wohl um den Nachlass.«

»Holly hat mir geschrieben, dass ihr Vater einen Infarkt hatte. Sie will den Hof auf keinen Fall behalten. Stephen wird ihn wahrscheinlich versuchen zu verkaufen.«

Eva hob die Schultern. »Ich weiß es nicht. Wir haben nur vor Monaten ein bisschen geredet, als wir uns auf dem Parkplatz vor Tesco über den Weg gelaufen sind. Wie gesagt, ich habe ihn erst auch nicht erkannt.«

Ich sah auf den Whiskey, den ich immer noch in der Hand hielt. Der scharfe Geruch stieg mir in die Nase, und mittlerweile hatte er etwas Verführerisches bekommen. Ich trank einen zwar immer noch vorsichtigen, aber doch größeren Schluck als zuvor.

»Ich werde einfach mal zu ihm rübergehen und mich bedanken. Das ist ja wohl das Mindeste.«

»Stephen«, seufzte Eva. »Und ich hatte schon Hoffnung, es hätte sich irgendein aufregender neuer Mann hier in der Gegend niedergelassen.«

Ich lachte. »Du fandst ihn früher aber auch ganz schön toll, wenn ich mich recht erinnere!«

»Ach. Früher!« Sie winkte ab.

»Gibt's da etwas, das du deiner kleinen Schwester nicht verraten hast?«

Eva verzog die Mundwinkel. »Nicht so wichtig. Kinderkram.«

»Sag.«

»Muss ich?«

»Oh ja.«

Sie legte die Arme um ihre Knie und zog sie bis unters Kinn. »Ich hab ihm mal einen Brief geschrieben.«

»Einen Liebesbrief?«, rief ich. »Du hast Stephen einen Liebesbrief geschrieben? Wann? Was stand drin? Was hat er gesagt? Warum weiß ich das nicht?«

Eva war ganz rot geworden. »Ach, verdammt. Lass mich bloß in Ruhe.«

»Jetzt sag schon!« Ich kicherte aufgeregt.

»Da war ich … siebzehn.«

»Stephen war zu der Zeit doch schon lange weg?«

»Ja, es war nach dieser Brent-Spar-Aktion. Ich hab alles drangesetzt, um seine Adresse in London rauszufinden. Und dann habe ich ihm geschrieben. Und er hat nicht geantwortet. Und dann hab ich seine Telefonnummer rausgefunden und ihn angerufen. Und … das war ungefähr der peinlichste Tag in meinem ganzen Leben.«

»Oha.«

»Ganz genau. Ich habe schlimm rumgestottert. Bis er mir dann irgendwann gesagt hat: Eva, ich hab deinen Brief bekommen, ich hab ihn gelesen, und ganz ehrlich, ich habe nicht dieselben Empfindungen für dich wie du für mich.«

»Autsch.« Das erklärte natürlich ihre kühle Reaktion, als ihr klar geworden war, dass ich von Stephen Bryson sprach.

»Tja. Seitdem ist schon genug Wasser die ›drei Schwestern‹ runtergeflossen. Und trotzdem piekst es noch ein bisschen.«

»Gerade in dem Alter. Wenn einem eh schon alles unglaublich peinlich ist.«

»Kannst du dir das vorstellen? Ich hänge da am Telefon und hoffe, dass Mam und Dad nichts mitkriegen, hoffe natürlich auch, dass er so etwas sagt wie: Endlich gibst du mir ein Zeichen, endlich kann auch ich zu meinen Gefühlen stehen. Und stattdessen … Oh Livvie, ich habe mich so blamiert …«

»Vor fast zwanzig Jahren. Jetzt lass es gut sein.«

»Aber auf dem Parkplatz, als ich ihn wiedersah, ich schwöre dir, ich war rot wie eine Tomate. Und er war auch ganz komisch.«

»Hmmm. Vielleicht hat er mich ja erkannt, wollte aber nichts sagen, weil er Angst hatte, dass ich meiner liebeskranken Schwester davon erzähle?« Ich grinste, und Eva warf ein Sofakissen nach mir. Lachend prosteten wir einander zu, und ich trank endlich mein Glas aus.

10.

Ich hatte schon immer gern fotografiert, bereits als Kind. Die Polaroid-Sofortbildkamera meiner Mutter war der größte Spaß, den ich mir damals vorstellen konnte. Wenn Mam sie mir wegnahm, weil ich zu viele Bilder gemacht hatte, versank ich anschließend stundenlang in der genauen Betrachtung der Fotos, die ich bis dahin gemacht hatte.

Spätestens als ich im Alter von zwölf Jahren frustriert einsehen musste, dass mein Zeichentalent sehr begrenzt war, wurde das Fotografieren zu meinem neuen Hobby. Es brauchte ein paar Jahre, bis ich verstand, dass ich nach einer persönlichen Ausdrucksform suchte – das Malen und Zeichnen war für viele Künstler genau das, ein Weg, sich auszudrücken, etwas darzustellen, was mit Worten nicht möglich war. Es ging mir nicht ums Abbilden. Und natürlich ging es den großen Fotografen auch nicht ums simple Abbilden. Aber mir fiel es leichter, mich der Kunst des Fotografierens zunächst auf diesem Weg zu nähern. Indem ich abbildete, was ich sah, und versuchte, die Welt um mich herum darüber besser zu verstehen.

Mir war klar gewesen, dass ich mit meinen Fotos nicht in Magazinen abgedruckt werden würde. Ich würde keine Preise gewinnen und keine Ausstellungen bekommen.

Das war auch nie mein Ziel gewesen. In der Wissenschaft war ich gut aufgehoben, davon verstand ich etwas. Die Fotografie blieb mein Hobby. Meine Leica M entfachte ein neues Feuer, eine neue Leidenschaft, würde mich aber ebenfalls nicht zur großen Künstlerin machen, aber ich war zufrieden mit den Fotos, die ich machte.

Wahrscheinlich waren meine Eltern insgeheim sehr froh darüber gewesen, dass ich nicht vorhatte, mit einer künstlerischen Tätigkeit Geld zu verdienen. Auch wenn mein Vater nicht einmal die Schule abgeschlossen hatte, so war er doch einer der klügsten Menschen, die ich kannte, und er hatte ein natürliches Gespür für Talent. Meinen Zeichnungen hatte er schnell angesehen, dass sie dazu taugten, meine Eltern stolz zu machen und ein gewisses Staunen im ländlichen Umfeld zu erzeugen. Mehr auch nicht. Über meine Fotos hatte er zwar gesagt, dass er sie schön fand. Aber ich glaubte zu wissen, was das bedeutete: schön eben. Nicht: tief, bedeutend, außergewöhnlich, besonders. Nur: schön. Er hatte es weder abwertend noch belustigt gesagt und auch keineswegs so gemeint. »Sehr, sehr schön, man möchte sie sich aufhängen«, war der vollständige Satz. Ich hatte ihn einmal dabei überrascht, wie er in den Bildbänden berühmter Fotografen geblättert hatte, die in meinem Zimmer herumstanden, und ich sehe heute noch seinen Gesichtsausdruck von mir. Er wusste genau, dass ich zwar technisch einwandfreie Bilder mit gut gewählten Motiven machen konnte, aber der entscheidende Funke, der mich aus einer großen Masse Menschen heben würde, die genauso gut waren wie ich, dieser Funke fehlte einfach. Ich sagte zu ihm: »Ja, das werde ich nie hinbekommen.« Und ich dankte ihm innerlich dafür, dass er nicht, wie so viele Eltern, in die Versuchung kam, mich anzulügen, dass er nicht sagte: Aber mein Kind, eines Tages wirst auch du … Nein, er sagte: »Na und? Du machst, was du machst. Hör nicht auf zu fotografieren, es macht dir Spaß, und du machst es gut. Du machst es genau so, wie du es machst. Fertig.« Dafür liebte ich ihn.

Eva hatte mich am nächsten Morgen zu unseren Eltern gefahren. Meine Mutter ließ nicht mit sich diskutieren und packte mich auf die Couch. »Die kommenden paar Tage bleibst du zu Hause«, sagte sie und klang streng, obwohl sie insgeheim bestimmt stolz war, dass ich den Jungen gerettet hatte. Sie wollte sogar schon ihre Termine absagen, aber ich konnte sie davon überzeugen, dass ich brav sein und im Haus bleiben würde. Ich schnappte mir meinen Laptop, spielte die Fotos, die ich gestern gemacht hatte, von der Speicherkarte auf den Laptop, und sah sie durch. Ich machte immer mehrere Auswahlrunden. Nur beim ersten löschte ich tatsächlich Fotos, nämlich die, die wirklich nicht zu gebrauchen waren: Die Belichtung stimmte nicht, sie waren verwackelt, der Fokus war falsch. Dann vergab ich Bewertungen in Form von Sternchen dafür, welche Bilder mir wie gut gefielen. Wenn ich erst einmal das beste Foto des Tages gefunden hatte, fiel die abstufende Bewertung der restlichen Bilder leichter: Das beste bekam fünf Sternchen, die anderen entsprechend weniger. Ich hatte mir schon gedacht, dass eines der Fotos von Sean mit seinem Drachen unter den besten landen würde. Aber damit, unter den bestimmt zehn Aufnahmen fast schon ein Meisterwerk zu finden, hätte ich niemals gerechnet. Eine raubte mir fast den Atem: Sean stand perfekt im Profil. Wobei er nicht wirklich stand, er schwebte. Es sah aus, als würde er von seinem Drachen in die Luft gehoben werden, als sei er Teil des Drachens, eins geworden mit dem Wind. Sean hatte den Kopf nach oben gereckt, die Arme in die Luft gestreckt, die Beine angewinkelt, und unter ihm war – nichts. Er schien den Boden schon lange nicht mehr zu berühren, schon seit einer Weile einfach nur zu schweben. Sean, sein Drachen, die Wiese unter ihm, all das war scharf im Vordergrund. Im Hintergrund etwas weicher der Fluss und das gegenüberliegende Ufer. Das helle, klare Sonnenlicht zauberte eine fast magische Stimmung, die mich an die Sommer meiner Kindheit erinnerte: heiß und träge. Nichts deutete darauf hin, was im nächsten Moment geschehen würde.

Mir war bewusst, wie trügerisch Fotos sein konnten. Man hielt den Bruchteil einer Sekunde fest, und die wunderbarste Idylle konnte bedeuten, dass drei Sekunden später alles in die Luft flog. Ich erinnerte mich an eine Aufnahme von einer wunderschönen jungen Frau in einem Bus in Israel, von der es hieß, dass sie zwanzig Minuten später alle Menschen um sie herum in den Tod gerissen hatte. Eine palästinensische Attentäterin. Gemacht hatte das Bild ein israelischer Student, der kurz vor der Detonation aus dem Bus gestiegen war. Auf dem Foto wies nichts auf das hin, was kommen würde. Man hätte auch denken können, dass das Mädchen auf dem Weg zu einer Freundin war. Oder zu einem Menschen, den sie sehr liebte, so heiter und ruhig wirkte ihr Blick. Ich wusste, dass man dazu neigte, in Fotos zu viel hineinzulesen.

Ein Bild wie das von Sean mit seinem Drachen gelang

nur selten. Ich dachte daran, wie die Fotografen, die mit Negativen arbeiteten, erst beim Entwickeln wirklich erkennen, was ihnen gelungen war und was nicht. Ich dachte an Kontaktabzüge, über die ich mich im Fotografiekurs meiner Schule gebeugt hatte – die Lehrerin war eine erklärte Gegnerin der damals sich gerade ausbreitenden Digitalfotografie. Ich erinnerte mich an die vielen Stunden in der Dunkelkammer, mit den Wannen voller Entwicklerflüssigkeit, und wie wir aufwändig Vergrößerungen herstellen mussten. Wie einfach war es heute, wo die meisten Speicherkarten benutzten: Ich setzte mich an den Computer, sah mir die Fotos in einer riesigen Auflösung am Bildschirm an und konnte sofort mit dem Bearbeiten beginnen. Der Weißabgleich war mit einem Klick erledigt. Wenn mir etwas nicht gefiel, machte ich den Arbeitsschritt einfach rückgängig. Wenn ich etwas ausprobieren wollte, konnte ich es gefahrlos tun, ohne ein Bild für immer zu verderben.

Begeistert speicherte ich das Foto von Sean ab, kopierte es und begann. Als ich die Möglichkeiten der digitalen Bearbeitung für mich entdeckte, hatte ich ständig mit den Kontrasten übertrieben und absurde Farbspiele durchprobiert. Zu sehen, was alles mit wenigen Klicks möglich war, hatte mich verführt. Heute war ich sehr zurückhaltend und achtete darauf, statt eines knalligen Motivs eine subtile Stimmung herzustellen.

Ich speicherte zwei bearbeitete Versionen des Fotos ab und suchte mir das nächste. Ich konnte mich nicht entscheiden, ob ich mit dem verrosteten Kahn oder mit dem Flurkreuz weitermachen sollte. Müßig begann ich, im Internet herumzusurfen. Ich ertappte mich dabei, dass ich

Stephens Namen durch alle möglichen sozialen Netzwerke und Google laufen ließ. Ich fand einige Artikel, die er geschrieben hatte, auch Fernseh- und Radiobeiträge. Er schien seinen Schwerpunkt im Bereich Wirtschaft zu haben, was mich zugleich wunderte und enttäuschte. Wirtschaftsthemen wirkten auf mich sperrig, öde und trocken. Es war schon seltsam: Fand man seine ehemaligen Klassenkameraden im Netz, dann gab es die, bei denen man sich kein bisschen über ihre Berufswahl wunderte, und dann eben jene, von denen man den Weg, den sie eingeschlagen hatten, nie erwartet hätte. Weil man sich mehr für sie erhofft hatte. Oder weil man es ihnen nie zugetraut hätte. Der frühere Klassenclown war nun Lehrer an einer teuren Privatschule in England. Die Einserschülerin saß an der Supermarktkasse. Holly hatte mir erzählt, dass ihr Bruder »in den Medien« tätig war, und hatte kürzlich etwas von Journalismus und »auch britische Zeitungen« gesagt. Ich hatte mir naiverweise wohl vorgestellt, er wäre auf das Thema Umweltschutz spezialisiert. Mir war die Aktion auf der Ölplattform Brent Spar noch lebhaft in Erinnerung. Früher war Holly empfindlich gewesen, wenn sie auf Stephen angesprochen wurde. »Immer steht er im Mittelpunkt, aber er ist ja auch sooo toll und sooo schön«, hatte sie gesagt, als wir in der achten Klasse waren. Seitdem hielt ich mich mit allzu detailreichen Fragen nach ihm zurück. Ich konnte mir gut vorstellen, wie unangenehm es war, immer auf den größeren Bruder angesprochen zu werden. Er hatte Politik studiert, das wusste ich, und deshalb hätte ich mich jetzt weniger gewundert, wäre er in diesem Ressort tätig. Oder wenn er Pressesprecher bei einer gemeinnützigen Organisation wäre. Aber Wirtschaftsjournalist? Passte das zu ihm und seinem Auftreten?

Wie sah überhaupt ein Wirtschaftsjournalist aus? Spießiger? Dabei wusste ich doch so gut wie nichts über Stephen. In den letzten Jahren konnte sich eine Menge getan haben. Und was für ein Typ er früher wirklich gewesen war – dazu war unser Altersabstand zu groß gewesen, um das tatsächlich beurteilen zu können. Wenn ich es genau nahm, kannte ich Stephen überhaupt nicht. Und verknallt hatte ich mich in die Idee von einem rebellischen Typen, der einfach anders war als alle Jungs, die ich sonst bis zu diesem Zeitpunkt kannte. Ich lächelte bei dem Gedanken, und dann fragte ich mich: War das nicht eigentlich immer das Problem der Liebe? Dass man sich in eine Vorstellung verliebte, in ein Traumbild, genauer: ein Trugbild?

Was hatte ich von Josh erwartet, und was er von mir? Wo hatten wir uns selbst betrogen in der Vorstellung des jeweils anderen?

Ich schüttelte die Gedanken ab und wandte mich wieder meinen Fotos zu. Spontan entschied ich mich für das Flurkreuz. Als ich die Kontraste leicht erhöhte, entdeckte ich eine farbliche Abweichung weiter unten am Längsbalken des Kreuzes. Ich vergrößerte die Stelle und fragte mich, was das sein konnte. Es wirkte wie eine Lichtspiegelung, aber wie sollte sich Sonnenlicht auf unlackiertem Holz spiegeln? Ich zoomte näher heran und entdeckte: Es handelte sich um eine kleine Messingplakette. Neugierig machte ich den Ausschnitt noch größer, veränderte ein paar Einstellungen, um die Aufschrift auf der Plakette besser lesen zu können, und endlich erschien sie verschwommen und unscharf auf meinem Bildschirm. Voller Verwunderung las ich den Namen »Patsy« und die Jahreszahlen »1971-1980«. Also hatte das Flurkreuz doch eine Geschichte, und zwar eine sehr persönliche. Kein Wunder also, dass jemand immer wieder Blumen ablegte.

Ich musste an meine Freundin Alice denken. Von ihr kannte ich kein Grab, ihre Eltern waren damals einfach weggezogen. Niemand schien zu wissen, wo sie hingegangen waren, wo sie heute lebten, und niemand konnte sagen, wo Alice begraben lag. Holly, Eva und ich hatten eine Messingplakette, ähnlich der am Flurkreuz, gravieren lassen. Die Schulleiterin hatte uns erlaubt, sie an dem Baum auf dem Schulgelände anzubringen, unter dem wir drei bei schönem Wetter immer die Pausen verbracht hatten. »Bis nachher am Baum« hatten wir gesagt, wenn wir uns verabreden wollten, und auch alle anderen in unserer Klasse hatten verstanden, was gemeint war. »Wir sind am Baum«, sagten wir, wenn sich jemand anders später mit uns treffen wollte. Unser Baum. Und ich hatte jahrelang nicht mehr daran gedacht. Ich bekam ein schlechtes Gewissen. Am liebsten wäre ich sofort aufgestanden und dorthin gegangen, aber ich hatte meiner Mutter versprochen, zu Hause zu bleiben. Die Schule konnte ich sowieso nicht zu Fuß erreichen, weil Waterford zu weit weg war, um zu laufen. Ich könnte meine Eltern bitten, mich hinzufahren. Oder hatte Eva vielleicht Zeit mitzukommen?

11.

Alice' Tod hatte uns endgültig verändert.

Alice war uns, wie wir uns nur ungern eingestanden hatten, seit Hollys Unfall immer fremder geworden, und schließlich war sie uns ganz entglitten. Nach ihrem Tod brauchten wir lange, um überhaupt zu begreifen, was geschehen war. Eine Zeit lang tauschten Holly und ich jeden Tag lange Mails aus, in denen wir über Alice sprachen. Wir informierten uns über Magersucht, wie sie entstand, welche psychischen und physischen Schäden sie anrichtete, und je mehr wir wussten, desto weniger verstanden wir. Beispielsweise hieß es, dass die meisten Magersüchtigen aus Familien kamen, bei denen ein »starkes Zusammengehörigkeitsgefühl verbunden mit einer Abschottung nach außen« vorlag, oder dass das »restriktive Essen als Erfolgserlebnis« angesehen wurde, um »Kontrolle über diesen Lebensbereich zu haben, die in anderen Lebensbereichen fehlt«. Wie traf das auf Alice zu?

Vielleicht wollten wir auch einfach vieles nicht wahrhaben.

Ihr Tod und die vielen Fragen, die niemand beantworten konnte, all das machte mich unglücklich und wütend, und ich hielt es nicht mehr zu Hause aus, auch nicht in Cork, wo ich damals mit dem Studium begonnen hatte.

Egal, wohin ich kam, erinnerte mich etwas an Alice, und es waren unangenehme Gefühle und Gedanken, die sich einstellten. Oft war es einfach nur ein Schatten auf meinem Gemüt, eine diffuse Verstimmung. Es reichte jedoch aus, die Flucht ergreifen zu wollen.

Ich bemühte mich um Stipendien, studierte in Oxford, war ein Jahr in Kapstadt, ein halbes in Rom, reiste nach München, Wien, Prag, Paris, Stockholm, nach Kyoto, Sydney. Ich promovierte in London. Ich fand keine Ruhe, keinen Anker und kein Zuhause. Das nagende Gefühl, dass etwas nicht stimmte und ich nie herausfinden würde, was es war, blieb.

Ich war fünfundzwanzig, hatte gerade meine Doktorarbeit beendet und gönnte mir eine ganze Woche in New York – verbunden mit einem Vortrag an einem der Museen, was mir einen Teil der Reise finanzierte. Ich traf Holly, die dort immer noch lebte und arbeitete. Wir sahen uns selten, hatten aber jede Woche Kontakt, indem wir uns schrieben, manchmal auch telefonierten. Ich hatte Angst, dass wir uns aus den Augen verlieren könnten, deshalb achtete ich sehr darauf, dass der Kontakt nicht abbrach, und ich wusste, dass ich ihr ebenfalls wichtig war. Ich wusste aber auch, dass es schwierig war, eine Freundschaft, die einmal so eng war wie unsere, über die vielen tausend Kilometer und die vielen neuen Eindrücke, die jede für sich sammelte, über die neuen Freundschaften und Beziehungen, die wir eingingen, aufrechtzuerhalten. Umso glücklicher war ich, dass wir uns an diesem Tag nach über einem halben Jahr wiedersahen.

Wir trafen uns in einem Café, in dem es offenbar wirklich nur Kaffee gab, es war ein schöner, sonniger Tag, aber Holly wollte nicht spazieren gehen.

»Ich hetze schon den ganzen Tag herum, ich bin froh, wenn ich einfach mal eine Stunde ruhig sitzen darf.« Sie lehnte sich mit einem tiefen Schnauben zurück. »Ein Autor, den wir vertreten, ist aus Chicago zu Besuch gekommen. Keine große Sache, dachte ich erst, aber er scheucht uns seit dem Frühstück durch die Gegend und hat Extrawünsche. Und die dürfen ihm nicht etwa die Assistenten erfüllen, nein, das muss ich persönlich tun, weil sonst ja etwas schiefgehen könnte.«

»Aber jetzt hat er dich weggelassen?«

Sie riss die Augen auf und hielt den ausgestreckten Zeigefinger an die geschminkten Lippen. »Psst«, machte sie. »Er schläft.«

Ich lachte laut, und sie ließ sich wieder zurücksinken und schloss für einen Moment die Augen. Dann fragte sie, wie eigentlich jedes Mal, ob ich etwas von Alice' Eltern gehört hätte.

»Natürlich nicht, ich hätte es dir sofort gesagt.«

Sie nickte zerstreut. »Wir haben damals alles falsch gemacht. Wir hätten offen darüber reden müssen.«

Erstaunt sah ich sie an. »Darüber, dass sie sich so verändert hatte?«

»Nein, ich meine über die Zeit, in der sie fort war. Und über meinen Unfall in der Scheune.«

»Wir durften sie nicht darauf ansprechen«, sagte ich.

»Genau das war ein Fehler – was, wenn sie darüber reden wollte, aber nicht konnte? Jeder ging dem Thema aus dem Weg. Sie durfte wahrscheinlich auch nicht darüber reden. Livvie, wir hätten etwas tun sollen.«

»Ich weiß, das ist jetzt keine sehr glorreiche Ausrede, aber wir waren doch noch sehr jung«, gab ich zu bedenken.

»Aber irgendwann waren wir es eben nicht mehr.« Sie schaute mich eindringlich an. »Weißt du noch, wie sie mich angebrüllt hat, weil sie dachte, ich hätte irgendwas über sie an die Klowand geschrieben?«

»Als ob ich das vergessen könnte. Und als du ohnmächtig warst, hat sie mir immer zugerufen: Du hast sie umgebracht!«, fügte ich hinzu. »Ob das so eine Art Psychose war? Irgendwie ein psychischer … Krankheitsschub?«

»Ich habe absolut keine Ahnung. Aber ich frage mich, ob wir nicht etwas hätten tun müssen. Tun können. Ich frage mich, ob wir etwas hätten ändern können.«

»Wir hätten wahrscheinlich gar nichts tun können«, sagte ich, aber es klang wie eine leere Phrase. Holly hatte einen wunden Punkt getroffen.

Wir starrten schweigend vor uns hin.

»Doch. Wir hätten mir ihr reden müssen«, sagte Holly.

»Jetzt ist es zu spät.«

»Ja.«

»Du denkst doch nicht, dass wir dran schuld sind?«, fragte ich sie.

»Lässt sich das so einfach sagen?«, fragte Holly zurück.

Ich zuckte die Schultern. »Glaubst du, unsere Eltern wissen mehr?«

»Ja.« Das war alles, was sie sagte.

Mir blieb fast der Mund vor Staunen offen stehen. »Was?«

»Ich glaube: ja. Die wussten doch ganz sicher, dass sie in der Psychiatrie war, und keiner hat etwas zu uns gesagt, nie. Und die haben doch bestimmt auch kapiert, dass sie magersüchtig war. Die sind doch nicht blind!«

»Wir haben es auch nicht gemerkt.«

»Wir waren Teenager, hallo? Wann hast du zum ersten Mal von Magersucht gehört? Ich hab mal was drüber gelesen, und daneben war ein Foto von einer, die neunundzwanzig Kilo gewogen hatte und aussah wie ein mit Haut überzogenes Skelett. *Das* wusste ich über Magersucht. Und dass es nur Models kriegen. Soviel zum Thema ›Wir hätten es merken können‹.« Sie stand auf und ging an die Theke, um uns neuen Kaffee zu holen. Ohne mich zu fragen, was ich wollte. Wozu auch? Sie wusste, wie ich ihn am liebsten trank. Auch wenn wir uns kaum mehr sahen, waren wir uns immer noch so nah wie Geschwister, wie ich nun wieder bei unserem Gespräch merkte. Deshalb war Alice' Tod so furchtbar für uns. Weil sie wie eine Schwester für uns gewesen war, vor dem Unfall und auch danach, denn sonst hätten wir beide nicht die ganze Zeit trotz unseres Unbehagens und der vielen Zweifel und Fragen versucht, sie wieder in unsere Mitte zu holen, sie wieder zum Teil unseres Kleeblatts zu machen. Für Holly muss es noch viel schlimmer gewesen sein als für mich, schoss es mir durch den Kopf. Ich habe eine Schwester, mit der ich mich immer gut verstanden habe, aber Holly hat nur einen sehr viel älteren Bruder, mit dem sie damals nicht viel teilen konnte.

Sie kam zurück und stellte unseren Kaffee auf den Tisch. »Weißt du, Livvie, warum ich immer ganz weit weg wollte? Ich hab es einfach nicht ausgehalten. Es war so eng. Man ist aus dem Haus gegangen, und überall waren Menschen, die einen schon ewig kannten. Und alle haben immer hinterm Rücken über irgendwen geflüstert, und bestimmt war man selbst auch immer wieder dran als Gesprächsthema, und jeder hatte Geheimnisse. Jeder! Wir durften mit Alice nicht reden. Alice durfte mit uns nicht reden. Unsere Eltern haben nicht mit uns geredet. Und so weiter. Das war doch alles scheiße!«

»Aber das allein war doch nicht der Grund, oder? Fast alle in unserer Klasse wollten damals weg. Wir auch! Wir wollten etwas erleben, Neues lernen. Du wolltest nach New York. Ich wollte Kunst. Die gab es zu Hause nicht, also musste ich weg. Ich hatte es ja gut, dass ich nur in Cork war, nah an Zuhause. Ich bin gern weggegangen, ich war neugierig auf die Welt, aber sie durfte zuerst nicht zu weit weg sein. Ich habe erst später gemerkt, dass ich gern weg bin und es mir gut getan hat, weil ich auch diese Heimlichtuerei nicht mehr ausgehalten habe.« Ich hatte lange nicht darüber nachgedacht, aber es stimmte, es gab damals beide Seiten, nicht nur die negative. »Findest du es nicht bis zu einem gewissen Grad normal, dass uns unsere Eltern nicht mit etwas belasten wollten, das wir vielleicht da noch nicht ganz verstanden hätten?«, wand ich wieder ein.

Sie schüttelte den Kopf. »Weißt du, dass mir mein Vater bis heute nichts über meine Mutter erzählt hat? Also, nichts, was unangenehm sein könnte. Ich habe ihn gefragt: Wie ist sie gestorben? Und er sagte: Sie ist ganz sanft eingeschlafen. Ich habe dann irgendwann mal Stephen gefragt, und der sagte, sie war wochenlang im Krankenhaus und hatte schlimme Schmerzen. Sie musste Morphium bekommen, damit sie nicht alles zusammenschrie. Es war wohl nicht zum Aushalten. Weder für sie, noch für die Ärzte, noch für sonst irgendwen, der das mit ansehen musste. Und mein Vater sagt: Sie ist sanft eingeschlafen.«

»Er wollte dich schützen.«

»Ich bin nun aber erwachsen. Und dann hab ich ihn gefragt: Warum liegen acht Jahre zwischen Stephen und mir? Wolltet ihr kein zweites Kind? War ich ein Unfall? Oder gab's Probleme?«

»Na ja, das ist natürlich eine heikle Frage«, sagte ich. »Da wollte er sicherlich nicht drüber reden.«

»Na und? Ich wollte aber.«

»Hat er dir geantwortet?« Ich sah sie erwartungsvoll an.

»Ja. Murmelte was davon, wir seien beide Wunschkinder gewesen, und sie hätten sich nun mal Zeit lassen wollen. Irgendwie so etwas. Also wirklich. Ich hab ihm kein Wort geglaubt.«

»Und jetzt?«

»Was, und jetzt?«

»Was tust du? Du glaubst ihm nicht. Wie willst du da die Wahrheit rausfinden?«

»Gar nicht. Geht ja nicht.« Sie presste den Mund zusammen.

»Aber kannst du es nicht ruhen lassen? Ich meine, es ist doch wirklich egal, warum ihr acht Jahre auseinander seid. Das kann tausend Gründe haben.«

»Mir reicht einer.«

»Ach, Holly.« Ich seufzte. »Alice fehlt dir immer noch sehr, nicht wahr?«

Tränen schossen ihr in die Augen. Sie nickte und sah mich an. »Du auch.«

Jetzt bekam ich auch ganz feuchte Augen. Sie nahm meine Hand und drückte sie.

»Cheekpoint«, sagte sie.

»Ja?«

»Das musste einfach so kommen.«

»Was?«

»Na. Wenn man so eng aufeinanderlebt und ständig etwas vor den anderen zurückhält, kann das doch nicht gut gehen«, murmelte Holly. »Ich will nie wieder zurück, weißt du?«

Ich nickte. »Mich zieht auch nichts mehr dorthin. Oder anders gesagt: Nachdem Alice tot war und du fort, gab es irgendwie nichts, was mich noch gehalten hätte.«

»Nein. Es ist etwas anderes. Es ist mehr«, sagte Holly.

Ich verstand sie nicht und sah sie fragend an, aber sie wich meinem Blick aus.

»Ich will nie wieder an diesem Ort leben, wo jeder jeden kennt und es doch nicht tut. Ich kann das einfach nicht mehr.«

Ich schluckte und sagte nichts. Sie klang so düster, fast schon verbittert, und deshalb war ich froh, als sie diese Gedanken von sich abzuschütteln schien und rief: »Lass uns anstoßen!«

»Mit Kaffee?«

»Ja. Nie wieder Cheekpoint. Nie wieder Waterford. Nie wieder Irland.«

»Nie wieder«, antwortete ich, und wir stießen unsere Kaffeegläser aneinander.

Es klingelte durchdringend an der Tür. Ich hatte fast vergessen, wie schrill die Klingel meiner Eltern klang. War das Eva, um vielleicht in ihrer Mittagspause nach mir zu sehen? Aber warum in aller Welt klingelte sie? Hier waren ständig alle Türen unverschlossen.

»Es ist offen!«, rief ich und blieb sitzen. Die Gehschiene anzulegen, würde zu lange dauern.

Ich hörte Schritte im Flur, die eindeutig nicht zu meiner Schwester gehörten. »Hier hinten«, rief ich, nun doch etwas verunsichert.

Die Schritte näherten sich, und die Wohnzimmertür wurde sanft aufgeschoben.

Es war Stephen. Er lächelte mich an.

12.

»Stephen«, sagte ich und ärgerte mich im selben Moment darüber, weil ich nun nicht mehr so tun konnte, als wüsste ich nicht, wer er war. Jetzt musste er denken, dass mir die ganze Zeit über schon klar gewesen war, wer er war, ich aber ganz ignorant ihn nicht darauf angesprochen hatte.

»Livvie«, sagte er gut gelaunt. »Oder lieber Olivia? Oder Liv? Wie wirst du heute genannt?«

»Livvie ist in Ordnung. Du hast mich erkannt? Warum hast du nichts gesagt?«

»Du hast auch nichts gesagt.«

Ich nahm den Rechner von meinen Knien und stellte ihn auf den Wohnzimmertisch. »Mir ist erst klar geworden, wer du bist, als ich mich mit meiner Schwester unterhalten habe.«

»Na ja, ich dachte, dich gleich erkannt zu haben, war dann aber unsicher, weil du so gar nicht reagiert hast. Da dachte ich, ich sage erst einmal besser nichts und wollte einfach schauen, wie lange es dauert, bis du drauf kommst. Entschuldige, ich hätte mich wohl zu erkennen geben sollen. Wie geht's dir?«

»Macht doch nichts. Mir geht es gut, danke! Und dir? Es tut mir leid, das mit deinem Dad. Ich weiß es von Holly.«

Er nickte. »Danke. Es geht schon wieder. Lass uns im Moment aber lieber von etwas anderem reden. Darf ich mich setzen?« Er wartete die Antwort erst gar nicht ab.

»Wann haben wir uns eigentlich zuletzt gesehen?«, fragte ich, weil mir nichts Besseres einfiel.

»Keine Ahnung. Es ist Jahre her.«

»Du wirst dich wohl am ehesten an den Tag erinnern, an dem Holly in unserer Scheune vom Heuboden gestürzt ist. Und dass Alice die ganze Zeit sagte, ich hätte Holly umgebracht.«

Stephen fuhr sich mit der Hand durch die schwarzen, zerzausten Haare. »Ich würde lügen, wenn ich behauptete, dass sich das nicht irgendwie bei mir eingebrannt hätte«, sagte er. »Zwanzig Jahre ist das her. Danach habe ich dich immer nur kurz vorbeihuschen sehen.«

»Habt ihr viel Kontakt? Du und deine Schwester?« Ich wusste von Holly, dass sie sich ab und zu mailten, durchaus herzlich und einander zugewandt, aber ohne einen engen Draht zueinander zu haben. Der Altersunterschied war zu groß gewesen. Ich stellte ihm die Frage, nur um etwas zu sagen.

Er hob die Schultern. »Du weißt, wie es ist«, sagte er nur vage. »Was machst du hier?«

Ich deutete auf mein Bein. »Die physiotherapeutischen Kenntnisse meiner Mutter ausnutzen«, sagte ich und griff nach der Gehschiene.

»Weil es da, wo du lebst, keine Physiotherapeuten gibt?«

»Keine, die so heilende Zauberkräfte haben, wie die eigene Mutter«, grinste ich.

Er stand auf. »Soll ich uns einen Tee machen? Oder Kaffee?«

»Gern. Tee. Danke. Kommst du klar? Wasserkocher links neben dem Herd, Tee … ähm … Hängeschrank zweite Tür von rechts.« Ich mühte mich damit ab, mir die Schiene anzulegen, während er in der Küche verschwand. Die Schmerzen von den Schnitten waren schlimmer als am Morgen, wenn auch natürlich nicht so stark wie gestern, nachdem ich Sean am Flussufer gerettet hatte. Ich bewegte mich langsam und mit großer Vorsicht. Im Krankenhaus hatten sie mir versichert, alles sei in Ordnung, hatten mich aber auch darauf hingewiesen, dass ich gut aufpassen müsste.

Als Stephen mit zwei Bechern Tee zurückkam, saß ich bequem und einigermaßen aufrecht auf dem Sofa. Ich bedankte mich bei ihm und stellte die heiße Tasse vor mir ab.

»Also?« Er sah mich auffordernd an. Ich antwortete mit einem fragenden Blick. »Dort, wo du lebst, gibt es keine Physiotherapeuten, die über magische Kräfte verfügen. Was ist das bloß für ein Land.«

»Ein unwirtliches, fremdes Land, fernab der Zivilisation«, sagte ich mit einem gespielten Seufzer.

»Oh?« Stephen betrachtete mich voller Interesse. »Mein letzter Stand war, laut Holly, dass du in Schottland an der Uni unterrichtest, aber dann machst du jetzt was anderes?«

Ich wollte etwas sagen, aber er ließ mich nicht zu Wort kommen.

»Nein, nein. Lass mich raten. Sag nichts. Hmmm.« Er musterte mich neugierig. »Du fotografierst immer noch.

Holly hat immer gesagt, dass du ein gutes Auge hast. Professorin, das hat für mich irgendwie nie richtig zu dir gepasst.« Er bemerkte meinen irritierten Blick. »Ja, ich weiß, wie kann ich so etwas sagen, wenn ich dich nie richtig gekannt habe? Aber irgendwie hat man ein vages Bild von den Menschen, die mit einem am selben Ort leben. Besonders, wenn man sie aufwachsen sieht.« Jetzt lächelte er. Es war ein warmes Lächeln. »Nein, Professorin ist nichts für dich. Viel zu verstaubt und langweilig. Und wenn du jetzt in einem unwirtlichen Land bist … Korrespondentin? Journalistin?« Er schlug mit der Hand auf sein Knie. »Ich weiß es. Du bist Kriegsfotografin! Afghanistan? Irgendwo in Afrika? Wow.«

Ich sah ihn gespielt kühl an und erwiderte trocken. »Ich bin immer noch Professorin für Kunstgeschichte. Im unwirtlichen Schottland.«

Stephen kratzte sich schuldbewusst am Kinn. »Ups. Das war dann wohl ein Kopfsprung in den Fettnapf.«

»Ja, wir verstaubten, langweiligen Akademikerinnen, wir haben es nicht leicht.«

»Livvie, ich hab doch gar nicht gemeint, dass du … also … Ich finde nicht, dass du … Du bist nicht verstaubt und langweilig. Im Gegenteil. Denke ich.« Er war entzückend in seiner plötzlichen Unsicherheit.

»Das kannst du natürlich nicht wissen, aber …« Ich beugte mich verschwörerisch vor. Er beugte sich ebenfalls vor, als erwarte er, dass ich ihm ein großes Geheimnis verriete. »… ich bin es gern«, flüsterte ich.

»Gern was?«, flüsterte er zurück.

»Staubig.«

»Aha.«

»Im Ernst.«

»Verstehe.«

»Manchmal huste ich sogar den ganzen Tag, weil es so staubt.«

Er nickte verständnisvoll. »Ich spüre es auch schon. Wie die Luft ganz trocken wird.«

Jetzt nickten wir beide. Dann lachten wir laut los.

»Ich weiß, ich hab einen langweiligen Job«, sagte ich schließlich, als ich wieder zu Atem gekommen war. »Kriegsfotografin. Dazu bin ich viel zu feige. Und auch nicht genug Fotografin.«

»Nein? Wie meinst du das?«

Ich musste an die Frau denken, die ich einmal kennengelernt hatte, die sich ohne mit der Wimper zu zucken ein teures Kleid ruiniert hatte, um das perfekte Foto zu bekommen. »Wenn ich mir vorstelle, was die echten Fotografen, die Vollblutfotografen alles tun für ein Bild, dann denke ich immer, dass ich zu vielem vermutlich nicht bereit wäre. Sie ruinieren sich, wenn es sein muss, ihre Gesundheit. Sie riskieren ihr Leben. Ich würde mich nicht mal richtig in den Dreck knien, um ein gutes Foto zu machen.«

Stephen schaute mich nachdenklich an. »Das glaube ich nicht. Du warst bereit, alles zu riskieren, um den Jungen zu retten. Du wärst auch bereit, alles für ein Foto zu riskieren, um der Welt zu zeigen, dass gerade ein Unrecht geschieht.« Sein Blick wurde ernst. Als ich nichts erwiderte, fuhr er fort: »Ich weiß nicht, ob du mit Holly … über mich sprichst. Ich arbeite als Journalist und bin viel unterwegs. Ich schreibe für die Wirtschaftsressorts einiger Zeitungen, online und Print. Man lernt die Kollegen mit der Zeit gut kennen und weiß, wie sie ticken. Man bekommt einen Blick für die unterschiedlichen Charaktere. Und bei dir denke ich, auch wenn du vielleicht im Alltag darauf achtest, dir keine Laufmasche in der Strumpfhose zu holen – wenn es drauf ankommt, bist du zu allem bereit, Livvie. Ich hab es selbst gesehen.« Jetzt lächelte er wieder. »Sean ist voller Ehrfurcht vor dir. Er hat nach dir gefragt. Und ob du vorbeikommen möchtest, wenn er einen neuen Drachen hat.«

Ich runzelte die Stirn. »Er hat schon wieder einen neuen Drachen?«

Stephen seufzte theatralisch. »Was sollte ich tun? Plötzlich hatte ich beim Einkaufen so ein Ding in der Hand. Da hab ich's ihm vorbeigebracht.«

In mir regte sich Neugier. »Aha, ihr steht euch wohl sehr nahe«, sagte ich grinsend.

Stephen legte die gewölbte Hand hinters Ohr und tat so, als hätte er mich nur schwer verstehen können. »Was? Ob ich was mit Seans Mutter habe, fragst du? Aber nein. Wirklich nicht. Wir finden uns beide nett, aber das ist es auch schon.«

Ich musste daran denken, dass während meiner Schulzeit alle Mädchen in Stephen verliebt gewesen waren. Jedenfalls war es mir so vorgekommen. Heute wirkte das absurd, denn wenn ich den Stephen, der vor mir saß, mit dem von damals verglich, konnte ich nicht verstehen, was mich, was uns vor fünfzehn, zwanzig Jahren an ihm fasziniert hatte. Ein dürrer, schlaksiger Typ mit langen Haaren, immer ein wenig zu bleich, um noch gesund zu wirken, und immer in schwarzen, zerrissenen Klamotten unterwegs. Damals fanden wir das aus unerfindlichen Gründen toll. Wahrscheinlich, weil er anders war als der

Rest. Und heute? Er sah großartig aus und wirkte unheimlich charmant. Dass sich Seans Mutter nicht für ihn interessierte, hielt ich für unwahrscheinlich.

»Wo lebst du jetzt? Wieder hier in Cheekpoint?«

Er zögerte mit der Antwort. »Im Moment ja.«

Als er nicht weitersprach, fragte ich: »Und vorher?«

»London. Nicht so aufregend wie … Schottland. Oder New York. Aber immerhin!«

Gerade wollte ich fragen, warum er auch nach dem Tod des Vaters noch hier war, als er das Thema wechselte und mich fragte: »Was hast du heute noch vor?« Er deutete auf meinen Laptop. »Mails checken? Mit meiner Schwester chatten?«

Ich lachte. »Fotos bearbeiten.«

»Die vom Fluss? Darf ich sie sehen?«

»Ich bin noch nicht fertig. Ist es okay, wenn ich sie dir erst später zeige?«

Er nickte. »Klar. Störe ich dich? Soll ich dich allein lassen?«

»Nein, gar nicht.« Tatsächlich war ich froh darüber, Gesellschaft zu haben und nicht mir selbst überlassen auf dem Sofa herumzuliegen. Aber ich freute mich auch, Stephen wiederzusehen. »Ich dachte, meine Schwester könnte mich nach Waterford bringen.«

»Das kann ich doch machen«, sagte er. »Wo genau willst du hin? Zum Arzt? Einkaufen? Sag es mir, und ich fahre dich.«

»Eigentlich wollte ich zu unserer alten Schule. Zu unserem Baum, an dem wir die Plakette für Alice angebracht haben. Erinnerst du dich? Ach nein, da warst du längst weg.«

Aber er nickte. »Holly hat es mir erzählt«, sagte er. »Natürlich weiß ich davon. Warum willst du da hin? Ist heute ein besonderes Datum oder einfach so?«

Während er es sagte, fiel mir ein, dass tatsächlich in wenigen Tagen Alice' Geburtstag gewesen wäre. Wäre sie mit zweiunddreißig gestorben, hätte man gesagt: Sie war viel zu jung. Alice war nicht einmal zwanzig Jahre alt geworden. Wie viel »zu jung« war das? Ich sagte nichts davon zu Stephen, schüttelte nur den Kopf. »Ach, eigentlich war es nur so eine Idee. Ich will dich auch gar nicht dafür einspannen. Außerdem habe ich meiner Mutter eigentlich versprochen, heute zu Hause zu bleiben. Ich fahre einfach irgendwann mit Eva hin. Wird ja wohl noch eine Weile dauern, meine … Physiotherapie.« Ich hob die Teetasse hoch, endlich hatte das Wasser Trinktemperatur. Ich hatte mir nie angewöhnen können, Getränke glühend heiß zu schlürfen. Oft ließ ich sogar meinen Kaffee viel zu lange stehen und trank ihn zum Unverständnis meiner Kollegen und Freunde kalt. Erst, als ich von dem Tee getrunken hatte, fiel mir etwas ein. »Sag mal, Stephen, warum bist du eigentlich hier?«

Er kramte in seiner Hosentasche. Dann zog er etwas sehr kleines hervor. »Ich glaube, das gehört dir.« Er legte es auf seine Handfläche und streckte sie mir entgegen.

»Meine Speicherkarte«, rief ich erstaunt. Ich hatte sie als Ersatz mitgenommen für den Fall, dass ich die Karte, die in der Kamera steckte, vollmachen würde. »Ich habe noch gar nicht gemerkt, dass ich sie verloren habe. Sie muss aus der Fototasche rausgerutscht sein. Wo hast du sie gefunden? In deinem Wagen?« Ich nahm sie mit Daumen und Zeigefinger von seiner Hand. Meine Fingerspitzen berührten seine Haut und spürten seine Wärme. Schnell zog ich meine Hand zurück.

»Sean hat sie gefunden. Im Gras.«

»Im Gras? Er hat gute Augen!«

»Bei dem Flurkreuz.« Stephens Blick wich meinem aus. War ihm die Berührung eben auch merkwürdig vorgekommen? »Ich wusste ja gleich, was es war und wem es gehörte. Ich hoffe, die Karte ist nicht kaputt gegangen.«

Ich nahm meine Leica und legte die Speicherkarte ein. Dann hob ich die Kamera vor die Augen und richtete das Objektiv auf ihn. Stephen blieb ungerührt sitzen und sah mich ruhig an.

»Darf ich?«, fragte ich.

»Nur zu.«

Er war das perfekte Modell. Sein Blick glitt leicht an der Kamera vorbei, und sein Gesicht blieb ruhig, ohne zu erstarren. Er sah fantastisch aus. Ich stellte den Fokus ein und drückte ab. Dann veränderte er seine Position, und ich verstand sofort, was er tat: Wir waren noch nicht fertig. Er wollte, dass ich noch mehr Bilder von ihm machte. Ich fragte mich kurz, ob es Eitelkeit war, die ihn dazu trieb, aber sofort regte sich in mir das Gefühl, dass dies nicht zu ihm passte. Es war eher ein Spiel. Ein Kennenlernen. Stephen wollte sich mir zeigen. Ganz ohne Worte. Ich machte noch vier, fünf Aufnahmen von ihm. Dann überprüfte ich die Karte. Sie war völlig in Ordnung und hatte keinen Schaden genommen.

»Alles okay, Sir«, sagte ich mit übertrieben nachgemachtem amerikanischem Akzent. »Morgen um fünf sind die Abzüge da.«

»Gut, dass die Karte noch funktioniert. Sonst hätte ich dir eine neue gekauft.«

»Warum? Du hast sie doch nicht kaputt gemacht?«

Er schien darüber nachdenken zu müssen. »Ja, aber … Na ja. Wahrscheinlich, um Danke zu sagen. Weil du Sean gerettet hast.«

Ich hob die Augenbrauen. »Ach? Mir scheint, er steht dir doch näher, als du mir sagen willst.«

Jetzt machte er große Augen und schlug eine Hand vor den Mund. »Glaubst du, er ist mein unehelicher Sohn?«

Verwirrt sah ich ihn an.

»Ein Witz«, sagte er.

Ich verdrehte die Augen. Stephen zwinkerte mir zu. Dann stand er auf.

»Oh, du gehst schon?«

»Ich hab dich lang genug gestört. Deine Mutter hat recht, du brauchst heute mal eine Pause. Zu eurem Baum auf dem Schulhof können wir immer noch fahren.« Er hielt inne. »Also, wenn du mich dabeihaben willst, natürlich nur.«

»Oh, doch, gern!« Zu spät fiel mir ein, dass Eva vielleicht lieber mit mir dorthin fahren würde. Aber ich sagte nichts.

»Natürlich können wir auch mal einfach so etwas unternehmen, jetzt, wo du hier bist. Also, so lange du noch hier bist. Kaffee trinken. Essen gehen.«

»Sehr gern. Wann passt es dir?« Die Abwechslung würde mir guttun, anstatt die ganze Zeit bei meinen Eltern zu verbringen.

Er dachte kurz nach. »Heu… Morgen? Oder übermorgen. Gern auch nächste Woche. Wie du …«

»Heute Abend klingt gut«, sagte ich und unterdrückte ein Grinsen. »Nur wo?« In Cheekpoint Essen zu gehen, war natürlich absurd. Und in Waterford kannte ich nur die Orte, an denen wir uns als Schülerinnen herumgetrieben hatten.

Stephen schlug ein italienisches Restaurant vor, von dem ich noch nie etwas gehört hatte. Ich nickte, wir verabredeten uns für sieben Uhr, und er verschwand wieder. Ich sah noch lange auf die Tür, durch die er gegangen war. »Stephen«, sagte ich kopfschüttelnd und lächelte. Dann spielte ich die Aufnahmen, die ich von ihm gemacht hatte, auf meinen Laptop. Ich machte nicht oft Porträts. Ich fand, dass es eine intime Angelegenheit war und eine Menge Zeit erforderte, Menschen richtig zu fotografieren. Zeit, die man brauchte, um sein Gegenüber allein schon dazu zu bringen, sich zu entspannen und so zu geben, wie er oder sie war. Zu vergessen, dass eine Kamera in der Nähe war. Prominente, Politiker, Sportler hatten sich meist daran gewöhnt. Aber nicht umsonst entstanden die besten Fotos von normalen Menschen, wenn sie sich die Kamera nicht bewusst machten. Wenn sie einfach vergaßen, ihre Fotogesichter zu machen, sich in Posen zu werfen.

Ich musste an Josh denken. Er hatte sich nie auf diese besondere, nahe Art von mir fotografieren lassen. Von ihm hatte ich nur Bilder, auf denen er wie ein Vorzeigeehemann strahlte. Es musste nur ein Fotoapparat mit ihm im selben Raum sein, und er machte das, was ich immer sein »Fotografiergesicht« nannte. Ein echtes, wahres Foto, das sein Innerstes zeigte, hatte ich von ihm nie gemacht.

Deshalb überraschten mich die Bilder von Stephen. Er sah darauf nicht nur sehr schön aus, er wirkte auch unglaublich gelassen und entspannt. Er fühlt sich wohl, dachte ich. Anders als Holly scheint er kein so großes Problem mit Cheekpoint zu haben. Anders als Holly war er zurückgekehrt und wohnte jetzt sogar hier, warum wohl? Und wie lange würde er bleiben?

13.

»Wo ist deine Kamera?«, fragte Stephen, als ich ihm die Haustür öffnete.

Ich sah ihn verwundert an. »Wir wollten doch essen gehen?«

»Ja und? Nie unvorbereitet sein. Nimm sie mit.« Er zwinkerte mir zu.

Ich ging zurück ins Wohnzimmer, nahm die Tasche, in der auch der Ersatzakku und die zweite Speicherkarte waren, rief meiner Mutter erneut einen Abschiedsgruß zu und ging zu Stephens Wagen.

Als wir losfuhren, kam gerade mein Vater auf den Hof. Ich winkte ihm zu, aber er schien mich nicht zu sehen. Leider verhinderte die Gehschiene jeden Anschein von Eleganz, selbst wenn ich es gewollt hätte. Also hatte ich mich für ein blaues, sommerliches Kleid entschieden, das bis über die Knie reichte, dazu eine Jeansjacke, und am rechten Fuß trug ich einen flachen hellen Leinenschuh. Das Haar hatte ich mir zu einem Pferdeschwanz zusammengebunden. Ich war leicht geschminkt, nicht so, dass es auffiel, aber gerade genug, um einen gleichmäßigen, ausgeruhten Teint zu haben. Stephen warf mir einen Blick zu und lächelte.

»Hoffentlich wird es dir nicht zu kühl.«

»Wir gehen doch essen?«, wiederholte ich, jetzt fast schon misstrauisch. »Erst fragst du nach der Kamera, dann meinst du, es würde mir zu kühl werden. Hast du etwas vor, von dem ich noch nichts weiß?«

»Essen gehen.«

»Picknick am Strand?«

»Nein, keine Sorge. Obwohl … gute Idee.« Er grinste. »Alles in Ordnung?«

»Ja. Danke. Auf der Couch zu liegen hat mir gutgetan, aber jetzt bin ich froh, mal rauszukommen. Ich werde aber sicherlich noch viel Zeit auf dieser Couch verbringen.«

»Da kommen doch bestimmt Heimatgefühle auf, oder? Mal wieder bei den Eltern, sich verwöhnen lassen …«

Als ich nicht antwortete, sah er kurz zu mir rüber. Wir fuhren die enge Landstraße entlang, die nach Waterford führte. Rechts und links hinter den niedrigen Hecken und Mauern waren vereinzelte, weit auseinander liegende Häuser mit Gärten und Höfe mit weiten Feldern. Ich betrachtete die Landschaft in der Abendstimmung und dachte: Warum kann ich es nicht einfach schön finden? Warum nur muss ich immerzu denken, wie trostlos es ist, hier zu leben?

»Es ist okay«, sagte ich schließlich. »Ich bin ja auch gerade erst angekommen. Mal sehen, wie lange wir uns vertragen.« Es sollte wie ein leichthin gemachter Scherz klingen, aber Stephen schien zu spüren, dass etwas anderes dahinterlag. Deshalb fügte ich schnell hinzu: »Also, ich verstehe mich wirklich sehr gut mit den beiden. Und mit Eva. Es ist nur so, dass ich einfach nicht gern hier bin.«

Er sagte eine ganze Weile nichts. Wir fuhren weiter, bogen rechts ab auf die Dunmore Road, und erst bei Passage Cross, als wir an der Tankstelle vorbei waren, an der ich vor fünfzehn Jahren zum ersten Mal ganz allein das Auto meiner Schwester betankt hatte, und das blaue »Willkommen in Waterford«-Schild auftauchte, als ich dachte, er hätte längst vergessen, was ich gesagt hatte, sagte er: »Holly ist auch nicht gern hier.«

»Und du?«

Er deutete ein Schulterzucken an. »Spricht nichts dagegen, hier zu sein.«

»Aber du warst lange fort, oder?«

»Ja, schon.«

»Bist du wegen deines Dads zurückgekommen? Bleibst du jetzt hier? Als Journalist kann man wahrscheinlich gut online arbeiten, und reisen musst du sowieso viel, oder? Aber von London aus wären die Wege sicherlich kürzer?«

»Ich hab noch keine Pläne gemacht. Irgendwie war ich noch nie gut darin, welche zu machen. Ich habe Ziele, aber selten konkrete Pläne. Meistens kommt es sowieso ganz anders, es ergibt sich etwas, womit nicht zu rechnen war.«

»Und was ist jetzt dein Ziel?«

»Ich wollte für die Dauer eines Projekts hierbleiben, um in Ruhe dran arbeiten zu können. Das hatte nicht direkt mit meinem Dad zu tun. Aber … na. Alles nicht wirklich spruchreif.«

Ich hätte gern mehr erfahren, aber da er offensichtlich nicht weiter über seine aktuelle Arbeit reden wollte, fragte ich nicht. Ich sah aus dem Fenster. Draußen wurden die

Häuser urbaner, die Nutzgärten wichen Ziergärten, die Besiedlung verdichtete sich. Auf der rechten Straßenseite stand ein größerer Hotelkomplex, der neu aussah.

»Als ich noch zur Schule ging, dachte ich immer, dass ich hierbleiben würde. Die Vorstellung, woanders zu leben als hier, war mir damals nicht geheuer. Wozu weggehen, wenn ich mich hier doch wohlfühlte? Ich hatte in Cork an der Uni schon das Gefühl, zu weit weg zu sein. Und dann starb Alice, und ich hielt es nicht mehr aus. Von einem Tag auf den anderen war alles zu eng. Und trist und grau und …« Ich verstummte.

»Ja?«

»Eng.«

»Das hattest du schon.«

»Reicht doch.«

»Na gut. Ich hatte den Eindruck, du wolltest noch etwas anderes sagen.«

»Holly findet es hier … verlogen. Weil nicht immer über alles geredet wird. Aus Rücksicht oder aus Scham oder …« Ich machte eine hilflose Handbewegung und ließ den Satz in der Luft hängen.

Zu meiner Verwunderung nickte er. »Versteh ich. Ist es anders, wo du jetzt lebst? St. Andrews ist ja nun auch keine Großstadt.«

Ich dachte darüber nach. »Wahrscheinlich nicht. Aber es berührt mich nicht so, weil ich dort nicht aufgewachsen bin. Es ist zwar mein Zuhause, aber wohl nicht meine Heimat.« Ich wunderte mich selbst über diese Formulierung. So hatte ich bisher nie darüber gedacht, aber es stimmte.

»Wir sind da.«

Ich hatte gar nicht bemerkt, dass wir schon im Zentrum angelangt waren. Stephen parkte vor dem Bishop's Palace, einem Museum für die Stadtgeschichte.

»Wir gehen ins Museum?«

Er lachte.

Stephen hatte ein hochpreisiges Restaurant ausgesucht. Ich überlegte, ob er mich damit beeindrucken wollte, aber dann kam der Inhaber und begrüßte ihn mit Handschlag, wie einen alten Freund.

»Du kommst wohl oft hierher?«, fragte ich.

»Wir sind zusammen zur Schule gegangen. Und du kannst sagen, was du willst, seine Pizza ist die beste.«

Ich sah mich um. Niemand hier hatte Pizza bestellt. Die Leute saßen vor Tellern mit hübsch angerichteten Speisen und schienen große Ehrfurcht davor zu haben, die Kreationen zu zerstören. »Pizza, ja?«

Stephen grinste. »Natürlich.«

»Steht die überhaupt auf der Karte?«

»Es gibt welche. Keine Sorge.«

Ich klappte die Speisekarte zu, ohne richtig darin gelesen zu haben. »Dann Pizza. Ich hoffe, sie ist nicht ganz so überschaubar wie die anderen Portionen. Ich habe nämlich Hunger.«

»Du wirst dir die Hälfte einpacken lassen und mitnehmen müssen. Mindestens die Hälfte.«

»Wow.«

»Ach, was sag ich. Du schaffst nicht mal den Rand!«

Wir bestellten uns beide Pizza, dazu eine Flasche Rotwein. Dann ließ ich mir von ihm erzählen, was er in den vergangenen Jahren gemacht hatte.

»Ein paar Beziehungen an die Wand gefahren und in London gearbeitet«, sagte er.

»Die Ausführlichkeit, mit der du über dich selbst sprichst, ist entwaffnend«, sagte ich trocken.

»Es gibt da wirklich nichts besonders Aufregendes zu erzählen«, sagte er. »Ich überlege schon verzweifelt, ob ich mir irgendwas ausdenken soll. Oh, ich hab hier und da mal einen Preis für einen Artikel bekommen. Aber nichts, was man außerhalb der Branche kennen würde.« Und murmelnd schob er nach: »Nicht mal etwas, das man innerhalb der Branche kennt.«

»Ich hätte ja wirklich gedacht, dass du was total anderes machst. Für mich warst du immer der, der sich auf der Brent Spar angekettet hatte. So habe ich mir das jedenfalls vorgestellt.«

»Sagt die Kunstprofessorin«, grinste Stephen.

»Kunstgeschichte, bitte«, grinste ich zurück. »Holly erzählte mir dann, dass du Journalist geworden bist, da dachte ich, du würdest ... hm, über solche Aktionen schreiben. Oder investigativ irgendwelche Sauereien aufdecken. Du weißt schon, undercover Konzerne ausspionieren, die ihre Arbeiter ausnutzen. Oder aus dem Regenwald berichten, während du dafür sorgst, dass nicht weiter abgeholzt wird. Dich von einer Eisscholle melden, die durch die Erderwärmung von ihrem Eisberg abgeschmolzen ist.«

Er hob das Weinglas und sah mich mit hochgezogenen Augenbrauen an. »Du klingst wie meine Schwester.«

»Sie war nicht umsonst meine beste Freundin.« Ich hob ebenfalls mein Glas, und wir prosteten uns zu.

»Ich bin bei dem geblieben, für das ich damals gekämpft hab. Ich schaue den Konzernen, die, wie du es nennst, irgendwelche Sauereien treiben, auf die Finger. Und statt auf Eisschollen zu treiben, schreibe ich lieber darüber, welcher Konzern Steuern in Millionenhöhe hinterzieht und damit durchkommt, oder Öl ins Meer kippt und das ganze als Unfall tarnt, um das Geld für die Entsorgung zu sparen.«

Ich sah ihn amüsiert an. »Gut. Alle meine Vorurteile gegenüber Wirtschaftsjournalisten sind hiermit gestorben. Du rettest also immer noch die Welt.«

»Einer muss ja.« Er prostete mir wieder zu.

»Und das geht jetzt von Cheekpoint aus?«

Der Kellner brachte die Pizza. Sie war tatsächlich riesig, hatte aber herrlich dünnen Teig. Und schmeckte wirklich fantastisch. Stephen hatte noch mit etwas anderem recht behalten: Ich schaffte nur wenig mehr als die Hälfte.

»Ich hab's ja schon angedeutet, ich bin hier, um an einem größeren Projekt zu arbeiten.«

»Und ich war rücksichtsvoll genug, nicht weiter nachzubohren, weil ich nicht den Eindruck hatte, dass du etwas darüber verraten möchtest.«

Er sah mich ernst an. »Ich schreibe ein Buch.«

»Oh, einen Roman?«, fragte ich.

In seinem Blick flackerte etwas, das ich nicht deuten konnte. Er schien zu überlegen. »Vielleicht ein Roman, ja. Ich sammle noch Material.«

»Worum geht es?«

Stephen zögerte.

»Entschuldige«, sagte ich schnell. »Ich weiß ja, manche Schriftsteller sind abergläubisch und wollen nicht darüber reden, woran sie arbeiten, aus Angst, jemand könnte ihnen die Idee stehlen. Oder es könnte nichts draus werden.«

Er wirkte erleichtert. »Ich bin nicht abergläubisch. Aber es stimmt, ich würde ungern jetzt darüber reden.«

»Hilft dir denn Holly? Ich meine, so als Agentin … Ach, sorry, ich hör schon auf. Ich bin nur leider so wahnsinnig neugierig, und ich finde die Idee, dass du ein Buch schreibst, sehr spannend.«

Stephen lächelte. »Wirklich? Na, es ist überhaupt nichts Spannendes daran. Tut mir leid, dass ich trotzdem so rumeiere. Aber …«

Ich nickte. »Schon gut. Der Aberglaube. Erzähl mir was anderes. Was ist mit deinem Job in London? Hast du den noch?«

»Ich schreibe noch für die Zeitungen. Im Moment aber nur so viel, um im Gedächtnis zu bleiben.«

»Wie lange hattest du schon vor, ein Buch zu schreiben? Schon länger? Oder kam das erst jetzt?«

Wieder zögerte er.

»Oh, darf ich das auch nicht fragen? Ich dachte, du willst nur nicht über den Inhalt reden.«

»Ach, es ist … ein bisschen kitschig, wahrscheinlich. Aber was soll's. Als abzusehen war, dass mein Vater sterben würde, kam ich her. Das war vor gut einem halben Jahr. Holly hat immer gesagt, dass sie nicht zurückkommen will, und daran hat sich nichts geändert. Das ist ihre Entscheidung, sie muss selbst wissen, was sie tut. Ich habe also sehr viel Zeit hier verbracht und, nun, irgendwie kam da die Idee, ein Buch zu schreiben. Hier draußen, in aller Ruhe.«

»Und bis du es geschrieben hast, bleibst du hier?«

Er zuckte die Schultern. »Mein Dad hat gesagt, dass er nicht möchte, dass das Haus verkauft wird. Jedenfalls nicht so ohne Weiteres. Verboten hat er es mir nicht, aber er hat seinen Wunsch sehr deutlich geäußert.«

»Das heißt, du willst es wirklich behalten?«

»Ich habe mich noch nicht entschieden. Mein Ziel war es, das Buch zu schreiben. Nicht unbedingt zu veröffentlichen, aber es zu schreiben. Na, mal sehen.« Er sah mich nachdenklich an. »Würdest du dein Elternhaus verkaufen?«

Ich hatte noch nie über diese Frage nachgedacht. Überrascht konnte ich nur die Schultern heben. »Ich weiß es nicht. Meine Eltern sind ja noch …«

»Sie leben auch nicht ewig.«

»Ich weiß, aber …« Ich schwieg.

»Das verstehe ich. Es ist nichts, worüber man nachdenken will, bis es soweit ist.«

»Und ich würde das ja auch mit Eva zusammen entscheiden. Ich weiß gar nicht, wie sie darüber denkt. Wir haben nie darüber gesprochen.« Unsere Eltern waren noch so vital und standen mitten im Leben. Sich vorzustellen, dass sie eines Tages alt und gebrechlich sein würden, war mir nie in den Sinn gekommen.

»Holly wäre fast nicht einmal zur Beerdigung gekommen.«

»Ich weiß. Sie hat sich die Entscheidung sehr schwer gemacht«, sagte ich.

»Sie hatte schon lange nicht mehr mit ihm gesprochen, und auch als er krank wurde und abzusehen war, dass es zu Ende ging, ließ sie sich nicht dazu überreden, sich mit ihm zu versöhnen.«

Ich war gerade dabei, mir Wasser aus der Karaffe nachzuschenken. Erschrocken zuckte ich zusammen und verschüttete etwas. »Sie haben sich nicht versöhnt? Das hat Holly mir aber anders erzählt.«

Jetzt war es an Stephen, große Augen zu machen. »Was hat sie dir denn gesagt?«

Ich tupfte mit meiner Serviette auf dem Tischtuch das Wasser weg. Einer der Kellner war herbeigeeilt, um mir zu helfen. Er wechselte fast unbemerkt das Tischtuch, brachte uns eine neue Karaffe mit Wasser und überredete uns zu einem Grappa, der aufs Haus ging. Ganz so, als hätte er das Wasser verschüttet, nicht ich. Stephen schien wirklich ein besonderer Gast zu sein. Nicht, weil er hier viel Geld ausgab und sich wichtig machte, sondern einfach, weil sie ihn mochten.

Ich dachte darüber nach, ob es meiner Freundin gegenüber indiskret wäre, wenn ich mit Stephen darüber sprach. Ich entschied mich, es ihm zu sagen, schließlich war es nichts, das in meinen Augen problematisch wäre. »Sie meinte, sie hätte ihren Frieden mit ihm gemacht. Und dass sie bei seiner Beerdigung war, um sich zu verabschieden«, sagte ich zu Stephen. »So oder so ähnlich hat sie es formuliert. Ich war davon ausgegangen, dass sie sich mit ihm versöhnt hatte.«

»Nein«, sagte er. »Sie haben bei ihrem letzten Telefonat furchtbar gestritten. Bei der Beerdigung wollte sie erst nicht mit vor ans Grab gehen. Ich musste sie mehr oder weniger hinschieben.«

Ich dachte darüber nach. »Dann hat sie es anders gemeint. Dass sie hinterher irgendwie ihren Frieden für sich mit ihm gefunden hat.«

»Vielleicht. Aber ich kann es wirklich nicht nachvollziehen. So einen Hass auf ihn zu haben …«, murmelte Stephen.

»Es ist schon einige Jahre her«, sagte ich, »da sagte Holly zu mir, sie sei sauer auf euren Vater, weil er nicht über eure Mutter mit ihr reden wollte. Und noch ein paar andere Dinge gab es da wohl …«

Stephen nickte. »Da hat sich unser Vater wirklich sehr … ungeschickt verhalten. Und irgendwann war es zwischen den beiden so festgefahren, dass ich nicht mehr vermitteln konnte. Vor seinem Tod haben sie tatsächlich häufiger telefoniert. Aber es ging nie wirklich gut aus.«

»Sie hat sich Vorwürfe gemacht, ihn nicht noch einmal gesehen zu haben. Sie wollte wohl, aber dann kam immer irgendetwas dazwischen, und sie musste ihren Flug verschieben.«

Er nickte. »Deshalb hat sie ihn so oft angerufen. Um wenigstens mit ihm zu reden.«

»Aber es hat nicht funktioniert?«

»Nein, offenbar nicht.«

Ich würde ihr nachher sofort eine Mail schreiben. Ich wollte wissen, ob sie mir irgendetwas verschwieg. »Hat sie denn vor oder nach der Beerdigung mit dir über ihn geredet?«

»Nicht viel.« Er sah mich aufmerksam an. »Ich glaube, deshalb wollte ich so genau wissen, wie du dich fühlst, wenn du hier bist. Was dich dazu getrieben hat, das Weite zu suchen. Ich dachte, vielleicht verstehe ich dadurch meine Schwester etwas besser.«

Ich nickte. »Alice' Tod hat uns beiden schwer zugesetzt. Aber das allein kann es nicht gewesen sein.«

»Ihr wart wie Geschwister«, sagte Stephen. Ich sah ihn an. »Ich habe Holly immer gesagt, eine Freundschaft wie die zu dir ist wichtiger als so manch anderes. Es ist wunderbar, dass ihr beide immer noch Kontakt habt.«

»Ich würde sie lieber viel öfter sehen. Aber es geht nun mal nicht.«

Stephen drehte sich in Richtung der Bar um. »Giovanni und ich konnten uns früher ja nie wirklich leiden. Und jetzt freut er sich jedes Mal, wenn er mich sieht.« Er grinste. »Er findet heute, dass ich doch ein ganz netter Kerl bin und nicht so ein arroganter Schnösel, der auf Biegen und Brechen anders sein will als der Rest. Ich zitiere ihn nur. Und ich finde, er ist gar nicht mehr so ein miesepetriger Faulpelz, der sich ständig selbst leidtut, und er macht die beste Pizza. Habe ich zu viel versprochen?«

»Auf keinen Fall! Es war toll. Ich schaff nur nicht mehr.«

»Hey, das war mehr als die Hälfte! Das schafft nicht jeder!«

Ich lachte. »Muss die gute Seeluft sein. Obwohl ich die in St. Andrews ja auch habe.«

Er sah mich lange an und schien dabei abzuwägen, ob er seine nächste Frage stellen sollte oder nicht. »Wartet da nicht jemand auf dich?«, fragte er endlich.

Ich lehnte mich zurück und verschränkte unwillkürlich die Arme. »Bis vor Kurzem war da noch jemand.«

»Oh. Entschuldige. Ich wollte nicht in frischen Wunden …«

»Das konntest du ja nicht wissen. Wir haben uns vor ein paar Wochen getrennt.«

Sein Blick fiel auf meinen Fuß. »Hat das …«

»Nein«, unterbrach ich ihn. »Nein, damit hat es nichts zu tun. Nicht direkt. Er war das nicht, falls du das meinst.«

»Das war dein Student. Das hast du mir schon erzählt.«

»Ja. Und mein Exfreund …« Ich schluckte. Zum ersten Mal bezeichnete ich Josh als meinen Exfreund. »Josh. Er hatte mich davor gewarnt und am Ende recht behalten.«

»Deshalb habt ihr Schluss gemacht?«, fragte Stephen verwirrt.

»Meine Güte, ist das kompliziert.« Ich musste unwillkürlich lachen. »Aber so sind Beziehungen vermutlich immer.«

»Muss nicht sein. Kommt aber vor.«

»Josh fand, ich würde mich meinem Studenten gegenüber nicht richtig verhalten. Und ihm gegenüber auch nicht. Es kam dann soweit, dass er unsere gesamte Beziehung infrage stellte.«

Stephen hob die Augenbrauen. »Wetten, er kommt zurück«, sagte er.

»Das hat Eva auch zu mir gesagt.«

»Na, dann ist doch alles gut.«

»Ist es das?« Ich ertappe mich, dass ich meinen Gedanken laut ausgesprochen habe.

»Das liegt ganz allein an dir.«

»Ehrlich gesagt, habe ich keine Ahnung, wie es weitergeht, weil ich gerade keine Lust habe, darüber nachzudenken. Ich finde es vor allem anderen seltsam, wieder hier zu sein, und das beschäftigt mich wohl am meisten. Dass ich mich erst einmal einleben muss, obwohl ich hier zu Hause sein sollte.«

Stephen nickte, nahm sein Weinglas und hielt es in der Hand. »Schaffst du es, nur daran zu denken, was du vom

Leben willst? Ganz ohne die Erwartungen der anderen. Ohne Joshs Vorstellungen oder die deiner Eltern oder Freunde oder sonst jemandem. Kannst du das?«

»Wie meinst du das?«

Stephen stellte nachdenklich das Glas ab, ohne davon getrunken zu haben. »Ich habe irgendwann herausgefunden, dass das sehr schwer sein kann. Weil man immer versucht, die Erwartungen anderer zu erfüllen. Um geliebt oder wenigstens anerkannt zu werden. Früher bin ich so rumgelaufen, wie ich eben rumgelaufen bin – mit den schwarzen Klamotten und den langen Haaren und so – um auszutesten, wie weit ich gehen konnte, bis mein Vater mir sagen würde: Junge, hör auf, so geht das nicht. Aber das hat er nie getan. Ich habe nie die Grenze gefunden. Ich habe mich wohl in Wirklichkeit auch nicht getraut, tatsächlich zu weit zu gehen, weil ich ihm nicht wehtun wollte. Und doch habe ich darauf gewartet, dass er endlich mal etwas sagt, das mir zeigt, er sorgt sich um mich.«

»Du fühltest dich zu sehr geliebt, oder wie soll ich das verstehen?«

Jetzt war er es, der die Arme verschränkte und sich zurücklehnte. »So bedingungslos, dass es mir schon fast gleichgültig vorkam. Verrückt, oder? Und bei Holly war es genau anders. Da machte er sich ständig Sorgen, und sie hatte immer den Eindruck, es ihm nie recht machen zu können, obwohl sie tolle Noten hatte und sich immer anstrengte.«

Ich nickte. »Ja, sie dachte, sie würde ihm nicht genügen.«

»Was nicht stimmte. Er schaffte es aber nicht, sich ihr richtig zu öffnen. Und sie verstand es einfach nicht.«

»Vielleicht doch. Vielleicht hat sie deshalb gesagt, sie hätte ihren Frieden mit ihm geschlossen.«

»Das wäre schön. Aber verstehst du, was ich meine? Wir beide, Holly und ich, haben alles, was wir getan haben, daraufhin überprüft, wie es unser Vater finden könnte. Ich habe lange gebraucht, um das zu verstehen und es nicht mehr mit in meine Beziehungen zu nehmen.« Er sah mich lächelnd an. »Deine Eltern lieben dich über alles, oder?«

»Und ich liebe sie.« Ich dachte darüber nach, ob es irgendetwas in meinem Leben gab, das ich tat, nur weil ich ihnen etwas beweisen wollte. Oder Josh. Ich wusste es nicht. Es würden wohl nur kleinere, nicht so bedeutende Dinge sein.

»Du hast tolle Eltern«, sagte Stephen.

»Ja, ich weiß. Im Moment sind sie ein bisschen merkwürdig, aber Eva meinte, das sei nun einmal so.« Fragend hob ich die Augenbrauen. »Warum sagst du mir das eigentlich?«

»Weil man so leicht vergisst, warum sie tun, was sie tun. Nämlich aus Liebe zu ihren Kindern.«

14.

Nach dem Essen gingen wir vor zum Flussufer. Am Reginalds Tower, einem Überbleibsel der alten Befestigungsanlagen der Wikinger, bogen wir zunächst nach links ab und schlenderten den Parade Quay entlang, wo die Motoryachten lagen, aber es war noch viel Verkehr auf der Straße. Da es ein milder Abend war, herrschte eifriger Betrieb an der gesamten Promenade. Es war uns zu laut. Also drehten wir um, den Adelphi Quay ein Stück entlang, von dort aus zur Lombard Street, um über den kleinen Fluss, den John's River, zu gehen und am George's Quay bis vor zu dessen Mündung in den River Suir zu gelangen.

»Wie eng hier alles ist«, sagte ich.

»Eng? Ich dachte, Cheekpoint sei dir zu eng.«

»Anders eng – im Kopf. Hier sind es die Häuser. Und der Fluss ist so schmal, im Vergleich …«

»Ja, Wasser haben wir viel mehr. Und Fläche.« Er lächelte. »Also spricht doch nicht alles gegen Cheekpoint?«

»Ich fühle mich wirklich wohl in St. Andrews. Da habe ich alles. Ich bin sogar direkt am Meer.«

»Geht's mit dem Fuß?«, wechselte er das Thema. Wir waren vor dem Waterford Marina Hotel zum Stehen gekommen und sahen auf das dunkle Wasser der beiden Flüsse.

Hier war es ruhiger als vorne am Parade Quay, und hier war es nicht so hell erleuchtet. Ich atmete tief aus und sagte dann: »Ich weiß nicht. Ich fühl mich hier nicht richtig wohl. Tut mir leid.«

»Hab ich was falsch gemacht?«

»Nein.« Energisch schüttelte ich den Kopf. »Ich denke nur gerade die ganze Zeit an Alice.« Ich drehte mich um und zeigte die Straße hinunter. »Da ist der People's Park. Da waren wir nach der Schule oft. Jeder Ort hier, auch die Promenade, ist mit ihr verbunden.«

»Wollen wir hingehen? Oder willst du lieber nach Hause zurück?«

Ich sah ihn an. »Ich weiß es nicht. Ist es eine gute Idee, jetzt dort hinzugehen?«

»Warum, weil es dunkel ist oder weil du zu dünn angezogen bist? Ich hab dir gesagt, du bist zu dünn angezogen.« Er grinste.

Ihm war aufgefallen, dass ich fror. Ich winkte ab und sagte: »Ein bisschen Bewegung, und es geht wieder. Also, ja, lass uns in den Park gehen. Hat sich dort viel verändert?«

»Ich war ewig nicht mehr da.«

»Du bist doch seit einem halben Jahr hier.«

»Aber ich war nicht im Park. Dann ist es jetzt für uns beide eine Neuentdeckung.«

Wir gingen die wenigen Schritte bis zum nördlichen Zipfel des People's Park. Für Familien, die zu dem großen Spielplatz in der Parkmitte gingen, war es viel zu spät, und auch Spaziergänger gab es um diese Zeit keine mehr. Es war immerhin mittlerweile elf Uhr.

»Schön ruhig«, sagte ich.

»Früher kam mir der Park immer recht groß vor. Aber heute … hier sind wir ja in zwei Minuten durchgelaufen.«

Ich musste lachen. »Dann warst du aber zuletzt wirklich als sehr kleiner Junge hier, wenn dir der Park so viel größer erschienen ist.«

»Oder mir fehlten damals wohl noch die Maßstäbe.«

»Gut. An den Hyde Park kommt dieser hier natürlich nicht ran. Was ist denn mit dem alten Pförtnerhäuschen passiert?«

»Ein Café, das habe ich zumindest in der Zeitung gelesen. Hier hat sich offenbar einiges verändert. Vor ein paar Jahren haben sie viel Geld in den Park gesteckt. Irgendwo am anderen Ende soll es jetzt auch einen Skatepark geben.«

»Oh, wow. Wenn es das alles mal zu meiner Zeit gegeben hätte …«

»Oder zu *meiner* Zeit. Das ist ja noch länger her.«

»Jetzt klingst du wie unsere Eltern.«

»Unsere Großeltern, du junges Ding!«

Wir lachten fröhlich. Der Park lag dunkel und still, aber die umliegenden Straßenlaternen spendeten genug Licht, das auf die nur durch wenige Bäume unterbrochene Rasenfläche scheinen konnte. Ich hörte ein rhythmisches Quietschen. »Huh, Geister, die mit ihren Ketten rasseln?«, kicherte ich.

»Da vorn ist doch der Spielplatz, schon vergessen? Wir sind wohl nicht die Einzigen, die sich um diese Zeit im Park herumtreiben«, flüsterte er. »Hört sich an, als hätte da jemand Spaß. Da wollen wir nicht stören.«

Tatsächlich mischte sich Lachen in das Quietschen. Ein

frohes, gelöstes Lachen, das durchweg glücklich und natürlich klang. Alterslos und herzerwärmend.

»Wir könnten uns anschleichen und nachsehen«, flüsterte ich zurück, von der heiteren Stimmung angesteckt.

Stephen legte seine Hand auf meine Schulter und hielt mich zurück. »Aber was, wenn die beiden … du weißt schon.«

»Nein. Ich glaube, dabei quietscht man nicht. Das ist eine Schaukel«, flüsterte ich zurück. »Komm schon.«

Wir schlichen auf den Spielplatz in der Mitte des Parks zu, bemüht darum, unsere Schritte möglichst nicht hören zu lassen. Auf dem Spielplatz stand eine Laterne, die die Szenerie, wenn auch schwach, beleuchtete und mir die Sicherheit gab, von den beiden, die in den Lichtkegel getaucht waren, nicht gesehen zu werden.

Es war ein ungewöhnlicher Anblick, der sich uns bot. Absurd und zugleich wundervoll: Ein junges Mädchen in einem schulterfreien, knöchellangen, rosafarbenen Kleid, dazu passenden hochhackigen Pumps und einem riesigen rosafarbenen Hut, saß auf der Schaukel und ließ sich von einem Jungen in einem glänzenden dreiteiligen Anzug anstoßen. Ich meinte zu merken, wie unwohl sie sich in dieser Verkleidung fühlten. Und wie wohl ihnen war, sich hier auf diesem Spielplatz, scheinbar unbeobachtet, ganz gehen zu lassen.

Ich deutete auf die beiden und sah Stephen, der gebückt neben mir stand, an. Er betrachtete sie staunend, fast überwältigt. Dann legte er den Arm um mich und flüsterte mir ins Ohr: »Mach ein Foto!«

Ich nickte und deutete ihm an, mir zu helfen. Er hielt die Fototasche, während ich die Kamera herausnahm, das

Objektiv einstellte und die Szene fotografierte. Ich dachte nicht darüber nach, ob es richtig war, die beiden heimlich aufzunehmen. Ich dachte nur daran, wie großartig dieser Moment war, zu großartig, um ihn nicht festzuhalten. Innerlich dankte ich Stephen dafür, dass er mich zurückgeschickt hatte, um die Kamera mitzunehmen.

Als ich genug Bilder gemacht hatte, sah ich zu ihm auf und sagte leise: »Gehen wir?«

»Willst du dir nicht die Erlaubnis von den beiden einholen?«

Ich schüttelte erschrocken den Kopf. »Die werde ich doch niemals bekommen!«

»Wenn du sie nicht hast, kannst du die Bilder auch niemals veröffentlichen.«

»Ach, die interessieren doch eh keinen. Und für private Zwecke …«

»Ich frage für dich.«

Bevor ich ihn zurückhalten konnte, war er schon in Richtung des jungen Pärchens losgegangen. Als sie ihn sahen, hielt der Junge die Schaukel an. Sie aber stieg nicht ab, sondern blieb sitzen. Ich konnte nicht anders, ich musste noch weitere Bilder davon machen, wie der Junge hinter ihr stand, wie sie die Hände übereinander auf die Ketten gelegt hatten, wie sie beide das Gesicht zu Stephen gehoben hatten. Ich konnte nicht genau hören, was er sagte, aber irgendwann sahen sie alle zu mir. Mit pochendem Herzen ließ ich die Kamera sinken und winkte ihnen scheu zu. Das Pärchen winkte zurück und sah dann wieder gespannt zu Stephen. Dieser schrieb etwas auf, holte dann eine Visitenkarte aus seinem Geldbeutel und gab sie dem Jungen, der sie aufmerksam studierte und mit wichtiger Miene einsteckte. Dann schüttelten sie sich die Hände, man winkte mir wieder zu, und das Mädchen schaukelte wieder los.

»Sie ist Brautjungfer, und er ebenfalls Hochzeitsgast. Noch keine zwanzig, die beiden. Irgendwann war's ihnen zu langweilig, und sie sind abgehauen. Haben sich erst auf der Feier kennengelernt und gleich ineinander verliebt. Sie hat sogar den Brautstrauß gefangen, aber ich hoffe nicht, dass sie ihn gleich vom Fleck weg heiratet.«

»Nein? Ist er nicht nett?«

Er lachte. »Gib den beiden doch ein bisschen Zeit, sich kennenzulernen!«

»Ach was. Früher wurden Leute verheiratet, die sich vorher noch nicht mal gesehen haben. Ging auch irgendwie.«

»Genau. Das sollte man wieder einführen.«

Wir lachten wieder leise.

»Was haben sie dazu gesagt, dass ich Fotos gemacht habe?«, fragte ich dann.

»Ich habe mir ihre Telefonnummern und Mailadressen notiert. Wir können sie dann einfach kontaktieren.«

»Wir?«

»Du natürlich. Ich habe gesagt, ich sei Journalist und würde immer mit dir als meiner Fotografin zusammenarbeiten.«

»Ah. Dann werden *wir* sie also kontaktieren.« Ich grinste ihn an. »Ich bin jetzt wirklich neugierig, ob die Fotos gut geworden sind.«

»Na, bei dem Objektiv, was soll da schiefgehen?«

Er hatte offenbar bemerkt, dass ich nicht nur eine teure Kamera, sondern auch noch ein sündhaft teures Objektiv besaß, das beste auf dem Markt, was vor allem Bilder bei sehr schlechten Lichtverhältnissen anging. Es hieß Noctilux und war das lichtstärkste Objektiv der Welt.

»Kennerblick?«

»Und Internet.«

»Aha?«

»Na ja. Ich hatte deine Kamera in der Hand und habe gleich gesehen, dass sie einiges wert sein muss. Und dann habe ich mich ein wenig informiert. Was Journalisten eben so tun, den lieben langen Tag. Ach, und bei deinen Fotos« – er nannte den Namen einer großen Fotocommunity im Netz, bei der ich eine eigene Seite hatte – »da ist so einiges dabei, das nach einer Ausstellung schreit.«

»Unsinn«, sagte ich. »Das ist doch nur ein Hobby!«

»Aus so manchem Hobby ist schon Großes entstanden. Das ist kein Argument.« Er wartete, bis ich alles in meiner Fototasche verstaut hatte. Dann nahm er sie an sich, hängte sie über seine Schulter und sagte: »Genug gearbeitet für heute. Dein Assistent trägt jetzt die Verantwortung für das gute Stück. Gehen wir zurück zum Auto? Ich sterbe vor schlechtem Gewissen, ich glaube, du bist mittlerweile komplett durchgefroren. Nachts ist es dann doch noch etwas frisch.«

Jetzt, wo er es erwähnte, merkte ich, dass mir tatsächlich etwas kalt war. Wir gingen zu seinem Wagen und fuhren nach Cheekpoint zurück, und ich fragte ihn, ob er sich für Fotografie interessierte. Wir sprachen über unsere Lieblingsfotografen, über die preisgekrönten Pressefotos der vergangenen Jahre, über alles Mögliche, bis wir auf dem Hof meiner Eltern ankamen. Ich hatte nicht bemerkt, wie die Zeit vergangen war.

»Oh, schon da«, sagte ich und klang enttäuschter, als ich es beabsichtigt hatte. »Das war ein sehr schöner Abend, Stephen. Vielen Dank.«

»Livvie?«

»Ja?«

»Du hast ein sehr teures Hobby.«

»Ich weiß.«

»Niemand hat ein so teures Hobby, der nicht irgendwo in seinem Innersten wirklich brennt.«

»Ich fotografiere eben sehr gern.«

Stephen schien noch nicht fertig zu sein. »Von dem Geld, das du in deine Kamera und das Objektiv gesteckt hast, kaufen sich andere Leute ein neues Auto. Und ich rede nicht von einem Kleinwagen.«

Ich hob etwas hilflos die Schultern. »Was willst du damit sagen? Dass ich einen Knall habe und mir besser einen Familienkombi hätte anschaffen sollen?«

»Nein. Einen Knall hättest du, wenn du so viel Geld ausgeben würdest, ohne Talent zu haben. Ich nehme an, du hast lange gespart, richtig?«

Ich nickte.

»Du hast keinen Knall. Du hast einen Traum. Aber du gestehst ihn dir nicht ein und redest deine Fotografie dauernd klein. Warum?«

Ich wandte den Kopf zum Fenster der Beifahrertür, um ihn nicht ansehen zu müssen. Mein Blick traf den meines Vaters, der offenbar gerade aus den Gewächshäusern gekommen war, um ins Haus zu gehen. Ich sah deutlich sein Gesicht im Schein der Laterne vor der Haustür. Er wirkte überrascht. Ich winkte ihm zu, und er nickte knapp zurück. Er kam nicht zu uns herüber. Ich spät abends in einem fremden Auto, und statt auszusteigen noch in Gespräche vertieft. Wann hatte er mich so zuletzt gesehen? Mit siebzehn, achtzehn? Ich lächelte still in mich hinein.

»Hab ich was Falsches gesagt?«, hörte ich Stephen leise sagen.

Ich drehte mich wieder zu ihm um. »Mein Vater«, sagte ich und zeigte in die Richtung, in die er verschwunden war. »Er hat uns gesehen und wollte nicht stören. Oder er hat sich gewundert, warum wir nicht reingehen.«

»Ich will nicht reingehen«, sagte Stephen.

Ich musste lachen. »Ja, das wäre eine seltsame Situation. Ich komme mit meiner Verabredung spät nach Hause, und dann sitzen wir noch bei meinen Eltern rum, und alle sind irgendwie peinlich berührt, jeder will lieber woanders sein.«

»Und die Eltern stellen mir komische Fragen. Nach meinem Beruf und ob ich denn genug Geld verdiene und es wirklich ernst meine mit ihrer Tochter«, stimmte er in mein Gelächter ein.

»Wir müssten dann irgendwann hoch in mein Zimmer, um allein zu sein.«

»Und dein Vater würde davor den Flur auf- und abgehen.«

Wir hörten auf zu lachen und sahen uns lange ohne ein Wort an.

»Sehen wir uns wieder?«, sagte Stephen schließlich.

Anstelle einer Antwort legte ich meine Hand auf seinen Nacken, zog ihn zu mir und küsste ihn.

15.

Ich schlich mich ins Haus, als wäre ich fünfzehn und länger als erlaubt fortgeblieben. Dabei war es noch vor Mitternacht, ich hatte kaum etwas getrunken, und schließlich war ich schon lange volljährig. Trotzdem kam ich mir vor, als hätte ich etwas getan, das meinen Eltern missfallen könnte, und dieser Gedanke ließ mich schmunzeln. Es war im ganzen Haus dunkel, aber ich machte kein Licht an, sondern bewegte mich vorsichtig und leise. Ich wusste noch von früher, was ich zu tun hatte, um Geräusche zu vermeiden. Ich wollte gerade die Treppe hinaufgehen, als ich etwas aus der Küche hörte: Es klang wie eine Flasche, die auf den Tisch gestellt wurde. Dann das Knarren eines Stuhls und ein Seufzen.

»Dad?« Ich ging zur Küchentür, tastete nach dem Lichtschalter. Als die Lampe über dem Küchentisch anging, blinzelte ich verwundert. Tatsächlich saß dort mein Vater, vor ihm standen ein volles Glas und eine leere Flasche Whiskey. Er sah mich seltsam an, mit einem Blick, den ich noch nie bei ihm gesehen hatte.

»Dad? Alles okay?«

Er wischte sich mit einer Hand über sein Gesicht und stöhnte auf.

»Geht's dir nicht gut?«

Statt einer Antwort nahm er einen tiefen Schluck aus seinem Glas. Ohne eine Miene zu verziehen. Er stellte das Glas bewusst laut ab.

»Dad, bitte sag etwas.«

Auf der Treppe hörte ich Schritte. Meine Mutter kam runter.

»Livvie? Was ist los?«

Ich drehte mich zu ihr um. Sie trug einen Pyjama. Ihr Haar war zerzaust. Von Weitem wirkte sie wie eine junge Studentin, die von einer Feueralarmübung im Tiefschlaf überrascht worden war.

»Was ist mit Dad?«, fragte ich verunsichert.

Kendra riss die Augen auf. Dann schob sie mich unsanft zur Seite und eilte in die Küche.

»Steh auf.« Sie rüttelte an seinen Schultern. »Verdammt, jetzt steh auf und leg dich ins Bett.«

»Mam, was ist hier los?«

»Nichts.« Kendra versuchte, Dad zum Aufstehen zu nötigen, aber er blieb stur sitzen.

»Was fällt dir ein!« Er lallte. Ich hatte ihn noch nie so betrunken gesehen. Oder überhaupt betrunken. Entsetzt rief ich: »Dad? Sie will dir doch nur helfen!«

»Ich mein dich!«, polterte er und schlug mit der Faust auf den Tisch. »Was fällt dir ein!«

Ich schüttelte fassungslos den Kopf. »Was hab ich denn getan?«

»Treibst dich die halbe Nacht mit diesem Jungen rum! Halt dich bloß von ihm fern!«

»Arthur«, sagte meine Mutter bemerkenswert sanft. »Lass es gut sein.«

»Ich will nicht, dass die beiden sich treffen! Ich will

das nicht!« Er klang jetzt wehleidig. Ich spürte, wie sich mir der Magen umdrehte.

»Arthur, geh rauf. Bitte.« Kendra schien nur mühsam beherrscht.

»Du triffst dich nicht mehr mit dem!« Jetzt brüllte er mich an.

»Dad, was soll das? Ich bin erwachsen, und abgesehen davon waren wir nur etwas essen, und ...«

»Ich hab euch gesehen! Du hältst dich von ihm fern!« Er stand schwerfällig auf. Sein Stuhl wäre fast umgekippt, aber meine Mutter hielt ihn fest.

»Mam, ist er öfter so?«, fragte ich sie.

»Liebes, bitte, das ist jetzt kein so guter Zeitpunkt, um ...«

»Ich trinke, so viel ich will. Das ist mir scheißegal! Und du, mein Fräulein, gehst jetzt mal schön hoch und legst dich ins Bett, und morgen früh reden wir! Du treibst dich nicht mehr mit diesem Burschen rum, damit das klar ist!«

»Dad!«

Er wischte Flasche und Glas vom Tisch. Beides zersprang auf den Fliesen des Küchenbodens. Der scharfe Geruch des Whiskeys hing in der Küche. Ich war erschrocken zurückgesprungen. Meine Mutter nahm einen Handfeger aus dem Schrank. Als sie beim Zusammenkehren in eine Scherbe trat, schrie sie auf vor Schmerz und setzte sich auf einen Stuhl, um die Scherbe aus dem Fuß zu ziehen. Ich nahm ein sauberes Küchentuch aus der Schublade und reichte es ihr, damit sie die Wunde versorgen konnte.

Mein Vater packte mich am Handgelenk, bevor sie es nehmen konnte, und sagte: »Nie wieder, verstanden?«

»Lass mich los.« Ich versuchte, mich zu befreien. »Kümmere dich lieber um Mam. Und was fällt dir eigentlich ein, so viel zu trinken? Was ist mit dir?«

»Das geht dich einen Scheiß an!« Er ließ mich los und verließ schwankend die Küche. Ich konnte nicht glauben, was er gerade zu mir gesagt hatte.

Kendra nahm mir das Tuch ab und band es um den Fuß. »Hört gleich wieder auf«, sagte sie.

»Was?«

»Na, dass es blutet.«

»Was ist mit Dad?« In meiner Stimme klang ein Vorwurf mit. War er an Mam gerichtet? Warum hatte mir niemand gesagt, dass es hier offenbar größere Probleme gab?

Sie sah mich nicht an. »Er hat es gerade nicht leicht.«

Verwundert hakte ich nach: »Warum? Ich denke, der Hof läuft gut?«

»Ja, es ist … viel Arbeit, weißt du.«

»Er hat schon immer viel gearbeitet. Und er hat so viele Mitarbeiter und Erntehelfer wie noch nie. Habt ihr Geldprobleme?«

»Nein, nein, wirklich, Liebes. Mach dir keine Sorgen.«

»Mein Vater sitzt nachts sturzbetrunken in der Küche, und ich soll mir keine Sorgen machen? Er ist so jenseits von allem, dass er glaubt, ich sei zwölf, oder warum will er mir verbieten, dass ich abends ausgehe? Das kann ich doch alles gar nicht glauben. Also? Was ist hier los?«

»Nichts!« Sie wollte aufstehen und die Scherben zusammenkehren. Ich nahm ihr den Handfeger weg.

»Du bist barfuß. Lass mich das machen.«

Ich fegte die Splitter zusammen und wischte zur Sicherheit feucht nach. Dann setzte ich mich zu ihr.

»Lüg mich nicht an«, sagte ich.

Sie sah mich immer noch nicht an. »Livvie, bitte. Es ist nur eine Phase. Dein Vater und ich …« Sie brach ab. Bitterkeit und Verzweiflung huschten über ihr Gesicht, und in mir zog sich alles zusammen.

Etwas weicher fragte ich nach: »Habt ihr Eheprobleme?«

Sie zögerte, dann nickte sie.

Damit hatte ich nicht gerechnet. »Warum hast du mir nichts gesagt?«

»Ach, wozu denn? Das renkt sich schon wieder ein. Und ich will dir doch nicht die schöne Zeit verderben, wenn du schon mal hier bist.« Kendra versuchte, mich anzulächeln. Ich spürte, wie ich innerlich erstarrte, da ich wusste, dass mir meine Mutter nicht die Wahrheit sagte. Jedenfalls nicht die Ganze.

»Mam, was genau ist los zwischen Euch? Ich bin erwachsen. Ich muss nicht in Watte gepackt werden, so wie damals …« Ich geriet ins Stocken. Damals. Nach Hollys Unfall. Genau daran erinnerte mich meine Mutter gerade. Wie sie versuchte, mich zu schützen und das, was sie für eine zu belastende, zu grausame Wahrheit hielt, von mir fern zu halten. »Ich kann mit so etwas umgehen«, sagte ich.

»Hör zu, Schatz. Wir reden morgen, ja? Ich will nicht, dass du dich aufregst. Du hättest deinen Vater nie so sehen dürfen.«

Ich sprang von meinem Stuhl auf. »Hörst du mir nicht zu? Ich habe dich gerade gebeten, mit mir offen und ehrlich zu reden, und du …?«

»Livvie«, sagte Kendra in beschwichtigendem Tonfall, der mich nur noch wütender machte. »Setz dich wieder hin. Es tut mir leid. Aber jetzt bin ich müde, und morgen muss ich …«

»Ja. Ja. Noch ein paar Ausreden? Warum hab ich das Gefühl, dass einem hier keiner sagt, was Sache ist? Wie damals! Nie habt ihr mit mir offen über Alice gesprochen. Ihr wusstet doch bestimmt mehr über das, was mit ihr los war, als wir. Aber niemand hat etwas gesagt. Und wir waren noch viel zu jung, um es zu verstehen. Vielleicht hätten wir ihr helfen können, und dann wäre das alles nicht passiert! Wir hätten ...«

»Livvie, hör auf!«, rief sie dazwischen. »Bitte! Niemand hätte Alice helfen können!«

»Ach nein? Warum denn nicht?«

Kendra schwieg. Sie schien nach einer Antwort zu suchen.

»Warum nicht?«, drängte ich sie.

»Weil sie einfach sehr krank war.«

»Aha. Und mein Vater ist jetzt auch einfach sehr krank, und niemand kann da etwas tun. Ist es so?«

»Livvie, bitte, das ist doch jetzt etwas ganz anderes. Dein Vater ...« Sie schien nicht mehr weiterzuwissen.

Ich sah sie herausfordernd an. »Was?«

Sie sagte nichts, nestelte stattdessen an dem Tuch herum, das sie sich um den Fuß gebunden hatte.

»Sprich mit mir«, sagte ich.

»Bitte, Schatz. Es ist wirklich nicht so dramatisch, wie du denkst. Du hast jetzt einfach einen schlechten Moment erwischt.«

»Einen schlechten Moment erwischt. Aha. Und wie häufig kommen solche ›schlechten Momente‹ vor? Hat er auch morgens schon in der Scheune ... Momente?«

Kendra schüttelte den Kopf, aber ich wusste nicht, ob es als Antwort gemeint war. Sie schien mit den Gedanken ganz weit weg.

»Lass uns schlafen gehen«, sagte sie schließlich leise.

»Ich kann jetzt sicher nicht schlafen. Ich bin echt sauer.«

»Ich gehe nach oben. Kommst du auch?«

Ich stand auf. »Ich muss an die Luft. Ich halte das sonst nicht aus.« Ich trat durch die Küchentür nach draußen, hörte, wie meine Mutter hinter mir herlief, trotz der Verletzung in ihrem Fuß. »Livvie«, rief sie.

Ich blieb stehen und versuchte, meinen Ärger zu beherrschen. »Ja?«

»Komm rein.«

»Reden wir dann?«

Sie antwortete nicht. Sie sah mich nur an, hilflos. Ich ging.

Ich hatte kein Ziel, ich wollte nur weg vom Hof, irgendwie einen klaren Gedanken fassen. Die schwelende Wut verrauchen lassen. Ohne auf meinen Weg zu achten, stürmte ich los, und erst, als sich die Schmerzen meldeten, ging ich langsamer. Ich konnte mich nicht beruhigen: Mein Vater trank. Er saß im Dunkeln in der Küche und leerte allein eine Flasche Whiskey. Und meine Mutter sagte nur: Lass uns morgen darüber reden. Was dachten sich die beiden eigentlich? Also hatte ich es mir doch nicht eingebildet, dass er gestern Morgen, als er aus der Scheune gekommen war, nach Alkohol gerochen hatte. Ich war keine zwei Tage hier und wünschte mich schon wieder weit, weit weg.

Ich hatte noch alles dabei, meine Handtasche, meine Fototasche. Ich nahm mein Handy und rief bei Eva an. Sie meldete sich und klang ganz verschlafen.

»Dad trinkt«, sagte ich. Meine Stimme zitterte. Es würde nicht lange dauern, und ich würde losheulen.

»Was?«, murmelte sie.

»Ich kam vorhin nach Hause, und er saß allein im Dunkeln mit einer Flasche Whiskey.«

»Oh.«

»Wir haben uns gestritten.«

Sie seufzte. Ich hörte Bettzeug rascheln. »Lass uns morgen reden, o.k.? Ich bin total kaputt. Larissa hat den ganzen Abend gekotzt und hat Fieber, jetzt schläft sie endlich. Und Conor ist nicht da.«

»Tut mir leid«, sagte ich. »Dann ruh dich noch etwas aus, und wir reden morgen. Schlaf gut. Alles Gute für die Kleine.«

Ich beendete das Gespräch und sah auf: Ich stand vor Hollys Haus. Offenbar hatte ich das getan, was ich als Kind getan hatte, wenn ich aus dem Haus gestürmt war, weil mir etwas nicht gepasst hatte: Ich hatte mich auf den Weg zu meiner besten Freundin gemacht. Tatsächlich war Holly doch immer die Nummer eins gewesen, ebenso wie ich es für sie gewesen war. Das hatte uns ein schlechtes Gewissen Alice gegenüber bereitet. Noch zu allem anderen.

Im Haus war Licht. Stephen war noch wach. Ich überlegte, ob ich klopfen sollte. Ich könnte auch zurück nach Hause gehen, mich ins Bett legen, dort zur Ruhe kommen und morgen mit meinen Eltern reden.

Aber dann dachte ich: Nein, ich will nicht nach Hause. Nicht jetzt. Ich musste mit jemandem reden.

Ich klopfte, und es dauerte einen Moment, bis Stephen öffnete. Verwundert spähte er in die Dunkelheit, strahlte aber gleich, als er mich erkannte.

»Hallo«, sagte ich.

»Dass ich dich so schnell wiedersehe! Damit habe ich nicht gerechnet. Ich war eher der Meinung, du hättest es vielleicht bereut.«

»Ich … nein, ich bin hier, weil …« Dummerweise fing ich an zu weinen.

Stephen legte den Arm um mich und zog mich ins Haus, wo er mich wieder losließ. »Du bereust es. Es tut mir leid. Eigentlich tut es mir nicht leid, dass wir uns geküsst haben, aber … Ich will natürlich nicht, dass es dir nicht gut geht. Kann ich irgendwas dagegen tun? Willst du dich setzen? Komm mit ins Wohnzimmer.«

Er bot mir einen Platz auf der Couch an, dann verschwand er in der Küche. »Tee? Wasser? Oder lieber etwas Stärkeres?«, rief er über die Musik aus dem Radio hinweg. Johnny Cash, Hurt. Das passte zum Nachtprogramm. Es war eines seiner letzten Stücke.

»Nein, gar nichts«, sagte ich, suchte ein Taschentuch und trocknete mein Gesicht.

Er kam mit einer Flasche Bier in der Hand zurück. »Ich darf doch?«

Ich nickte.

»Du willst wirklich nichts?«, fragte er und setzte sich auf die Armlehne eines Sessels.

»Wirklich nicht.« Ich atmete tief durch. »Ich hatte Streit mit meinen Eltern. Mit meinem Vater in erster Linie. Er war total betrunken, als ich nach Hause kam, was so gar nicht seine Art ist. Ich habe schon seit meiner Ankunft hier das Gefühl, dass etwas zwischen meinen Eltern nicht stimmt.«

»Was sagt deine Mutter dazu?«

»Macht nur nebulöse Andeutungen. Es ginge ihm gerade nicht so gut, aber eigentlich sei alles nicht so schlimm. Ich weiß, dass sie etwas vor mir verheimlicht. Wirklich seltsam war auch, dass er mir verbieten wollte, dich zu treffen.«

»Was?«

»Ich solle mich von dir fernhalten. Ich weiß nicht, ob er da einfach allgemeine Vatergefühle hatte und dachte, seine Tochter vor dem Verlust ihrer Unschuld bewahren zu müssen, oder … Ist denn mal etwas zwischen euch vorgefallen?«

Stephen schüttelte den Kopf. »Nein, wir haben eigentlich nie viel miteinander zu tun gehabt. Ich habe ihn nicht gesprochen, seit ich wieder hier bin. Kurz auf der Beerdigung, ja, aber sonst …« Wieder schüttelte er den Kopf. »Oh Livvie, das tut mir so leid. Das muss ein Schock für dich gewesen sein, ihn so zu sehen!«

»Ja.« Ich schloss die Augen. »Tut mir leid, dass ich hier einfach so aufkreuze. Ich bin einfach losgelaufen und dann …«

»Naja, du musstest mal den Kopf freibekommen. Das verstehe ich. Du glaubst also, dass dein Vater ein echtes Alkoholproblem hat?«

Mein Blick glitt zu der Bierflasche. »Ich hoffe nicht. Vielleicht reagiere ich über. Keine Ahnung. Es war nur so schrecklich anzusehen. Und ein anderes Mal … da hat er morgens schon nach Alkohol gerochen … Außerdem ist mir gleich aufgefallen, dass zwischen meinen Eltern etwas nicht stimmt. Sie sind komisch. Anders. Wenn ich das alles zusammenzähle – ja, ich mache mir Sorgen. Und ja, ich habe das Gefühl, dass mehr dahintersteckt als ein kleiner Streit zwischen Eheleuten.«

Er nickte. Dann stand er von dem Sessel auf und setzte sich zu mir aufs Sofa. »Hey«, sagte er. »Heute Nacht wirst du nicht mehr weiterkommen. Versuch, den Kopf freizubekommen, und morgen geht es irgendwie weiter.«

»Aber was, wenn …«

»Pscht«, machte er. »Du hast recht, du musst mit ihnen reden, und sie sollten dir sagen, was los ist. Zumindest sollten sie etwas konkreter werden. Aber du musst auch daran denken, dass du nicht mehr zu Hause wohnst. Sie sind erwachsen, du bist erwachsen, ihr habt alle euer eigenes Leben. Wenn sie heute Nacht nicht mehr reden wollen, dann ist es einfach so. Und du musst bis morgen früh warten. Überleg dir lieber, was du bis dahin machen willst.«

Ich sah ihn verständnislos an. »Was soll ich denn machen?«

»Willst du zurückgehen? Willst du hierbleiben?«

Darüber hatte ich noch nicht nachgedacht. Die Vorstellung, die Nacht in Hollys Elternhaus zu verbringen, war merkwürdig. Und noch seltsamer, wenn ich daran dachte, dass Stephen hier sein würde. Andererseits war es genau das, was ich wollte: bei Stephen sein.

Ich sah ihn an. »Ich fürchte, ich bin gerade etwas … zerzaust.«

»Du bist wunderschön.«

»Das stimmt nicht. Ich bin verheult.«

»Doch, das bist du. Ich werde es dir beweisen. Gib mir deine Kamera.«

Ich hatte mit allem gerechnet. Mit einem Kuss, wenigstens einer Umarmung. Einer liebevollen Geste. Aber nicht damit, dass er nach der Leica fragte. »Meine Kamera?«

»Ja.«

Verwundert nahm ich die Tasche vom Boden, zog den Reißverschluss auf und nahm den Fotoapparat heraus. »Was willst du damit? Dir die Bilder vom Spielplatz ansehen?«

»Nein. Die sehe ich mir erst an, wenn du sie bearbeitet hast und mit ihnen zufrieden bist.«

»Was dann?«

Er griff nach meiner Leica, aber ich hielt sie zurück.

»Sag's mir.«

»Ich will dir etwas beweisen.«

»Was?«

»Dass du wunderschön bist.«

Ich spürte, dass ich rot wurde, und versuchte es zu überspielen, indem ich lachte. »Du willst mich fotografieren?«

»Klar.«

»Kannst du überhaupt mit der Kamera umgehen?«

»Ich kann's versuchen.« Er sah mich herausfordernd an.

Ich musterte belustigt sein Gesicht. »Also gut, ich erkläre dir, wie es geht.« Ich zeigte ihm, wie er das Objektiv einstellen musste, wie er den richtigen Fokus fand. Unsere Hände berührten sich, unsere Arme und Schultern, unsere Körper rückten immer näher aneinander, weil es das war, was wir wollten. Schließlich sagte ich, eine Hand auf seinem Bein: »Probier's aus.«

»Wirklich?«

»Ja. Aber nicht kaputtmachen. Ich hab lange auf das gute Stück gespart, wie du weißt.«

»Ich mach sie nicht kaputt«, sagte er sanft. Dann stand er auf, ging ein Stück zurück, kniete sich hin und hielt die Kamera vors Gesicht. »Sag mal, und wo hast du die gekauft? Ich meine, das ist doch ein sehr teures Ding. Das bestellt man sich ja nicht einfach online.«

»Der Fotohändler, bei dem ich in Edinburgh immer eingekauft habe, hat mir von der Leica M erzählt, und dass er fand, es sei die richtige Kamera für mich. Wenn, dann müsste ich mir so eine kaufen. Er zeigte sie mir, ließ mich einen Nachmittag lang Bilder damit machen. Sein Laden ist in einer Seitenstraße der Royal Mile. In erster Linie kommen Touristen bei ihm vorbei, aber seit niemand mehr mit Film fotografiert und jeder seine Digitalkamera online oder im großen Elektronikmarkt kauft, ist sein Geschäft recht ruhig geworden. Für die Kenner ist der Laden aber nach wie vor eine echte Institution, und man kann sich ganz unglaublich gut mit ihm über Fotografie unterhalten. Auch wenn die Touristen ausbleiben, gibt doch manch einer bei ihm gern mal ein paar Pfund mehr aus, um sich von ihm beraten zu lassen.«

»Klingt großartig.«

»Als ich zum ersten Mal bei ihm war, war er ziemlich knurrig. Aber dann hat er gemerkt, dass ich ein wenig Ahnung vom Fotografieren habe, und er taute auf. Von da an waren wir für seine Verhältnisse wohl fast schon Freunde.« Ich lachte bei der Erinnerung an diese erste Begegnung, an den winzigen Laden in einer Seitenstraße. Der Mann hinter dem Verkaufstresen hatte gewirkt, als wäre er hundert Jahre alt, aber mit der Zeit war mir klar geworden, dass er noch nicht einmal so alt war wie meine Eltern, noch keine sechzig. Sein mürrischer Gesichtsausdruck, seine Frustration darüber, dass die Menschen, wie er sagte, »dummes Zeug knipsen« und keinen Sinn für »die Schönheit da draußen« hatten … »Immer nur dieselben Motive. Was bin ich froh, dass ich keine Fotos mehr entwickle. Ich habe irgendwann damit aufgehört. Ich konnte es nicht mehr ertragen, die immer gleichen Motive zu sehen. Zwar im Wechsel der Jahreszeiten und des Wetters, aber sogar die Menschen, die auf den Fotos waren, sahen irgendwie alle identisch aus. Niemand sieht sich richtig um. Alle starren nur auf denselben Mist.«

»Einmal hatte er nach einem längeren Gespräch über ein neues Kameramodell beiläufig gefragt, ob er meine Bilder sehen dürfte. Ich hatte sie ihm gezeigt, und von da an forderte er fast schon von mir, dass ich ihm neue Fotos zeigte. Er kritisierte mich, ohne ein Blatt vor den Mund zu nehmen, lobte mich, um mich in die richtige Richtung zu bringen. Kein Studium an einer Hochschule hätte mir so viel bringen können wie die Nachmittage, die ich in dem kleinen Fotoladen verbrachte. Und immer noch verbringe.«

»Er hat also verstanden, dass du Talent hast«, sagte Stephen.

Ich hob die Schultern. »Ich weiß nicht, er hat zumindest verstanden, dass ich gern fotografiere.«

»Kokettierst du oder bist du wirklich so bescheiden?«

Ich sah ihn mit gerunzelter Stirn an. »Ich kokettiere nicht. Und ich bin einfach nur realistisch.«

»Na ja«, sagte er skeptisch, aber seine Augen lachten mich an. Er hielt die Kamera ein Stück von seinem Gesicht entfernt, zielte aber mit dem Objektiv auf mich, als würde er versuchen, Licht und Entfernung und Fokus einzuschätzen. Er sah aus wie ein kleiner Junge mit einem viel zu großen Spielzeug. »Und dann hat er dir die Leica M besorgt?«

»Ja. Er hat mir gesagt, er würde sie mir bei seinem Freund in London bestellen. Und da ich ohnehin auf dem Weg nach London für ein Wochenende war, ging ich selbst hin, um sie mir direkt zu kaufen.«

»Mit dem Objektiv?«

»Natürlich! Wenn ich mich schon finanziell ruiniere, dann aber richtig!« Ich grinste. »Es war wirklich keine leichte Entscheidung. Und zugleich war sie es doch. So eine Kamera kaufst du dir und behältst sie eine Ewigkeit. Du hegst und pflegst sie und hast sie immer dabei.«

»Fast immer.«

»Ach, du weißt doch, was ich meine. Sag mal, willst du eigentlich heute Nacht noch anfangen, Fotos zu machen, oder hältst du die Kamera einfach gern in der Hand?«

Er sah auf die Leica, als hätte er gar nicht bemerkt, dass er sie in der Hand hielt. Dann reichte er sie mir. Ich nahm sie entgegen und wollte sie schon wieder einpacken. Doch er hielt mich zurück, indem er sagte: »Warte. Noch nicht.« Er setzte sich neben mich auf das Sofa und deutete auf das Display. »Schau sie dir an.«

»Was?«

»Na, die Fotos, die ich von dir gemacht habe.«

»Du hast …«

»Ist dir gar nicht aufgefallen, was? Wie gut, dass das Radio den Auslöser übertönt hat. Ich wollte, dass du einfach ganz natürlich bleibst. Dich nicht stören oder ablenken lässt. Ich wollte dich nicht mit einem Fotogesicht. Sondern so, wie du bist. Das ist nämlich toll.«

»Fotogesicht?« Ich musste an Josh und sein »Fotografiergesicht« denken.

»Findest du nicht, dass manche Leute, sobald sie eine

Kamera sehen, sofort einen ganz bestimmten Gesichtsausdruck annehmen, von dem sie denken, er zeige sie von ihrer besten Seite? Und dann sehen sie hinterher meistens erst so richtig blöd aus.«

»Oh ja. Das kenne ich«, sagte ich lächelnd.

Ich aktivierte das Display, um mir die Bilder anzusehen, die zuletzt gemacht worden waren. Er hatte mich tatsächlich fotografiert. Und mir blieb fast der Mund offenstehen: Sie waren nicht verwackelt, nicht falsch belichtet, nicht einmal im Ausschnitt fehlerhaft. Es waren perfekte Momentaufnahmen, so lebendig und einzigartig wie Street Photography, so viel ehrlicher und tatsächlich intimer als jedes Porträtfoto. Ich konnte kaum glauben, dass ich das Motiv darauf war.

»Woher kannst du so gut fotografieren?«

Er schüttelte den Kopf. »Das bin nicht ich. Das bist du.«

»Unsinn.«

»Widersprich mir nicht schon wieder. Ich habe dich gerade erst widerlegt.«

Als ich von der Kamera aufsah, war sein Gesicht ganz nah an meinem. Diesmal war er es, der die Initiative ergriff. Seine Lippen schmeckten nach dem Bier und etwas salzig, aber sie schmeckten noch nach viel mehr. Ich konnte nicht anders, ich wollte ihn.

16.

Als ich am Morgen aufwachte, wusste ich sofort, wo ich war. Die Sonne stieg in einem klaren, kaltblauen Himmel auf, und ich fror ein wenig, weil Stephen den größten Teil der Decke zu sich gezogen hatte. Ich kuschelte mich an ihn. Er lag auf dem Rücken, und ohne die Augen zu öffnen, legte er seinen Arm um mich und zog mich an sich, sodass mein Kopf auf seiner Brust ruhte. Er küsste mein Haar, murmelte meinen Namen, dann wurden seine Atemzüge sofort wieder tief und regelmäßig. Ich spürte seine Wärme, atmete seinen Geruch ein. Mit der Hand fuhr ich über seinen Körper und erinnerte mich dabei an jede Sekunde unserer gemeinsamen Nacht.

Als ich danach wieder aufwachte, war mir klar, dass ich nicht mehr einschlafen würde. Es war halb neun, sehr viel hatte ich nicht geschlafen, aber ich fühlte mich hellwach. Vorsichtig stand ich auf, um Stephen nicht zu wecken, zog mich an und ging nach unten in die Küche, um mir einen Kaffee zu machen. Ich fand sofort alle Dinge, die ich benötigte. Mit der heißen Tasse in der Hand ging ich ins Wohnzimmer. Ich zögerte kurz, mich aufs Sofa zu setzen. Ich musste lächeln bei dem Gedanken, wie wir uns dort geliebt hatten. Etwas nagte jedoch an mir: Ich hatte mit dem Bruder meiner besten Freundin geschlafen. Wie sollte ich ihr das nur sagen? Ich erinnerte mich noch gut daran, wie schrecklich genervt sie früher gewesen war, weil alle Mädchen ihren Bruder so toll gefunden hatten und weil sie das Gefühl gehabt hatte, dass er von ihrem Vater bevorzugt wurde. Würde sie es als Verrat an unserer Freundschaft betrachten? Oder würde sie es verstehen? Wenigstens akzeptieren? Ich wollte gar nicht daran denken, später vielleicht, aber nicht jetzt. Und ich wollte auch nicht an Josh denken, der mir gerade so weit weg erschien, als hätten wir uns schon vor Jahren voneinander getrennt. Nicht an meinen Dad am Küchentisch mit der Flasche Whiskey. Ich wollte nur Stephen im Kopf haben, die schöne Nacht mit ihm, nur diese Momente ... Um alles andere würde ich mich später kümmern.

Ich setzte mich nicht, sondern ging in die Stube, die früher als Esszimmer gedient hatte. Stephen hatte daraus sein Arbeitszimmer gemacht. Auf dem großen, dunklen Holztisch stand sein Laptop, daneben ein Drucker und ein Scanner, kleine, aber leistungsstarke Lautsprecherboxen. Um die Geräte herum stapelten sich Bücher, Zeitschriften, Kopien und Ausdrucke. Dazwischen ein benutzter Kaffeebecher, noch halb voll mit kaltem Kaffee, ein Teller mit ein paar Krümeln, eine angebrochene Chipstüte. Der Laptop war aufgeklappt, aber im Ruhemodus. Ich hatte ihn gestern Nacht wahrscheinlich beim Arbeiten überrascht. Ich stellte mir vor, wie er vollkommen versunken gewesen sein musste, Essen und starken Kaffee um sich herum aufgebaut, um sich für eine Weile ungestört und ohne müde zu werden konzentrieren zu können.

Mein Blick fiel auf eine Schwarz-Weiß-Kopie, die oben auf einem Stapel lag. Ich kam kaum dazu, die Überschrift von dem Artikel zu lesen, als ich Schritte auf der Treppe hörte. Stephen war aufgewacht. Er rief meinen Namen. Ich ging ihm entgegen, hielt ihm meinen Kaffee hin. Er nahm ihn, gab mir wie selbstverständlich einen langen, zärtlichen Kuss und fragte: »Schon lange wach?«

Ich schüttelte den Kopf. »Erst ein paar Minuten. Ich bin ein bisschen durchs Haus gewandert. Es hat sich nicht viel verändert, außer dass du offenbar im Esszimmer eingezogen bist.«

Er hatte die Kaffeetasse zum Mund gehoben. Jetzt hielt er in der Bewegung inne. »Du warst in meinem Arbeitszimmer?«

Ich verstand ihn sofort. »Keine Sorge. Ich habe nichts angefasst und nichts durcheinandergebracht. Ich habe nur reingeschaut.« Genau das war immer mein größtes Problem mit Josh gewesen: Wenn er in meinem Zimmer etwas verändert hatte. Eine Zeitschrift weggenommen. Oder ein Buch zugeklappt. »An was arbeitest du gerade?«

»Nach was sah es denn aus?« Er legte einen Arm um mich und ging mit mir in die Küche.

»Nach viel Recherche.«

»Ja, es ist … etwas Historisches.«

»Oh, welches Jahrhundert?«

Stephen füllte Pulver in den Filter für die Kaffeemaschine. »Nicht ganz so weit zurück. Ein wenig … Dorfgeschichte, könnte man sagen. Mein Vater hatte da so ein paar … Ach. Nicht so wichtig.«

»Wenn du daraus ein Buch machen willst, ist es natürlich wichtig!«

Stephen legte zwei Scheiben Toastbrot auf den Grill im

Ofen. »Mein Vater erzählte einfach gern Geschichten. Besonders kurz vor seinem Tod. Ich wollte denen ein wenig nachgehen und dachte, vielleicht reicht es für ein Buch oder so etwas. Aber ich hab jetzt gesehen, dass da nichts dran ist, und gerade gestern beschlossen, die Sache aufzugeben.«

»Sah eher aus, als hättest du eine lange Arbeitsnacht in Planung gehabt«, grinste ich. »Chips und Kaffee, hm?«

Er lachte. »Manchmal läuft es eben nicht nach Plan. Nein, ich werde mich ab sofort nur noch den wirklich wichtigen Dingen widmen.« Er stellte die Maschine an und drehte sich zu mir um. »Zum Beispiel dir. Was machen wir heute?«

Er stellte Butter, Marmelade und Käse auf den Tisch. Dann nahm er eine Pfanne in die Hand und fragte: »Rühreier?«

Ich nickte. »Ich würde gern zu dem Flurkreuz. Weißt du, an der Stelle, wo der kleine Junge …«

»Da hin? Hör mal, du hast jetzt einen Aufpasser mit Auto, du kannst überall hin! Und du willst nur die paar Meter bis zu diesem langweiligen Flurkreuz?« Er schlug Eier in die Pfanne und verrührte sie.

»Hast du denn heute nichts vor?«

»Ich bin mein eigener Herr. Und im Moment hab ich beschlossen, Zeit zu haben.«

»Keine dringenden Aufträge? Passiert denn nichts in der Weltwirtschaft?«

Während die Eier noch vor sich hin brutzelten, nahm er die Toastscheiben aus dem Ofen und legte jedem von uns eine auf den Teller. »Doch. Da passiert eine Menge. Aber heute ohne mich.« Er legte Toast nach und nahm dann die Pfanne mit dem Rührei vom Herd. »Ich habe lange meinen Vater gepflegt und ihm beim Sterben zusehen müssen. Ich brauche einfach ab und zu eine Pause. Die gönne ich mir nun. Das Leben ist zu kurz, um es nur mit Arbeit zu verbringen. Klingt wie ein Allgemeinplatz, aber es ist wahr.«

»Wie lang ist es jetzt her?«

»Ein halbes Jahr. Aber ich habe erst seit ein, zwei Wochen das Gefühl, wirklich zur Ruhe zu kommen. Bis vor Kurzem war noch so viel zu tun. Und ich hatte tatsächlich noch einiges an Aufträgen. Vor zwei Monaten habe ich dann entschieden, mir ein halbes Jahr oder vielleicht auch länger zu gönnen, um nur das zu tun, was ich tun will. Ich habe genügend Geld gespart.«

Er setzte sich mir gegenüber an den Küchentisch. Dann stand er sofort wieder auf und ging zur Kaffeemaschine neben dem Herd, um den Kaffee zu holen, den er vorhin gemacht hatte.

»Und was ist es, was du tun willst?«

Stephen hob die Schultern. »Keine Ahnung! Ich dachte bis vor Kurzem, ich wollte ein Buch schreiben. Hier über die Gegend. Aber das war es nicht. Also überlege ich mir jetzt was anderes. Und wenn ich am Ende sage: Das, was ich seit Jahren beruflich mache, ist genau das, was ich machen will im Leben – umso besser!« Er lächelte mich an. »Heute will ich vor allem etwas mit dir machen. Was hältst du von Hook Head?«

»Hook Head! Ich kann mich nicht einmal daran erinnern, wann ich zuletzt dort war. Das muss als Kind gewesen sein! Vor über zwanzig Jahren!«, rief ich. Hook Head, der Ausflugsort Nummer eins, für Touristen und für Eltern mit Kindern unter zehn Jahren. Für mich reine Nostalgie. Eine perfekte Wahl.

»Also eine gute Idee, nicht wahr? Und bei dem herrlichen Wetter wirst du wundervolle Fotos machen.«

Als ich unter der Dusche stand, kam das schlechte Gewissen zurück, diesmal allerdings wegen meiner Eltern: Ich hatte das ganze Frühstück über gar nicht an Mam und Dad gedacht. Ich würde ihnen Bescheid geben müssen, wo ich war. Ich sollte bei ihnen vorbeigehen und mit ihnen reden. Wie konnte ich denn so einfach gute Laune haben und einen schönen Tag mit Stephen planen, wenn die beiden Probleme hatten? Ich machte mich im Bad fertig und erzählte Stephen von meinen Bedenken. Er schlug vor, zunächst zu ihnen zu fahren und nachzusehen, ob alles in Ordnung war.

»Aber denk dran, sie sind erwachsen. Und du auch. Kein Grund, sich einen Tag zu vermiesen, wenn nicht wirklich etwas ernsthaft Schlimmes bei ihnen los ist. Und das kann ich mir nun wirklich nicht vorstellen. Ihr könnt euch heute Abend immer noch ganz ausführlich unterhalten. Okay?«

Ich musste daran denken, wie seltsam mein Vater auf Stephen reagiert hatte, und sprach ihn wieder darauf an.

»Er war betrunken«, sagte Stephen schulterzuckend. »Und eines kann ich dir versichern. Es gibt absolut nichts, was mir dein Vater vorwerfen könnte.«

Ich sah ihn verwundert an. »Wieso sollte er dir etwas vorwerfen?«

»Du hast doch gesagt, er hat dir mehr oder weniger den Umgang mit mir verboten.«

Ich lachte. »Es gibt also keine dunklen Punkte in deiner Vergangenheit, von denen nur mein Vater weiß?«

Stephen lachte nicht. Er sah mich ernst an. »Nein.«

Ich biss mir auf die Unterlippe. »Ist es dir unangenehm? Ich gehe auch allein bei ihnen vorbei. Du musst nicht mitkommen. Vielleicht hätte ich dir das alles nicht erzählen sollen. Tut mir leid.«

»Ich sagte es schon. Ich habe kein Problem damit, deinem Vater zu begegnen.«

Etwas irritierte mich an der ganzen Sache, aber es lag wohl daran, dass es gerade zu viele Baustellen in meinem Leben zu geben schien, die durch die Nacht mit Stephen noch zahlreicher geworden waren: Meine Eltern benahmen sich merkwürdig, mein Vater betrank sich und schimpfte grundlos auf Stephen, ich wusste noch weniger als zuvor, wie ich zu Josh und meinem Leben in St. Andrews stand, und ich hatte etwas mit dem Bruder meiner besten Freundin angefangen. Dem gegenüber stand, dass ich mich so gut fühlte wie schon seit Monaten nicht mehr, dass ich voller Glück war und dieses Glück genießen wollte, statt es mir davon verderben zu lassen, was andere Menschen möglicherweise denken könnten. War ich egoistisch? Vielleicht. Aber durfte ich es nicht auch einmal sein? Wenigstens für ein paar Stunden?

»Danke, dass du mitkommst«, sagte ich zu Stephen. »Aber nicht, dass du denkst, du müsstest! Es sind schließlich meine Eltern.«

»Nichts da. Wenn du schon wegen mir unentschuldigt fehlst!« Jetzt grinste er, und ich musste lachen.

Mein Vater schien bereits auf uns gewartet zu haben. Jedenfalls kam er aus dem Haus, als wir auf den Hof fuhren. Er nahm mich in den Arm, entschuldigte sich bei mir, schüttelte Stephen versöhnlich die Hand, als hätte er sich auch bei ihm zu entschuldigen. Mein Vater raunte etwas von einer dummen Auseinandersetzung mit meiner Mutter, dass nun aber alles bereinigt sei und wir uns später zum Abendessen sehen sollten. Stephen sei selbstverständlich auch eingeladen. Dann bedankte er sich noch einmal bei Stephen dafür, mir Obdach gewährt zu haben, schüttelte ihm ein weiteres Mal die Hand, umarmte mich wieder und verschwand in seinem Gewächshaus.

»Wow«, sagte Stephen und sah aus, als hätte er eine Erscheinung gehabt. »Das nenne ich schlechtes Gewissen.« Er ging zum Wagen.

Ich war stehen geblieben. »Schlechtes Gewissen?«, wiederholte ich irritiert. »Oder einfach mal alles unter den Teppich kehren?«

Er hatte bereits die Fahrertür geöffnet, hielt aber ebenfalls inne und sah mich an. »Ihr redet heute Abend. Und bis dahin sammelst du Kraft und denkst bitte mal nur an dich. Okay?«

Ich schrieb meiner Mutter eine SMS, um zu fragen, ob alles in Ordnung sei. Ich bekam fast sofort eine Antwort, oder vielmehr die Frage, ob bei mir alles soweit gut sei und ob ich meinen Vater schon gesehen hätte. Ich schrieb zurück, wir würden uns ja am Abend sehen. Stephen trommelte bereits mit den Fingern auf sein Autodach, um mich liebevoll an den Aufbruch zu erinnern. Er grinste dabei. Ich stieg ein, und wir fuhren los. Ich tippte noch schnell eine Nachricht an Eva und bat sie, ebenfalls am Abend zu kommen. Stephen hatte recht: Heute Abend würde ich es erfahren, und bis dahin war ich fest entschlossen, mir den schönen Tag nicht selbst zu verderben.

Wir fuhren eine Viertelstunde über die Landstraße bis zur Passage East Car Ferry, die uns auf die andere Seite des River Suir bringen würde. Das letzte Stück vor der Anlegestelle führte direkt an der etwas steileren Küste am Fluss entlang. Als wir ankamen, stand das Wasser im Hafenbecken fast auf Höchststand, und die Fischerboote tanzten an ihren Tauen. Bei Ebbe lagen sie manchmal ganz auf dem sandigen Grund. Wir hatten Glück, die Autofähre wurde gerade beladen. Im strahlenden Sonnenlicht des späten Vormittags setzten wir über.

Ich musste daran denken, wie froh ich war, dass Stephen diesen wichtigen Teil meines Lebens kannte und zu nehmen wusste: meine Eltern, wie sie lebten, wie sie tickten. Wenn ich versuchte, mir Josh vorzustellen, nachdem mein Vater im Vollrausch über ihn geschimpft hätte – nein, es war unvorstellbar. Joshs Eltern waren liebevoll und nett, zugleich aber sehr konservativ und korrekt in allem. Außerdem kamen sie aus einem Umfeld, das sich kaum mit einem Bauernhof im Süden Irlands vergleichen ließ. Sie lebten im Londoner Stadtteil Shepherd's Bush. Sein Vater investierte in Start-ups, wobei er ein gutes Händchen bewies und dadurch sehr vermögend war, und seine Mutter war die Direktorin einer Privatschule. Jahrelang war ich darüber erleichtert gewesen, dass mein Leben nichts mehr mit dem zu tun hatte, was ich aus meiner Kindheit und Jugend kannte. Es war mir bis zu dem Besuch meiner Mutter im Krankenhaus, bis zu meiner Rückkehr nach Cheekpoint so vorgekommen, als hätte ich einen glatten Schnitt gemacht, die Trennung sauber vollzogen und so den entscheidenden Schritt getan, um ein anderer Mensch werden zu können. Jetzt, hier in Irland, nach nur zwei Tagen, war es mir mit einem Mal wichtig, dass jemand wusste, aus welchem Holz meine Eltern geschnitzt waren, und auch, wie ich war. Denn wenn ich ehrlich war, konnte ich sicherlich vor vielem davonlaufen, aber nicht vor meiner Herkunft. Ich musste ehrlich sein, zu mir und zu meinen Eltern – und zu dem Menschen, mit dem ich mein Leben teilen wollte, wer auch immer das sein würde. Konnte ich überhaupt auf Dauer glücklich sein, wenn ich ständig vor etwas davonlief? Und nicht einmal genau wusste, was der Grund war, außer einem vagen Gefühl, einer Wut, die sich nach dem Tod meiner Freundin eingestellt hatte und auf die ich keine rechte Antwort kannte?

Am anderen Flussufer angekommen, fuhren wir mit dem Ziel Hook Head weiter. Hook Head: die mit Mythen angereicherte Halbinsel, die in die Keltische See ragte.

Es war noch recht kühl und mitten in der Woche, weshalb der Strand am Leuchtturm einsam dalag. Der Leuchtturm selbst war der älteste von Irland und damit eines der beliebtesten Fotomotive für Touristen. Er wirkte etwas gedrungen mit seinen breiten schwarzweißen Streifen. Auch wenn sein Anblick weithin bekannt und abgedroschen sein mochte, freute ich mich wie damals als Kind, ihn zu sehen, dazu noch in diesem herrlichen Licht.

»Ein paar düstere Wolken würden natürlich dem Motiv nicht schaden«, grinste Stephen. Ich wusste, was er meinte: Die malerischen weißen Wolkentupfen am blauen Maihimmel waren das ideale Postkartenmotiv und damit keine wirkliche Herausforderung für Fotografen wie für

Betrachter, aber ich hatte bereits eine genaue Vorstellung davon, wie ich den schon endlos abgelichteten Leuchtturm in Szene setzen wollte. Wortlos nahm ich die Leica, gab Stephen meine Kameratasche und ging vom Parkplatz auf den Fußweg, der zum Strand führte. Dort schlug ich meine Jeans hoch bis zum Knie, zog meinen Schuh aus, nahm die Gehschiene ab, ließ beides im Sand liegen und watete ins kalte Meer. Ich musste eine Weile hin- und herlaufen, bis ich den richtigen Winkel gefunden hatte. Und ich brauchte ein paar Anläufe, bis ich hatte, was ich wollte: eine große Welle, die sich an den Felsen unterhalb des Leuchtturms brach. Zufrieden watete ich zurück an den Strand. Stephen hatte Schuh und Gehschiene aufgehoben und sich auf einen trockenen Stein gesetzt.

»Ich hab kein Handtuch dabei«, sagte er.

»Dann müssen wir warten, bis ich von selbst trockne«, antwortete ich und küsste ihn.

Eng aneinandergeschmiegt saßen wir in der Sonne, ließen unser Haar vom Wind zerzausen, mein Kopf ruhte auf seiner Schulter, während er mich mit beiden Armen umschlungen hielt. Und ich konnte wirklich in diesem Moment alles vergessen, was mir noch am Morgen schwer auf der Seele gelegen hatte. Es war, als hätte der Wind die dunklen Gedanken weggetragen wie Wolken, als hätte die Sonne die Schatten in meinem Gemüt vertrieben. Ich fühlte mich frei und leicht, ich spürte pures Glück, wenn ich Stephen ansah, und mein Herz hüpfte vor Freude, wenn ich in seinen Augen, seinem Lächeln und seiner Ruhe erkannte, dass auch er glücklich war.

Wir sahen aufs Meer, das in unschätzbarer Entfernung in einer perfekten Horizontalen auf den Himmel traf.

17.

Am späten Nachmittag kehrten wir zum Essen in ein Pub ein und machten uns dann, jedenfalls dachte ich das, auf den Rückweg. Aber schon nach wenigen Minuten hielt Stephen vor einer unscheinbaren Toreinfahrt.

»Was ist? Stimmt was nicht mit dem Wagen? Haben wir kein Benzin mehr?«

Stephen schüttelte den Kopf. »Nein. Ich will dir was zeigen. Warst du schon mal hier?«

Ich hob die Schultern. »Na ja, wir sind vorhin hier vorbeigefahren. So gesehen wahrscheinlich schon.«

»Ich meinte dort hinten.« Er zeigte durch die Scheibe auf etwas. Ich musste mich vorbeugen, um zu sehen, was er meinte. Ich sah allerdings nur Felder.

»Kühe?«

Er verdrehte im Spaß die Augen. »Da hinten! Ganz da hinten.«

»Was ist das, ein Schloss?« Ich erkannte in der untergehenden Sonne ein großes, kastenförmiges Gebäude. Dem Baustil nach, soweit ich das aus der Entfernung zu schätzen vermochte, könnte es aus dem 19. Jahrhundert stammen. Rechts daneben befanden sich kleinere Bauten, möglicherweise Ruinen.

»Du kennst Loftus Hall wirklich nicht?«

»Das ist Loftus Hall?«, rief ich. »Nein, ich war noch nie hier. Ich habe vielleicht mal Bilder gesehen, aber ich kann mich nicht dran erinnern. Wenn, dann ist es Jahrzehnte her! Wow.«

»Willst du mal rein?«

»Natürlich! Nur schade, dass es jetzt nicht geht. Scheint geschlossen zu sein. Es ist ja auch schon spät.«

»Weißt du was, wir probieren es einfach.« Er stieg aus, ging zu dem Tor und rüttelte daran. Über die Schulter warf er mir einen hilflosen Blick zu, hob verzweifelt die Hände, probierte es dann aber noch einmal, und jetzt ließ es sich öffnen. Er kam zurück, stieg ein und fuhr einfach durch.

»Dürfen wir das denn?«, fragte ich. »Ich meine, wir können doch nicht einfach hier reinfahren. Das ist doch Privatbesitz.«

»Ach was«, sagte er. »Das Tor war offen. Und hier haben sich schon ganz andere Gestalten Zutritt verschafft.«

»Was für andere Gestalten?«

Er fuhr langsam über den schmalen, schnurgeraden Weg über ein Feld. Die sinkende Sonne blendete mich so stark, dass ich die Hand schützend über die Augen legen musste.

»Der Teufel war doch schon hier. Allerdings ist das auch schon wieder fast dreihundert Jahre her. Dafür soll er immer noch mal bei Gelegenheit hier herumspuken.«

»Oh nein, sie machen hier solche Spukführungen?«

Er nickte. Wir waren vor dem Gebäude angelangt, parkten und stiegen aus. Ich sah mich um. »Ist denn niemand mehr hier? Ich fühle mich nicht wohl, wenn wir einfach so hier hereinspazieren.«

»Wieso? Ist doch schön hier!« Er legte den Arm um mich und führte mich an der Fassade von Loftus Hall vorbei. »Die Legende geht so.« Er fuhr im besten Märchenerzählerton fort: »Hier lebte einst ein Mann mit seiner zweiten Ehefrau und der Tochter aus erster Ehe. Er war sehr streng, die Frau war so, wie es sich für Stiefmütter gehörte, und das Mädchen, Anne, fühlte sich ausgesprochen einsam. Eines Nachts kam ein Reiter vorbeigaloppiert und suchte Hilfe. Sein Pferd war erschöpft, er hatte sich verirrt, wahrscheinlich war außerdem das Wetter auch noch mies. Wie es sich gehörte, wurde er freundlich Willkommen geheißen.« Er seufzte und sprach mit normaler Stimme weiter: »Ein gut aussehender junger Mann. Unter einem Dach mit einem einsamen jungen Mädchen. Beide durchaus empfänglich für die Zuneigung des jeweils anderen. Er blieb einige Tage. Abends spielte die kleine Gesellschaft Karten, und als der lieben Anne etwas zu Boden fiel und sie es aufheben wollte, entdeckte sie, dass der werte Besucher einen Pferdefuß hatte. Sie schrie vor Entsetzen auf, und er verabschiedete sich, indem er durch die Decke des Hauses schoss und dabei ein Loch hinterließ, das bis heute nicht mehr richtig zu reparieren war. Man kann es, wenn man genau hinsieht, immer noch entdecken.«

Ich blieb stehen und sah ihn an. »Vor dreihundert Jahren?«

»Ungefähr Mitte 18. Jahrhundert. Ja.«

»Der Kasten hier ist aus dem 19. Jahrhundert«, sagte ich trocken.

»Verdammt. Dir kann man auch nichts vormachen.«

Ich lachte. »Lass mich raten. Sie erzählen es trotzdem

bei den Führungen, obwohl das Haus seither wahrscheinlich schon mehrfach umgebaut und renoviert worden ist?«

»Es ist ja komplett neu aufgebaut worden«, sagte Stephen. »Aber die Leute hören, was sie glauben wollen.«

»Was ist damals wohl wirklich passiert?« Ich stellte die Frage eher mir selbst als ihm.

»Es heißt, sie wurde, nachdem sie den Teufel gesehen hatte, wahnsinnig und zog sich in ein Zimmer zurück, das sie bis zu ihrem bald folgenden Tod nicht mehr verlassen würde.«

»Das ist ein sehr verbreitetes Motiv in Literatur und Kunst. Die Verrückte in der Dachkammer. Gern irrt sie auch im Mondschein mit langem, wallendem Haar und weißem Gewand umher. Die unterdrückte Sexualität der Frau über die Jahrhunderte. Ein Trauerspiel.« Ich fand es interessant, diese Geschichten direkt an dem Ort zu hören, an dem sie sich zugetragen hatten.

Stephen fuhr fort: »Die Legende besagt außerdem, sie hätte Essen und Trinken verweigert und sich zusammengekauert, die Knie unterm Kinn, die Arme um die Knie geschlungen, und sich dann nie wieder bewegt. Nach ihrem Tod konnte man sie nur so begraben, weil ihre Muskeln verkümmert waren und in dieser Haltung blieben. Die Eltern, sie waren Protestanten, wussten sich nicht zu helfen, als die Heimsuchungen im Haus nicht aufhörten, und holten einen katholischen Priester zum Exorzieren. Der stellte dann fest, dass das Böse in dem Raum, in dem sich die arme Anne zurückgezogen hatte, seinen Ursprung hatte.«

Ich dachte nach und versuchte, der Schauerlegende einen logischen Sinn zu geben. »Vermutlich hat sich die gute Anne nachts zu dem fremden Besucher geschlichen. Oder er sich zu ihr, und sie wies ihn nicht ab. Dann ritt er am nächsten Morgen weiter, sie war entehrt und enttäuscht, und die Eltern dachten sich diese Geschichte mit dem Teufel aus. Vielleicht haben sie sie eingesperrt, um sie zu bestrafen. Womöglich hat sie sogar ein Kind bekommen, wer weiß das schon.«

»Oder sie ist über ihren Liebeskummer wirklich verrückt geworden.«

Ich schüttelte den Kopf. »Ja, das klingt immer so romantisch. Verrückt vor Liebe. Wahnsinnig aus enttäuschter Liebe. Das arme Mädchen hatte vermutlich zum ersten Mal in ihrem Leben Sex. Ihre Hormone purzelten, und sie wusste nicht, was sie davon halten sollte. Wie alt wird sie gewesen sein? Doch sicher noch in der Pubertät? Und dann das schlechte Gewissen. *Das* treibt einen eher in den Wahnsinn als irgendetwas anderes.«

»Ein schlechtes Gewissen?«

»Ja. Ein schlechtes Gewissen macht, und das belegen Forschungen, sehr seltsame Dinge mit uns. Häufig distanzieren wir uns von unseren eigenen Taten oder Eigenschaften, die uns das schlechte Gewissen machen, und verachten andere für genau diese Vergehen oder Makel oder wollen sie sogar dafür bestrafen.«

»Mit dem Finger auf den zeigen, der fremdgeht, und selbst seit Jahren eine Affäre mit der Nachbarin haben?«

Ich nickte. »Ja. Aber, um zu unserer Anne und ihrem Liebsten zurückzukommen: Schwere Schuldgefühle können zu psychischen Erkrankungen führen. Von Depression über wahnhafte Zustände bis hin zu selbstverletzendem Verhalten und Suizid.« Ich hielt erschrocken inne. »Oha. Ich klinge, als würde ich gerade eine Vorlesung halten. Ich hatte mich einmal im Zusammenhang mit einem Künstler mit diesem Thema beschäftigt.«

»Frau Professorin, ich fühle mich geehrt, eine Privatvorlesung von Ihnen zu bekommen.« Stephen grinste.

»Entschuldigung. Verbuche es unter Berufskrankheit.«

»Hey. Ich hör dir gern zu. Und außerdem: Das, was du gesagt hast, würde natürlich so einiges erklären.«

»Aber dann könnten wir die Show mit mir vergessen«, sagte eine fremde männliche Stimme. Ich schrak zusammen. Ich war so in unser Gespräch vertieft gewesen, dass ich nicht bewusst wahrgenommen hatte, wie wir einmal fast vollständig um das Haus herumgegangen waren. Nun standen wir vor einem verkleideten Mann mit einem amerikanischen Akzent, der eine Teufelsmaske unterm Arm trug. »Hi Stephen, wie geht's.« Er schüttelte Stephen die Hand, dann wandte er sich mir zu. »Hi, du bist Olivia? Ich bin Justin. Der Teufel. Stephen hat dir schon alles gezeigt?«

»Wir sind bisher nur einmal um Loftus Hall herumgegangen«, sagte Stephen, bevor ich antworten konnte. »Die Legende von Anne und dem Teufel hab ich ihr erzählt, das hast du ja mitbekommen. Leider ist sie nicht drauf reingefallen.«

»Ich finde, die Geschichte ist auch ohne den Teufel ausgesprochen gruselig«, sagte ich.

»Was? Ohne mich?« Justin tat empört.

»Frauen einsperren, weil sie sich nicht an die Spielregeln halten?«

Justin wurde ernst. »Wie gesagt, damit kriegen wir hier keine Touristen rein. Die wollen ein bisschen Buhuuu und anschließend hinten an der Kletterwand rumturnen oder runter zum Strand. Wir müssen alle von irgendetwas leben. Braucht ihr mich jetzt? Wenn nicht, ziehe ich mich um. Wenn ihr noch hineinwollt, meldet euch am Eingang. Die sind noch eine Weile mit Abrechnen und Saubermachen und so beschäftigt und wissen Bescheid.«

»Danke dir, Justin«, sagte Stephen und verabschiedete sich von seinem Freund, der mich nur mit einem kurzen Nicken bedachte.

»Oha. Er hasst mich«, sagte ich, als er außer Hörweite war.

»Er beeindruckt gern schöne Frauen«, antwortete Stephen. »Und wenn ihm das nicht gelingt, wird er etwas knurrig.«

»Die Sorte ist mir nicht neu.« Ich verdrehte die Augen. »Woher kennt ihr euch?«

»Er hat sich vor ein paar Jahren mal als Journalist in London versucht. War nichts für ihn. Dann ist er auf Umwegen hier gelandet, seitdem spielt er den Teufel. Mal sehen, wie lange. Jedenfalls dürfen wir hier herumstromern, wie es uns gefällt. Draußen wie drinnen.«

Ich sah ihn skeptisch an. »Suchst du mir gerade Fotomotive aus? Erst der Leuchtturm, jetzt Loftus Hall?«

Er mimte den Unschuldigen. »So viel Talent kann man nicht einfach verkümmern lassen.«

»Und dann schleppst du mich zu fröhlichen Touristenattraktionen?« Ich mimte die Empörte.

»Irgendwo müssen wir ja mal anfangen. Ich kann nicht jeden Tag für entzückende Menschen auf nächtlichen Spielplätzen sorgen.«

Ich sah ihn skeptisch an. »Du hast …«

»Nein! Natürlich nicht. Ich meinte nur: Für Street

Photography ist hier vielleicht nicht der richtige Ort. Da muss man nehmen, was man kriegen kann. Also? Willst du nun oder nicht? Die Sonne wartet nicht ewig über dem Horizont auf dich.«

Er hatte recht. Wie schon am Strand reichte ich ihm die Kameratasche, konzentrierte mich auf meine Umgebung und fing an. Ich stellte mir die junge Frau vor. Anne war hundert Jahre, bevor man das Gebäude hier gebaut hatte, gestorben. War noch etwas von ihr da? Ich wandte dem Haus den Rücken zu und sah auf das Wasser, auf die breite Mündung der drei Schwestern Suir, Barrow und Nore in die Keltische See. Ich wandte mich wieder um und sah zu den alten Nebengebäuden. Sah über die Felder, die in der untergehenden Sonne leuchteten. Ich merkte, wie mich das Hauptgebäude kalt ließ, es interessierte mich überhaupt nicht. Ich suchte etwas anderes, etwas Echtes, das nichts mit Themenabenden und Gruselführungen zu tun hatte, mit falschen Teufeln und jüngst errichteten Kletterwänden.

Ich wollte Annes Blick finden. Ihren Blick aus dem Haus heraus, auf der Suche nach dem Geliebten, mit der Sehnsucht nach dem, der sie aus ihrer Einsamkeit, ihrem Gefängnis retten würde. Ich dachte dabei auch an die Stiefmutter, die Anne nicht zur Seite stand, ihr nicht helfen konnte oder wollte, an den Vater, der streng war in der Erziehung, streng gläubig, der sich vielleicht so sehr für seine Tochter schämte, dass er auch nach ihrem Tod noch den Gerüchten Raum ließ, der Teufel habe sie in den Wahnsinn getrieben. Warum holte sich ein Protestant einen katholischen Exorzisten ins Haus? Ich blendete alles aus, was mich ablenken könnte, war in Gedanken ganz bei der

Geschichte des Mädchens, ließ mich darin treiben. Erst als die Sonne ganz verschwunden war, hörte ich auf. Ich ließ die Kamera sinken und sah über den Fluss in die Richtung, in der Cheekpoint liegen musste. Langsam kam ich mit den Gedanken und Gefühlen wieder im Hier und Jetzt an und sah erschrocken auf die Uhr: Es war bereits halb neun. Ich hätte längst zu Hause sein wollen, um mit meinen Eltern zu essen. Und vor allem zu reden.

Stephen fand ich auf der vorderen Außentreppe von Loftus Hall sitzend. Er schien etwas auf seinem Smartphone zu lesen. Als er meine Schritte hörte, sah er auf. »Willst du noch rein?«

Ich schüttelte den Kopf. »Vielleicht ein anderes Mal. Außerdem hab ich doch tatsächlich die Zeit vergessen. Meine Eltern warten!«

Stephen stand auf. »Wir sollten uns besser beeilen.«

»Kommst du mit zum Essen?«

Er schüttelte den Kopf. »Ihr habt wichtige Dinge zu besprechen. Als Familie.«

Wir erreichten den Hof, als es schon nach neun war. Eva wartete bereits in der Tür und sah mit hochgezogenen Augenbrauen Stephens Wagen hinterher, der gerade vom Hof fuhr.

»Ja, ich hatte einen schönen Tag, vielen Dank, dass du nicht fragst, und du?« Ich sah sie trotzig an.

Sie boxte mir freundschaftlich gegen den Arm. »Stephen, hm? Du bist ja ganz schön schnell. Dafür dass ihr euch gestern das erste Mal seit Ewigkeiten wiedergesehen habt«, sagte sie fröhlich, bevor sie einen Moment schwieg. »Was sagt Holly dazu?«

»Eva ...«

»Stimmt, du hattest noch keine Zeit, was? Wann sagst du's ihr?« Sie klang besorgt und bestätigte damit meine Zweifel, was Hollys Reaktion auf Stephen anging.

»Eva, wer weiß, vielleicht ist morgen schon wieder alles vorbei.«

»Und deshalb willst du noch nicht die Pferde scheu machen, hm?«

Ich nickte.

»Okay. Wenn du mit mir drüber reden willst – jederzeit gern«, sagte sie. Sie verstand mich. Sie war eben meine Schwester.

Als sie sich umdrehen und reingehen wollte, hielt ich sie zurück. »Haben die beiden etwas zu dir gesagt?«, fragte ich mit gesenkter Stimme.

»Nein. Was ist eigentlich los? Was hätten sie mir sagen sollen?«

Ich erzählte ihr schnell, was zwischen mir und unseren Eltern am Abend zuvor vorgefallen war.

Eva brauchte einen Moment, um das Gehörte zu verarbeiten, bis sie sagte: »Ja, da sollten wir dringend drüber reden.«

»Er hat sich bei mir entschuldigt, und auch irgendwie bei Stephen. Ein Ausrutscher, sagte er. Streit mit Mam.«

»Aha«, sagte Eva grimmig. »Das will ich hoffen.«

Mam und Dad erwarteten uns mit einem Festmahl, als gäbe es etwas zu feiern. Lachs und Forelle, im Backofen warm gehalten, wurden aufgetischt, dazu bester deutscher Riesling. Sie verloren kein Wort darüber, wie spät ich war und wie lange sie auf mich hatten warten müssen. Dad trank nur ein paar Schlucke Wein, verdünnte ihn sogar noch mit Wasser, und Mam erzählte mit ruhiger, fester

Stimme von ihrer Arbeit, vor allem aber vom Hof, von den Reparaturen, die an den Maschinen angefallen waren, von Kosten, die die Gewächshäuser mit sich brachten, von Änderungen der Gesetze, was den Anbau von Biogemüse betraf.

»Es ist manchmal nicht so leicht«, sagte sie, als wir mit dem Essen fertig waren. »Das spüren wir dann auch an uns selbst. Und als Paar, manchmal ist es besonders schwer, wenn man schon so lang verheiratet ist. Das muss dann irgendwie raus.«

Dad nickte. »Livvie, meine Kleine, es tut mir leid. Gestern war ich völlig neben der Spur. Verzeih mir das. Eva, ich finde es gut, dass du auch hier bist. Dann können wir die Sache gemeinsam hinter uns bringen.«

»Welche Sache?«, fragte Eva.

»Er meint seinen Ausrutscher gestern Abend«, sagte Kendra.

Dad griff nach der Wasserflasche. »Manchmal verliert man etwas den Blick für die Dimensionen im Leben«, sagte er. »Auf euch, ihr Lieben. Ihr seid uns das Wichtigste im Leben.«

Erstaunt stellte ich fest, dass er Tränen in den Augen hatte. Meine Mutter sah aus, als würde sie mit der Sphinx um die Wette lächeln. Und Evas Augenbrauen waren auf dem besten Weg, mit ihrem Haaransatz Freundschaft zu schließen. Ich hob mein Glas und prostete allen still zu.

Als Eva und Kendra anfingen, das Geschirr abzuräumen, sagte ich zu Dad: »Was war das eigentlich mit Stephen? Hast du was gegen ihn?«

Dad sah mich unsicher an. »Was soll mit Stephen sein?«

»Erinnerst du dich nicht mehr? Du hast gesagt, ich soll die Finger von ihm lassen.«

Er zögerte. »Da habe ich nur blödes Zeug geredet. Bitte verzeih mir. Bitte.«

»Ich wollte nur sichergehen.«

»Ist es denn etwas Ernstes zwischen euch?«

Ich bemerkte, dass die Geräusche aus der Küche verstummten. Mam und Eva hörten offensichtlich genau zu, was wir sprachen. »Das weiß ich nicht, Dad. Das ist eine Sache, die ich mit mir und mit ihm ausmachen muss. Ich wollte nur wissen, was du damit gemeint hast.«

Er schüttelte den Kopf und griff nach der Rieslingflasche. Erst dachte ich, er wollte sich nachschenken, aber er goss die Gläser von mir, Mam und Eva voll. »Wirklich, Livvie. Ich war einfach betrunken. Nenn es väterliche Sorge. Und lass es uns vergessen.«

»Ich werde das ganz sicher nicht einfach so vergessen können. Eigentlich will ich auch in erster Linie über euch reden. Das hatten wir doch vor?«

Mam kam zurück und setzte sich an ihren Platz. »Wir haben doch schon alles gesagt. Im Moment ist es eben einfach etwas …«

»Werdet doch mal konkret. Habt ihr Schulden?«

»Nein«, sagte Mam. »Wir haben ja alles hinbekommen. Es war nur eben ein wenig anstrengend.«

»Weil ihr viele Ausgaben hattet?«

Sie nickte. »Gerade im Winter war …«

»Ich hatte mich ein wenig verkalkuliert«, unterbrach Dad sie. »Und dann noch das Finanzamt, ich musste Steuern nachzahlen, die Bank hat Theater gemacht. Alles auf einmal.«

Eva setzte sich zu uns. Sie hatte, dem Geklapper nach zu urteilen, noch in der Küche Ordnung geschafft. »Ihr habt kein Wort darüber verloren«, sagte sie vorwurfsvoll. »Warum denn nicht?«

»Wir können doch unsere Kinder nicht mit so etwas belasten«, murmelte Dad.

»Ach nein? Warum nicht?«

»Weil …« Er sah von einer zur anderen, wusste aber offenbar keine Antwort.

»Na eben«, sagte Eva. »Ihr hättet wirklich etwas sagen müssen.«

»Wir dachten doch immer, es geht schon irgendwann wieder. Und so war es ja dann auch.« Mam setzte ein entschiedenes Lächeln auf. »So, es ist raus. Ich hoffe, wir haben jetzt alles geklärt, und ihr seid nicht böse auf uns.«

»Aber warum hat Dad dann gestern Nacht … Weswegen habt ihr euch denn noch so gestritten, wenn doch jetzt alles geklärt ist?«, hakte ich nach.

Dad starrte beschämt auf den Tisch. Mam seufzte und sagte: »Es war alles sehr kräftezehrend in den vergangenen Monaten. Wir haben uns ständig zusammenreißen müssen. Da sind jetzt wohl ein paar Sicherungen rausgeflogen.«

»Verstehe ich«, sagte Eva und nickte. »Ich habe das manchmal, wenn ich allein bin. Die Kinder sind weg, der Mann ist weg, es ist Ruhe im Haus, ich könnte mich eigentlich entspannen, aber am liebsten würde ich einfach losheulen.«

»Ganz genau!«, rief Dad. »Ganz genau so. Aber jetzt kommt langsam die Entspannung. Bestimmt.« Er lächelte. »Kinder, was bin ich froh, dass es euch zwei gibt. Und eure Mam. Ohne euch … Ach, ich bin so froh«, seufzte er, und wieder schimmerten Tränen in seinen Augen. »Livvie, ich hab mich so schrecklich aufgeführt und dir so einen Schrecken eingejagt, ich schäme mich in Grund und Boden.« Dann fing er an zu schluchzen, und Tränen liefen über seine Wangen. Er schlug die Hände vors Gesicht.

Erschrocken stand ich auf und ging zu ihm, um die Arme um ihn zu legen. »Schon gut, Dad. Manchmal muss es eben mal einen Knall geben, damit sich die Dinge wieder zurechtrücken. Ich bin nicht sauer auf dich, o.k.?«

Ich umarmte ihn und fühlte mich hilflos. Wieder sah ich ihn in einer Ausnahmesituation. Wieder war er ein anderer als der, den ich von klein auf kannte. Nicht mein starker Vater, der immer eine Antwort wusste, immer der Ruhepol war, sich nicht erschüttern ließ. Sondern ein nervöser, älterer Mann, der zumindest für den Moment den Boden unter den Füßen verloren zu haben glaubte. Mein Blick traf Evas, und ich verstand, dass sie dasselbe dachte.

»Das war ein langer Tag«, sagte Mam sanft. »Vielleicht gehen wir jetzt langsam schlafen, was denkst du, Arthur?«

Mein Dad nickte. Ich ließ ihn los und setzte mich wieder neben meine Schwester. Wir sahen zu, wie die beiden die Treppe hinaufgingen. Dad drehte sich noch einmal zu uns um, winkte und sagte: »Ich bin so stolz auf euch. Meine Kinder.«

»Gute Nacht, Dad, Mam«, sagte Eva, und ich wünschte den beiden ebenfalls einen guten Schlaf.

»Was denkst du?«, fragte Eva, als beide außer Hörweite waren.

»Was denkst du?«, gab ich zurück.

»Klingt plausibel, oder nicht?«

»Findest du?«

Eva hob die Schultern. »Die meisten Biohöfe stellen wieder um auf konventionelle Landwirtschaft, weil die Gewinnspannen zu klein sind. Sie schaffen es nicht. Dass Dad so lange und so gut durchgehalten hat, ist also schon eine tolle Sache, wenn nicht sogar ein kleines Wunder. Wenn er da finanziell in Schieflage geraten ist, wäre das nichts Ungewöhnliches.«

»Und warum hat er dann nichts gesagt?«

»Hat er doch. Zu Mam.«

»Aber nicht zu uns. Okay, ich bin so selten hier. Er hätte doch etwas zu dir sagen müssen, oder nicht?«

»Nein. Warum?«

»Wir sind eine Familie.«

Eva sah mich finster an. »Und weil wir eine Familie sind, hast du auch gleich beim ersten Anzeichen von Stress zwischen dir und Josh uns alle der Reihe nach abtelefoniert. Verstehe.«

Ich schnaubte. »Ja. Gut. Von mir aus. Dann haben sie es uns eben nicht gesagt. Trotzdem hab ich das Gefühl, dass sie uns noch etwas verschweigen.«

Eva griff nach dem Riesling und goss sich nach. »Oh bitte, Livvie. Was denn noch? Reicht dir das nicht? Wenn Dad über Monate nicht wusste, wie er seine Leute bezahlen soll, wenn das Finanzamt vor der Tür stand, wenn die Bank ihm kein Geld mehr geben wollte, dann darf er doch irgendwann mal zusammenklappen und sich gehenlassen? Das ist doch …« Sie suchte den richtigen Ausdruck.

»Normal?«, half ich ihr.

»Menschlich!«, sagte sie. »Dann hat er's eben die letzten Tage mit dem Alkohol übertrieben und gestern Nacht so richtig tief in die Flasche geschaut. Na und? Kommt vor. Er ist kein Heiliger.«

Ich nickte. »Vielleicht hast du recht.«

»Vielleicht?«

»Ganz bestimmt.«

»Du bist nicht überzeugt.« Sie sah mich fragend an.

»Ich weiß auch nicht, warum.«

»Du siehst Gespenster.«

»Nein, es ist nur so ein Gefühl …« Ich schüttelte den Kopf, ich kam nicht darauf, was es war, das mich glauben ließ, dass unsere Eltern noch etwas vor uns verheimlichten.

»Livvie!«

»Hm?«

»Geh schlafen.«

»Mach ich. Du aber auch, Eva.«

»Gleich.«

»Du musst hier schlafen. Du hast zu viel getrunken.«

Eva sah mich fragend an, dann richtete sie ihren Blick auf das Weinglas in ihrer Hand. »Na dann. Wie gut, dass Conor mal zu Hause ist und auf die Kinder aufpassen kann.«

»Ihr seht euch selten, hm?«

Sie nickte. »Eigentlich hatte ich mich drauf gefreut, ihn heute Nacht bei mir zu haben. So oft, wie er unterwegs ist.«

»Es tut mir leid«, sagte ich und fühlte mich elend.

»Dir? Warum?«

»Na, weil ich doch wollte, dass du auch kommst.«

»Quatsch.« Eva trank in einem Zug ihr Glas aus. »Puh, der ist schon ein bisschen zu warm«, murmelte sie. Dann sagte sie zu mir: »Es war gut und wichtig, dass wir gesprochen haben. Ich habe ja auch nicht mal geahnt, was bei den beiden los war. Und Conor hab ich vermutlich noch ein paar Jahre am Hals.« Sie grinste. »Dich sehe ich dafür nicht so oft.«

Ich hing noch einem Gedanken nach. »Und dir ist gar nichts in letzter Zeit aufgefallen?«

»Doch. Hin und wieder waren die beiden etwas angespannt, wenn sie uns besucht haben. Nervös. Ich dachte, es läge an meinen Töchtern, die können sehr anstrengend sein, und unsere Eltern werden nicht gerade jünger.«

»Hm, stimmt.«

»Immer noch nicht zufrieden?«

»Wahrscheinlich sehe ich wirklich Gespenster.«

»Trink deinen Wein aus und lass uns raufgehen«, sagte Eva.

Ich tat es. Zwanzig Minuten später lag ich im Bett und schrieb Stephen eine SMS, dass der Abend gut verlaufen war und wir geredet hatten. Dass jetzt offenbar alles in Ordnung war.

Aber ich glaubte mir selbst nicht, als ich ihm das schrieb, und ich lag noch lange wach und horchte auf die Geräusche, die unser Haus machte, wenn es Nacht war.

Der Gedanke, dass noch nicht alles gesagt war, ließ mich nicht los.

18.

Ich blieb misstrauisch und beobachtete in den darauffolgenden zwei Wochen meine Eltern genau. Sie gingen nun sehr viel liebevoller miteinander um und schienen sich wieder näher zu sein. Meinen Vater sah ich kein einziges Mal Alkohol trinken, nicht einmal eine Flasche Bier abends beim Fernsehen. Wenn ich mit meiner Mutter die physiotherapeutischen Übungen praktizierte, machte sie zwar weiterhin einen etwas angespannten Eindruck, aber ich konnte mir nicht sicher sein, ob ich es mir vielleicht einbildete, ob ich Dinge sah, weil ich sie sehen wollte. Vielleicht hing ihr einfach noch alles nach, wenn sie eine so anstrengende Zeit hinter sich hatte. Ich fragte sie, wann immer wir beide allein waren, ob es ihr gut ging, sprach mit ihr über die Urlaubsziele, die sie erwähnt hatte, fragte sie nach ihrer Arbeit. Wenn ich mit ihr über die letzten Monate reden wollte, gab sie mir bereitwillig Auskunft über die neuen Anschaffungen oder berichtete von einer unangenehmen Bankangestellten, mit der sich Dad hatte rumärgern müssen. Und auch wenn ich mit Dad sprach und wir ernste Themen hatten, wirkte er nun ruhig und besonnen, ganz so, wie ich es von ihm kannte. Es gab für mich keinen Grund, weiterhin zu vermuten, dass sie uns etwas verschwiegen. Im Gegenteil, ich war nun endlich auch meinerseits bereit, über Josh zu sprechen, über meinen Studenten Robert und wie dieser unglückselige Unfall im Detail abgelaufen war. Ich sprach mit den beiden darüber, wie schrecklich schuldig ich mich fühlte, weil ich so nett zu Robert gewesen war, mich geschmeichelt gefühlt hatte, dass ein so junger, intelligenter Mensch mich geradezu anbetete. Ich hatte die Gefahren, die dies mit sich brachte, nicht erkennen wollen und deshalb nicht auf Josh gehört. Ich schämte mich dafür.

Die zweite Woche meines Aufenthalts in Cheekpoint war gerade um. Nun, da die Eisheiligen vorbei waren, hatten wir wieder herrliches Maiwetter. Meine Eltern und ich saßen abends draußen hinter dem Haus, hatten Kerzen angezündet und genossen die laue Mainacht.

»Josh meldet sich gar nicht mehr bei dir?«, fragte Mam.

»Ich hätte es euch erzählt«, antwortete ich.

»Was willst du ihm sagen? Dass du jetzt mit Stephen zusammen bist?«

»Mam, er hat sich von mir getrennt. Es kann ihm egal sein, mit wem ich was mache, oder nicht?« Stephen und ich hatten bisher nicht darüber geredet, ob wir, wie Mam es nannte, »zusammen« waren, und darüber war ich, offen gesagt, auch sehr erleichtert. Ich wollte diese Unverbindlichkeit, denn ich konnte mich unmöglich schon jetzt festlegen, auch wenn ich gleichzeitig Angst davor hatte, Stephen würde vielleicht nicht ernst nehmen, was zwischen uns war. Wir hatten uns nun ungefähr jeden zweiten Tag gesehen. Zum Spazierengehen, zum Essen, und natürlich hatten wir auch wieder miteinander geschlafen. Ich genoss seine Berührungen und sehnte mich danach, aber konnte ich mir jetzt schon sicher sein, dass es mir tatsächlich um ihn ging? Dass ich mich nicht nur trösten wollte? Immer wieder kamen schließlich Gedanken an Josh und unsere gemeinsame Zeit. Aber ich spürte, dass Stephen bereits mehr Raum in meinem Herzen einnahm als Josh. Oder wollte ich nur, dass es so war? Wollte ich einfach vergessen, was dazu geführt hatte, dass Josh sich von mir getrennt hatte? Es tat noch immer weh, darüber nachzudenken und mir eingestehen zu müssen: Ich war selbst schuld daran, und Josh war frei.

»Livvie, vielleicht hat Josh sich ja wieder beruhigt«, sagte Dad.

»Beruhigt. Ja, klar.«

»Jeder macht Fehler«, murmelte Dad.

»Er hat sich gar nicht zu beruhigen. *Ich* war eitel, und *ich* war unvorsichtig, und dadurch habe ich nicht nur meine Beziehung aufs Spiel gesetzt, sondern dazu noch einen jungen Mann, für den ich als Professorin eigentlich so etwas wie Verantwortung habe, sehr unglücklich gemacht. Wie soll ich mir das so einfach vergeben? Ich werde da noch eine ganze Weile dran knabbern.« Ich seufzte. »Ich wünschte wirklich, ich könnte die Zeit zurückdrehen.«

»Ja, das wäre …«, begann Dad.

»Das will doch jeder«, fiel Mam ihm ins Wort. »Aber das ist Unsinn. Dieses Was-wäre-wenn hilft keinem. Überleg dir lieber, wie es weitergehen soll. Die ganze Sache ist jetzt vier Wochen her. Davon warst du zwei Wochen im Krankenhaus und zwei Wochen hier. Bist du bereit, dich dem Ganzen zu stellen? Oder brauchst du noch Zeit? Wie auch immer du dich entscheidest, du sollst wissen, dass wir hinter dir stehen. Okay?«

»Danke, Mam.« Tatsächlich überlegte ich nicht erst seit diesem Moment, wie ich meinen Kollegen am Institut gegenübertreten sollte, und wie meinen Studenten. Ins Krankenhaus hatten Studierende wie Kollegen mir einiges an Blumen und Genesungskarten geschickt, aber seit ich bei meinen Eltern war, hatte sich niemand mehr gemeldet – mit Ausnahme von einer E-Mail eines Kollegen, der mir mitteilte, dass Robert nach seinem Aufenthalt in der Psychiatrie nicht mehr an die Universität zurückkehren würde. Heute morgen hatte ich diese E-Mail bekommen. »Soll ich mich bei Robert melden? Ihn fragen, wie es ihm geht? Mich bei ihm entschuldigen?«, fragte ich meine Eltern.

»Auf keinen Fall«, sagte Mam. »Sonst interpretiert er es wieder als Zeichen deiner Zuneigung und macht sich Hoffnungen. Und dann geht es ihm wieder schlecht. Oder was denkst du?«

»Wenn ich das wüsste. Ich wünschte, ich wüsste jemanden, mit dem ich darüber reden kann.«

»Du hast doch uns!«, sagte Dad.

»Ich meine das anders. Jemand, der mir sagen kann, wie es ihm geht. Und was jetzt für ihn das Beste wäre. Ob ich etwas für ihn tun könnte. Ich habe so richtig Mist gebaut, oder?«

Ich sah die Gesichter meiner Eltern im Kerzenschein. Wie sie die Augen schlossen und wieder öffneten, besorgt aussahen, aber bei aller Ernsthaftigkeit froh schienen, dass ich das mit ihnen teilte.

»Livvie, es ist schrecklich, was da geschehen ist. Schrecklich für dich und für den jungen Mann. Aber wahrscheinlich wäre er früher oder später ohnehin … aufgefallen«, sagte meine Mutter, und ich musste fast lächeln, weil sie sich um so vorsichtige Formulierungen bemühte. Sie war einfach ein großartiger Mensch. »Alles, was du tun kannst, ist zu überlegen, was es mit dir macht und was du für dich daraus ziehen kannst. Du hast schon gesagt, dass du weißt, welche Fehler du gemacht hast. Das ist schon eine Menge. Und was deine Beziehung zu Josh angeht, nun …«

»Was meinst du damit?«

»Da hat dir wohl etwas gefehlt.«

Daran hatte ich natürlich auch schon gedacht. Die Romantik blieb sicherlich in jeder Beziehung irgendwann auf der Strecke, mit Josh jedoch war Romantik nie ein großes Thema gewesen. Ich hatte immer geglaubt, sie würde mir nicht fehlen. Offenbar hatte ich mich getäuscht, denn Robert hatte in mir eine gewisse Sehnsucht danach ausgelöst. Ausgerechnet ein Student. Ich hatte nie Interesse an ihm gehabt, aber er musste genau diesen Eindruck bekommen haben. Ich sprach meine Gedanken aus.

»Wie ist das mit Stephen?«, fragte Mam.

»Sehr schön, aber doch noch viel zu frisch, um schon konkret darüber zu reden«, sagte ich und merkte, dass ich ein wenig empört klang. Ich wollte nichts überstürzten, nicht zu viel Nähe aufkommen lassen, bis ich nicht alles andere für mich verarbeitet hatte. Ich wollte auf keinen Fall wieder jemandem Hoffnungen machen, die ich nicht erfüllen konnte, obwohl ich mir mit meinen Gefühlen schon so sicher war, wie ich mir nur sein konnte. Aber die Sorgfalt, das Nicht-Überstürzen, das war ich nicht nur Stephen schuldig, sondern auch Holly, der ich immer noch nichts gesagt hatte. Ich musste erst wissen, was genau zwischen Stephen und mir war, bevor ich es tat. Gleichzeitig hatte ich ein schlechtes Gewissen ihr gegenüber.

Mein Abstand zu Josh wurde immer größer, ich dachte kaum noch an ihn und vermisste ihn gar nicht. Gleichzeitig war ich darüber erschrocken, wie schnell es gehen konnte. Da verbrachte man Jahre mit einem Menschen und glaubte, ihn zu lieben und mit ihm zusammenzubleiben, und dann ging alles ganz schnell zu Ende.

»Wisst ihr was«, sagte ich schließlich. »Ich glaube, ich will die Zeit doch nicht zurückdrehen.«

»Wegen Stephen?«, fragte meine Mutter sanft.

Ich nickte.

»Hast du's Holly nun eigentlich endlich gesagt?«, fragte Dad.

»Oh Dad«, seufzte ich. »Das wird eine sehr, sehr schwierige Mail. Ich wollte noch warten, bis ich genau weiß, was ...«

»Nein, Livvie, setz dich dran. Du hattest eine Menge Zeit, drüber nachzudenken. Du wirst schon die richtigen Worte finden.« Er knuffte mich in den Oberarm. »Ich weiß, du kriegst das hin. Holly und du, ihr wart immer so ...« Er ließ den Satz in der Luft hängen.

»Wie Geschwister?«, beendete ich ihn.

»Ja«, sagte er knapp.

Ich dachte an Alice und wurde traurig. Dad hatte recht, wäre es andersherum, hätte ich einen Bruder, dann wollte ich auch, dass Holly es mir sagen würde, egal, in welchem Stadium sich die Sache befände. »Ich gehe rauf und schreibe ihr. Ich habe viel zu lange damit gewartet.« Unsere Freundschaft war viel zu wichtig, um sie durch mein

Zögern zu gefährden. Hatte es nicht auch eine unsichtbare Wand zwischen Alice und uns geschoben, dass wir nicht über alles reden durften, es einfach nicht getan hatten, auch später nicht? Natürlich musste ich endlich mit Holly sprechen, egal wie sehr ich fürchtete, dass es unangenehm werden könnte.

Ich wünschte den beiden eine gute Nacht, ging in mein Zimmer, fuhr meinen Laptop hoch, öffnete mein Mailprogramm und suchte die letzte Nachricht von Holly heraus. Sie hatte mir vor fünf Tagen geschrieben, sich erkundigt, wie es mir ging, einen Absatz lang Josh verflucht und dann ein wenig von ihrer Arbeit berichtet. Dass sie in den nächsten beiden Wochen gar nicht zu Hause, sondern nur in Hotels sein würde, weil sie eine Autorin auf deren Lesereise begleiten musste, ein paar Fernsehauftritte waren auch dabei. Ich las die Antwort durch, die ich ihr direkt darauf geschickt hatte: dass mein Fuß jeden Tag besser wurde. Dass die Wunden gut heilten und kaum noch schmerzten. Dass ich über Josh wahrscheinlich hinweg wäre, jedenfalls würde ich so gut wie gar nicht mehr an ihn denken.

Holly war die Einzige gewesen, die von Anfang an Bescheid gewusst hatte, wie ich mich wegen Robert gefühlt hatte. Sie hatte selbst meine kleinen Andeutungen verstanden und mich nicht so massiv gewarnt wie Josh, aber doch ebenfalls Bedenken angemeldet. So war es mir leichter gefallen, ihr nach und nach mitzuteilen, was geschehen war und wie ich mich damit fühlte. Meine Mails an Holly waren häufig so ehrlich wie Tagebucheinträge. Nur dass ich jetzt an einem Punkt war, an dem ich nicht weiterwusste. Ich schrieb:

»Holly, meine Liebe, ich weiß, du bist unterwegs und hast wahrscheinlich nicht einmal Zeit, um genug zu schlafen, weil du deine Autorin ›rundumbetreust‹ (ich habe mir ein Video von ihr im Netz angesehen, sie wirkt anstrengend!), aber ich muss noch ein bisschen was loswerden. Gerade saß ich mit den Eltern unten, und ich habe ihnen endlich, endlich erzählt, wie peinlich und dumm ich mich mit Robert aufgeführt habe. Vom Institut habe ich immer noch nichts gehört, ich denke nicht, dass sie vorhaben, mein Verhalten in Richtung einer Dienstaufsichtsbeschwerde zu thematisieren, sofern es ihnen überhaupt klar ist, dass ich mich in einigen Punkten nicht ganz korrekt benommen habe. Es ist möglich, dass niemand von meinen Spaziergängen mit ihm weiß. Spaziergänge! Wenn ich es jetzt so aufgeschrieben sehe, klingt es so harmlos, und wenn ich dann daran denke, was die Folge war … Ach Holly, ich wünschte, du wärst hier. Die Eltern jedenfalls waren das reinste Verständnis, sie sind nicht umsonst die besten Eltern, die ich mir wünschen kann, auch wenn ich immer noch, wie Eva sagt, Gespenster sehe.

Dabei ist Alice hier schon genug Gespenst. Ich denke jeden Tag an sie. Natürlich erinnert mich so vieles an sie. Ich denke auch daran, was du gesagt hast: Ob wir wohl etwas hätten verändern können, wenn wir nur mit ihr geredet hätten, obwohl man es uns verboten hatte? So vieles, was mir durch den Kopf geht, seit ich hier bin. Aber vielleicht ist es auch gut so, sich alledem zu stellen.

Und noch etwas wollte ich dir sagen …«

Ich löschte den letzten Satz. Was sollte ich ihr schreiben? Übrigens, dein Bruder und ich, wir haben viel Spaß und waren schon ein paarmal miteinander im Bett, vielleicht sind wir zusammen, so genau haben wir da noch nicht drüber geredet?

Ich versuchte etwas anderes. Ich schrieb:

»Stephen sehe ich übrigens sehr oft. Ich habe ihn bei unserer ersten Begegnung gar nicht erkannt, so anders sieht er aus, oder habe ich ihn nur anders in Erinnerung? Ich mag ihn übrigens sehr.«

Wieder löschte ich den letzten Satz und überlegte weiter. Reichte es nicht, ihr zu sagen, dass wir uns oft sahen? Musste ich ihr tatsächlich schreiben, was zwischen uns war? »Holly, dein Bruder und ich, wir lieben uns«? Dabei wusste ich nicht einmal, ob er mich liebte. Oder ich ihn. Oder redete ich nur gerade alles klein, um meiner Freundin nicht alles schreiben zu müssen?

Ich speicherte die Nachricht in den Entwürfen und klappte den Laptop zu. Was fiel mir eigentlich ein, meinen Eltern Vorwürfe zu machen, dass sie Eva und mir nicht direkt von ihren finanziellen Problemen erzählt hatten, wenn ich es selbst nun schon zum zweiten Mal nicht auf die Reihe bekam, mit den wichtigsten Menschen in meinem Leben über wichtige Dinge zu reden? Ich hatte Josh nicht alles über Robert gesagt und es vor mir selbst verharmlost, denn schließlich hatte ich mit dem Jungen keine Liebesbeziehung gehabt. Ich konnte jetzt Holly nicht erzählen, dass ich mich in ihren Bruder verliebt hatte und redete mich vor mir selbst damit heraus, dass ich nicht sicher sein konnte, was zwischen uns war und was daraus wurde.

Wie verdammt schwer es doch war, zu den Menschen, die man liebte, immer offen und ehrlich zu sein. Resigniert klappte ich den Rechner wieder auf und holte die unvollendete Nachricht auf den Bildschirm. Es musste sein, ich würde es ihr jetzt sagen. Ich schrieb:

»Stephen sehe ich übrigens sehr oft. Ich habe ihn bei unserer ersten Begegnung gar nicht erkannt, so anders sieht er aus, oder habe ich ihn nur anders in Erinnerung? Ich habe mich wieder einmal in ihn verliebt, aber diesmal fürchte ich, dass es nicht nur eine Schwärmerei ist, so wie damals. Ich wünschte, du wärst hier, damit wir darüber reden könnten. Lass uns bald telefonieren. Holly, ich fühle mich schrecklich, weil ich Angst habe, was du darüber denkst. Aber er macht mich glücklich. Bitte, sei nicht böse. Ich habe es mir nicht ausgesucht. Ich schicke diese E-Mail nun ab, bevor ich es mir wieder anders überlege.«

Ich fuhr den Rechner herunter, legte mich ins Bett und schickte Stephen eine SMS, dass ich seiner Schwester gebeichtet hatte.

Eine halbe Minute später kam seine Antwort. Er schrieb: »Das bedeutet mir sehr viel, Livvie. Danke.«

19.

Als ich am nächsten Morgen aufwachte, kontrollierte ich sofort meinen Maileingang, aber Holly hatte nicht zurückgeschrieben. Stephen hingegen hatte mir in der Nacht noch eine SMS geschickt: »Dass du Holly von uns erzählt hast, zeigt mir, wie ernst es dir ist. Livvie, das ist es mir auch. Du bist mir sehr wichtig.« Ich strahlte über das ganze Gesicht, so freute ich mich darüber, und ehrlich gesagt war ich auch erleichtert, Holly endlich geschrieben zu haben, auch wenn ich mich vor ihrer Antwort fürchtete. Ich konnte nur hoffen, dass unsere Freundschaft nicht darunter leiden würde.

Nach dem Frühstück ging ich kurz raus, um im Garten das schöne Wetter zu genießen. Die Luft fühlte sich wie Samt auf der Haut an. Ich war in den letzten zwei Wochen viel spazieren gegangen, um meine Beinmuskulatur zu stärken, so wollte ich es auch heute machen, dann etwas für den Unterricht tun und abends noch einige Bilder bearbeiten. Ich hatte viele Fotos gemacht, auch von Menschen, denen ich zufällig begegnet war, und hatte sie zu Hause am Laptop bearbeitet. Es waren stimmungsvolle Aufnahmen dabei, auf die ich sehr stolz war und die überraschend viele begeisterte Kommentare im Internet bekamen, nachdem ich sie auf die Plattformen hochgeladen hatte, bei denen ich Mitglied war. Die meisten Menschen, die ich aufgenommen hatte, gaben mir bereitwillig ihre Mailadressen und schickten häufig schon wenige Minuten, nachdem sie sich die Fotos angesehen hatten, ihr Einverständnis zur Veröffentlichung. Ein paar wenige wollten nicht, dass ihre Bilder im Netz erschienen, fragten aber, ob sie sich Abzüge von dem Foto machen dürften, was ich wiederum als großes Kompliment sah. Die meisten Menschen gefielen sich nur selten auf Bildern.

Am meisten aber überraschten mich die Fotos, die Stephen von mir gemacht hatte. Er hatte Momentaufnahmen geschaffen, die in ihrer Natürlichkeit und Beiläufigkeit allein schon so viel mehr erzählten als so manches streng komponierte Bild. Ich zeigte sie ihm, und er sagte: »Ich habe dir gesagt, wie schön du bist. Sogar, wenn du dich gar nicht so fühlst. Kannst du es jetzt glauben?« Er küsste mich, und ich ließ mich in seine Arme sinken.

Seit es ihn in meinem Leben gab, schien sich mein Blick verändert zu haben. Ich sah meine Umgebung und die Menschen mit anderen Augen an, ich war wacher und sah Schönheit, wo ich sie vorher nicht vermutet hätte. Ich machte die besten Fotos meines bisherigen Lebens. Es war, als hätte sich eine Sperre in mir gelöst. Ich wagte nun mehr mit meinen Bildern, fotografierte aus ungewöhnlichen Perspektiven, ging offen auf Menschen zu, wenn ich fand, dass sie auf meine Bilder gehörten. Ich blieb mitten auf der Straße stehen, weil ich ein gutes Motiv entdeckt hatte, ich konnte die Zeit vergessen, wenn ich herumstromerte und nach etwas suchte, das mich berührte. Und manchmal fühlte ich mich dabei wie früher, als ich noch ein junges Mädchen gewesen war, als Alice noch gelebt hatte, als wir noch unsere Sommer gemeinsam verbracht hatten. Denn neben der Zeit war es auch die Selbstvergessenheit und das völlige Versinken in einer Sache, die mich an die Kindheit erinnerte.

Ich hätte gern alte Fotos von Cheekpoint mit denen verglichen, die ich heute machte. Es hatte sich einiges verändert, neue Häuser waren gebaut worden, neue Familien lebten hier, die aus anderen Teilen des Landes hergezogen waren. Als Kind hatte ich immer gedacht, es wären alle Menschen, die hier wohnten, auch hier geboren, wie auch ihre Eltern und Großeltern. Wenn ich mich recht erinnerte, traf dies auch tatsächlich auf die meisten Familien, die ich gekannte hatte, zu. Aber sicherlich nicht auf alle. Es war erstaunlich, wie sich die kindliche Wahrnehmung auf die Erinnerung auswirkte.

Die Menschen, denen ich nun begegnete, kannte ich kaum. Meine Eltern sagten, dass viele ihrer Nachbarn und früheren Bekannten weggezogen waren, nachdem die Kinder aus dem Haus, sie selbst in Rente gegangen waren. Ein paar der älteren Bewohner von Cheekpoints kannte ich noch, aber ich musste sie daran erinnern, wer ich war, weil sie mich lange nicht mehr gesehen hatten.

Ich ging aus dem Garten wieder ins Haus, um die Fototasche zu holen. Ich würde einen Spaziergang zum Golfplatz zu machen, dort im Café eine Kleinigkeit essen, eine neue Publikation über die Künstler der Wiener Secession lesen und über die Seminare und Vorlesungen nachdenken, die ich im neuen Studienjahr ab Oktober anbieten würde. Die Themen standen schließlich schon fest, und so viel Zeit zur Vorbereitung wie jetzt, nämlich über vier

Monate, hatte ich noch nie gehabt. Ich wollte sie nutzen, um nicht wie in den Jahren zuvor kurz vor Beginn des ersten Trimesters in Stress zu geraten. Ich hatte mir gerade die Tasche umgehängt, als ich eine SMS bekam.

Stephen war an diesem Morgen für ein paar Tage nach London gereist, weil man ihn für eine größere Geschichte angefragt hatte. Erst dachte ich, die Nachricht sei von ihm. Aber es war Josh. Als wenn er es geahnt hätte, meldete er sich genau jetzt bei mir. Einen Tag, nachdem ich meinen Eltern von Robert erzählt hatte und von meiner Schuld, und auch einen Tag, nachdem ich Holly von Stephen berichtet hatte. In der SMS teilte er mir mit, dass er mir gemailt hatte. So war Josh: gewissenhaft und fürsorglich, gründlich und korrekt. Fehlte nur noch, dass im nächsten Moment der Postbote mit einem handgeschriebenen Brief von ihm kommen würde.

Ich klappte den Laptop auf, las seine Mail in Ruhe durch. Sie war kurz und präzise, wie ich es von ihm gewohnt war:

»Livvie, du weißt, ich habe mir den Entschluss, unsere Beziehung zu beenden, nicht leicht gemacht, aber ich war fest davon überzeugt, das Richtige zu tun, weil ich dir nicht mehr vertraut habe, obwohl ich dich immer noch liebte. Nun sind wir schon über zwei Monate getrennt, vor zwei Wochen bist du aus dem Krankenhaus gekommen und seither verschwunden. Ich vermisse dich jeden Tag mehr und fürchte, einen Fehler gemacht zu haben. Wo bist du? Lass uns bitte miteinander reden.

Dein Josh.«

Ich schloss das E-Mail-Programm, und nach kurzem Zögern klappte ich den Laptop zu. Josh wollte zurück zu mir. Damit hatte ich nicht gerechnet. Und damit war auch nicht zu rechnen gewesen, wenn man ihn so gut kannte wie ich. Er hatte recht, wenn er schrieb, dass er sich die Entscheidung mit der Trennung nicht leicht gemacht hatte. Alles, was Josh tat, war wohlüberlegt. Ebenso wohlüberlegt war nun diese Mail an mich, bestimmt hatte er einige Tage, wenn nicht sogar Wochen darüber nachgedacht, ob er wieder mit mir zusammen sein wollte. Ich wusste außerdem, wie schwer es ihm fiel, Fehler zuzugeben. Aber die Frage, die ich mir nun stellte, war vielmehr: Hatte Josh wirklich einen Fehler gemacht? War nicht unsere Trennung für uns beide das einzig Richtige gewesen? Oder dachte ich jetzt nur wegen Stephen so?

Ich war völlig durcheinander und musste dringend raus an die Luft. Ich winkte zu den Mitarbeitern meines Vaters herüber und schlug den Weg ein, der mich aus dem Ort brachte. Keine Stunde später stand ich an der Stelle, an der Sean seinen Drachen hatte steigen lassen. Wo ich Stephen wiedergetroffen hatte, und wo auch das Flurkreuz stand. Ich setzte mich auf die Bank gegenüber dem Kreuz, legte die Kameratasche neben mich und atmete tief durch.

Josh. Er war in meinen Gedanken, in meinen Gefühlen zwar immer wieder präsent, aber kein großes Thema gewesen. Stephen und ich näherten uns an, und er hatte gerade etwas Großes ausgesprochen, indem er mir mitgeteilt hatte, wie viel es ihm bedeutete, dass ich seiner Schwester von uns erzählt hatte. Bei aller Vorsicht, die ich in Bezug auf ihn walten ließ, musste ich mir eingestehen, dass Stephen mich inspirierte und mir die Augen öffnete, mich meine Umgebung anders wahrnehmen und mehr wagen ließ, als ich mir selbst zugetraut hätte. War alles mit ihm nur ein Rausch, aus dem ich bald ernüchtert erwachen würde? Wie stand Stephen eigentlich zu festen Beziehungen? Zwei Wochen waren noch keine Basis, um über eine gemeinsame Zukunft zu reden. Bisher war mir die Leichtigkeit, das Nicht-Darüber-Reden sehr recht gewesen. Aber vielleicht war der Zeitpunkt gekommen, mir selbst klarer zu werden über meine Wünsche. Was war mir überhaupt wichtig? Wollte ich zurück in das Leben, das ich mit Josh gehabt hatte?

Ein Geräusch riss mich aus meinen Gedanken. Eine Frau, vielleicht Mitte vierzig, kam den Feldweg entlang und ging direkt auf mich zu. Sie lächelte.

»Genießen Sie die Sonne?«, fragte sie.

Ich nickte. »Wunderschöner Tag heute«, sagte ich.

Ich dachte, sie würde weitergehen, aber sie blieb stehen und musterte mich neugierig. »Sind Sie die Frau, die Sean gerettet hat?«

Überrascht nickte ich. »Sind Sie seine Mutter?«

»Charlene, hi. Sean hat mir ganz viel von Ihnen erzählt. Und Stephen natürlich auch.« Sie setzte sich zu mir auf die Bank. »Ich weiß nicht, ob ich Sie auch ohne Ihre Kameratasche und das Ding an Ihrem Fuß erkannt hätte. Aber wie auch immer, schön, Sie mal kennenzulernen! Sean ist ein wunderbarer Junge.«

»Wo ist er jetzt? In der Schule?«

Sie nickte. »Alle vier sind zumindest bis zum Nachmittag versorgt. Schule, Kindergarten, und für den Kleinsten habe ich eine Tagesmutter gefunden.«

»Muss sehr schwer sein. Ich hab gehört, dass Ihr Mann erst vor Kurzem gestorben ist. Das tut mir sehr leid.«

Charlene starrte über den Fluss und deutete ein tapferes Lächeln an. »Wenig Zeit, um drüber nachzudenken, es muss ja weitergehen. Die vier Kinder sind toll. Und ich arbeite wieder. Es geht alles irgendwie. Dass ich eine Stunde für mich habe, wie jetzt gerade, ist der reine Luxus.« Sie sah mich an. »Gestern mit einem Projekt früher fertig geworden, heute ein Stündchen frei. Ich weiß nicht, wann ich das zuletzt hatte.«

»Was machen Sie denn?«

»Ich bin Programmiererin. Was ich gut von zu Hause aus machen kann. Zum Glück hab ich trotz der Kinder nie den Anschluss verloren. Und Sie? Was machen Sie, außer Kinder retten und fotografieren?«

»Ich bin Professorin für Kunstgeschichte in St Andrews.«

»Oh. Was machen Sie dann hier?«

Ich zeigte auf meine Gehschiene. »Ein Unfall. Jetzt habe ich noch eine Weile frei«, verkürzte ich meine Geschichte.

»Ach, stimmt, Stephen sagte, dass Ihre Eltern hier leben.«

»Sie sind nicht von hier, oder?« Ich versuchte, ihren Akzent einzuordnen, und tippte auf Dublin, aber ich war mir nicht ganz sicher.

Charlene schüttelte den Kopf. »Ja und nein. Ich bin tatsächlich hier geboren und aufgewachsen, aber wir sind weggezogen, als ich zehn war.«

»Nach Dublin?«

»Genau. Hört man wohl, was?«

Ich betrachtete sie. Man sah, dass sie Seans Mutter war. Karottenrote Locken, bläulich-helle Haut mit Sommersprossen. Sie war sehr dünn, zerbrechlich fast schon, und man sah ihrem Körper nicht an, dass sie vier Kinder geboren hatte. Etwas anderes hingegen zeugte von vielfachem Nachwuchs und Sorgen: Der Blick ihrer blauen Augen war müde, sie hatte dunkle Schatten unter den Augen.

»Sind Sie nach dem Tod Ihres Mannes wieder hergekommen?«

»Was? Oh, nein! Wir sind vor fünf Jahren hergezogen. Haben das Haus neu gebaut. Ich dachte, es sei eine schöne Idee, die Kinder hier aufwachsen zu lassen. Wo wir doch beide gut von zu Hause aus arbeiten konnten. Mein Mann war Übersetzer. Wir waren späte Eltern. Ich hab Sean mit vierzig bekommen. Und kurz drauf die Zwillinge. Und vor zwei Jahren völlig ungeplant noch den Kleinen. Ralph war siebenundfünfzig, als er starb.«

»Wie ist er denn …«, fragte ich vorsichtig.

»Herzinfarkt. Einfach so. Ohne Ankündigung.«

»Schrecklich. Es tut mir so leid.«

»Ja. Danke.«

Wir schwiegen einen Moment, dann sagte sie: »Hat sich viel verändert. Jedenfalls kommt es mir so vor.«

Überrascht sah ich sie an. »Genau das habe ich auch gedacht. Ich bin nach der Schule weg. Bis dahin habe ich mit meinen Freundinnen hier jeden Quadratmeter unsicher gemacht, besonders natürlich in den Sommerferien. Wobei wir gar nicht so weit runter durften. Wir wohnten alle in Cheekpoint. Einmal haben wir uns hierhin verlaufen … nein, zweimal sogar. Und haben mächtig Ärger bekommen.« Bei der Erinnerung geriet ich etwas ins Stocken. Ich sah Charlene an. »Ich denke, unsere Eltern hatten Angst, dass wir ins Wasser fallen. So wie es Sean fast passiert ist. Sagen Sie, wissen Sie, was es mit diesem Kreuz auf sich hat? Es stand damals schon hier. Aber mir ist erst jetzt aufgefallen, dass ein Name und Lebensdaten eingraviert sind.«

»Patsy? Oh, ja, eine ziemlich tragische Geschichte.«

»Ach! Kannten Sie sie?«

Charlene schüttelte den Kopf. »Nein, ich glaube nicht. 1980 waren wir auch nicht mehr hier, wir sind drei Jahre zuvor weggezogen, und ich wäre ja auch vier Jahre älter als sie gewesen. Sie wissen, wie das in dem Alter ist. Da hat man mit Kindern, die so viel jünger sind als man selbst, nichts zu tun.«

Ich dachte an meine Schwester, die noch sehr lange mit uns gespielt hatte, obwohl sie ganze drei Jahre älter war als wir. Aber irgendwann hatte auch sie das Interesse verloren, mit uns Kleinen herumzuhängen.

»Woher wissen Sie dann davon?«

»Meine Eltern haben es mir erzählt. Wie gesagt, wir waren zu der Zeit schon in Dublin. Sie bekamen eines Tages einen Anruf von meinem ehemaligen Kindermädchen. Das Mädchen, auf das sie hatte aufpassen sollen, war weggelaufen. Muss ein wildes Ding gewesen sein, und es war wohl nicht das erste Mal. Nur dieses Mal kam sie eben nicht wieder.«

»Und hier ist sie ins Wasser gestürzt?«, fragte ich.

»Ich muss sagen, ich habe mich auch gewundert, als ich ihren Namen auf dem Kreuz las. Und auch das ganze Drumherum. Diese Mönchsfigur. Ich habe das Kreuz ja gleich entdeckt, als wir hergezogen waren. Also rief ich meine Mutter an und fragte sie noch einmal, wie damals alles abgelaufen war. Sie wusste nur: Angela, also mein früheres Kindermädchen, hatte sich in der Nacht schrecklich geärgert über das Ausbüchsen, die kleine Patsy aber natürlich sofort gesucht, nur leider nicht gefunden. Wie gesagt, es war nicht das erste Mal, dass sie abgehauen war. Wie schon zuvor wurden alle in der Nachbarschaft verständigt, die Polizei wurde gerufen, und so weiter. Nur fand man sie diesmal nicht. Man glaubte sogar, sie sei entführt worden. Schließlich ging die Polizei jedoch davon aus, dass sie zum Fluss gerannt und ertrunken sein musste. Nur wurde Patsy nie gefunden. Angela arbeitete danach natürlich nie wieder als Kindermädchen. Für niemanden. Und da in Cheekpoint keiner mit ihr so recht über die Sache sprechen wollte, oder vielleicht auch sie jemanden brauchte, der etwas Abstand hatte, wandte sie sich an meine Mutter, mit der sie sich immer gut verstanden hatte.«

»Und das Kreuz? Haben das Patsys Eltern errichtet?«

»Wahrscheinlich. Ich kannte ihre Eltern nicht.«

»Sie müssen hier ganz in der Nähe gewohnt haben. Oder sie müssen geglaubt haben, dass ihre Tochter an genau dieser Stelle ertrunken ist«, sagte ich.

»Das Kuriose ist, dass Angela viele Jahre später in Dublin auftauchte. Muss jetzt so fünfzehn Jahre her sein, dass sie mit ihrem Mann dort hingezogen ist. Vielleicht auch etwas weniger. Meine Mutter ist ihr tatsächlich zufällig über den Weg gelaufen.«

»Und da haben die beiden wieder über den Vorfall gesprochen?«

»Angela hatte zu dieser Zeit etwas viel Schrecklicheres erleben müssen, das war auch der Grund, weshalb sie Cheekpoint verlassen hatte. Ihre eigene Tochter war gestorben.«

Es war, als hätte ich einen elektrischen Schlag bekommen. In meinem Kopf sortierten sich Informationen wie kleine Teile eines Puzzles. Ich frage Charlene: »Wissen Sie zufällig, wie diese Angela mit Nachnamen hieß?«

Sie lachte. »Angela war immer Angela. Keine Ahnung.«

»Auch nicht, wie sie heißt, seit sie verheiratet ist?«

Charlene sah mich neugierig an. »Da passiert doch gerade etwas in Ihrem Kopf.«

»Ja. Ich habe da so einen Verdacht. Könnten Sie das bitte für mich herausfinden?«

Sie griff in die Tasche ihrer ausgebeulten Stoffhose und zog ein altmodisches, ziemlich ramponiertes Handy hervor. »Mutter von vier Kindern. Wenig Geld, wenig Zeit, und alles, was wichtig ist, sollte möglichst stoßfest sein«, erklärte sie. »Das kann sogar ins Klo fallen und funktioniert dann immer noch.« Sie tippte eine Kurzwahltaste. »Warten Sie. Das haben wir gleich. Mam? Ich bin's. Charlie. Nein, alles in Ordnung. Ja, hier scheint auch die Sonne. Du, ich sitze neben der Frau, die Sean aus dem Fluss gefischt hat. Ja, sag ich ihr. Ja. Ja, Mam, ist gut. Pass mal auf. Sie will wissen, wie unsere Angela jetzt mit Nachnamen heißt. Was? Ja, die Angela. Mhm. Danke, Mam. Ja, das sage ich ihr. Ja, du, ich muss jetzt aufhören. Grüß Pop. Ja, ruf mich heute Abend an. Bis dann.« Sie blies sich eine Locke aus der Stirn und sah mich an. »Schönen Gruß von meiner Mutter, das mit Sean haben Sie super gemacht.«

»Danke.« Ich merkte, wie ich immer nervöser wurde. »Und Angela ...?«

»Tannert«, sagte Charlene und begriff aufgrund meiner Miene sofort, dass diese Mitteilung ein Volltreffer war. »Was war mit ihr?«

Ich fuhr mir mit beiden Händen durchs Haar und ließ mich gegen die Rückenlehne der Bank sacken. »Ich hatte früher zwei beste Freundinnen. Eine wurde sehr krank, als wir zwölf waren. Wir wissen es nicht genau, aber wir denken, dass sie ein paar Monate in der Psychiatrie war. Als sie zurückkam, war sie magersüchtig, aber das bemerkten wir erst, als es schon viel zu spät war. Sie starb, kurz nachdem wir aus der Schule waren. Sie hieß Alice und war die Tochter von Angela Tannert.«

20.

Der Taxifahrer machte an diesem Tag wohl das Geschäft seines Lebens. Ich ließ mich von ihm zu unserer alten Schule in Waterford fahren, bat ihn, mit laufender Uhr zu warten, sah mich dort um, und fuhr mit ihm zurück nach Cheekpoint. Die Segenswünsche, die er mir mit auf den Weg gab, nachdem er das Geld eingesteckt hatte, reichten vermutlich für drei sehr lange und erfüllte Leben. Als er von unserem Hof fuhr und ich einen letzten Blick auf den am Rückspiegel baumelnden Rosenkranz warf, hoffte ich, dass wenigstens ein kleiner Teil dieser Wünsche für mich in Erfüllung gehen mochte.

Natürlich war es nicht erlaubt, sich auf das Schulgelände zu begeben. Zu meinem Glück schlossen sie immer noch nicht das kleine Gartentürchen des hinteren Schulhofs ab, und noch größeres Glück hatte ich gehabt, dass wohl gerade Unterricht und niemand auf dem Hof gewesen war. Ich war zu unserem Baum gegangen, der immer noch dort stand, hatte ein Foto von der Messingplakette gemacht, die wir für Alice angebracht hatten, und war zum Taxi zurückgegangen. Jetzt, zu Hause, ging ich ohne Umwege zu meinem Laptop, überspielte die Daten der Speicherkarte meiner Kamera auf den Rechner und sah mir die Bilder an.

Unter dem Baum hatte ich so gezittert, dass ich kaum die Finger hatte ruhig halten können. Schmerz und Trauer waren über mich gekommen, und ich hatte angefangen zu weinen. Jetzt war ich erleichtert, dass immerhin eins der Bilder wider Erwarten scharf geworden war, denn durch die Tränen hatte ich nicht genau sehen können, ob der Fokus richtig eingestellt war. »Alice Tannert, 1982–2000«. Die Messingplakette blinkte im Sonnenschein. Sie wurde offenbar mit schöner Regelmäßigkeit geputzt. Es fiel mir leichter, nur das Foto anzusehen, als selbst an dem Ort der Erinnerungen zu sein.

Ich schämte mich dafür, so lange nicht dort gewesen zu sein, nie Blumen an die Schule gesendet zu haben, damit man sie unter den Baum legte, nie an den Hausmeister gedacht zu haben, der die Plakette pflegte und nicht einfach verkommen ließ oder sie gar abmontierte. Man sollte ihm ein kleines Dankeschön schicken, dachte ich. Wer war denn sonst noch da, um sich hier an Alice zu erinnern? Ihre Eltern waren weggezogen, Holly und ich waren auch fort …

Ich musste heute Abend unbedingt mit meinen Eltern darüber reden. Schließlich war meine Mutter mit Angela Tannert verwandt, wenn auch entfernt. Sie musste etwas darüber gewusst haben, dass unter der Aufsicht von Alice' Mutter ein Mädchen weggelaufen und sogar gestorben war. Hatten Mam und Dad deshalb nicht gewollt, dass wir über Alice und ihre Krankheit sprachen? War es gar nicht darum gegangen, Alice vor etwas zu schützen, sondern ihre Mutter? Hatte man dafür sorgen wollen, dass Angela keine zusätzlichen Schuldgefühle bekam, weil nun ihr eigenes Kind krank geworden war?

Ich zerbrach mir den Kopf, ob es einen Sinn ergab, was ich mir da zurechtlegte.

Ich empfand schon ein großes Schuldgefühl Robert gegenüber, bei dem ich meiner Verantwortung als Professorin nicht nachgekommen war. Nicht dass ich einen Vergleich ziehen wollte, aber wie musste es erst für eine junge Frau sein, wenn das Kind, auf das sie aufpasste, für das sie die Verantwortung übernommen hatte, verschwand und nie wieder zurückkehrte? Ich konnte es mir nicht vorstellen. Wie konnte sie den Eltern dieses Kindes je wieder in die Augen sehen? Wie war es dann für sie gewesen, selbst schwanger zu sein und ein Kind zu haben? Alice war wie ich im Jahr 1982 geboren. Zwei Jahre, nachdem Patsy gestorben war. War Alice geplant gewesen?

Was für eine schreckliche Frage, die ich mir da gerade stellte …

Alice war Einzelkind geblieben. Ihre Eltern hatten sich viel mehr um sie gesorgt, als es unsere getan hatten, sie hatten sie aber auch sehr viel mehr verwöhnt, und immer hatte es geheißen: Kein Wunder, Einzelkinder sind einfach sehr viel verzogener als andere, sie müssen ja nichts mit ihren Geschwistern teilen.

Wie aber geht es einer Frau wie Angela, wenn ihr Ein und Alles mit zwölf Jahren psychische Probleme hat und für ein paar Monate fortmuss? Wie, wenn sie magersüchtig ist und daran sogar stirbt? War es ein Wunder, dass die Tannerts weggezogen waren, dass sie den Kontakt abgebrochen hatten? Die meisten Menschen hätten wohl so gehandelt. Angela Tannert musste die Hölle durchlebt haben.

Ich beschloss, bald zu Charlene zu gehen und sie zu

bitten, Angela über ihre Mutter Grüße von mir ausrichten zu lassen. Vielleicht gab es eine Möglichkeit, sich eines Tages mit den Tannerts zu treffen und über alles zu reden. Immer noch nicht zu wissen, was an diesem Tag, an dem Holly vom Heuboden gestürzt war, mit Alice geschehen war – was sie dazu gebracht hatte, sich Holly gegenüber, uns beiden gegenüber so zu benehmen, machte mich heute noch unglücklich. Und ich wollte daran glauben, dass es den Tannerts Erleichterung bringen könnte, mit jemandem von früher über Alice zu reden.

Hatten meine Eltern nichts zu mir gesagt, weil ich damals noch zu jung gewesen war, um die Tragweite dessen zu verstehen? Vielleicht, aber warum hatten sie dann später, als Alice gestorben war, nicht mit mir geredet? Aber hatte ich gefragt? Oder war es mir schon so in Fleisch und Blut übergegangen, dass darüber einfach nicht geredet wurde, dass ich diesen Versuch erst gar nicht unternommen hatte? Holly hatte recht. Wir hätten uns damals über unsere Eltern hinwegsetzen und mit Alice reden sollen. Und wir hätten nach ihrem Tod reden müssen. Aber wir hatten alle versagt.

Einmal mehr ärgerte ich mich über die Heimlichtuerei, die mich und Holly von hier vertrieben hatte, die Enge, die Geheimnisse mit sich brachten. Ich konnte sie wieder spüren und glaubte, daran ersticken zu müssen. Wie gut, dass ich angefangen hatte, mit meinen Eltern zu reden, der Heimlichtuerei ein Ende zu machen und somit meinen Eltern und meinem Zuhause wieder näher zu kommen. Das änderte jedoch nichts daran, dass die Enge von früher mich immer noch belastete. Ich nahm meinen Laptop und meine Kamera und ging nach oben in mein

Zimmer, obwohl ich dort sehr viel weniger Platz hatte und an meinem alten Schreibtischchen schlechter saß als im großen Wohnzimmer. Aber es war doch irgendwie mein Zimmer, in dem ich mir selbst überlassen war, meine eigenen Gedanken haben durfte.

Ich überprüfte die E-Mails, aber wegen des Zeitunterschieds konnte Holly mir noch nicht zurückgeschrieben haben. Es war noch zu früh an der Ostküste, und außerdem war sie auf Lesetour. Wer weiß, wann sie sich melden würde. Es hatte also nichts zu bedeuten, dass sie noch nicht geschrieben hatte. Ich brannte darauf, ihr von Angela Tannert zu berichten. Aber konnte ich das tun, wenn ich vorher nichts von ihr wegen Stephen hörte?

Noch einmal sah ich die Fotos vom Kreuz und die vom Schulhof durch, dann wusste ich, was ich machen würde. Ich ging wieder die Treppe hinunter ins Wohnzimmer meiner Eltern. Im Türrahmen blieb ich stehen und hielt kurz inne, während mein Blick über die Einrichtung glitt, die sich in all den Jahren kaum verändert hatte: großzügige, mittlerweile etwas abgenutzte Sessel und das dazu passende Sofa, auch mit dunkelgrünem Stoff bezogen, die um einen soliden dunklen, rechteckigen Tisch herum standen. Eine massive Schrankwand, die so ziemlich alles vereinte: Bücherregal, Fernseher, Schubladen, in denen meine Mutter Deckchen, Untersetzer, Kerzen, Streichhölzer, Stifte, Notizblöcke und ähnliches Durcheinander aufbewahrte, und in den größeren Fächern fanden sich die unterschiedlichsten Gläser, Kerzenständer, Weihnachtsschmuck und Dekoration für andere Feierlichkeiten. An der Wand neben dem Fenster stand ein etwas altmodischer, fast antiker Sekretär, das vielleicht schönste und wertvollste Möbel im ganzen Haus. Mein Vater saß dort manchmal, wenn er sich etwas Handschriftliches notierte, meine Mutter schrieb dort ihre Weihnachtskarten. Er wurde nicht mehr oft benutzt, seit die beiden sich mit ihren Computern angefreundet hatten, die auf einem kleinen ehemaligen Esstisch an der anderen Wand standen. Früher war dort das Telefontischchen gewesen. Der Esstisch nahm nun deutlich mehr Platz ein als das Telefontischchen, aber obwohl alles etwas eng und vollgestopft wirkte, so war das Wohnzimmer gleichzeitig doch ein gemütlicher Ort, dem man anmerkte, dass er genutzt und geliebt und bewohnt wurde.

Ich erinnerte mich beim Anblick des alten Sekretärs auch daran, wie meine Mutter früher dort Bilder in Fotoalben eingeklebt hatte. Wegen eben dieser Alben war ich heruntergekommen. Waren sie noch, wo sie auch früher immer gestanden hatten? Hinter einer der Türen des riesigen Einbauschranks?

Ich öffnete sie der Reihe nach, fand sie schließlich zwischen alten Kalendern und zerfledderten Kochbüchern. In einem waren fast nur Fotos von Eva und meinen Eltern, angefangen bei Evas Geburt. In den anderen waren Fotos von uns beiden, hier zu Hause, im Urlaub, bei meiner Einschulung … Ich blätterte herum, bis ich endlich die Klassenfotos fand, auf denen Holly, Alice und ich drauf waren. Je älter wir wurden, desto weniger Fotos gab es von uns – mit der Pubertät waren wir seltsam fotoscheu geworden. Dafür aber fand ich die ersten halbwegs brauchbaren Aufnahmen, die ich noch mit der Kamera meines Vaters gemacht hatte. Ich legte die Fotoalben auf einen Stapel, schloss die Schranktüren, nahm die Alben und trug sie in mein Zimmer.

Ich ging ein weiteres Mal nach unten, baute den Scanner meines Vaters ab, schloss ihn oben bei mir wieder an und scannte alle Fotos von Alice, die ich finden konnte, ein. Dann sortierte ich sie, verschob die, die Alice selbst als unschmeichelhaft empfunden hätte, in einen Ordner, da ich kein einziges löschen wollte. Ich gab ihnen eine Reihenfolge, die mit der Messingplakette am Baum auf unserem Schulhof endete. Anschließend erstellte ich eine Art Diashow, lud den Film an einen sicheren Speicherort im Internet hoch und schrieb eine lange Mail an Eva und Holly, in der ich den beiden von der Geschichte erzählte, die ich dank Charlene erfahren hatte. Ich fügte den Link zu dem Film mit den Bildern von Alice hinzu.

Als ich fertig war und auf die Uhr sah, erschrak ich, denn es war bereits acht. Hatte ich fünf, sechs Stunden mit den Fotos verbracht? Ich hatte nicht bemerkt, wie die Zeit vergangen war. Meine Eltern mussten längst zu Hause sein. Warum hatten sie mich nicht zum Abendessen gerufen? Ich stand auf und ging nach unten. Im Wohnzimmer hörte ich leises Stimmengemurmel, aber aus der Küche drangen ebenfalls Geräusche. Ich sah nach und traf auf meine Mutter, die angespannter wirkte als in den vergangenen Tagen.

»Da bist du ja«, sagte sie.

»Ist was passiert? Du siehst gestresst aus.«

Sie nickte. »Du hast Besuch.«

»Warum sagt ihr mir denn nichts?«

»Die Tür war zu. Ich dachte, du schläfst.«

»Aber du hättest mich doch ...«

»Das ist ein wenig … schwierig«, unterbrach sie mich und sah noch nervöser aus.

»Hm?« Ich sah sie verständnislos an.

»Es ist Josh.«

Ich erschrak. »Wie bitte?«

»Er sagte, er hätte dir geschrieben, aber keine Antwort bekommen und sich deshalb große Sorgen gemacht. Also hat er den nächsten Flieger genommen und ist hergekommen, weil er vermutete, dass du hier bist.«

»Er hat sich Sorgen gemacht, weil ich ihm nicht zurückgeschrieben habe?«

Mam nickte.

»Er hätte ja auch mal anrufen können. Sich ankündigen. Fragen, ob er überhaupt erwünscht ist.« Erschöpft setzte ich mich an den Küchentisch und schlug die Hände vors Gesicht. Ich brauchte eine Weile, bis ich wieder ruhig atmen konnte. »Ich finde das sehr, sehr aufdringlich. Ich weiß nicht, ob ich ihn sehen will!« Ich begann, mir die Schläfen mit den Fingerspitzen zu massieren.

Meine Mutter sah mich ernst an. »Und jetzt?«

»Mam, warum habt ihr ihn reingelassen?«, fragte ich leise.

»Er war drei Jahre lang dein Freund«, sagte Kendra ruhig. »Er hat sich ein Hotelzimmer in Waterford genommen. Er will kurz nach dir sehen. Hätten wir ihn da wegschicken sollen?«

»Gut. Dann sag ihm, dass alles in Ordnung ist.«

»Sag es ihm selbst.«

Hilflos sah ich sie an. »Mam, ich hab keine Ahnung, was ich ihm sagen soll!«

Kendra setzte sich mir gegenüber an den Küchentisch.

»Livvie, Liebes. Sprich mit ihm. Ihr wart drei Jahre lang zusammen.«

»Und jetzt sind wir getrennt. Das war schließlich seine Idee.«

»Er will mit dir reden. Er sagte uns, er weiß jetzt, dass es ein Fehler war, sich von dir zu trennen, und er hofft, dass du ihm noch eine Chance gibst. Ich kann mich da doch nicht einmischen und ihn einfach wegschicken!«

Ich nickte. »Natürlich«, sagte ich leise. »Entschuldige. Ich bin nur gerade vollkommen durcheinander.«

Kendra legte den Arm um mich. »Okay. Du willst also wirklich auf keinen Fall mit ihm sprechen?«

»Nein.«

»Soll ich ihm das sagen? Ja?«

»Bitte.« Ich sah sie hilflos und gleichzeitig wütend an. Ich hasste es, wenn ich mich so fühlte.

»Gut. Ich fände es besser, wenn ihr redet, aber wenn du es jetzt nicht kannst, dann ist es so. Ich sag es ihm.«

Ich war erleichtert, dass sie nicht darauf bestand, Josh jetzt zu begegnen. Ich drückte sie an mich. »Danke, Mam.«

Sie strich mir übers Haar. Dann ging sie aus der Küche.

Ich wartete ein paar Minuten, um sicherzugehen, dass er tatsächlich wegging. Dann ging ich leise die Treppe hinauf in mein Zimmer und schloss die Tür. Ich hatte mich gerade aufs Bett gesetzt, als mir etwas einfiel. Ich stand wieder auf, drehte den Schlüssel im Schloss zweimal um, setzte mich dann wieder hin.

Wann hatte ich zuletzt mein Zimmer abgeschlossen? Mich eingeschlossen? Ich konnte mich nicht daran erinnern. Aber jetzt fühlte ich mich danach. Verletzlich und verwundbar, wie ich war, wollte ich nicht, dass mir jemand zu nahe kam, den ich nicht in meiner Nähe haben wollte. Ich saß auf dem Bett und merkte, wie etwas in mir aufstieg: Neben der Wut war es auch eine Art Verzweiflung. Und Angst.

Ich hatte Angst vor der Zukunft, denn bis vor zwei Monaten hatte ich noch geglaubt, ganz genau zu wissen, wie diese für mich aussehen würde: mit Josh zusammenleben, irgendwann heiraten und Kinder bekommen, weiter an der Universität unterrichten. Und nun wusste ich nicht einmal mehr, wie viel mir diese Zukunft noch bedeutete und was ich im Leben wollte. Ich fühlte mich, als würde ich mitten im Meer treiben und hätte keine Ahnung, in welcher Richtung das rettende Ufer war.

Wütend war ich auf Josh, der einfach hergekommen war, ohne mich vorzuwarnen, ohne so viel Taktgefühl zu haben, mich vorher zu fragen, ob es für mich in Ordnung wäre. Kannte er mich denn so schlecht? Oder war seine Verzweiflung so groß, dass er gar nicht darüber nachgedacht hatte, wie ich mich dabei fühlen könnte? Oder – schlimmer noch – ging er davon aus, dass ich mich freuen und ihn mit offenen Armen empfangen würde?

Und genau das trieb mich zur Verzweiflung: Was war Josh überhaupt für ein Mensch? Wen hatte ich da jahrelang geliebt? Kannte ich ihn überhaupt, und kannte er mich?

Ich war auch wütend auf mich, weil ich keine Antworten auf all das hatte und nicht weiterwusste, weil ich gerade alles infrage stellte, sogar meine Gefühle für Stephen, weil ich mir selbst nicht mehr traute. Ich wusste nicht, wie ich für wen empfand. Ich war nur noch durcheinander. So lag ich auf dem Bett und starrte an die weiße, leere Decke.

Ich musste vor Erschöpfung eingeschlafen sein. Als ich aufwachte, war es kurz vor Mitternacht, und meine Gehschiene drückte unangenehm. Ich nahm sie ab, zog mich aus und legte mich unter die Bettdecke. Mein Handy blinkte. Ich nahm es und sah, dass mir Stephen eine Nachricht geschrieben hatte: »London: lief gut. Ist alles okay? Ich vermisse dich. Wollen wir telefonieren?« Ich schrieb ihm zurück: »Früh eingeschlafen, nur kurz aufgewacht. Alles in Ordnung. Morgen reden? Schlaf gut.«

Sollte ich ihm erzählen, dass Josh hergekommen war? Sollte ich Josh von Stephen erzählen? Wie konnte das alles nur so kompliziert sein? Ich wollte nicht, dass etwas zwischen mir und Stephen stand. Ich wollte nicht denselben Fehler machen, den ich bei Josh gemacht hatte, auch wenn die Dinge ganz anders lagen: Mit Josh war ich zu der Zeit bereits drei Jahre lang zusammengewesen. Ich hatte ihm etwas verheimlicht, weil ich keine Lust auf langwierige Diskussionen und ermüdende Debatten gehabt hatte. Und weil ich glaubte, recht zu haben mit meiner Entscheidung, gegen die er so vehement war. Bei Stephen ging es nicht darum, keine Lust auf etwas zu haben. Bei Stephen ging es um das Bedürfnis, ihm nah zu sein. Es ging darum, mit ihm zu teilen, was mich beschäftigte. Ich würde es ihm erzählen.

Ich zog die Decke bis unters Kinn, rollte mich auf die Seite und schloss die Augen. Morgen, hoffte ich, würde einiges klarer sein, wie so oft, wenn man erst einmal etwas Zeit hatte vergehen lassen. Mein Handy piepte wieder, und ich konnte nicht anders, ich drehte mich wieder um und sah nach. Diesmal war es Josh, der mir schrieb, dass er morgen noch den ganzen Tag in Waterford sein würde, ich solle mich doch bitte melden.

Ich schaltete das Gerät aus.

21.

Man kann drei Jahre nicht einfach so hinter sich lassen, besonders wenn man die Beziehung nicht selbst beendet hat. Ich brachte es nicht fertig, Josh einfach so wegfahren zu lassen. Er sollte mir sagen, was er zu sagen hatte. Ich wachte nach einem unruhigen Schlaf sehr früh am Morgen auf. Als Erstes sah ich in meine Mails und fand eine Antwort von Eva. Sie hörte ebenfalls zum ersten Mal von Angela Tannerts Geschichte und war sehr betroffen darüber. Den kleinen Film, den ich aus den Fotos von Alice gemacht hatte, fand sie sehr rührend. Einige Bilder hatten sie zum Schmunzeln gebracht, andere zum Weinen. Sie schrieb, dass wir uns abends sehen würden, weil sie zum Essen vorbeikam.

Von Holly hatte ich immer noch keine Nachricht.

Als Nächstes schrieb ich Josh eine SMS, dass ich ihn um zehn im Café im People's Park in Waterford treffen wollte. Den Treffpunkt hatte ich aus verschiedenen Gründen ausgewählt: Ich wollte nicht, dass er noch einmal nach Cheekpoint kam. Da er ein Hotel in Waterford hatte, bot es sich an, ihn dort zu treffen. Es wäre für uns beide so etwas wie neutraler Boden. Das Café im Park kannte ich noch nicht, es war also nur fair, dass wir beide an einen fremden Ort kamen. Der dritte Grund waren die Erinnerungen an den Park, an den Abend mit Stephen, an die wundervollen Fotos, die ich auf dem Spielplatz gemacht hatte. Ich hoffte, dass mir diese Erinnerungen nicht nur Kraft und Selbstvertrauen gaben, sondern auch halfen, die richtige Entscheidung zu treffen, nicht nur, was Josh anging. Da war ich mir trotz meiner Angst vor der Zukunft fast sicher. Sondern auch, was Stephen betraf.

Schließlich wählte ich Stephens Nummer, legte aber gleich wieder auf. Es war noch zu früh, noch nicht einmal acht Uhr. Außerdem wusste ich gar nicht, was ich ihm sagen wollte. Dass ich vorhatte, mich mit Josh zu treffen? Dass ich ganz durcheinander war wegen Alice und ihrer Mutter?

Oder hätte ein Gespräch mit ihm Klarheit gebracht? Nicht einmal das wusste ich im Moment. Wenn ich an Josh dachte, tat mir alles weh. Ich spürte nicht nur die Wunden wieder, ich spürte auch stechenden Schmerz in meinem Fuß, und das, wo ich doch ab heute die Gehschiene weglassen wollte. Ich spürte Scham und Trotz und Verzweiflung. Was, wenn ich auf ihn gehört hätte? Wäre dann wirklich all das nicht geschehen? War das ein Grund, nicht vielleicht doch bei ihm zu bleiben? Ich wurde unsicher. Zugleich sträubte sich in mir alles gegen diese Überlegung, denn wie konnte es sein, dass meine Beziehung zu Josh nur dann funktionierte, wenn ich auf ihn hörte, er aber meine Entscheidung, auf eine Situation zu reagieren, nicht akzeptieren konnte und mich daraufhin sogar verließ, obwohl ich ihm nichts Böses getan hatte? Er würde sagen, dass ich ihm etwas Böses getan hatte. Ich hatte nicht offen mit ihm gesprochen, ihm etwas verheimlicht. Er machte mir die Vorwürfe, die ich meinen

Eltern machte. Und letztlich durfte ich nicht vergessen, dass es einen Grund gegeben haben musste, warum ich so anfällig für die Schwärmerei des Studenten gewesen war. Irgendetwas hatte mir in unserer Beziehung gefehlt. Vielleicht war es nicht dramatisch gewesen. Vielleicht hätte unsere Beziehung einfach weiterlaufen können. Vielleicht war aber genau das geschehen, was geschehen musste: Wir hatten uns getrennt.

Ich war es ihm und mir schuldig, dieses persönliche Gespräch mit ihm zu führen. Deshalb würde ich ihn treffen. Ich duschte, zog mich an, ging hinunter und traf meine Mutter an, die heute ihren ersten Patienten etwas später hatte. Ich erzählte ihr, was ich vorhatte, und sie nickte mir aufmunternd zu.

»Ich mach dir Frühstück«, sagte sie.

»Ich glaube, ich kann nichts essen. Ich trinke nur einen Kaffee«, sagte ich. »Kann ich Dads Wagen haben?« Er hatte ein Automatikgetriebe, sodass ich trotz der Gehschiene damit fahren konnte.

»Klar. Ich sag ihm Bescheid. Schlüssel steckt, wie immer.«

»Dass hier niemand Autos klaut«, sagte ich.

»Nein, es mag sich einiges in der Gegend geändert haben, aber Autodiebe haben es noch nicht bis Cheekpoint geschafft. Ist ihnen vielleicht zu abgelegen.«

»Oder die Kiste ist ihnen zu alt.« Ich versuchte, über meinen schwachen Witz zu lächeln, aber ich war viel zu nervös.

»Vielleicht doch lieber Beruhigungstee?«, fragte Mam, und nun musste ich wirklich lachen.

»Keine schlechte Idee«, sagte ich.

Ich machte mich rechtzeitig auf den Weg, um pünktlich um zehn Uhr im Park Lodge Café im People's Park zu sein. Ich stellte Dads Wagen in der Straße ab, die am südlichen Ende des Parks entlangging, schlenderte an dem Spielplatz vorbei und war zehn Minuten zu früh.

Josh wartete bereits auf mich, aber ich hatte nichts anderes erwartet. Als er mich sah, stand er auf und kam auf mich zu, um mich zu umarmen. Ich erwiderte die Umarmung nicht. Er wollte mich stützen und zu dem kleinen Tisch geleiten, an dem er sich eingerichtet hatte, aber ich gab ihm zu verstehen, dass ich sehr gut alleine klar kam.

»Du siehst sehr gut aus«, sagte er, als wir uns gegenübersaßen.

»Danke.« Er sah auch gut aus, aber das wollte ich ihm nicht sagen. Was fühlte ich? Ich wusste es nicht. Ich sah ihn wie durch einen Schleier.

»Was möchtest du trinken? Willst du auch frühstücken?«

»Nur einen Tee.«

Er stand wieder auf und bestellte uns Tee. Als die dampfenden Becher vor uns standen, piepte seine Armbanduhr: zehn Uhr.

»Du hast deine Uhr gestellt?« Wäre es nicht so traurig gewesen, hätte ich nun gelacht.

»Nein!« Er bedeckte sie mit der Hand. »Nicht was du denkst.«

»Was denke ich?« Ich hatte genug von den Projektionen, von dem, dass Josh immer glaubte, genau zu wissen, was ich fühlte, dachte und wollte.

»Dass ich … Ach, Livvie, jetzt wird es albern, oder?«

»Du hast dir wie bei einem Seminar die Uhr gestellt?« Meine Stimme klang distanziert, nicht einmal wütend. Das schien Josh zu verunsichern, der mit seinem Daumen auf der Uhr hin und her strich.

»Beim Seminar muss ich das machen, damit ich nicht überziehe!«

»Und jetzt, um zu überprüfen, wie pünktlich ich bin?«

»Nein, doch nur, falls *ich* unpünktlich bin.«

»Das bist du nie.«

»Weil ich mir immer die Uhr stelle.«

»Ach, Josh.« Ich sah erschöpft auf seine Hände. Er hielt die Uhr immer noch bedeckt, hatte das Piepen aber abgeschaltet.

»Ich hab die Uhr so eingestellt, dass sie jede halbe Stunde piept. Damit ich ...«

»Schon gut«, unterbrach ich ihn. »Deshalb sind wir ja nicht hier. Du wolltest mit mir reden.«

»Livvie, es tut mir leid. Ich habe einen Fehler gemacht.«

»Ich habe auch Fehler gemacht, Josh, das weiß ich. Aber dass wir beide, jeder für sich, das sehen, das kommt ein bisschen zu spät.«

»Ich weiß. Ich habe viel zu lang darüber nachgedacht. Ich war mir auch anfangs ganz sicher, das Richtige zu tun.« Er beugte sich vor und wollte meine Hand nehmen. Ich zog sie zurück.

»Josh, ich glaube, es ist besser so. Du hast wirklich das Richtige getan. Ich habe mich dumm benommen, und du hattest recht, die ganze Beziehung infrage zu stellen.«

Er sah mich an, überlegte. »Wenn du jemand anderen kennengelernt hast ... Das ist nicht schlimm. Das ... passiert. Wir können ...«

»Das ist es nicht.« Aber es war zu spät. Ich war längst

rot geworden, und Josh kannte mich gut genug, um zu wissen, dass er den Nagel auf den Kopf getroffen hatte.

»Aha«, sagte er nur, und ich war ihm dankbar, dass er nicht weiterbohrte.

»Nein, hör mir zu, Josh. Wir sind nun seit über zwei Monaten getrennt. Das hat mir anfangs sehr wehgetan. Ich fühlte mich ungerecht behandelt. Aber ich hatte genug Zeit, darüber nachzudenken, und wie gesagt, du hast richtig gehandelt. Wahrscheinlich war schon länger etwas zwischen uns nicht ganz in Ordnung. Vielleicht ist es besser so.«

Er sah mich an. »Ich möchte mich wirklich in aller Aufrichtigkeit bei dir entschuldigen, Livvie.«

»Hast du mir zugehört?« Ich schaute ihn an. Er sah mir in die Augen. Ich erkannte noch Hoffnung darin.

»Ja. Wenn du Zeit für dich brauchst, die hast du. Ich bin immer für dich da.«

»Es ist aus, Josh.«

»Ich war sogar im Krankenhaus. Du hast mich weggeschickt.«

»Weil du nicht dort sein wolltest! Dein schlechtes Gewissen hat dich dorthin gebracht!« Ich war laut geworden. Etwas beschämt sah ich mich um, aber niemand hatte Notiz von mir genommen. Die meisten Menschen in dem Café waren zu sehr mit sich selbst beschäftigt, sie spielten an ihren Handys, Tablets oder Laptops herum, lasen Zeitung, rührten in ihrem Kaffee. Es war wohl an der Zeit, direkter zu werden. Ich musste ehrlich zu ihm sein, ihm alles sagen, was ich über uns und über ihn dachte. »Ich glaube, nein, ich bin mir sicher, du warst einfach nur beleidigt, weil ich nicht auf dich gehört hatte. Deshalb hast du mit mir Schluss gemacht.«

»Nein, Livvie, du warst nicht offen mit mir. Ich habe über Dritte erfahren, dass du mit diesem Robert irgendwelche Spaziergänge unternimmst oder Kaffee trinkst, obwohl ich längst mit dir besprochen hatte, dass du ihn nicht …«

»Genau. *Du* hattest es besprochen. *Du* hattest es festgelegt und beschlossen und abgesegnet. Aber *ich* nicht. Ich habe die Sache anders gesehen. Ja, ich habe alles falsch eingeschätzt. Ja, ich habe einen Fehler gemacht. Einen sehr großen. Ich leide sehr darunter, dass es dem Jungen so schlecht ging, und ich fühle mich mies, viel zu spät verstanden zu haben, was mit ihm los war und dass ich seine krankhaften Vorstellungen auch noch fütterte. Aber das ändert alles nichts daran, dass du über mich bestimmen wolltest.«

»Nun, wie du schon richtig sagst, du warst im Begriff, einen Fehler zu machen. Ich musste dich doch irgendwie davon abhalten.«

»Wenn es das allein gewesen wäre. Aber du willst alles kontrollieren. Natürlich ist mir das vorher schon aufgefallen. Es hat mich nie gestört, weil es nie einen Anlass zur Eskalation gab. Bis eben diese Sache mit Robert kam und wir unterschiedlicher Meinung waren. Was, wenn es ganz anders gekommen und Robert nicht durchgedreht wäre?«

»Na komm. Das war doch abzusehen, dass der Junge …«

»Nein, für mich war es das nicht. Mein Fehler. Auch wenn ich mir das jetzt vorwerfe. Aber ich mache nun einmal Fehler.«

»Ich nicht.«

Die Antwort war wie ein Reflex gekommen. »Aha«,

sagte ich nur. »In deiner Mail stand etwas anderes. Und ich glaube, vorhin hast du es noch mal wiederholt. Dass du einen Fehler gemacht hast.«

»Diesen einen. Ja. Den größten womöglich in meinem ganzen Leben.«

»Du wirst dramatisch. Das steht dir nicht.« Ich war nun ganz bei mir. Die Wahrheit war draußen. Ich wusste, dass ich nie mehr mit ihm zusammen sein konnte. Und nun konnte ich auch ein anderes Gefühl zulassen: Josh tat mir leid.

»Ich dachte, es klänge romantisch.« Er lächelte schwach.

»Josh?«

»Hm?«

»Warum bist du hier?«

Er drehte seine Teetasse hin und her. »Du fehlst mir.«

»Wirklich?«

Er nickte.

»Du hast mir auch gefehlt. Anfangs. Aber irgendwann ist es weniger geworden. Und dann hab ich fast gar nicht mehr an dich gedacht. Obwohl wir drei Jahre lang zusammen waren.«

»Du willst mir also sagen, es geht vorbei, hm?« Wieder lächelte er schwach.

»Ja.«

»Wir hatten eine schöne Zeit.«

»Das stimmt.«

»Wir wollten heiraten und Kinder kriegen.«

»Das war damals. Es ist vorbei.«

Er nickte. »Ich hab's kaputtgemacht, was?«

»Nein, das war ich. Oder wir beide, wie auch immer.«

Josh sah mich an. »Livvie, du fehlst mir wirklich.«

»Ich weiß.« Ich griff nach meiner Tasse, ohne davon zu trinken. »Aber jetzt kann und will ich nicht mehr.«

»Weil es jemand anderen gibt.« Ich hörte eine Spur Wut in seiner Stimme. Ich war fast erleichtert. Wut war besser als das traurige Lächeln.

»Nein. Weil ich überzeugt bin, dass zwischen uns etwas nicht mehr gestimmt hat.«

»Das ging ja schnell. Dann ist es wohl wirklich besser, wenn wir das nun beenden.«

»Was soll ich tun?«

Josh hob die Schultern. »Ich weiß es auch nicht. Ich geh dann mal. Tut mir leid, dass ich …« Er stand auf, sah mich nur flüchtig an, und verließ eilig das Café.

Ich blieb noch ein paar Minuten sitzen und trank meinen Tee aus. Ich hatte Josh gerade etwas vorgeworfen, das mir jahrelang Sicherheit und Geborgenheit verliehen hatte: sein Bestreben, alles im Griff haben zu wollen, die Welt um sich, um *uns* herum ordnen zu wollen. Es hatte mir das Gefühl gegeben, angekommen zu sein, genau zu wissen, worauf ich mich einließ. Er war dadurch zu meinem Fels in der Brandung geworden, zu meiner Insel der Ruhe. Wann immer ich nicht weiterwusste, er hatte Antworten gehabt. Seine Weltsicht war immer klar gewesen, da gab es so gut wie keine Grauzonen, er wusste immer, wie er zu einer Sache stand. Selbst wenn er sich eines Urteils enthielt, wusste er es so logisch zu begründen, dass keine Zweifel mehr blieben. Josh hatte mich geerdet. Er war mein Anker gewesen. Und fühlte sich mit einem Mal an wie eine Fußfessel.

Ich verließ das Café, ging durch den Park, vorbei an dem Spielplatz, auf dessen Schaukel vor einigen Nächten noch die Brautjungfer gesessen hatte. Ich setzte mich in den Wagen und warf noch einmal einen Blick zurück. Auch von hier aus konnte ich die Schaukel sehen, und ich dachte: Was für eine wundervolle Nacht das gewesen war. Was für großartige Fotos ich gemacht hatte. Mit Josh wäre das nicht möglich gewesen. Weil es einfach nicht geschehen wäre. Unserer Beziehung hatte immer das Magische gefehlt, immer das Herzklopfen und die Aufregung, die Unsicherheit und die Sehnsucht. Wir hatten uns aufrichtig gemocht und auch geliebt. Wir hatten uns gutgetan und waren füreinander da gewesen. Suchte ich jetzt nach Abenteuer? War es das? Hatte ich das geregelte, gesetzte Leben leid? War es die Angst, etwas zu verpassen?

Oder passte es einfach grundsätzlich nicht zu mir, wie Josh und ich miteinander gelebt hatten? War das vielleicht die Frage, die ich mir stellen musste?

Ich dachte daran, wie ich in den letzten Jahren den Blick für die besonderen Motive verloren hatte, was nicht allein an Josh gelegen hatte. Ich musste unbedingt mehr von den Fotos finden, die ich als junges Mädchen gemacht hatte. Diejenigen, die noch frei waren von der Schere im Kopf, etwas fotografieren zu wollen, das gefiel, das nicht aneckte, das nicht kontrovers war. Blumen und Blüten, schöne Häuser und Landschaften hatte ich fotografiert, und es waren gute Fotos gewesen, aber was wollte ich eigentlich ausdrücken? Und warum hatte ich immer nur so wenig Menschen fotografiert?

Verwundert stellte ich fest, dass auf dem Beifahrersitz meine Kameratasche lag. Ich hatte sie ohne darüber nachzudenken mitgenommen. Sie war wieder zu so etwas wie einem Körperteil von mir geworden, so wie – früher. Vor einigen Jahren. Als ich noch unbefangener ans Fotografieren herangegangen war, noch nicht den Anspruch gehabt hatte, mit jedem Foto alles richtig zu machen – ein Anspruch, an dem ich hatte scheitern müssen und der mich bewogen hatte, das alles nur liebevoll als Hobby anzusehen. Aber Stephen hatte die richtigen Fragen gestellt: Warum hatte ich mir dann eine so teure Kamera gekauft, warum dann ein so teures Objektiv?

Ich stieg wieder aus, nahm die Kameratasche mit und ließ mich durch die Straßen treiben. Ich fotografierte die Menschen beim Einkaufen, beim Warten an der Bushaltestelle, beim Kaffeetrinken, beim Rauchen. Ich machte Bilder von den Gardaí, wie sie gerade eine kleine Pause während der Streife einlegten, von Touristen, die sich gegenseitig im Hafen fotografierten, von dem ganzen bunten Leben, das um mich herum zu erwachen schien, so wie der Frühling die Natur erwachen ließ.

Am Nachmittag saß ich müde und hungrig im Wagen. Das Gespräch mit Josh fühlte sich an, als sei es eine Ewigkeit her und nicht erst ein paar Stunden. Ich war sogar glücklich darüber, nun alles geklärt zu haben, und fuhr zurück nach Cheekpoint, wo mich mein Vater bereits zu erwarten schien. Er stand vor dem Haus und winkte mir zu.

»Wie war's? Hast ja lang gebraucht. Habt ihr euch wieder versöhnt?«

Ich stieg aus und gab ihm seinen Schlüssel. »Nein. Kurz und schmerzlos den Trennungsstrich noch mal nachgezogen.«

Er hob die Augenbrauen und tippte auf sein linkes Handgelenk, obwohl er keine Uhr trug. »Und dann seid ihr noch spazieren gegangen?«

»Ich habe fotografiert.«

»Ah? Aber nicht ihn, nehme ich an?« Er zwinkerte mir zu. Endlich hatte ich den Dad, den ich liebte, wieder.

»Zeig ich dir, wenn es dich interessiert. Aber erst, wenn ich die Bilder bearbeitet habe.«

»Klar.« Er nickte mir zu, lächelte dabei. Dann nahm er mich völlig unerwartet in die Arme und drückte mich fest an sich.

»Oh, ist alles in Ordnung?«, fragte ich und lachte überrascht, als er mich wieder losließ.

»Alles in bester Ordnung. Ich dachte nur gerade, wie sehr ich mich freue, dass du hier bist, Livvie.«

»Ich freue mich auch«, hörte ich mich sagen und wunderte mich darüber, wie wahr es sich anfühlte. Schmunzelnd sah ich zu, wie Dad zum Wagen ging, und den Schlüssel wieder ins Zündschloss steckte. Das hier war immer noch Cheekpoint. Ich drehte mich um und ging ins Haus.

Ja, ich war endlich wirklich froh darüber, hier zu sein. Und zwar nicht nur wegen Stephen, sondern auch, weil ich bei aller Ambivalenz langsam wieder Kontakt zu meiner Heimat, meiner Herkunft bekam. Das Gespräch mit Josh war wie ein weiterer Befreiungsschritt gewesen, so als hätte ich die Fußfesseln endlich gelöst. Ich hätte mich dem vielleicht schon viel früher stellen sollen, dachte ich, als ich hinaufging in mein Zimmer. Aber schließlich hatte alles im Leben seine Zeit.

22.

Eva lag mehr auf unserem Sofa, als dass sie saß.

»Es ist nie Ruhe mit diesem Kind«, jammerte sie und meinte ihre mittlere Tochter, Callie. »Sie ist so wild. Es vergeht kein Tag ohne eine mittelschwere Katastrophe mit ihr.«

»Was hat sie denn angestellt?«, fragte ich, stellte ihr eine Flasche Bier hin und setzte mich zu ihr.

»Sie hatte recht.«

»Das hört sich jetzt erst einmal nicht so furchtbar schlimm an.«

»Ja. Aber sie hat ihrer Lehrerin gegenüber sehr laut und deutlich klar gemacht, dass sie recht hat.«

»Sie hat ihre Lehrerin angeschrien?« Ich musste lachen.

»Ja, ja, lach du nur. Also. Es ging um eine Matheaufgabe. Callie war der Meinung, die Lehrerin hätte einen Fehler gemacht und wollte nach vorn an die Tafel, um ihn zu korrigieren. Die Lehrerin hat sie nicht vorgelassen. Callie ist trotzdem aufgestanden. Ich fürchte, die beiden haben sich fast geprügelt. Dann wurde Callie zum Direktor geschleppt, den sie aber auch nur angeschrien hat. Wegen der Matheaufgabe. Die sei ja immer noch falsch.«

»Und was hat der Direktor gesagt?«

»Hat mich angerufen, ich soll sofort mein Kind abholen. Also bin ich hin und habe Callie eingesammelt. Und noch gleich eine Standpauke vom Direktor bekommen, weil ich so ein unerzogenes Kind habe, das Erwachsene anschreit.«

»Eine Standpauke. Na toll.«

»Ja, da ist man seit vielen Jahren aus der Schule draußen, und dann geht der ganze Stress wieder von vorne los, wenn man Kinder hat.«

»Was ist dann passiert?«

»Ich habe ihm gesagt: Meine Tochter brüllt nicht ohne Grund herum. Er hat gesagt: Doch, sie wollte der Lehrerin nicht glauben. Also hab ich gesagt: Vielleicht hatte die Lehrerin ja einfach nicht recht. Und die Lehrerin sagte: Aha, dann ist es ja klar, woher das Kind seine Manieren hat.«

»Ich fasse es nicht!«

»Doch, doch. Der Direktor sagte dann: Gut, meine Damen, wir klären die Sache sofort und auf der Stelle. Dann hat er sich die Rechenaufgabe, um die es ging, zeigen lassen. Und jetzt kommt's. Die Lehrerin hatte wirklich einen Fehler gemacht. Wie Callie gesagt hatte. Sie hat ihn entdeckt.«

»Hi hi, ich hab's gewusst.«

»Die Lehrerin musste sich dann bei ihr und bei mir entschuldigen. Und dann hat sich der Direktor bei Callie und mir entschuldigt. Weil er das Kind nicht ernst genommen hat. Und dass sie laut geworden war, sei natürlich absolut nachvollziehbar.« Meine Schwester richtete sich auf und nahm die Bierflasche. Sie trank einen Schluck, dann stellte sie sie wieder ab. »Hast du so etwas schon mal gehört?«

»Nein. Irgendwie – nein. Callie! Wow. Gutes Kind!«

»Na ja. Rumschreien geht ja wohl gar nicht. Das habe ich ihr auf dem Heimweg dann auch ausführlich erklärt.«

»Schon. Aber das mit der Matheaufgabe, ich bin beeindruckt. Schließlich hat sie doch gerade erst eine Klasse übersprungen, nicht?«

»Sie ist sogar zwei Jahre jünger als die anderen, weil sie früher eingeschult wurde. Ich habe solche Angst, dass alle sie hassen werden, weil sie einfach so viel mehr weiß und kann.«

»Von wem sie das nur hat?«

»Von mir nicht. Und unter uns, ihr Vater ist auch nicht der Hellste.« Sie grinste.

Ich erinnerte mich an das Gespräch, das ich mit meiner Mutter über Callie hatte, und daran, wie entsetzt sie gewesen war, als ich im Spaß Conors Vaterschaft angezweifelt hatte. »Nur zur Sicherheit, wir reden von Conor, ja?«

Eva seufzte und ließ sich wieder in die Sofakissen sinken. »Natürlich. Callie macht offenbar das Beste aus ihren Genen. Wenn das alles nur nicht so anstrengend wäre … Hochbegabte Kinder sind wirklich nichts zum Ausruhen.«

»Was sagt Conor denn dazu?«

Sie imitierte seine Stimme: »Wenn sie alt genug ist, stecken wir sie ins Internat und hoffen das Beste.«

Jetzt lachten wir beide. »Vielleicht nicht die schlechteste Idee«, sagte ich.

»Sie wird nach zwei Wochen die Internatsleitung mit Verbesserungsvorschlägen für den laufenden Schulbetrieb derart in den Wahnsinn getrieben haben, dass sie uns auf Knien anbetteln, sie wieder abzuholen. Und sie werden uns nicht nur die Schulgebühren zurückzahlen, sondern noch was obendrauf legen!« Sie hielt kurz inne, dann sagte sie: »Hm, gutes Geschäftsmodell eigentlich. Was glaubst du, bei wie vielen Internaten können wir die Nummer abziehen, bevor wir auffliegen?«

Wieder prusteten wir laut los. Unser Vater kam ins Wohnzimmer und sagte: »Na, die Damen haben ja mächtig Spaß heute. Sehr schön.« Er strahlte. »Wollen wir dann mal zum Abendessen schreiten?«

Wir folgten ihm ins Esszimmer. Es gab wie vor zwei Wochen Fisch, diesmal nur Lachs, keine Forelle. Da Dad nun gar keinen Alkohol mehr trank, hatte Mam auch keinen Wein auf den Tisch gestellt, sondern nur Krüge mit Wasser. Eva erfasste es mit einem einzigen Blick und trug ihre Bierflasche kommentarlos in die Küche. Beim Essen erzählte sie noch weitere Geschichten von ihrer wilden Callie, doch unsere Eltern lachten nicht halb so laut darüber wie wir. Ich hoffte, sie machten sich keine Sorgen um Eva oder Callie. Ich war überzeugt, dass Eva alles im Griff hatte und ihren freien Abend, an dem ihr Mann allein auf die Kinder aufpasste, nur dazu nutzte, sich etwas Luft zu machen. In Wirklichkeit liebte sie den Wildfang Callie über alles, und wie ich war sie der Meinung, dass aus ihr etwas ganz Besonderes werden würde, wenn man sie nur ließ.

Stephen hatte geschrieben, dass er früher zurückkommen würde, weil alle seine Gespräche besser als erwartet gelaufen waren. Er rechnete damit, noch den letzten Flug nach Cork zu bekommen und dann nachts in Cheekpoint einzutreffen. Ich bat ihn, sich bei mir zu melden, egal, wie spät es sein würde. Deshalb schaute ich immer mal wieder verstohlen nach meinem Telefon, während

Eva kaum zum Essen kam, weil sie fast ununterbrochen plapperte.

»Dein Film übrigens«, sagte sie ganz ohne Zusammenhang. »Ich hab's dir heute Morgen schon geschrieben. Ich hab so geweint, glaub mir.«

»Welcher Film?«, fragte Kendra.

»Ich habe doch gestern ein paar alte Fotos von Alice eingescannt und zu einer Art Diashow zusammengeschnitten. Zur Erinnerung«, erklärte ich.

»Das ist eine schöne Idee. Können wir uns den auch mal ansehen?«, fragte Mam.

»Ich zeig ihn euch später.«

»Hast du schon Kontakt zu ihren Eltern?«, wollte Eva wissen.

»Du weißt, wo die Tannerts sind?«, fragte Dad.

Ich erzählte ihnen, wie ich Charlene unten am Fluss getroffen hatte. »Angela war mal ihr Kindermädchen, und Charlenes Mutter hat sie zufällig in Dublin gesehen. Ich denke, ich könnte über sie den Kontakt herstellen. Was meint ihr? Soll ich das tun?«

Mam legte nachdenklich das Besteck neben ihrem Teller ab. »Es ist alles so lange her. Vielleicht sind sie froh, endlich nach vorne zu schauen. Vielleicht freuen sie sich aber auch, wenn sie …«

»Glaub ich nicht«, sagte Dad ungewohnt harsch. »Es war eine Katastrophe für sie. Nein, Livvie. Lass es. Lass die alten Geschichten ruhen. Wenn sie gewollt hätten, dass man sie kontaktiert, dann hätten sie ihre Adresse hinterlassen. Oder sich mal gemeldet. Nein.«

Ich sah ihn verwundert an. »Man könnte es doch wenigstens mal versuchen!«

»Das muss fürchterlich sein. Wenn ich mir vorstelle, einer von meinen würde etwas zustoßen …« Eva schüttelte den Kopf. »Ich darf gar nicht daran denken. Dass ihr das mit dem anderen Kind passiert ist, war ja schon schlimm genug. Und dann noch die eigene Tochter …«

»Welches andere Kind?«, fragte Dad.

»Erzähl du's«, sagte Eva, die den Mund voll hatte.

»Charlene habe ich an der Stelle getroffen, an der dieses Flurkreuz steht. Darauf ist eine Plakette mit dem Namen Patsy und den Lebensdaten. Charlene hat gesagt, diese Patsy war ein Kind, auf das Angela aufpassen sollte, aber dann ist es abgehauen und wahrscheinlich im Fluss ertrunken. Das müsst ihr doch gewusst haben, oder? 1980 war das.«

»Ja«, sagte Mam, ohne den Blick vom Teller zu heben. »Ja, davon haben wir gehört.«

»Angela hatte nichts damit zu tun«, sagte Dad und klang heiser. Er räusperte sich. »Gräte im Hals.« Jetzt hustete er.

»Also bei mir sind keine Gräten«, sagte Eva.

»Wurde Patsy denn jemals gefunden?«, fragte ich.

»Nein«, hustete Dad. »Entschuldigt mich.« Er stand auf und ging in die Küche. Wir hörten ihn immer noch kräftig husten.

»Ich schaue mal nach ihm«, sagte Mam und folgte ihm.

Wir blieben sitzen, aßen zu Ende. Eva wollte sich meine neuesten Fotos zeigen lassen. Ich sah noch in die Küche, wo unsere Eltern aufräumten.

»Alles okay?«

Dad nickte, obwohl er ziemlich rot im Gesicht war. »Geht besser«, sagte er und klang heiser. »Blöde Gräte.« Er hustete. Mam klopfte ihm auf den Rücken.

»Ich pass auf ihn auf«, sagte sie.

Wir gingen nach oben in mein Zimmer und setzten uns vor meinen Laptop. Unsere Eltern hörten wir noch in der Küche reden, und später riefen sie uns ein »Gute Nacht« zu und zogen sich in ihr Schlafzimmer zurück.

»Früh heute, die beiden«, sagte ich zu meiner Schwester.

»Vielleicht haben sie noch was vor«, grinste Eva.

Ich verzog das Gesicht. »Oh bitte! Das sind Dinge, die ich mir bei unseren Eltern nicht vorstellen will!«

»Irgendwie muss es dazu gekommen sein, dass es uns gibt.« Sie kicherte.

»Aber das ist lange her!« Ich stimmte in ihr Gelächter ein, als mein Telefon piepte. »Oh, das ist Stephen. Er ist wieder in Cheekpoint.«

»Willst du ihn anrufen? Ich kann so lange rausgehen.«

»Unsinn«, sagte ich, sah auf mein Telefon und las die Nachricht: »Gerade angekommen, sehr müde – morgen treffen?«

Ich tippte als Antwort: »Unbedingt!« Und er schickte einen Smiley zurück.

»Schwer verliebt, hm?«, sagte Eva und klang etwas eifersüchtig.

»Sag ehrlich, macht es dir was aus?«

Sie hob die Schultern. »Es ist komisch, das gebe ich zu. Aber nicht, weil ich noch in ihn verliebt wäre. Ehrlich nicht. Es ist einfach nur … komisch.«

»Glaub mir, ich finde es auch komisch«, sagte ich. »In Ermangelung eines besseren Wortes. Ich meine, er ist der Bruder meiner besten Freundin, und bevor du fragst, ja, ich habe Holly geschrieben, aber sie hat noch nicht reagiert. Ich habe, ehrlich gesagt, ziemliche Angst vor ihrer Reaktion.«

»Sie wird dir doch nicht gleich die Freundschaft kündigen«, sagte Eva.

»Sie wird sich aber auch nicht wie verrückt darüber freuen.«

»Nein. Das sicherlich nicht.«

»Ich kann nur abwarten. Und hoffen, dass sie es nicht ganz fürchterlich findet.«

»Sag mir Bescheid. Auch, wenn ich vermitteln soll. Wann immer ich etwas tun kann. Okay?«

»Danke.« Ich legte den Arm um meine Schwester.

»Und was ist mit Josh? Du hast ihn heute getroffen, haben die Eltern erzählt.«

»Ja. Er wollte, dass wir wieder zusammen sind. Ich habe endgültig Schluss gemacht.«

»Wie geht's dir damit?«

»Ich hab das Richtige getan. Das hilft. Es geht mir gut.« Sie sah mich prüfend an. Dann wandte sie sich zum Bildschirm, über den als Diashow meine bearbeiteten Fotos der vergangenen Tage liefen. »Du bist sehr viel besser geworden«, sagte sie. »In den letzten Jahren waren deine Bilder, hm … wie soll ich sagen … da kam nichts Neues. Du warst irgendwie in so einer Schleife drin. Immer ähnliche Motive, immer ähnlich bearbeitet. Wenn ich ehrlich sein darf, waren sie sogar schlechter als vorher. Aber diese neuen Fotos sind super. Das hier, das ist toll. Und etwas total anderes. Hier, die Gegend um Loftus Hall. Großartig.«

»Danke!« Ich war erstaunt, dass sie so etwas bemerkte. Und auch, dass sie meine Entwicklung zu verfolgen schien.

Sie sah, was in mir vorging. »Ja, liebste kleine Schwester, ich schaue immer mal, was du auf deiner Seite so treibst, ich bekomme sogar eine Benachrichtigung per Mail, wenn du neue Fotos hochgeladen hast. Toll, was? Deine Flickr-Seite habe ich natürlich als Bildschirmschoner. Da schweben dann die neusten Bilder immer brav an mir vorbei.«

»Ich muss sagen, das freut mich.«

»Ich habe mich immer gefragt, warum du nicht mehr daraus gemacht hast«, sagte Eva.

»Was?«

»Ja, du hattest immer so ein großes Talent. Warum hast du nicht versucht, die Fotografie zum Beruf zu machen?«

»Weil …« Ich kam ins Stottern. »Es gibt so viele, die einfach besser sind als ich.«

»Na und? Wird ja keiner als Profi geboren. Weißt du, ich hatte nie irgendein besonderes Talent. Ich konnte weder malen noch musizieren noch war ich gut im Sport, ich hatte keine Lieblingsfächer in der Schule, in denen ich mich hervortun konnte. Ich kann bis heute nicht mal vernünftig Knöpfe annähen oder etwas so kochen, dass es allen schmeckt. Die Liste der Dinge, die ich nicht einmal ansatzweise kann, ist endlos, und auf der anderen Seite steht ziemlich genau: nichts.«

»Du hast Familie. Du bist eine tolle Mutter. Du machst deinen Job gut. Was willst du mehr?«

Eva lächelte. »Nichts. Na ja, außer einem Ehemann, der nicht ganz so unmotiviert bei der Hausarbeit ist wie Conor. Weißt du, für mich ist das okay. Ich wollte nie etwas anderes. Aber du?«

»Ich habe doch auch alles. Ich bin an der Uni …«

»Livvie?«, unterbrach sie mich. »Man kann sich nicht ewig selbst belügen.«

»Was meinst du?«

Sie verdrehte die Augen. »Das weißt du. Schau dir deine Bilder an und sag mir, warum du nicht versuchst, mehr daraus zu machen als sie im Internet auf irgendwelchen Hobbyforen hochzuladen.«

»Das ist nicht so leicht. Viele Leute fotografieren, und ich …«

»Du hättest etwas werden können.« Es klang sehr hart, wie sie es sagte. Als sei die Chance meines Lebens unwiederbringlich an mir vorbeigezogen.

»Ich habe einen guten Job. Ich bin Professorin«, sagte ich. »Kunstgeschichte interessiert mich, und ich kann mein Fach auch sehr gut mit Fotografie verbinden. Ich halte viele Vorträge, in denen beides vorkommt. Ich kann mich da weiterbilden und zu Ausstellungen gehen, das ist toll, ich liebe es. Ich komme viel herum. Ich bin außerdem sehr gut in dem, was ich mache. Ich …«

»Brennst du dafür?«

»Was?«

»Stehst du morgens auf und freust dich, dass du Professorin für Kunstgeschichte bist, weil du nichts anderes auf der Welt tun willst, als Professorin für Kunstgeschichte zu sein, und zwar rund um die Uhr, bis du tot umfällst?«

»Wer tut das schon? Aber so grundsätzlich, klar freue ich mich.«

»Du hast eine Passion, die du zu deinem Lebensinhalt machen könntest. Und du verschenkst sie.«

»Das ist Unsinn. Ich habe ein schönes Hobby.«

Eva sah mich an. »Ich habe zu Hause ein hochbegabtes

Kind, und alle sagen mir, was ich mit diesem Kind machen oder nicht machen soll. Der beste Rat, den ich bekommen habe, war: Lass das Kind selbst ausprobieren, was es will. Lass es vor allem spielen. Deshalb lasse ich Callie an der langen Leine, aber wenn sie eine Klasse überspringen will, dann überspringt sie eben eine Klasse. Das Schlimmste wäre nämlich, dass sie sich langweilt. Langeweile ist genauso schlimmes Gift wie Druck. Und eins sag ich dir, Livvie. Du langweilst dich an deiner Uni. Verwechsle nicht den Umstand, dass du viel zu tun und dadurch Stress hast, mit einem ausgefüllten Leben.«

»Das kannst du doch gar nicht wissen«, sagte ich leicht empört. »Ich langweile mich überhaupt nicht!«

Sie warf mir einen langen, durchdringenden Blick zu. »Von mir aus. Wenn du meinst.« Sie stand auf. »Ich muss jetzt sowieso nach Hause.«

Ich nickte, erleichtert darüber, dass wir das Thema fallen ließen. »Conor wird schon warten.«

»Der wird schon tief schlafen.«

Ich brachte sie die Treppe hinunter zur Haustür und umarmte sie zum Abschied. Dann blieb ich noch so lange in der milden Nachtluft stehen, bis sie eingestiegen und losgefahren war. Ich winkte ihr hinterher, ohne zu wissen, ob sie mich überhaupt sah. Dann ging ich in die Küche, um mir noch einen Tee vor dem Einschlafen zu machen. Das Gespräch mit ihr hatte mich sehr aufgewühlt. Dachte sie wirklich, ich sollte versuchen, mit der Fotografie Geld zu verdienen? Meinen sicheren Job an der Uni aufgeben? Wie kam sie nur darauf?

Ich nahm den Wasserkocher, hielt ihn unter den Wasserhahn, um ihn zu füllen, und stellte ihn an. Ich sah den

Zettel auf dem Küchentisch erst, als das Wasser schon kochte. Überrascht nahm ich ihn in die Hand und musste ihn mehrmals durchlesen, um zu begreifen, dass die Wörter dort wirklich standen. Mein Vater schrieb:

»Ich liebe euch alle. Meine wundervolle Frau, meine großartigen Töchter, meine hinreißenden Enkeltöchter. Bleibt, wie ihr seid. Versprecht mir, mich immer in guter Erinnerung zu halten. Und verzeiht mir, dass ich nicht mehr der sein kann, der ich versucht habe, euch all die Jahre zu sein. Es ist besser so für uns alle. Lebt wohl.«

Mit dem Brief in der Hand rannte ich die Treppe hinauf und riss die Tür zum Schlafzimmer meiner Eltern auf. Ich hörte, wie meine Mutter verwundert etwas murmelte. Sie blinzelte mich an, als ich das Licht anknipste.

»Wo ist Dad?«, rief ich. Sie lag allein im Bett.

Mam sah neben sich, zeigte auf die leere Stelle. »Oh«, sagte sie schlaftrunken. »Was ist denn los?«

»Wir müssen ihn finden!«

»Vielleicht ist er nur mal runter …«

»Mam!« Ich hielt ihr den Brief hin. »Ich glaube, er will sich etwas antun!«

23.

Ich rief meine Schwester an, damit sie sofort umdrehte und zurückkam. Dads Wagen stand noch vor dem Haus, er war also zu Fuß unterwegs. Wie lange war er schon fort? Wie weit konnte er gekommen sein? Wo würde er überhaupt hingehen? »Wir müssen den Hof absuchen«, sagte ich, als Eva zurückgekommen war. »Er kann nicht allzu weit sein, wenn sein Wagen noch hier steht!«

Ich durchforstete die Scheune, den Geräteschuppen, die Garagen, Eva die weitläufigen Gewächshäuser. Mam rannte kreuz und quer herum und rief immer wieder seinen Namen. Wir fanden ihn nicht.

Mam nahm ihr Handy und rief bei einigen Bekannten an, um sie zu bitten, bei der Suche zu helfen. Dann rief sie bei der Polizei an. »Sie müssen ihn suchen«, sagte sie, um Ruhe bemüht, zu demjenigen, der das Gespräch entgegennahm. »Er hat einen Abschiedsbrief hinterlassen. Wir suchen das Gelände ab. Wir haben das halbe Dorf informiert. Aber wir finden ihn nicht. Bitte. Sie müssen uns helfen.«

Eva sagte zu mir, während Mam telefonierte: »Er würde so etwas niemals hier tun.«

»Ich wünschte, du würdest sagen: Er würde so etwas niemals tun«, sagte ich und kämpfte die Tränen zurück. »Wo kann er sein?«

»Frag lieber: Wie würde er es tun? Vor den Zug werfen kommt hier wohl nicht infrage.«

»Du bist zynisch.«

»Nein, ich bin pragmatisch. Wir sollten genau nachdenken, wenn wir ihn finden wollen. Erhängen, das machen die meisten. Er hat keine Pistole, wahrscheinlich auch keine Tabletten, jedenfalls hab ich nichts davon mitbekommen ... Gift?«

»Eva!«, rief ich, und jetzt konnte ich die Tränen nicht mehr zurückhalten.

Meine Schwester packte mich an den Schultern und schüttelte mich. »Wir müssen einen kühlen Kopf bewahren! Also. Von einer Brücke springen? Ich weiß nicht, hier ist keine, die hoch genug wäre. Ein Turm? Dafür müsste er nach Waterford. Was denkst du?«

»Wasser«, sagte ich.

»Was?«

»Ins Wasser gehen. Wäre das nicht am einfachsten?«

Sie starrte mich an. Dann drehte sie sich um und rief unserer Mutter zu: »Mam, die Küstenwache!«

Mam sagte: »Ich hab gerade mit der Polizei gesprochen. Die informieren die Küstenwache!« Sie kam zu uns auf den Hof gelaufen. »Was tun wir? Was können wir denn tun?«

»Ihn suchen«, sagte Eva. »Aber du bleibst hier.«

»Ich kann nicht hierbleiben!«, sagte Mam.

»Eine von uns muss hierbleiben. Vielleicht kommt er zurück. Vielleicht ruft jemand an, der ihn gesehen hat«, sagte ich, und Mam nickte.

Eva wollte den Hafen und die Straßen und Küsten im Norden und Westen absuchen. Ich setzte mich in Dads Wagen und nahm die entgegengesetzte Richtung.

Ich fuhr langsam durch die Straßen. Ich hatte die Fenster heruntergelassen und rief nach ihm. Einige Anwohner kamen herausgelaufen und wollten wissen, was los war. Ich sagte es ihnen, und ohne viele Worte zu verlieren, zogen sie mit Taschenlampen zu Fuß, mit dem Fahrrad oder dem Wagen los, um beim Suchen zu helfen.

Von Mam kam eine SMS: »Sie schicken den Helikopter aus Waterford.« Ich hoffte, dass es sie etwas beruhigte. Ich fuhr durch jede Seitenstraße und verfluchte die Unübersichtlichkeit der hügeligen Landschaft, verfluchte die Hecken, die die Straßen begrenzten, verfluchte die weit auseinanderliegenden Häuser und Höfe. Als ich am Hof der Brysons vorbeikam, sah ich Licht an einem Fenster und wie Stephen an seinem Laptop arbeitete. Ich hielt an und hupte. Stephen sah auf, schaute erstaunt heraus, kam dann zur Haustür und auf den Wagen zugelaufen. Er grinste.

»Livvie! Gerade wollte ich dich anrufen. Ich kann nämlich doch nicht schlafen. Schön, dass du noch vorbeikommst …« Als er nähergekommen war und mein Gesicht sah, hielt er inne »Was ist passiert?«, fragte er alarmiert.

»Mein Vater ist weg, und er hat einen Abschiedsbrief hinterlassen.« Meine Stimme zitterte und brach fast, bevor ich den Satz beendet hatte.

Stephen öffnete den Mund, um etwas zu sagen, aber er brachte kein Wort heraus. Er fuhr sich mit einer Hand übers Gesicht, dann drehte er sich von mir weg. Ich glaubte, ein Stöhnen von ihm zu hören.

»Stephen? Was soll ich jetzt tun?«, fragte ich hilflos.

Er wandte sich mir wieder zu. »Ich komme mit«, sagte er, lief um das Auto herum und stieg ein. »Fahr los.«

»Wohin?«

»Drehen, und dann links runter.«

»Richtung Golfplatz?«

Er schüttelte den Kopf. »Fahr los.«

Ich tat es, bog an der Straße links ab, fuhr verunsichert die Landstraße entlang. »Wohin? Eva fährt zum Golfplatz, das weiß ich.«

»Weiter. Wir nehmen uns die andere Seite vor. Fahr noch ein Stück.«

»Okay …« Ich betrachtete ihn kurz von der Seite. Sein Blick war starr geradeaus gerichtet. Sein Gesicht wirkte aschfahl. Die Hände hatte er im Schoß verkrampft.

»Stephen, weißt du irgendwas?«

Er schüttelte den Kopf.

»Soll ich nicht hier schon mal abbiegen? Wir glauben, dass er an den Fluss …«

»Noch ein Stück.«

Schweigend fuhren wir weiter. Es war absurd, einfach so draufloszufahren, aber wahrscheinlich war es genauso sinnvoll oder sinnlos wie die systematische Suche, die ich zusammen mit Eva beschlossen hatte.

»Was hat er gesagt?«, fragte Stephen.

»Er hat einen Brief geschrieben.«

»Was stand drin?«

»Dass er nicht mehr der sein kann, der er versucht hat, all die Jahre zu sein. Ich verstehe nicht, was mit ihm los ist! Liegt es an der Trinkerei? Stephen, du weißt doch was!«

»Da links rein«, sagte er. »Langsamer. Hier. Und jetzt den Feldweg entlang. Da an der Gabelung wieder links, Richtung Ufer.«

Ich wusste, wo wir waren. Hier in der Nähe wohnte

Charlene mit ihren vier Kindern, und hier war auch das Flurkreuz. Warum hatte er mich hierher gelotst? Weil es eine besonders gefährliche Stelle war?

»Passiert hier öfter …«, hob ich an, aber Stephen unterbrach mich.

»Hier können wir halten.«

Er wartete gar nicht, bis ich den Motor ausgemacht hatte. Stephen öffnete die Beifahrertür und eilte auf das Flussufer zu. Ich folgte ihm. Er gab mir ein Zeichen, leise zu sein. Wir stolperten durch die Dunkelheit über die feuchte Wiese, rutschten den steilen, mit Gestrüpp bewachsenen Abhang hinunter, bis wir am sandigen Ufer des Flusses angekommen waren.

In der Ferne hörte ich einen Hubschrauber. Ich sah hinauf, suchte den Himmel ab und sah das Licht eines Suchscheinwerfers. Ich machte Stephen darauf aufmerksam, doch der interessierte sich kaum dafür.

»Da vorn«, sagte er schließlich leise und deutete in die Finsternis.

Meine Augen brauchten einen Moment, bis sie etwas ausmachen konnten, doch dann erkannte ich eine Gestalt am Ufer. Ich blieb stehen und klammerte mich an Stephens Arm fest. »Das ist er.«

»Geh zu ihm.«

»Was ist, wenn er …«

Stephen löste vorsichtig meine Hand und hielt sie in seiner. »Nein. Er lebt doch. Siehst du, er bewegt sich.« Dann rief er: »Mr. Brannon?«

Die Gestalt bewegte sich, und ich hielt vor Schreck die Luft an. Mein Herz schlug so schnell, dass ich dachte, ich müsste jeden Moment ohnmächtig werden.

»Stephen, bist du das?« Es war die Stimme meines Vaters. Ich atmete auf. Er klang sehr betrunken. Aber er lebte. Das war die Hauptsache.

»Dad«, rief ich und rannte auf ihn zu. »Dad, was machst du hier?«

»Livvie, nein, geh weg«, murmelte er, aber ich war schon bei ihm, fiel ihm um den Hals, drückte ihn fest an mich.

»Dad! Was machst du denn für einen Unsinn? Komm, der Wagen steht da vorn. Wir fahren wieder nach Hause.« Ich nahm ihn an der Hand und wollte ihn in die Richtung ziehen, aus der ich gekommen war. Ich hörte im Hintergrund, wie Stephen telefonierte. Am Rande nahm ich Satzfetzen wahr, »... gefunden ... alles in Ordnung ... kümmern uns ...«

»Livvie, lass mich hier.« Dad hatte Schwierigkeiten, die Wörter klar zu artikulieren. Aber etwas in seiner Stimme ließ mich wissen, dass er es sehr ernst meinte.

»Dad, du bist betrunken. Hier draußen ist es kalt. Bald kommt die Flut. Bitte, komm mit nach Hause.«

»Ich kann nicht«, sagte er. »Ich kann nicht mehr. Lass mich.«

»Wir reden dann über alles. Okay? Mam macht sich so große Sorgen um dich. Habt ihr euch gestritten?«

Er drehte sich von mir weg und sah auf das Wasser, als hätte es nach ihm gerufen. Mich überfiel Panik. Was, wenn ich ihn nicht mehr erreichen konnte, wenn er aufhörte, mir zuzuhören? Ich sprach einfach weiter.

»Weißt du was, es kann doch nicht so schlimm gewesen sein, dass es gar keinen anderen Ausweg mehr gibt. Na komm, Dad. Komm mit nach Hause. Alles wird gut.«

Dad sagte immer noch nichts und starrte weiter auf das Wasser. Ich sah mich um nach dem Helikopter, den ich in der Ferne hörte. Dad schien das vollkommen egal zu sein. Stephen stand immer noch einige Meter von uns entfernt und telefonierte. Aber nicht aufgeregt, sondern ruhig, sachlich fast, jedenfalls wirkte es so auf mich. Ich fragte mich kurz, wen er da wohl am anderen Ende hatte.

»Dad?« Ich stellte mich direkt neben ihn. »Dad? Willst du noch ein bisschen hierbleiben, und wir zwei reden? Nur wir beide? Wäre dir das lieber?«

Mein Vater sank auf die Knie. Erst dachte ich, er wollte beten, dann, dass er zusammengebrochen war. Er stützte den Oberkörper mit beiden Händen ab, ließ den Kopf auf die Brust fallen und fing an zu schluchzen.

Ich kniete mich neben ihn in den feuchten Sand und legte meinen Arm um seine Schultern. »Dad, alles wird gut«, flüsterte ich ihm immer und immer wieder ins Ohr, aber er hörte nicht auf zu weinen, reagierte gar nicht auf mich. Sein ganzer Körper zuckte, als hätte er Krämpfe. Ich sah mich hilflos nach Stephen um. Er hatte aufgehört zu telefonieren und schaute zu mir. Er hob kurz die Hand, wie um mir zuzuwinken. Ich nickte ihm zu, hoffte, dass er die Botschaft verstand: Ich schaffe das schon.

Auch wenn ich nicht die leiseste Ahnung hatte, ob es mir wirklich gelingen würde, meinen Vater wieder zur Vernunft zu bringen. Ich wollte mich schon wieder zu Dad umdrehen, als ich sah, dass sich Menschen zu Stephen gesellten: Sanitäter, für den Notfall, von dem alle hofften, dass er nicht eintrat.

Ich gab ihnen ein Zeichen, dass sie sich unbedingt zurückhalten sollten. Sie verstanden, und Stephen trat mit ihnen ein Stück zurück hinter das Gestrüpp. Sie wollten uns im Auge behalten, aber sie wollten nicht, dass mein Vater sie sofort sah und nervös wurde.

»Dad«, sagte ich leise zu ihm. »Ich bin bei dir. Alles ist in Ordnung.«

Er schluchzte, als hätte er jahrzehntelang Tränen zurückgehalten. Fieberhaft überlegte ich, was ich tun sollte. Auf ihn einreden oder lieber warten, bis er von sich aus etwas sagte? Allein mit ihm bleiben oder Mam holen lassen? Was war überhaupt mit ihm los? Warum zum Teufel stand er hier und wollte ins Wasser gehen?

Ich stellte mir vor, wie die Rettungsleute aus dem Gestrüpp springen, ihn überwältigen und mitnehmen würden, bevor er sich in den Fluss stürzen konnte. Es war eine absurde Vorstellung, aber sie lief in meinem Kopf ab.

Ich entschied, neben ihm sitzen zu bleiben und zu warten, was er tun würde. Irgendwann, dachte ich, würde die Wirkung des Alkohols nachlassen. Irgendwann würde er so erschöpft vom Weinen sein, dass sein Körper dringend Ruhe und Schlaf einfordern würde. Irgendwann wäre dieser Spuk vorbei, wir könnten nach Hause gehen, und alles wäre wieder gut. Aber was sollte ich bis dahin bloß tun? Mit ihm reden? Ihm zeigen, dass ich da war? Dass alles in Ordnung kommen würde? Aber was, was war denn *nicht* in Ordnung?

Dad schien etwas zu sagen. Ich verstand es kaum.

»Was hast du gesagt?«, fragte ich sanft.

»Nie mehr«, hörte ich ihn sagen.

»Was ist nie mehr? Dad?«

»Nie mehr wird alles gut.«

»Was meinst du denn? Ist was passiert? Hast du was getan?«

Mit einem Mal hörte er auf zu schluchzen. Er richtete den Oberkörper auf, sodass er wie ich im Sand kniete. Dann wischte er sich die Hände an der Jacke ab und sah mich an, als würde ihm gerade erst klar, wer ich war. Ich versuchte, ihm aufmunternd zuzulächeln. Sein Gesicht war verquollen, nicht nur von den Tränen, wohl auch vom Alkohol. Er wischte seine Nase am Jackenärmel ab und stöhnte, als hätte er schlimme Schmerzen.

»Dad? Kann ich etwas für dich tun?«

Jetzt starrte er wieder aufs Wasser, auf den Fluss, der sich ein paar Kilometer weiter südlich zu einem Ästuar ausbreiten und in die Keltische See münden würde.

»Ihr seid genau so«, sagte er.

»Was? Wer ist wie?«, fragte ich verwundert. Ich drehte mich rasch in die Richtung um, in der ich zuletzt Stephen mit den Sanitätern gesehen hatte, aber ich konnte jetzt niemanden mehr erkennen. Der Helikopter war nun nicht mehr zu hören. Es erschien mir merkwürdig ruhig zu sein. Das Plätschern des Flusses beherrschte nun alles, und das schwarze Wasser wirkte, je länger ich hinsah, tatsächlich hypnotisch.

»Ihr seid wie der Suir und der Barrow.«

Ich hielt ihn am Arm fest und drückte mich an ihn. »Dad, du hast den Nore vergessen. Das da vorne ist das Wasser von drei Flüssen.« Ich hatte keine Ahnung, was er meinte, aber ich war froh, dass er überhaupt redete.

»Die Three Sisters«, sagte er und klang stocknüchtern. »Das habe ich nicht vergessen. Niemals.«

»Dad, wollen wir langsam wieder gehen? Mir ist kalt.«

»Vierunddreißig Jahre«, flüsterte er. Ich musste mich anstrengen, um ihn zu hören.

»Was ist damit?«

»Keinen Tag hab ich es vergessen, Livvie. Ihr könntet heute alle drei ...« Er stöhnte wieder auf und schlug sich beide Hände vors Gesicht.

»Alle drei? Meinst du ... Ist es wegen Alice?« Ich konnte mir nicht erklären, wovon er sprach. Meinte er Alice, Holly und mich?

Aber er antwortete nicht. Er gab einen erstickten Laut von sich, der anders klang als das Schluchzen zuvor, und dann sackte er in sich zusammen.

»Dad?« Ich rüttelte an seiner Schulter. Er reagierte nicht. Er lag einfach nur da. Was war los mit ihm? In Panik rief ich laut um Hilfe, und sofort kamen die Sanitäter mit Stephen zu uns an den Strand.

»Hat er was eingenommen?«, fragte einer.

»Er hat getrunken«, sagte der andere.

»Puls unregelmäßig«, sagte der erste, und dann nahm mich Stephen in den Arm und führte mich einige Meter fort.

»Hubschrauber«, hörte ich einen der Männer sagen, und ich sah, wie sie sich über meinen Vater beugten, wie sie seinen Oberkörper aufrichteten und ihm die Kleidung vor der Brust öffneten. Fast gleichzeitig war der Motor des Hubschraubers wieder zu hören.

»Sie bringen ihn ins Krankenhaus«, sagte Stephen. »Sie kümmern sich um ihn.«

»Aber was ist passiert?«, rief ich. »Eben hat er noch mit mir gesprochen!«

»Ich weiß es nicht. Sie kümmern sich um ihn«, wiederholte er und hielt mich ganz fest im Arm. Ich sah jetzt die Lichter des Helikopters näherkommen. Sie würden auf dem Feld landen, auf dem Sean seinen Drachen steigen ließ.

»Verdacht auf Herzinfarkt«, kam es von den Sanitätern, und vor lauter Tränen konnte ich kaum erkennen, was sie mit ihm machten. Gaben sie ihm Spritzen? Machten sie eine Herzmassage? Ich wischte mir die Augen, versuchte, ruhig durchzuatmen, als zwei weitere Sanitäter mit einer Trage kamen. Mein Vater wurde darauf festgeschnallt, jetzt sah ich, dass man ihm eine Infusion gelegt hatte. Im Laufschritt brachten sie ihn vom Flussufer weg, den Hang hinauf, und ich wollte ihnen folgen. Stephen ließ es nicht zu.

»Du kannst nicht mitfliegen. Ich bring dich ins Krankenhaus.«

»Und Mam? Und Eva?«

»Sie sind sowieso schon hierhin unterwegs.«

Ich ließ mich von ihm zurück zu dem Feldweg bringen, an dem ich den Wagen geparkt hatte. Dort stand nun auch Polizei und ein Rettungswagen, die Warnlichter blinkten nervös durch die Nacht. Eva und meine Mutter unterhielten sich mit einem Mann von der Rettung, und sie sahen dem Helikopter nach, der gerade gestartet war.

Als Mam mich sah, rannte sie auf mich zu. Ich dachte, sie würde mich umarmen wollen, aber sie schüttelte mich und schrie mich an. »Was hast du zu ihm gesagt? Worüber hat er sich so aufgeregt?«

Eva war ihr hinterhergelaufen. Sie zog sie von mir weg. »Mam! Was soll das!«

Stephen brachte mich schnell zum Wagen, ließ sich von

mir die Schlüssel geben und schob mich auf den Beifahrersitz. Er startete den Motor und drehte vorsichtig um. »Sie muss sich erst einmal beruhigen«, sagte er. »Das darfst du jetzt nicht ernst nehmen. Okay?«

Ich nickte, die Nerven zum Zerreißen angespannt, und sah mich nach Eva und Kendra um. Ein Sanitäter hielt meine Mutter fest, der andere redete auf sie ein. Eva raufte sich die Haare. Ich verstand nicht, was gerade geschah. Ich verstand überhaupt nichts mehr. Drei Fragen kreisten unaufhörlich in meinem Kopf: Wird Dad überleben? Was hatte ich falsch gemacht, dass meine Mutter mich so anschrie, und warum wusste Stephen, wo mein Vater sich das Leben nehmen wollte?

24.

Stephen hielt an der Kreuzung zur Landstraße und sah mich an. »Livvie, ich muss dir etwas sagen.«

Er klang nicht gut. Nachdem ich ein paar Minuten gesessen hatte, spürte ich meine Erschöpfung. Ich war ausgelaugt und leer. Neue schlechte Nachrichten konnte ich jetzt nicht ertragen. Das wichtigste war Dads Gesundheitszustand, der Rest sollte warten. Ich ignorierte seine Worte und sagte: »Die Straße ist frei. Du kannst abbiegen.« Ich deutete nach links: Richtung Waterford, zum Krankenhaus, in das man Dad bringen würde.

Er zögerte. »Vielleicht ist es besser, wenn wir erst zu mir fahren.«

»Warum? Ich will zu Dad.«

Stephen starrte geradeaus, wo das Scheinwerferlicht auf dichte Hecken fiel. »Du hast mich doch gerade gefragt, woher ich wusste, wo er sein könnte.«

»Reden wir später drüber.«

»Livvie!«

»Es klingt nach mehr, als ich im Moment verarbeiten kann. Bitte. Ich schaff es gerade nicht.«

Ohne den Blinker zu setzen, gab er Gas und bog rechts ab. »Nein«, sagte er. »Es muss jetzt sein. Glaub mir.« Er klang fest entschlossen.

»Ich kann nicht mehr. Dreh bitte wieder um«, sagte ich.

»Doch, du kannst. Es geht um deine ganze Familie.«

Ich schluckte. Was würde noch alles kommen? Ich hatte mittlerweile das Gefühl, gar nicht mehr richtig da zu sein und alles nur noch wie einen Film zu verfolgen.

Stephen konzentrierte sich jetzt schweigend auf die enge, kurvige Straße, und wenige Minuten später hielten wir vor seinem Haus. Er schaltete den Motor aus und stieg aus, ohne mich anzusehen. Ich folgte ihm zur Haustür. Dort zögerte er kurz, sah mich immer noch nicht an, öffnete schließlich doch die Tür und ging voran in sein Arbeitszimmer, wo immer noch eine Lampe brannte.

Stephen ging direkt zu dem Esstisch, den er zu seinem Schreibtisch gemacht hatte, und schob ein paar der Bücher und Papierstapel beiseite. Wieder zögerte er, als hätte er Zweifel an seinem Vorhaben, aber dann gab er sich einen Ruck, nahm eine Mappe in die Hand und hielt sie mir hin.

»Du solltest das lesen, bevor wir ins Krankenhaus fahren.«

Ich sah ihn müde und verwundert an. »Was ist das?«

»Das ist von mir. Ich hab es geschrieben.«

Ich nahm die Mappe und sah hinein. »Das sind über hundert Seiten. Warum soll ich die jetzt lesen?«

»Weil es um deine Familie geht. Es ist sehr, sehr wichtig.«

»Sag mir, was drinsteht.«

»Es ist besser, wenn du es selbst liest.«

»Kann ich das nicht im Auto lesen?«

»Vertrau mir. Lies es jetzt und hier. Du willst wissen,

was da am Fluss mit deinem Vater war? Darin findest du die Antwort. Vieles davon ist Recherchematerial, Abschriften von Interviews, alte Zeitungsartikel ... Du kannst eine Menge überfliegen.« Er ging zur Tür. »Ich lass dich jetzt allein. Ich bin im Wohnzimmer oder in der Küche. Ruf einfach nach mir. Ich warte, bis du fertig bist.« Dann ging er aus dem Raum und schloss vorsichtig die Tür hinter sich.

Ich las in der nächsten Stunde durch, was er mir gegeben hatte. Als ich schließlich fertig war, wurde es draußen langsam hell: Morgens um fünf kannte ich endlich das Geheimnis, das meinen Vater fast in den Selbstmord getrieben hätte.

Zu sagen, Angela Tannert hätte nie ein Kind haben dürfen, wäre falsch. Die Konstellation allerdings, in die Alice hineingeboren wurde, schien von Anfang an auf eine Katastrophe zuzusteuern. Nicht lange, nachdem die kleine Patsy ums Leben gekommen war, während Angela die Aufsicht über sie hatte, beschloss sie mit ihrem damaligen Freund und späteren Ehemann, Richard Tannert, selbst ein Kind zu bekommen und bei ihm alles richtig zu machen. Noch während der Schwangerschaft soll sie sogar überlegt haben, ihr eigenes Kind Patsys Eltern zu schenken. Sie glaubte, genau das tun zu müssen. Ihr Mann und sogar die Eltern des verunglückten Mädchens aber taten alles, um ihr das schlechte Gewissen auszureden und sie von dieser wahnsinnigen Idee abzubringen. Als Angelas Tochter Alice dann geboren war, bekam Angela eine schwere Depression und konnte ihre Tochter monatelang nicht annehmen.

In ihrem Gespräch mit Stephen, dessen Abschrift sich

in den Unterlagen befand, sagte sie: »Ich konnte das Kind einfach nicht lieben. Ich glaube, ich hatte Angst, wieder alles falsch zu machen. Ich wollte die Verantwortung nicht haben.«

Ihr Mann kümmerte sich um das Kind, und Angela kam ins Krankenhaus, machte eine »Kur«, wie es damals verschleiernd genannt wurde. Von ihrem Vater aber wurde Alice wahlweise wie eine kleine Prinzessin und wie ein rohes Ei behandelt. Er beschützte und behütete sie, tat alles für sie, liebte sie abgöttisch. Als Angela zurückkam, übernahm sie die Methoden ihres Mannes, um nichts falsch zu machen. Sie nannte Alice »Prinzessin«, weil er es tat. Sie sagte all die Dinge zu ihr, die er sagte. Sie beschützte und behütete sie, wie er es wollte. Sie hoffte, sie eines Tages genau so lieben zu können, wie er es tat. Es gelang ihr nicht. Sie war verzweifelt, aber sie strengte sich weiter an und hielt durch. Mit den Jahren gewöhnte sie sich daran, dass sie ihrem Kind sagte, sie würde es lieben, und schließlich glaubte sie es auch.

Alice wuchs mit der Überzeugung auf, die Schönste im ganzen Land zu sein. Und gleichzeitig musste sie wohl gespürt haben, dass da noch etwas war: eine Distanz zwischen ihr und ihrer Mutter, die sich nicht überwinden ließ.

Kinder tun alles, um von ihren Eltern geliebt zu werden. Sie strengen sich an, um Zuneigung zu bekommen. Wenn die Eltern enttäuscht oder verärgert sind, beziehen sie es auf sich und glauben, etwas falsch gemacht zu haben. Sie strengen sich weiter an. Mit der Pubertät erst wehrt man sich gegen die Eltern und sucht sich die Bestätigung woanders, allerdings stets vor dem Hintergrund, doch irgendwie Respekt und Liebe von den Eltern zu bekommen. Eltern und Kinder, das vielleicht komplizierteste Verhältnis, das Menschen sich suchen, weil sie sich für Kinder entscheiden oder in das sie hineingeboren werden. Sind Kinder denn nicht immer irgendwie von ihren Eltern enttäuscht? Werfen sie ihnen nicht immer irgendetwas vor? Haben Eltern nicht immer das Gefühl, etwas falsch gemacht zu haben? Zu streng gewesen zu sein? Oder nicht streng genug? Alice hatte wohl, ohne es für sich formulieren zu können oder sich dessen bewusst zu sein, das Gefühl, von ihrer Mutter abgelehnt zu werden. Da ihr Vater sehr auf seine Frau fixiert war, nahm sie ihm übel, dass er sich bei Meinungsverschiedenheiten auf ihre Seite stellte, anstatt zu Alice zu halten. Sie merkte irgendwann, dass es nicht reichte, die schöne Prinzessin zu sein. Sie versuchte, die Klassenbeste zu werden und mit Leistung zu überzeugen. Sie tat alles, um die Liebe ihrer Mütter endlich zu spüren, aber offenbar funktionierte es nicht.

»Vielleicht sind die ersten Jahre für die Bindung so entscheidend, dass es ohnehin nie hätte funktionieren können«, stand in der Gesprächsabschrift. Angela sagte weiter: »Ich habe mich so sehr angestrengt, eine gute Mutter zu sein, aber ich muss zugeben, dass ich es nicht geschafft habe, Alice von Herzen zu lieben. Ich schäme mich dafür.«

Ich war schockiert von dem, was Angela Tannert über ihr Verhältnis zu ihrer Tochter sagte, und zugleich auch traurig, dass diese Frau, die sich immer Kinder gewünscht hatte, die schon früh angefangen hatte, sich Geld als Babysitterin dazuzuverdienen, die Kinder zu ihrem Lebensinhalt hatte machen wollen, dass ausgerechnet diese Frau ein so furchtbares Schicksal zu erleiden hatte, nämlich den Tod eines Kindes, das sie hätte beaufsichtigen sollen. Um dann Jahre später den ungleich langsameren Tod der eigenen Tochter miterleben zu müssen.

Stephen hatte Angela Tannert auch zu dem Tag befragt, an dem Holly vom Heuboden gestürzt war. Angela vermutete, dass ihre Tochter auf Holly besonders eifersüchtig war, weil ihr Vater manchmal erwähnt hatte, wie beeindruckt er von ihren schulischen Leistungen war. Randbemerkungen, unbedachte Äußerungen in Erwachsenengesprächen, die Alice mitgehört hatte. So jedenfalls stellte Angela es dar. Tatsächlich war Alice nach Hollys Sturz in die Kinder- und Jugendpsychiatrie gekommen, wo man sie zunächst ruhigstellte. Dann versuchte man es mit Gesprächstherapie, aber diese verschlimmerte offenbar Alice' Befindlichkeit. Es ging ihr hinterher schlechter als vor dem Klinikaufenthalt.

Stephen hatte an dieser Stelle eine handschriftliche Anmerkung gemacht, die ich mühsam entzifferte: »Sie erfuhr ja nie die Wahrheit!«

Die Wahrheit, oder was man darunter verstehen konnte, war, dass Angela nie über den Tod dieses anderen Kindes hinweggekommen war. Angeblich hatte ihr niemand Vorwürfe gemacht, zumindest nicht direkt. Aber sie hatte sich immer schuldig gefühlt und Patsys Tod nie überwunden.

Stephen hatte Zeitungsberichte über Patsys Verschwinden gesammelt. Zunächst galt das neunjährige Mädchen nämlich nur als vermisst. Sie wurde beschrieben als »Wildfang«, und es war nicht das erste Mal, dass sie von zu Hause weggelaufen war. Doch sonst war sie stets nach ein paar Stunden wieder aufgetaucht, oder Bewohner von Cheekpoint hatten sie irgendwo aufgegabelt und nach Hause gebracht. Und üblicherweise war sie bei Tageslicht abgehauen.

Diesmal war alles anders: Es war im November, als Patsy verschwand. Es war an einem besonders kalten Tag, es goss in Strömen, und der Wind war fast schon ein Orkan. Patsy und ihr Kindermädchen, Angela, hatten sich beim Abendessen gestritten, und als Angela dachte, sie hätte alles im Griff und Patsy würde endlich schlafen, setzte sie sich ins Wohnzimmer, schaltete den Fernseher ein und wartete auf den Anruf ihres Freundes. Sie schlief später auf der Couch ein. Die Eltern des Mädchens kamen nach Hause und stellten fest, dass Patsy aus ihrem Zimmer verschwunden war. Es gab nur den einen Weg nach draußen: Sie musste sich an Angela vorbeigeschlichen haben.

Das regnerisch-stürmische Wetter erschwerte die Suche, und niemand wusste, wie lange Patsy bereits weg war, wie weit sie gekommen sein konnte. Die Behörden wurden informiert, alle Nachbarn und Bekannten, die ein Telefon hatten. Die Suche in der Nacht blieb ohne Ergebnis. Die Zeitungen brachten landesweit ein Foto von dem Mädchen, sogar das Fernsehen berichtete über ihr Verschwinden und forderte die Bevölkerung auf, Hinweise zu geben.

Es gab viel zu viele Tipps, die ins Nichts führten, und keinen einzigen, der Klarheit schaffte. Bis nach fünf Tagen Patsys Schuh und ein Stofffetzen, der zu ihrer Jacke gehören konnte, an der Uferböschung gefunden wurden. Von nun an hatte kaum noch jemand Zweifel daran, was geschehen war: Patsy war in der Dunkelheit ausgerutscht und in den Fluss gefallen.

Patsys Eltern forderten danach die Presse auf, sämtliche Spekulationen zu unterlassen und Abstand zu halten. Sie seien sich absolut im Klaren über das, was geschehen war, und müssten nun an ihre kleine Tochter, Patsys Schwester, denken. Die müsse geschützt werden. Sie zogen in ein anderes Haus, blieben aber in Cheekpoint. Und die Dorfgemeinschaft akzeptierte ihren Wunsch, die Tote ruhen zu lassen und nicht mehr davon zu reden. Schließlich sollte die kleine Tochter in Ruhe und Frieden aufwachsen. Wie sollte man einer Einjährigen eine tote Schwester erklären? Und wozu ihr unnötig Angst machen? Es geschah das Unglaubliche: Patsy wurde von nun an totgeschwiegen. Sie war kein Thema mehr. Und man munkelte, für die Eltern des Mädchens sei ihr Tod fast eine Erleichterung gewesen, da das Kind kaum zu bändigen gewesen und mit jedem Jahr schlimmer geworden war.

An dieser Stelle klebte ein Notizzettel, auf dem Stephen vermerkt hatte: »Eltern nicht zu Gespräch bereit«.

Und als ich umblätterte, fand ich einen von Stephen erstellten Steckbrief des Mädchens mit den wichtigsten Eckdaten, zum ersten Mal sah ich ihr Gesicht nicht auf schlechten Kopien grobkörniger Zeitungsfotos, sondern als richtiges Porträt, wie sie von Schulen für die Jahrbücher gemacht wurden. Zum ersten Mal las ich auch ihren vollständigen Namen, aber ich hatte sie längst erkannt, obwohl ich sie niemals in Leben getroffen hatte:

Patricia Brannon.

Meine Schwester.

Die dritte Schwester.

25.

Ich warf den Hefter auf den Tisch, schlug die Hände vor das Gesicht und atmete tief durch. Ich hatte eine Schwester, von der ich nie erfahren hatte. Nein, das konnte nicht sein. Das stimmte nicht. Stephen musste sich geirrt haben. Etwas war bei seiner Recherche schiefgegangen. Ein grausamer Fehler war ihm unterlaufen. Ich hatte natürlich außer Eva keine Geschwister, denn wenn es so wäre, wüsste ich doch davon. Geschwister waren nichts, was man einfach so verheimlichen konnte. Meine Eltern hätten darüber gesprochen. Sie hätten uns davon erzählt. Oder etwa nicht? Auch Stephen hatte mir nichts davon gesagt. Wie konnten sie das nur tun, bei einer Sache, nach der nichts mehr so sein würde wie bisher?

In meinem Kopf schoben sich mit einem Mal viele kleine Puzzleteile zusammen. Gegenstände, die für sich genommen gar nicht besonders gewesen wären, Begegnungen, die ich in andere Kontexte gesetzt hatte, Gespräche, die harmlos erschienen waren … War es das, was Dad vorhin am Fluss gemeint hatte? Eva und ich seien wie die Three Sisters, die Drei Schwestern? Wie Suir und Barrow, die bei Cheekpoint zusammenflossen, und fast vergessen der Nore, so viel weiter nördlich.

Waren Stephens Recherchen der Grund gewesen, warum Dad nicht gewollt hatte, dass ich mich mit ihm traf? Waren meine Eltern deshalb in den vergangenen Monaten so seltsam gewesen? Hatten sie etwa gar keine finanziellen Probleme gehabt, sondern sich das für Eva und mich nur als Ausrede zurechtgelegt, um uns erklären zu können, warum die beiden sich stritten und Dad trank?

Eine alte Geschichte, die von allen totgeschwiegen worden war. Wie hatte das in einem kleinen Dorf wie Cheekpoint funktionieren können? Und das Flurkreuz, es stand doch dort, für jeden sichtbar, sogar mit einer Plakette. Wie war es möglich gewesen, dass wir nichts davon wussten?

Ich erinnerte mich daran, wie wütend Dad gewesen war, als wir uns damals als Kinder an diese Stelle verlaufen hatten. Viel wütender als sonst. Aber sie hatten nicht mit uns darüber gesprochen. Sie hatten nicht gesagt: Seid vorsichtig, da ist schon mal ein Kind ertrunken. Nicht einmal das hatten sie gewagt, uns zu sagen.

Und Alice? Hatten wir deshalb alle schweigen müssen, nicht etwa wegen Alice, sondern weil unsere Eltern und auch die von Alice Angst gehabt hatten, dass dann die Vergangenheit wieder auflebte? Dass dann wieder von Patsy die Rede war? Dass sich irgendjemand verriet und etwas sagte wie: »Der armen Angela passiert schon wieder ein schreckliches Unglück mit einem Kind«? Oder: »Jetzt trifft es ihr eigenes Kind, nachdem sie am Tod eines anderen nicht ganz schuldlos war«? War deshalb so strikt von allen Seiten verboten worden, über irgendetwas zu reden?

Wie hatte das funktionieren können? Wieso hatten da alle mitgemacht? Wieso hatte niemand etwas gesagt, in all den Jahren? Vielleicht weil Angela nicht wirklich an irgendetwas schuld gewesen war und man sie hatte schützen wollen? Vielleicht weil unsere Eltern immer und immer wieder alle, die von Patsys Geschichte gewusst hatten, gebeten hatten, für immer zu schweigen?

Es war der vollkommene Wahnsinn. Die Existenz eines Menschen, eines Kindes, das neun Jahre alt geworden war, einfach auszulöschen. Warum hatten sie das getan?

Und warum gab es dann trotzdem das Flurkreuz?

Wenn ich gerade noch gedacht hatte, dass die Puzzleteile ihren Platz fanden, war ich nun wieder davon überzeugt, dass sich Stephen geirrt haben musste. Nein, nichts davon ergab Sinn. Es konnte nicht stimmen.

Aber wenn es stimmte, dann hatte dieses Schweigen Alice getötet.

Ich zitterte am ganzen Körper. Mit bebender Hand nahm ich mein Handy, um meine Schwester anzurufen.

»Wo bleibst du?«, fragte sie heiser, als sie ranging.

»Eva, wie geht es ihm?« Es machte mir Mühe zu sprechen.

»Er ist stabil, aber sie behalten ihn noch eine Weile hier, um ihn gründlich zu untersuchen. Warum bist du nicht hergekommen? Wegen Mam?«

»Nein. Es ist … Wie geht es ihr? Hat sie was gesagt?«

»Du, sie ist natürlich völlig durcheinander.« Eva hatte die Stimme gesenkt. »Sie ist gerade vorne bei der Krankenschwester zum Blutdruckmessen. Ich sag dir, vorhin war sie fast schon katatonisch. Aber man hat ihr eine Spritze gegeben, und seitdem funktioniert sie halbwegs. Ich soll dir sagen, es tut ihr fürchterlich leid, und sie will sich bei dir entschuldigen. Soll ich ihr das Telefon geben? Ich glaube, sie kommt gerade zurück.«

»Nein. Nicht.«

»Ach komm, Livvie. Das war echt viel für uns alle. Sie war einfach ...«

»Es geht um sehr viel mehr, Eva. Ich hab gerade erfahren, was hinter allem ...« Ich schluckte.

»Was? Was ist los?«

Ich konnte kaum sprechen, ich hatte einen Kloß im Hals. »Ich weiß, warum er sich umbringen wollte.«

Es blieb eine Weile still in der Leitung. Ich dachte, die Verbindung sei abgerissen, aber dann hörte ich Eva: »Sag.«

Aber ich wusste nicht, wie ich es ihr sagen sollte. Ich wusste ja selber nicht, ob es wirklich stimmte, ob nicht alles ein riesiges Missverständnis war. All die Lügen, wie konnte ich mich da noch auf irgendetwas verlassen? Ich sagte zu meiner Schwester: »Frag Mam nach Patsy. Sag ihr, dass ich von Stephen alles weiß. Und dass sie uns die Wahrheit sagen muss.«

»Livvie, ich verstehe kein Wort. Hier ist so viel los auf dem Flur. Was für eine Patsy?« Sie hatte laut gegen den Lärm angesprochen. Bevor sie weiterredete, senkte sie die Stimme. »Hatte Dad etwa eine Affäre?«

»Eva. Sprich mit Mam. Ich glaube, Patsy war unsere Schwester.«

Ich wusste nicht, ob sie mich noch gehört hatte. Eva rief: »Mam? Mam! Einen Arzt! Hilfe!« Es folgte ein Poltern, so als sei das Handy auf den Boden gefallen.

Mutter hatte den Namen Patsy gehört und war daraufhin wohl zusammengebrochen.

Also stimmte es.

Was hatten sich unsere Eltern dabei gedacht? Ich war wütend auf sie, aber zugleich dachte ich: Sie müssen ihre Gründe gehabt haben. Und: Was müssen die beiden all die Jahre durchgemacht haben? Nicht offen trauern zu können, nur um Eva und später mich vor der Belastung, die das Wissen um diese schreckliche Tragödie mit sich brachte, zu schützen? Aber warum hatten sie dann nicht später irgendetwas zu uns gesagt, als wir älter waren? Hätten wir es denn wirklich nicht verkraftet zu erfahren, dass wir eine ältere Schwester gehabt hatten, die dann gestorben war? Hatten unsere Eltern Angst gehabt, dass sie eine andere Angst in uns einpflanzen könnten, die uns daran hindern würde, unbeschwert aufzuwachsen?

Ich fragte mich, was sie alles getan hatten. Mit wem geredet, um sicherzustellen, dass niemals auch nur ein Wort uns gegenüber gesprochen würde. Ich war zwei Jahre nach ihrem Tod geboren. Eva war zu klein gewesen, um sich noch an sie zu erinnern. Würde ein einjähriges Kind überhaupt bemerken, dass seine Schwester nicht mehr da war? Wie viel Kraft unsere Eltern investiert haben mussten, um Patsy aus ihrem Leben zu streichen.

Und das alles nur wegen uns? Ich konnte es nicht ganz glauben.

Hatten unsere Eltern denn wirklich alle Erinnerungen an Patsy vernichtet? Wie hatten sie es übers Herz bringen können, ihre Kleidung, ihre Spielsachen, die Fotos von ihr für immer wegzuwerfen?

Dann fiel mir etwas ein: Ich hatte Spielsachen von meiner Schwester übernommen. Und manche davon waren sehr viel älter gewesen … »Vom Flohmarkt«, hatte mir meine Mutter dann gesagt. Oder: »Von Bekannten.« Ich erinnerte mich an unseren Teddy, wir hatten ihn fast zu

Tode geliebt, und unsere Mutter nähte ihn immer und immer wieder neu zusammen. Hatte er früher Patsy gehört? War das eine der Erinnerungen, die unsere Eltern aufgehoben hatten, ohne jedoch zu sagen, woher sie wirklich stammten? Was war mit dem hölzernen Schaukelpferd, das immer noch irgendwo in der Scheune stand – hatte es nicht sogar »Patsy« geheißen?

Ich stand mit einem Ruck auf und warf dabei den Stuhl um. Ich ging zur Tür und öffnete sie, sah mich Stephen gegenüber, der mich aufhalten wollte.

»Livvie, ich wusste nicht, wie …«

»Lass mich!« Ich schob ihn zur Seite und stürmte an ihm vorbei. Ich verließ das Haus, stieg in den Wagen meines Vaters. Stephen war mir nachgelaufen.

»Warte, wir müssen darüber reden!«

»Das fällt dir aber früh ein! Ich will jetzt nicht reden!«, rief ich, bebend vor Wut und Ratlosigkeit, und knallte die Wagentür zu.

Ich fuhr zum Hof meiner Eltern. Stephen hatte davon gewusst. Wie lange schon? Etwa die ganze Zeit? Er war alt genug, um Patsy noch gekannt zu haben. Warum hatte er nie etwas gesagt? Warum hatte er aber ein Buch über sie schreiben wollen? Oh Stephen, ich hatte dir fast vertraut, dachte ich. Und jetzt kommst du auch mit einem ganzen Berg an Geheimnissen. Warum muss es nur immer so sein? Warum ist es so schwer, einfach über alles zu reden?

Wie schwer es sein konnte, wusste ich mittlerweile selbst sehr gut. Und trotzdem, oder genau deshalb, ließ es mich verzweifeln.

Ich hielt auf dem Hof und ging zur Scheune, zu dem kleinen Verschlag in der linken Ecke, wo alles Mögliche gelagert war, was im Haus keinen Platz mehr hatte, aber von dem sich unsere Eltern nicht recht trennen konnten. Dort fand ich das alte Schaukelpferd, dessen Farbe längst abgeblättert war. Mit der rechten Hand strich ich am Hals des hölzernen Pferdes entlang und fand, was ich gesucht hatte: das eingeritzte Wort.

Die Beleuchtung in der Scheune war nur notdürftig, deshalb schaltete ich das Licht an meinem Handy ein und leuchtete auf die Buchstaben: P-A-T-S-Y. Das Schaukelpferd meiner Schwester, die ich nie kennengelernt hatte.

Ich sah mich um und entdeckte noch weitere alte Spielzeuge in offenen Kisten und Kartons. Ich fand aber auch leere und angebrochene Whiskeyflaschen. Hier war also der Ort, an den sich mein Vater zurückgezogen hatte. Um an Patsy zu denken und zu trauern. Um zu trinken und die Welt zu vergessen. Er hatte es einfach nicht mehr ausgehalten, nach all den Jahren des Schweigens. Stephens Recherchen waren wohl der Auslöser gewesen, dass es ihm in der letzten Zeit so schlecht gegangen war. Und dass ich beim Abendessen Angela Tannert erwähnt hatte und dass ich Kontakt zu ihr aufnehmen wollte, hatte ihm den Rest gegeben.

All die Lügen. Ich hatte es nicht wissen können, weil mir niemand etwas gesagt hatte. Und meine Unwissenheit hatte Dad fast in den Selbstmord getrieben.

Ich hörte, wie jemand die Scheune betrat, und hob den Blick. Es war Stephen.

»Ich dachte mir, dass ich dich hier finde«, sagte er nur und blieb zögerlich stehen.

Ich wusste nicht, was ich zu ihm sagen sollte. Ich ging an ihm vorbei zu der Leiter, die auf den Heuboden führte, kletterte hinauf und setzte mich auf einen der Heuballen. Stephen folgte mir kurz darauf und setzte sich mir gegenüber.

»Es tut mir leid«, sagte er.

»Was genau?«

»Dass ich es dir nicht schon vorher erzählt habe.«

»Warum hast du nichts gesagt?«

»Weil ich fand, dass es deine Eltern hätten tun müssen.« Er streckte eine Hand nach mir aus, aber ich nahm sie nicht. Ich sah ihn wütend an. Er zog sie wieder zurück.

»Du wolltest mit ihnen über Patsy sprechen?«

»Ja. Aber sie wollten nicht.«

»Wann hast du sie gefragt?«

»Nachdem mein Vater gestorben war.«

»Vor etwa einem halben Jahr?«

Er nickte.

»Ich glaube, daraufhin hat meiner angefangen zu trinken.«

Erschrocken sah er mich an.

»Eva sagt, dass die beiden seit einigen Monaten angespannter wirken. Sie haben versucht, sich nichts anmerken zu lassen. Aber als wir ihnen jetzt, nachdem ich Dad volltrunken in der Küche angetroffen habe, die Daumenschrauben angelegt habe, erzählten sie uns etwas von finanziellen Schwierigkeiten, die ihnen, Überraschung!, seit einem halben Jahr Mühe bereiten, über die sie aber nicht hatten reden wollen. Ich glaube das mit dem Geld nicht. Ich glaube, darüber hätten sie geredet. Aber über Patsy nicht. Es muss daran gelegen haben.«

»Ich habe es mit meinen Fragen ausgelöst?«, sagte Stephen leise.

»Und ich habe etwas zu ihm gesagt, das ihn fast ins Wasser getrieben hätte. Ich hatte ihm von Angela und dem verschwundenen Mädchen, von Patsy erzählt. Nicht wissend, wer Patsy ist.«

Wir sahen uns einen Moment schweigend an.

»Das hab ich nicht gewollt«, sagte er schließlich leise.

»Ich etwa?«

Draußen sangen bereits die Vögel, und die Sonne ging auf. Ich schloss die Augen.

»Livvie, ich hatte nie vor, den Namen eurer Familie öffentlich zu machen. Ich wollte nur herausfinden, was damals wirklich geschehen war, weil es … so viele Menschen verändert hat. Und darüber eben ein Buch schreiben. Aber dann hab ich dich wieder getroffen, und da wusste ich, dass ich damit nicht weitermachen kann. Nicht so lange deine Eltern nicht mit dir … mit euch gesprochen haben. Und …«

»Du hast weitergemacht, obwohl meine Eltern es nicht wollten«, sagte ich.

»Ja. Wie gesagt, ich hätte niemals ihre Namen genannt.«

Ich öffnete die Augen und sah ihn an. »Seit wann wusstest du davon? Schon früher, als wir noch klein waren?«

»Nein.« Stephen strich sich sein Haar aus der Stirn und drehte den Kopf zur Seite. »Erst seit ein paar Monaten.«

»Warum wolltest du ein Buch über meine Schwester schreiben? Was hat das mit dir zu tun?«

Er sagte nichts. Er hatte die Unterarme auf die Knie gestützt und betrachtete seine Hände. Ich sah, dass da noch etwas war, das er mir sagen musste.

»Stephen?«

Er schüttelte den Kopf.

»Du hast mich doch letztens gefragt, warum ich von hier wegwollte. Und ich sagte, ein Beweggrund war, dass mir hier alles zu eng und trist und grau vorkam. Natürlich auch, weil ich dachte, es gibt noch so vieles mehr, das ich sehen und erleben muss. Und das, obwohl ich vorher noch gedacht hatte, dass ich hier alles habe, was ich im Leben brauche. Dazwischen lag der Tod von Alice. Mittlerweile glaube ich, ganz genau zu wissen, was mich auch noch von hier fortgetrieben hat: Dass niemand über die Dinge spricht, sie einfach nicht beim Namen nennt. Deine Schwester hat das schon viel früher gespürt als ich. Die war sich sehr schnell darüber im Klaren. Ich habe länger dazu gebraucht. Ich weiß zwar, dass es manchmal verdammt schwierig ist, über alles zu sprechen. Und vielleicht muss auch nicht immer alles und schon gar nicht alles sofort gesagt werden. Aber wenn die Konsequenz ist, dass die Menschen nur noch lügen und Geheimnisse haben und daran kaputtgehen?« Ich schüttelte den Kopf. »Stephen, ich dachte, du wärst da anders. Ich nahm das einfach an, weil du auch von hier weggegangen bist. Und weil du Hollys Bruder bist. Und weil ich es glauben wollte. Aber jetzt sitzt du hier und schweigst. Warum?«

Langsam hob er den Kopf, aber er hielt den Blick gesenkt. »Es ist nicht immer so einfach«, begann er.

»Spar dir die Phrasen und sag, was los ist.«

Er atmete tief durch. »Ich weiß von deiner Schwester, weil mir mein Vater davon erzählt hat, bevor er starb. Und ich wollte herausfinden, was wirklich geschehen ist, weil er der letzte war, der Patsy lebend gesehen hat.«

26.

»Patsy hat sich immer einen Hund gewünscht«, erzählte Stephen. »Mein Vater hatte einen. Genau so einen wollte sie auch haben. Sie kam manchmal vorbei und nahm den Hund einfach mit. Der Hund war total auf sie fixiert, und mein Vater hatte alle Mühe, ihn jedes Mal, wenn Floops mit Patsy durchgebrannt war, wieder dazu zu bringen, dass er auf Dad hörte. Kein Drama, nur einfach anstrengend. Ein paar Mal hat mein Vater Patsy sogar vom Hof gejagt und ihr gesagt, sie solle sich nicht mehr blicken lassen.«

»Sie war neun Jahre alt«, sagte ich leise.

»Genau das war ihr Problem. Neun Jahre alt, hochintelligent und voller Energie. Und niemand wusste, wie man mit so einem Kind umgehen sollte. Sie tat nie, was man ihr sagte, und sie ging jedem auf die Nerven. Jedem. Sie stellte zu viele Fragen, sie war zu laut, sie brauchte zu viel Bewegung. Sie wollte immer etwas anderes machen, langweilte sich schnell, kannte ihre eigenen Grenzen nicht. Alle waren mit ihr überfordert.«

»Auch meine Eltern?«

»Wahrscheinlich.«

Ich nickte. »Und was geschah dann?«

»An jenem Abend hat mein Vater sie gesehen. Sie war klatschnass und hatte nicht mal eine warme Jacke an, als sie auf den Hof kam. Sie klopfte an die Tür und wollte hineingelassen werden. Sie rief nach dem Hund, und der rannte auch zur Tür und bellte, weil er sich freute und zu ihr wollte. Aber mein Vater hatte es satt. Er dachte sich: Sie ist durchgefroren und nass, sie läuft bestimmt gleich wieder nach Hause, wenn wir sie nicht reinlassen. Meine Mutter sagte noch, er solle die Tür aufmachen, wer weiß, warum das Kind um diese Uhrzeit in der Dunkelheit herumlief, und dann noch ohne Jacke. Aber Dad wollte nicht.« Stephen hatte einen Strohhalm in die Hand genommen und spielte nervös damit herum. Ich musste daran denken, wie wir als Kinder hier auf dem Heuboden gesessen und mit den kleinen Katzen gespielt hatten. Wie wir uns hier oben Geheimnisse erzählt hatten. War ich deshalb hier heraufgeklettert? Einem alten Instinkt folgend? Weil dies ganz früher immer der Ort für die wirklich wichtigen Dinge gewesen war?

»Natürlich dachte er, sie läuft einfach wieder nach Hause«, sagte ich. »Ist ja nicht weit.«

»Eure Eltern wohnten aber damals noch nicht hier auf dem Hof«, sagte Stephen. Er sah mir die Überraschung an. »Okay, das wusstest du auch nicht?«

»Ich fürchte, ich weiß so gut wie gar nichts«, sagte ich und biss mir dann auf die bebende Unterlippe.

»Sie wohnten in der Nähe der Stelle, an der sie ertrank.«

»Das heißt, sie wollte nach Hause. Ist dabei aber irgendwie ans Ufer geraten, abgerutscht und ertrunken?«

»Davon ist auszugehen.«

»Und dein Vater dachte dann, er hätte sie in den Tod geschickt.«

»Er *hat* sie in den Tod geschickt.«

Ich rieb mir die Augen. Sie schmerzten, fühlten sich entzündet an, trocken. Es kamen keine Tränen. »Das hat dir dein Vater kurz vor seinem Tod gebeichtet?«

»Ja.«

»Daraus wolltest du ein Buch machen?«

Er nickte.

»Warum? Erklär's mir. Ich verstehe es nicht.«

»Ein Buch über Schuld, und was sie mit den Menschen macht. Anhand dieser Geschichte erzählt. Alle fühlten sich schuldig an Patsys Tod. Und niemand sprach darüber. Alice' Mutter dachte, sie sei schuld, weil sie sich mit Patsy gestritten hatte und weil sie später eingeschlafen war und nicht gehört hatte, dass Patsy abgehauen war. Sogar Angelas Freund, also später dann Alice' Vater, hatte ein schlechtes Gewissen, weil er sich immer wieder sagte: Wenn ich nicht angerufen hätte, sondern hingefahren wäre, dann wäre das nicht passiert. Meine Mutter hat ihr schlechtes Gewissen mit ins Grab genommen, Dad hat mir erzählt, dass sie daran zugrunde gegangen ist. Und Dad – nun. Er musste vor seinem Tod endlich darüber reden. Er sagte mir, dass er die Freundschaft zwischen Holly und dir erst unerträglich fand, weil er ständig an Patsy erinnert wurde. Dann dachte er irgendwann, es sei vielleicht eine Art Wiedergutmachung, wenn du in seiner Tochter eine gute Freundin gefunden hast. Du siehst, die Menschen denken sich seltsame Dinge, um mit ihrem Gewissen irgendwie klar zu kommen.«

Mir fiel das Flurkreuz ein. Meine Eltern konnten es nicht aufgestellt haben, Angela war vermutlich zu jung gewesen, ein solches Mahnmal immer vor Augen haben zu wollen. Es könnte also Stephens Dad gewesen sein.

»Hat dein Dad das Kreuz aufgestellt?«

Stephen nickte. »Und er hat immer frische Blumen hingelegt. Nach seinem Tod habe ich damit weitergemacht.«

»Meine Eltern wussten davon?«

»Nein.«

»Sie wussten nicht, von wem das Kreuz war?«

Er schüttelte den Kopf. »Ich denke nicht. Jetzt wissen sie es, nachdem ich es ihnen gesagt habe.«

»Warum der heilige Hyazinth von Polen? Ich dachte erst, Auswanderer hätten das Kreuz errichtet.«

»Du weißt, wen die Figur darstellt?« Stephen war offensichtlich überrascht.

»Das Studium der Kunstgeschichte hat manchmal Vorteile«, sagte ich trocken. »Ich hatte mal ein Seminar über Heiligenfiguren. Schon eine Ewigkeit her. Also? Warum? Ihr habt doch keine polnischen Vorfahren, soweit ich weiß?«

»Doch, meine Großmutter, seine Mutter. Sie kam in den dreißiger Jahren nach England, wo sie über Bekannte oder Verwandte meinen Großvater kennenlernte, der sie heiratete und mit nach Irland nahm. Aber es geht gar nicht darum, dass es der Schutzheilige von Polen ist. Er ist auch der Schutzheilige der Ertrinkenden.«

»Noch eine Wissenslücke.«

»Ist es ein gutes Zeichen, wenn du sarkastisch wirst?«, fragte Stephen.

»Ich versuche nur, mich zu schützen.« Irgendwann in der letzten Stunde hatte ich emotional die Türen geschlossen, weil ich einfach nicht mehr konnte. Was erwartete mich noch alles? Welche Geheimnisse würden noch auf mich einstürmen?

»Ich kann dich verstehen«, sagte Stephen.

»Genau das glaube ich nicht«, gab ich zurück.

»Dass du sauer auf mich bist. Das ist … Ich verstehe das.«

»Oh, wie schön. Du verstehst mich. Was für ein Glück.« Wieder rieb ich mir die Augen. »War die Plakette schon immer an dem Kreuz? Oder hast du sie angebracht?«

»Nein, das war noch Dad. Erst vor ein paar Jahren, ich weiß nicht genau, wann er es gemacht hat, oder warum.«

»Ist das meinen Eltern nicht aufgefallen? Oder jemand anderem, ich meine, es muss doch noch Menschen geben, die sich erinnern …« Im selben Moment wusste ich aber schon, wie die Antwort lauten würde.

»Ich denke nicht, dass sie oft dort waren. Sie haben vermutlich einen weiten Bogen um diese Stelle gemacht. Und außerdem hätten sie nicht darüber geredet. Niemand redet noch von Patsy. Und so hat niemand sie drauf angesprochen. Und deine Eltern haben auch nie etwas gesagt.«

»Das ist unglaublich«, sagte ich. »Sie haben es fast geschafft, einen Menschen vollkommen in Vergessenheit geraten zu lassen. Ein neunjähriges Mädchen. Die eigene Tochter.«

»Deshalb wollte ich das Buch darüber schreiben.«

»Über meine Schwester.«

»Über das Vergessen. Und dass sich Schuld nicht vergessen lässt.«

Draußen war es hell. Ich sah auf die Uhr: Gleich sieben. Ich nahm mein Handy und sah nach, ob sich Eva gemeldet hatte. Nichts, keine SMS, keine verpassten Anrufe. »Ich muss ins Krankenhaus«, sagte ich zu Stephen.

»Soll ich dich hinbringen?«

Ich schüttelte den Kopf. »Nein.«

»Meldest du dich, wenn du zurück bist?«

Ich sah ihn lange an. »Ich weiß es nicht.«

»Also nein?«

Ich antwortete nicht, sondern stand auf, ging zur Leiter und kletterte hinunter.

Als ich über den Parkplatz auf das Krankenhaus zukam, hielt Mam die Hände ineinander verkrampft und ging nervös auf und ab. Eva saß auf dem Boden, die Knie an sich herangezogen, den Kopf in die Arme gelegt. Ein Zucken ging durch ihren Körper. Sie weinte. Ich lief auf sie zu, hockte mich zu ihr und nahm sie in die Arme.

Mam sagte nichts, als ich zu ihr aufsah. Ihre Augen wirkten riesig, das Gesicht bleich und abgezehrt. Ihre Lippen bewegten sich zwar, aber kein Laut drang heraus. Aber die Hilflosigkeit, die sie ausstrahlte, vergrößerte nur noch meine Wut.

»Eva, ist was mit Dad?«, fragte ich.

Sie schüttelte den Kopf. Ihr Gesicht blieb weiter zwischen den Armen verborgen, und sie hörte nicht auf zu weinen.

»Sie hat dir alles erzählt?«

Meine Schwester nickte.

»Wollen wir irgendwo anders hingehen und reden?«, fragte ich.

Wieder nickte sie. Ich sah forschend zu Mam, die nun wieder nervös auf und ab ging. Zu Eva sagte ich: »Wohin willst du?«

Sie flüsterte etwas, das ich nicht verstand. Ich beugte

mich noch tiefer zu ihr herab, und sie hob den Kopf ein wenig, um zu sagen: »Ich will da hin, wo sie gestorben ist.«

Ich half Eva hoch und sagte zu Mam: »Wir müssen später reden. Aber wie geht es Dad?«

Sie brauchte einen Moment, bis sie einen Ton herausbrachte. »Sie haben ihn unter Beobachtung. Es war nur ein ganz leichter Infarkt. Denke ich. Livvie, dein Dad und ich, wir wollten doch nur …«

»Mam, bitte, nicht jetzt. Können wir zu ihm?«

»Ich will nicht zu ihm«, schluchzte Eva.

»Kann ich?«

Mam schüttelte den Kopf. »Er braucht Ruhe, ich warte auch darauf, dass die Ärzte mich zu ihm lassen. Wollt ihr nicht hier warten? Bitte …«

»Eva möchte zum Flurkreuz«, sagte ich. Ich wunderte mich darüber, wie stark, wie gefasst ich die ganze Zeit über war. Irgendwann werde ich zusammenbrechen, dachte ich. Aber nicht jetzt. Eva brauchte mich, und meine Enttäuschung über meine Eltern, über Stephen, über das gesamte Dorf hielt mich offenbar aufrecht.

»Nicht«, sagte Mam. »Fahrt da nicht hin. Bleibt hier.«

»Mam, wenn Eva da jetzt hinmöchte, werde ich sie hinbringen.«

»Was soll das denn bitte bringen?«, fragte Mam. »Euer Vater liegt hier auf der Intensivstation und braucht euch!«

»Du hast gerade gesagt, wir können nicht zu ihm. Und sein Zustand ist doch so weit unkritisch, richtig?«

»Livvie, es gibt keinen Grund, uns für irgendetwas zu hassen«, sagte sie. »Wir haben, weiß Gott, genug durchgemacht all die Jahre. Und wir haben es für euch getan.«

Ich sah sie fassungslos an. »Sagst du uns jetzt, dass wir daran schuld sind, was mit Dad passiert ist? Dass er sich wegen uns hat umbringen wollen?«

»Wir hätten hier ganz wegziehen sollen«, sagte Mam. »Alles hinter uns lassen. Alles vergessen.«

»So wie die Tannerts?«, fragte ich, während Eva kopfschüttelnd und vor sich hin murmelnd über den Parkplatz zu Dads Wagen vorging. »Glaubst du, sie sind heute glücklich?«

»Wir hätten damals weggehen müssen. Und Angela auch. Es war falsch hierzubleiben. Aber euer Vater hatte hier die ganzen Ländereien. Er wollte ja unbedingt bleiben. Ich habe ihm immer gesagt, dass es ein Fehler ist.«

Ich sah sie zornig an. »Mam, der einzige Fehler, den ihr gemacht habt, war der, nicht darüber zu reden.«

»Was hätte es denn gebracht? Wir sind fast daran kaputtgegangen! Wir konnten nicht mehr! Uns ging es schlecht, Angela ging es schlecht, alle haben gelitten! Es war eine grauenhafte Zeit. Weißt du, wie lange wir noch Hoffnung hatten, sie würde zurückkommen? Wie lange wir uns einredeten, sie sei gar nicht tot?« Mam schüttelte den Kopf. »Nein, wir mussten einen Schlussstrich ziehen.«

»Nie wieder darüber zu reden ist nicht dasselbe wie einen Schlussstrich zu ziehen. Ihr habt euch ja gegenseitig damit fast erstickt!«

Sie verschränkte die Arme und drehte sich von mir weg. »Alles war gut, bis Stephen mit dieser unfassbaren Buchidee kam. Warum willst du darüber schreiben, was soll das?, habe ich ihn gefragt. Hör auf damit, wir wollen nicht darüber reden, habe ich ihm gesagt, und er ist gegangen. Von da an ging es eurem Vater schlecht. So richtig schlecht.«

»Mam«, sagte ich und erschrak darüber, wie kalt ich klang. »Wenn ihr nicht über dreißig Jahre lang einen Deckel draufgehalten hättet, wäre das alles hier nicht geschehen. Und das mit Alice wahrscheinlich auch nicht.«

»Was? Willst du jetzt uns die Schuld an Alice' Tod geben?«, rief sie. »Weißt du überhaupt, was du da redest?«

»Ich sage nicht, dass ihr schuld seid. Ich sage nur, dass diese Geheimnisse niemandem gutgetan haben. Niemandem. Auch nicht dir, wenn du ehrlich bist.«

Mam starrte mich an, und ihr Blick war nun ebenso kalt, wie meine Stimme geklungen hatte. »Weißt du was, Olivia, ich denke, es wäre besser, wenn du jetzt nach Hause fährst. Und damit meine ich nicht Cheekpoint. Wir brauchen wohl alle ein wenig Zeit.« Sie drehte sich um und verschwand durch die Eingangstür im Krankenhaus.

27.

Ich saß mit meiner Schwester auf der Bank vor dem Flurkreuz. Wir blinzelten in die Mittagssonne. Evas Kopf lag auf meiner Schulter.

»Sie hat gesagt, Callie ist genau wie Patsy. Meinst du, sie haben sie deshalb weniger lieb?«

»Quatsch«, sagte ich, wurde aber sofort unsicher. »Oder hattest du den Eindruck?«

Eva hob die Schultern. »Ich weiß es nicht«, seufzte sie. »Ich weiß überhaupt nichts mehr.«

Es war schwer, sich vorzustellen, dass sich unser Dad vor zwölf Stunden dort vorn am Ufer das Leben hatte nehmen wollen. Und noch schwerer, sich eine Schwester vorzustellen, die ich nie gekannt hatte.

Nach dem Krankenhaus waren wir zuerst auf den Hof gefahren, damit ich meine Sachen zusammenpacken konnte. Eva hatte mich angefleht, es mir anders zu überlegen und einfach noch eine Weile bei ihr zu wohnen, aber ich wollte weg.

»Und was ist mit Stephen?«, fragte sie. Ich erzählte ihr alles, was ich von ihm erfahren hatte, alles, was wir in der Scheune gesprochen hatten.

»Ich weiß nicht, was ich davon halten soll«, sagte ich. »Ich brauche wirklich Abstand. Mam hat recht.«

»Du kannst mich aber hier nicht allein lassen. Wir müssen noch so viel reden! Ich will, dass sie uns alles über Patsy erzählen. Da musst du doch dabei sein.«

»Mam hat mich quasi rausgeworfen«, sagte ich ihr, während ich die Reißverschlüsse an den Koffern zuzog. Eva half mir, sie die Treppe hinunterzuwuchten und sie in den Kofferraum zu hieven. Es war schon Mittag, als wir am Flurkreuz ankamen.

»Ich weiß gar nicht, ob ich wütend auf die beiden bin«, sagte Eva. »Sie tun mir schrecklich leid. Wenn ich mir vorstelle, eine von meinen Töchtern würde sterben … Nein, ich will mir das nicht vorstellen.«

»Aber du würdest darüber reden. Du würdest dafür sorgen, dass du und Conor und alle anderen es verarbeiten. Und dass sich alle erinnern.«

»Das stimmt.«

»Vorhin war ich richtig zornig. All diese Lügen. Jetzt bin ich vor allem müde.« Ich schloss die Augen. Sie brannten immer noch, als wären sie entzündet. »Das Falsche tun aus den richtigen Gründen«, sagte ich. »Ist es das?«

»Vielleicht.« Eva setzte sich auf. »Wir alle brauchen Zeit.«

»Ja.« Etwas nagte noch an mir. »Glaubst du, dass wir jetzt wirklich alles wissen?«

»Glaubst du, dass da noch mehr ist? Bitte nicht. Mir reicht es.«

»Irgendwas gibt es da noch, was sie uns nicht sagen.«

»Du siehst …« Sie hielt inne.

»Gespenster?«

Eva seufzte. »Als ich das zuletzt zu dir sagte, lagst du leider richtig.«

»Und es gab Gespenster, irgendwie.« Ich verzog das Gesicht über diese etwas geschmacklose Bemerkung.

Aber Eva kicherte. »Weißt du was, ich glaube, das hätte der Kleinen gefallen.«

»Der Kleinen? Die Kleine ist unsere große Schwester. Sie wäre heute«, ich rechnete nach, »dreiundvierzig.«

»Ich hätte eine große Schwester«, sagte Eva und lächelte.

»Du wärst ein Sandwichkind.«

»Callie ist auch eins. Hat ihr nicht geschadet.«

Ich lächelte auch. »Wir werden ganz viel mit den Eltern reden müssen. Aber jetzt noch nicht. Erst, wenn Dad gesund ist.«

Eva nickte. »Wann müssen wir los?«

Ich hatte noch einen Flug nach Edinburgh am späten Nachmittag bekommen. »Wir haben noch bisschen Zeit.«

»Holt Josh dich ab?«

»Oh nein. Ganz sicher nicht. Oder glaubst du etwa, das wäre eine gute Idee?«

»Es wäre zumindest praktisch. Bei dem ganzen Gepäck.« Eva grinste verschmitzt.

Ich lachte und umarmte sie.

Als ich im Flieger saß und wir endlich abhoben, in die Luft stiegen und Irland immer kleiner wurde, atmete ich auf. Ich sah aus dem Fenster, bis wir die Reiseflughöhe erreicht hatten. Die Sonne beschien den Flieger und die grüne Insel unter uns. Über meine Wangen liefen stille Tränen. Ich legte die Stirn an die kühle Scheibe und schloss die Augen.

Am Flughafen in Edinburgh nahm ich mir einen Mietwagen und fuhr nach St. Andrews. Ich dachte daran, wie es wäre, wenn Josh mich abgeholt hätte. Nein, ich war sehr froh darüber, allein zu sein. Ich brauchte nicht nur Zeit, um über meine Eltern nachzudenken, sondern auch über Stephen und wie ich nach seinem Schweigen zu ihm stand.

Dabei hatte ich im Flieger befürchtet, Josh zu vermissen, sobald ich schottischen Boden unter den Füßen hatte. Immerhin war er in den vergangenen drei Jahren mein Partner gewesen, der wichtigste Teil in meinem Leben. Wir hatten Pläne gehabt. Wir hatten uns hier eingerichtet. St. Andrews war mein Zuhause geworden. Nun fuhr ich über die Forth Road Bridge, die Edinburgh mit der Halbinsel Fife verband, und dachte: Ja, es ist schön hier, aber das ist es woanders auch.

Ich nahm nicht wie sonst die Strecke über Auchtermuchty und Cupar, sondern bog spontan kurz hinter der Brücke ab, um die Straße zu nehmen, die nah an der Küste entlangführte. Immer wieder zog es meinen Blick aufs Wasser, und ich musste mich dazu ermahnen, auf den Verkehr zu achten. Als hinter Leven die Straße nach St. Andrews abging, entschied ich mich wieder anders und fuhr weiter nach Crail, einem malerischen Fischerdorf, das an der Ostspitze von Fife lag, wo der Firth of Forth in die Nordsee überging. Ich parkte den Wagen, stieg aus, nahm meine Kameratasche vom Beifahrersitz und ging ziellos, aber aller Müdigkeit zum Trotz mit wachem Blick herum.

Ich war schon oft hier gewesen, zusammen mit Josh, häufig noch mit anderen befreundeten Paaren. Wir waren spazieren gegangen, hatten etwas gegessen, waren zurückgefahren. Ich hatte im Ohr, wie Josh oder jemand von den anderen sagte: Mach doch hier mal ein Foto, mach doch da mal ein Bild … Heute machte ich meine eigenen Fotos. Die Motive mochten die gleichen sein. Die Bilder würden völlig anders werden. Es war, als hätte ich nun begriffen, aus welchem Winkel ich den malerischen kleinen Hafen aufnehmen musste, damit er nicht wie eine hübsche Postkarte wirkte, sondern wie das, was er war: ein Schutz vor der rauen See. Ich entdeckte Details in den engen Gassen, die mir bisher stets entgangen waren, wie die keltischen Inschriften über manchen Haustüren, die Geister abhalten sollten, oder den akkurat gestickten Vorhang in einem Fenster, der den Lieblingsfußballverein des Bewohners auswies. Es war, als entdeckte ich erst jetzt die Menschen, die hier lebten, als hätte ich zuvor nur die Kulisse gesehen.

Die Sonne verschwand bereits am Horizont, und ich ging in ein Pub, um etwas zu essen. Ich betrachtete die Leute, dem Empfinden nach in der Mehrzahl Anwohner und keine Touristen. Ich fühlte mich wohl damit, etwas abseits zu sitzen und sie zu beobachten. Nachdem ich in Ruhe gegessen und ein Bier getrunken hatte, fuhr ich zu meinem Haus in St. Andrews. Es war bereits elf Uhr, als ich ankam, und ich hatte seit mehr als sechsunddreißig Stunden nicht geschlafen, von den paar Minuten, die ich im Flieger eingenickt war, abgesehen. Ich nahm nur meine Kameratasche und die Handtasche mit hinein, für alles andere war ich mittlerweile zu müde. Innerlich dankte ich dem Schicksal dafür, dass noch niemand auf die Wohnungsanzeigen reagiert hatte, die meine Mutter geschaltet hatte, ging die Treppe hinauf zum Schlafzimmer, legte mich ins Bett und schlief sofort ein.

Ich wachte nach zwölf Stunden auf und fühlte mich

überraschend ausgeruht und erholt. Die Mittagssonne stand strahlend am Himmel. Ich musste über mich selbst lächeln, weil ich wirklich in Jeans und T-Shirt geschlafen hatte. Wenigstens hatte ich daran gedacht, die Schuhe auszuziehen und die Gehschiene abzunehmen. Ich würde es ab sofort ohne sie versuchen, hatte ich mir vorgenommen. Von Eva hatte ich eine SMS bekommen. Dads Zustand war unverändert, was grundsätzlich gut war, und Mam schien gerade mit niemandem reden zu wollen. Ich schrieb ihr zurück, dass ich gut angekommen war, sehr lange geschlafen hatte und mich emotional verkatert fühlte, irgendwo zwischen Verzweiflung, Enttäuschung, Zorn und Mitgefühl.

Ich ging runter, holte mein Gepäck aus dem Auto, duschte, ging einkaufen, und es war Nachmittag, als ich meinen Laptop einschaltete, um Mails abzurufen. Als ich sah, dass Holly geschrieben hatte, schlug mein Herz schneller. So viel war geschehen, seit ich ihr wegen Stephen geschrieben hatte. Die Welt hatte sich auf den Kopf gestellt. Und doch war es mir ungemein wichtig, was sie über Stephen und mich dachte. Ich öffnete die Mail und las sie eilig durch:

»Livvie, die alten Fotos von Alice sind toll. Danke. Die Geschichte ihrer Mutter ist schrecklich. Und erklärt wahrscheinlich einiges. Du und mein Bruder, das macht mich spontan nicht gerade glücklich, wie du dir denken kannst, aber meine Güte, ihr seid erwachsen (oder so), macht, was ihr wollt. Und erzähl mir bitte, bitte, keine Details aus eurem Sexleben, vielen Dank. Ich bin noch unterwegs mit dieser Autorin/Diva/Primaballerina, die ist so anstrengend, du würdest es nicht glauben, deshalb nehme ich mir eine Woche frei, sobald ich sie wieder los bin. Wie sieht es in der ersten Juniwoche aus? Kann ich dich besuchen? Ja, für dich würde ich sogar nach Cheekpoint kommen. Aber ich hoffe, du bist dann wieder in Schottland. Oder klebst du an meinem Bruder gerade fest? Dann reiß dich für mich los, okay? Sag, ob ich kommen kann. Ich brauche normale Menschen. Also sag Ja. Holly.«

Ich war unheimlich erleichtert, Holly war eine klare Stimme in diesem ganzen Drama, das brauchte ich im Moment. Und sie kannte mich und alle anderen, vielleicht besser als ich selbst. Deshalb musste ich nicht lange überlegen und schrieb ihr das Wichtigste sofort zurück: »Holly, buch so schnell du kannst, bleib so lange, wie du willst. Ziel: Edinburgh oder Glasgow, was für dich am besten ist, ich hole dich ab. Später mehr. Livvie.«

Dann ging ich in die Küche, machte mir ein paar Scheiben Toast mit Marmelade und ein paar Rühreier, trank ein großes Glas Wasser und einen Orangensaft, ging dann zurück an meinen Rechner, öffnete ein Word-Dokument und schrieb alles, was geschehen war, für Holly auf. Als ich fertig war, kopierte ich den langen Text in eine Mail und schickte sie ihr. Den Rest des Tages verbrachte ich damit, meine Koffer auszupacken, Wäsche zu waschen, das Haus zu putzen und zu versuchen, nicht an meine Familie oder an meine Zukunft zu denken. Dabei gab es so vieles, über das ich nachdenken musste. Aber nicht jetzt, nicht heute, vielleicht nicht einmal morgen oder übermorgen. Ich brauchte erst einmal Zeit.

28.

Anderthalb Wochen später, es war Anfang Juni, kam Holly nach Schottland. Wir hatten uns viele Mails geschrieben und zwei Mal sehr lang telefoniert. Ich war froh und glücklich, mit ihr über alles, wirklich alles gesprochen zu haben. Auf ihren Bruder war sie nicht gut zu sprechen, denn er hatte ja auch ihr nichts von Patsy erzählt, nichts davon, was ihr Vater ihm auf dem Sterbebett anvertraut hatte.

»Nicht einmal auf der Beerdigung hat er irgendetwas angedeutet«, sagte Holly ernst, als wir in St. Andrews im Pub saßen. Gleich nach ihrer Ankunft in Glasgow hatte sie sich gewünscht, in ein Pub zu gehen, und nun saßen wir in der Whey Pat Tavern, einem angenehm unaufgeregten Pub, in dem sich sowohl die Bewohner von St. Andrews als auch zugezogene Studenten einfanden. Dafür blieb es weitgehend von den Golftouristen verschont. Holly bestellte sich Fish & Chips und verspeiste ihre Portion mit so viel Appetit und Hingabe, als hätte sie seit einer Woche nichts außer Salatblättern bekommen.

»Ich habe seit einer Woche wirklich nichts außer Salatblättern bekommen«, sagte sie, als sie fertig war. »Diese Autorin isst ausschließlich vegan. Was okay ist. Halb New York isst vegan, obwohl sich das auch gerade etwas ändert … Aber sie ging mir so auf die Nerven, da hätte ich wirklich etwas mehr tierische Fette gebrauchen können.« Sie schüttelte den Kopf. »Du hast keine Ahnung, wie froh ich bin, hier zu sein.«

»Das bin ich auch.«

Holly sah mich an. »Tut es weh?«

Ich dachte, sie würde wegen Stephen fragen. Vorsichtig fragte ich zurück: »Was?«

»Zu wissen, dass es da mal jemanden gab … eine Schwester …« Sie zögerte. »Ich habe mir immer gewünscht, eine Schwester zu haben.«

»Ich habe eine. Und außerdem hatte ich dich und …«

»Alice.«

»Ja.«

»Also tut es nicht weh?«

Ich dachte nach. »Ich würde es nicht so nennen. Ich bin traurig, weil ich sie gern kennengelernt hätte. Aber da ich sie nie kannte, kann sie mir nicht fehlen. Es tut weh, dass meine Eltern nie von ihr erzählt haben. Sie haben uns jahrelang angelogen. Ja, das tut weh.«

»Haben sie sich mittlerweile gemeldet?«

Ich schüttelte den Kopf. »Immer noch nicht.«

»Immer noch nur die Updates von Eva. Aha.«

»Dad kommt bald in die Reha, Mam ist immer noch … hm, Eva nennt es ›beleidigt‹, obwohl wir ja wohl eher Grund dazu hätten.« Der Zustand meines Dads hatte sich überraschend schnell stabilisiert, er war nach vier Tagen von der Intensiv- auf die normale Station verlegt worden. Noch war jedoch nicht klar, ob Schäden zurückbleiben würden.

»Na ja. Deine Mam muss sich ja irgendwie schützen, ist

klar, dass sie sich da erst berappeln muss. Da redet sie sich und allen anderen jahrzehntelang ein, dass dieses Versteckspiel das einzig Wahre sei, und dann soll sie von einer Minute zur nächsten sagen: Huh, war wohl doch nicht so doll. Gib ihr Zeit.«

»Ja, ach, Zeit … Die brauchen wir alle.«

Holly sah mich nachdenklich an. »Sag mal, dieser Student … Was ist mit dem? Hast du nicht Angst, ihm zu begegnen? Das wäre doch total unangenehm.«

Ich seufzte gequält. »Er ist doch nicht mehr in St. Andrews. Soweit ich weiß, hat er sich zu seinen Eltern zurückgezogen und in Behandlung begeben. Ich hatte überlegt, ihm einen Brief zu schreiben, in dem ich mich dafür entschuldige, dass ich ihn offenbar ermutigt habe …«

»Nein!«, rief Holly. »Das wäre ja ganz falsch! Das würde er wieder für ein Zeichen oder sowas in der Art halten, und alles würde von vorn losgehen!« Sie hob abwehrend die Hände.

»Beruhige dich. Ich sagte, ich hatte es überlegt. Aber dann bin ich zum selben Schluss gekommen wie du. Er hätte dann gar keine Ruhe, um gesund zu werden, ich würde alle Wunden wieder aufreißen. Also habe ich es nicht getan. Es ist das Beste für ihn, wenn er nie wieder etwas von mir hört.«

»Denke ich auch. Und mit deinem schlechten Gewissen musst du selbst klarkommen. Da kann er dir keine Absolution erteilen.«

»Na vielen Dank«, murmelte ich sarkastisch.

»Aber ich weiß, wie wir die dunklen Gefühle niederringen. Oder vielmehr: wegspülen.« Holly stand auf und nickte in Richtung der Theke. »Noch ein Bier?«

»Aber ja.«

Ich sah ihr zu, wie sie an der Theke selbstbewusst mit dem zehn Jahre jüngeren Barmann flirtete. Als sie zurückkam, die Gläser auf den Tisch stellte und sich hinsetzte, sagte sie: »So, meine Liebe. Anderes Thema. Stunde der Wahrheit.«

»Wie bitte?«

»Ich habe nicht nur mit dir, nein, auch mit meinem Bruder telefoniert. Allerdings vergleichsweise kurz. Wir sind nicht so die Plaudertaschen, wenn wir denn mal miteinander reden. Ich sage nichts zu dem, was ihr da miteinander am Laufen habt. Oder nicht mehr am Laufen habt. Das ist eure Sache, da reichen mir hin und wieder die grundlegenden Infos. Für den Fall, dass ihr zwei wieder … du weißt, was ich meine. Stephen jedenfalls machte mich auf deine Fotos aufmerksam. Du hast deine Flickr-Seite sehr schön neu bestückt in den letzten Tagen und Wochen. Ich muss schon sagen, ich bin sehr beeindruckt. Sehr.« Sie hob das Glas und prostete mir zu. »Du bist eine wahre Fotografin.«

Ich strahlte. »Findest du?«

»Oh ja.«

»Danke. Das bedeutet mir viel.«

»Scheint dir gutgetan zu haben, ein bisschen aufzuräumen.«

»Wie bitte?«

»Josh hat dich blockiert, hm?«

»So kannst du das aber nicht sagen. Wir waren immerhin drei Jahre lang …« Dabei wusste ich ja nur zu gut, dass Holly recht hatte, aber die Verteidigungsreflexe saßen wohl tief.

»Ja, danke, ich weiß, ich bin im Bilde, und als deine beste Freundin sage ich dir: Gut, dass es vorbei ist. Auf die Freiheit!« Wieder prostete sie mir zu. »Wie geht es weiter?«

»Wie geht was weiter?«

»Dein Leben.«

»Genau darüber wollte ich mir in Ruhe meine Gedanken machen.«

Holly wischte mit der Hand die feuchten Ringe vom Tisch, die ihr Bierglas hinterlassen hatte. »Während du dir in Ruhe deine Gedanken machst, bin ich schon mal unauffällig im Hintergrund tätig geworden. Als deine Agentin quasi. Wobei ich natürlich nicht deine Agentin bin. Und es auch nicht sein kann, weil ich von Fotografie keine Ahnung habe.«

»Holly? Wovon redest du gerade?«

»Pass auf. Ein Riesenzufall. Eine Galerie in Edinburgh, in der George Street. Normalerweise planen Galerien schon Jahre im Voraus. Aber das weißt du ja. Jemand ist ausgefallen, ich weiß nicht genau warum. Ich glaube, er und der Galerist haben sich übel gestritten. Der Fotograf war ein Typ aus New York. Ich hörte davon und rief gleich mal bei dem Galeristen an. Ich meine, warum nicht? Und siehe da, er sucht kurzfristig Ersatz.«

»Äh ja. Schön. Aber er sucht natürlich nicht mich.«

»In der Tat tut er das nicht. Er hat eine lange Liste an Wunschkandidaten. Und eine lange Liste an Leuten, die ganz, ganz dringend bei ihm ausstellen wollen. Sie würden sich diverse Körperteile abhacken, um bei ihm ausstellen zu dürfen. Und hier komme ich ins Spiel. Ich rufe ihn also an, bequatsche ihn, wie sich das für eine Agentin gehört, und jetzt haben wir doch tatsächlich einen Termin bei ihm.«

Ich musste es für mich in klare, unmissverständliche Worte fassen. Ich blinzelte kurz, legte die Hände flach auf den Tisch und sagte: »Wir haben einen Termin bei einem Galeristen für eine Ausstellung mit meinen Bildern?«

»Ja.«

»Unmöglich.« Ich lehnte mich zurück und verschränkte die Arme.

»Eben nicht. Er hat schon so gut wie Ja gesagt. Die Galerie heißt Lamondt und hat sich spezialisiert auf Porträt-, Architektur- und Landschaftsfotografie, vornehmlich britische Künstler und Commonwealth, aber auch Briten im Ausland. Er hat deine Fotos im Netz angeschaut, er weiß also, was du machst. Im August wäre es dann soweit. Wenn alles klappt. Aber ich denke, es klappt.«

»Bei Lamondt!« Ich konnte es kaum glauben. »Wahnsinn. Und dann noch im August. Da quillt Edinburgh über. Wegen des Edinburgh Festivals!«

»Umso besser. Die Eröffnung ist eine Woche vor Festivalbeginn, und dann hängen die Bilder bis Weihnachten. Nein, eigentlich bis Anfang Januar. Du bekommst also sämtliche Touristenströme mit. Na, vielleicht nicht du persönlich, aber deine Bilder.«

Ich war so aufgeregt, ich platzte fast vor Freude. »Holly, das ist doch nicht wahr!«

»Doch doch. Oder sagen wir mal: Es läuft.« Sie grinste.

Ich stieß einen kleinen Jubelschrei aus. »Nein! Ich habe eine Ausstellung? Aber … ich habe doch gar keine Bilder! Ich meine, die sind doch alle noch gar nicht gut genug! Da sind doch höchstens zwei, drei von zu gebrauchen, und dann müsste ich erst Abzüge machen, und sind die überhaupt richtig bearbeitet?« Tausend Gedanken purzelten durch meinen Kopf. »Oh Holly, das ist das Allergrößte für mich, weißt du das?« Und dann erschrak ich vor mir selbst. »Aber ich bin doch gar keine richtige Fotografin! Der sagt bestimmt noch ab!«

Holly saß mir gegenüber und lachte. »Ich hole uns am besten einen Whisky auf den Schreck, was?« Sie ging zur Bar.

Ich versuchte, meine Gedanken zu ordnen. Was für eine Auszeichnung, besonders, wenn man so wie ich nur nebenbei, nur als Hobby fotografierte. Es war nahezu unmöglich, als Hobbyfotografin eine gute, richtige Ausstellung zu bekommen, und die Galerie, von der Holly erzählt hatte, war in der Tat keine unbekannte. Dort war man mehrere Klassen entfernt von hübschen Kalendermotiven oder netten Landschaftsbetrachtungen. Ich hatte dort schon mehr als einmal vor dem Schaufenster gestanden und gedacht: Was für großartige Fotografen dort hängen. So etwas werde ich nie schaffen. Und nun kam meine beste Freundin und organisierte mal so nebenbei dort eine Ausstellung? Nein, ich musste träumen. Oder Holly hatte etwas falsch verstanden. Oder der Galerist überlegte es sich gleich morgen anders.

Holly kam mit dem Whisky zurück. »Du hast ganz rote Wangen«, sagte sie. »Ich wusste, du würdest dich freuen. Sehr gut.«

»Holly, das ist der absolute Wahnsinn! Von Freuen kann da gar nicht die Rede sein. Ich … platze!«

»Nicht platzen. Du wirst noch gebraucht. Also dann, auf die große Künstlerin!«

Wir hoben unsere Gläser. »Sláinte!«, riefen wir gleichzeitig und tranken.

Am nächsten Tag fuhren wir nach Edinburgh. Ich gab den Mietwagen zurück, dann gingen wir zu Fuß zu der Galerie in der George Street. Der Galerist hieß Tamir, ein hoch gewachsener, schlanker Mittfünfziger mit schwarzem Haar, das nur leicht von grauen Strähnen durchsetzt war, schwarzen Augen und einer umwerfenden Ausstrahlung. Er sprach ein lupenreines Oberklassenenglisch. »Lassen Sie mich ehrlich sein«, sagte Tamir, und mein Herz schlug schneller vor Angst, er könnte es sich auf der Stelle anders überlegen. »Ich habe mir Ihre Fotos angesehen, und … ja. Es ist vieles dabei, das sehr konventionell ist. Nicht direkt Postkartenansichten. Vielmehr … Sie entschuldigen, aber ich muss es wohl doch so formulieren: ambitionierte Postkartenansichten. Und dann findet sich mittendrin immer wieder ein Juwel. So manch ungeschliffener Rohling ist auch dabei, man sieht, dass Sie die Technik beherrschen und sich etwas dabei denken, aber ein klein wenig fehlt noch. Sie sind auf einem sehr, sehr guten Weg, meine Liebe. Sie haben ein gutes Auge. Mein Eindruck ist, wenn ich so offen sein darf, dass Sie mehr Zeit brauchen, um sich ganz auf das zu konzentrieren, wofür Ihr Herz schlägt. Wenn Sie das tun, können Sie eine ganz große Fotografin werden. Aber dazu müssen Sie dranbleiben. Ihren Job schmeißen. Was machen Sie eigentlich beruflich?«

»Sie ist an der Uni«, sagte Holly, weil ich keinen Ton herausbrachte.

Tamir verdrehte die Augen und unterdrückte ein Seufzen. »Welches Fach?« Er klang ungeduldig.

»Kunstgeschichte.« Wieder antwortete Holly für mich. Sie war ganz in ihrer Rolle als Agentin.

»Sie verschenken Talent und Lebenszeit und ...« Er unterbrach sich. »Wissen Sie was, das erklärt Ihre Bilder. Zu akademisch. Zu brav. Sie trauen sich nicht. Sie halten sich an Regeln, von denen Sie glauben, man müsse sie befolgen. Hören Sie damit auf. Reden und forschen Sie nicht über Kunst, werden Sie selbst zur Künstlerin. Ich sehe Ihr Talent. Ich will Sie fördern. Ich will die Fotos, die herausragen, und ich will, dass Sie damit Geld verdienen, um genau dort weitermachen zu können. Wenn Sie mir das versprechen, machen wir die Ausstellung.«

Empört sagte Holly: »Moment, Sie fordern, dass sie ihren Job schmeißt, um ...«

Tamir fiel ihr ins Wort. »Sie haben mich gehört.«

Holly stemmte die Hände in die Hüften und schüttelte fassungslos den Kopf. »Lieber Tamir, wissen Sie, was Sie da verlangen? Den Sprung ins eiskalte Wasser.«

»Ich muss Olivia nicht ausstellen. Es ist nicht so, dass ich Mühe hätte, gute Künstler zu finden. Streichen Sie ›gut‹, ersetzen Sie es durch ›hervorragend‹.«

»Olivia Brannon ist hervorragend, das haben Sie selbst gesagt!«

»Holly, ich habe die Bilder gesehen, und ich bin bereit, ihr eine Chance, eine große Chance zu geben. Wissen Sie, ich dachte, Sie kommen mit einer jungen, aufstrebenden Künstlerin, aus der mal etwas werden soll. Ihre Freundin wird eines Tages hervorragend sein, aber daran muss sie arbeiten. Wenn ich ausstelle, kommt die Fachpresse aus ganz Europa. Dann kommen Kuratoren. Dann werden Stipendien vergeben. Dann passiert etwas! Ich stelle keine honorigen Kunstprofessorinnen mit einem ambitionierten Hobby aus. Sorry.«

Die beiden sahen mich an. Ich schnappte nach Luft. Meine Hoffnungen lagen gerade in Scherben vor mir. Tatsächlich hatte ich gedacht, ich würde weiter an der Universität unterrichten und in meiner Freizeit fotografieren. Dass ich mich entscheiden müsste, war mir gar nicht in den Sinn gekommen, und Holly hatte ganz klar auch nicht damit gerechnet.

Tamir hob die Augenbrauen. »Ganz oder gar nicht, junge Frau.«

Ich hielt seinem Blick stand und sagte: »Wir sind in einer Stunde wieder da. Das reicht Ihnen hoffentlich? Aber eine Stunde hätte ich schon gern, um Grundsatzentscheidungen für mein weiteres Leben zu treffen.«

Jetzt lächelte er, und sein Blick veränderte sich. »Von mir aus auch zwei Stunden. Aber die werden Sie nicht brauchen.«

Wir waren bis nach Stockbridge hinuntergegangen und saßen nun vor einem kleinen Café. Holly aß beherzt ein Stück Kuchen, während ich in meinen Tee starrte. Ich fühlte mich, als hätte man mich durch einen Fleischwolf gedreht.

»Es liegt jetzt an dir«, sagte Holly.

»Ich weiß«, sagte ich düster. »Ich weiß.«

»Es ist eine Chance.«

»Mhm. Eine Chance, für die ich alles aufgeben muss. Alle Sicherheiten. Jetzt hab ich Sicherheiten. Wenn ich die Ausstellung will, habe ich entweder etwas ganz Tolles oder gar nichts. Oder vielleicht etwas dazwischen. Super.«

»Das nennt man Risiko.«

»Ach was.«

»Hat man ganz gern im künstlerischen Bereich. Wärst du mal Handwerkerin geworden, hm?«

Ich pustete in meinen Tee.

»Pass mal auf. Kleine Entscheidungshilfe.« Holly nahm ihr Smartphone, tippte etwas ein und hielt es mir dann stumm unter die Nase. Eine Liste mit Namen bekannter und angesehener Fotografen wurde angezeigt.

»Ja. Was ist damit?«

»Er hat sie entdeckt.«

»Unsinn.«

»Nein.«

Ich nahm einen Schluck von dem Tee und verbrannte mir fast die Zunge. Schnell stellte ich die Tasse wieder ab. »Die waren alle bei Tamir, ja?«

»Ja.«

»Das denkst du dir aus, weil du mich überreden willst.«

»Nein.«

»Was hast du davon, wenn du mich dazu überredest? Wenn ich arm und mittellos bin, werde ich bei dir einziehen, und du wirst mich nie wieder los. Also überleg es dir gut.«

Holly steckte sich noch einen Bissen Kuchen in den Mund und hielt mir wieder ihr Smartphone hin: Eine weltbekannte Kriegsfotografin. Ein bedeutender Porträtfotograf. Eine Architekturfotografin, die vor zwei Jahren ganz groß rausgekommen war, ich erinnerte mich sehr genau. Ich sah Holly an. »Lauter große Namen. Und dann komme ich. Das sind ja super Aussichten.«

»Menschen«, sagte Holly.

»Was?«

»Der Junge mit dem Drachen. Mein Bruder. Die Leute von Cheekpoint. Das Pärchen in Waterford. Das sind die Bilder, die er will. Das sind ganz große Momente, die du da eingefangen hast. Da erzählst du Geschichten!«

Ich starrte sie an. »Na ja«, sagte ich gedehnt. »Ich habe gerade erst angefangen, in diese Richtung …«

»Ich weiß. Stephen hat es mir erzählt.«

»So viel kann er da gar nicht erzählt haben«, wiegelte ich ab.

Doch der Blick meiner Freundin war jetzt ganz erst. »Er hat etwas in dir berührt.«

Ich sagte nichts.

»Ich kann es an den Bildern sehen. Es sind die neuen Fotos, in denen du zeigst, was du wirklich kannst.«

»Ich habe da einfach mal was ausprobiert«, murmelte ich.

»Du liebst ihn, hab ich recht?«

Ich spürte, dass ich rot wurde. »Bitte, können wir das Thema einfach lassen? Ich möchte nicht über ihn reden und nicht über ihn nachdenken, okay?«

»Absolut okay. Hast du dich entschieden, was wir Tamir sagen?«

Ich nahm wieder die Teetasse und pustete hinein.

»Also jetzt müsste der aber langsam mal abgekühlt sein«, sagte Holly ungeduldig und schob die letzten Kuchenkrümel mit der Gabel zusammen.

»Es ist totaler, verantwortungsloser Wahnsinn«, sagte ich. »Ich blamiere mich komplett. Und dann stehe ich da und muss schauen, an welche Uni ich komme, weil sie meine Stelle längst vergeben haben. Das wird wirklich anstrengend. Und nicht zu vergessen: Ich werde mich total blamieren!«

»Da waren wir schon, beim Blamieren.«

»Ja. Das kann man nicht oft genug betonen.«

»Du machst es also?«

»Was dachtest du denn? Natürlich!«

Holly sprang auf, lief um den Tisch herum und drückte mich fest an sich. »Du darfst dann bei mir einziehen, wenn du eine arme, mittellose Künstlerin bist. Ich freu mich drauf«, flüsterte sie mir ins Ohr.

29.

In den folgenden Wochen arbeitete ich so viel wie wohl noch nie zuvor. Tamir hatte die Drucke der Bilder in Auftrag gegeben, die er ausstellen wollte, war aber bei einigen nicht ganz zufrieden mit den Farbabstufungen, sodass nachgedruckt werden musste. Er verlangte von mir Entscheidungen, für die ich mich noch nicht reif fühlte, aber ich verstand über die Wochen, dass er mich absichtlich überforderte, damit ich daran wuchs. Wir brüteten über der Anordnung, wie die Bilder gehängt werden sollten, wir arbeiteten am Katalog, an den Texten, letztlich sogar an mir, weil sich Tamir in den Kopf gesetzt hatte, zu so etwas wie meinem Mentor zu werden und mir klarzumachen, was mein wirkliches Talent im Leben war.

An einem Abend zwei Wochen vor der Ausstellungseröffnung saßen wir in einer Bar in Broughton. Ich war so erschöpft, dass ich kaum mein Bierglas halten konnte. Vor lauter Aufregung schlief ich schon seit Tagen schlecht.

»Das ist etwas anderes als an der Uni, hm?«, sagte er

»Wenn mir das jemand vorher gesagt hätte – ich hätte es niemals geglaubt.«

»Jetzt machst du nun mal selbst die Kunst und sprichst nicht nur drüber. Drüber sprechen kann jeder. Das ist einfach.«

»Na, hör mal. Ich habe das jahrelang studiert.«

»Du weißt, was ich davon halte. Diese vorgefertigten Urteile, was große Kunst sein soll. Diese aufgeblasenen Wichtigtuer, die darüber reden.«

»Die kommen alle in deine Galerie und kaufen dann hoffentlich meine Bilder. Weil sie sich auf dein vorgefertigtes Urteil verlassen.« Ich grinste.

Er wechselte beleidigt das Thema. »Was hast du heute alles gemacht?«

»Friedhöfe fotografiert. Wie es mir der Meister aufgetragen hat.«

Tamir hatte mir Aufgaben gestellt, die mein Auge schulen und meine Technik verfeinern sollten.

»Braves Kind«, sagte er. »Die Bilder zeigst du mir morgen.«

»Morgen, lieber Tamir, schlafe ich aus. Übermorgen auch. Ich werde die ganze Woche schlafen. Du scheuchst mich jetzt seit fast zwei Monaten rum! Was willst du denn noch?«

Er grinste. »Dass aus dir was wird. Ich dachte, wir hätten darüber geredet? Ich kann es mir nicht leisten, einen Flop zu landen.«

»Moment. Wenn die Ausstellung floppt, dann habe ja wohl ich das Problem.«

»Immer diese egozentrischen Künstler.« Mit gespielter Verzweiflung legte er eine Hand an die Stirn. »Wenn die Ausstellung floppt, wird man sagen, ich hätte gewaltig nachgelassen, und bei mir gäbe es nichts mehr zu entdecken. Also, morgen zeigst du mir, was du die letzten Tage so alles abgeschossen hast, und wenn etwas dabei ist, nehmen wir es noch mit in die Ausstellung. Okay?«

Ich seufzte und trank mein Bier aus. »Ich gehe schlafen«, sagte ich und machte mich auf den Weg in meine kleine Wohnung.

Tamir hatte mir dabei geholfen, eine Zweizimmerwohnung in Edinburgh zu finden. Ich hatte ihm erzählt, dass ich an der Universität gekündigt hatte, und auch, dass ich meine Finanzen ordnen musste. Ich hatte einiges gespart, aber auch viel Geld für meine Fotoausrüstung ausgegeben. Das Haus war noch nicht vollständig abbezahlt, und die Überlegungen, was am sinnvollsten wäre, waren nicht gerade einfach. Ich wollte aber nicht mehr in St. Andrews bleiben, was sollte ich noch dort? Es war mir unangenehm, ehemaligen Kollegen zu begegnen – oder Josh. St. Andrews war viel zu klein, als dass dies vermeidbar gewesen wäre. Aber wenn ich das Haus jetzt verkaufte, würde ich Verlust machen. Andererseits wollte ich unbedingt nach Edinburgh ziehen, mich auf die Ausstellung vorbereiten, ein neues Leben beginnen. Eines, bei dem ich ganz und gar das tat, wofür ich brannte.

Der Anruf eines Kollegen brachte die Lösung: Man hatte einen Nachfolger für mich gefunden, der mit seiner Familie im August nach St. Andrews ziehen würde und dringend eine Wohnung brauchte. Ich konnte mein Haus vermieten und es weiter abbezahlen. Die Mieteinnahmen waren höher als die monatlichen Belastungen, was mir wiederum ein klein wenig Spielraum gab.

Ich hatte also mein Haus ausgeräumt und war in das kleine, möblierte Apartment in Edinburgh gezogen. Die meisten meiner Möbel verkaufte ich und fühlte mich anschließend seltsam befreit.

Holly war wieder in New York und rief mich alle zwei

Tage an, oft nur sehr kurz, weil sie zwischen zwei Terminen war, und sprach mir Mut zu. Den brauchte ich auch, denn fast täglich bekam ich Angst vor meiner eigenen Courage. Andererseits verstand ich langsam, wie gut meine Bilder tatsächlich waren. Mir dies einzugestehen, erschien mir seltsam: Eigenlob war nichts, das ich von mir gewohnt war. Aber ich konnte nun, da die Bilder in diesem fremden Kontext, in dieser Größe dort hingen, erkennen, wie ich mich weiterentwickelt hatte. Das Bild von Sean mit dem Drachen mochte der Höhepunkt der Ausstellung sein. Aber ich entdeckte jedes Mal aufs Neue etwas in meinen anderen Bildern, hatte immer wieder neue Favoriten. Zum Beispiel der alte Mann auf der Promenade in Waterford, der mir zuwinkte, während ich das Foto von ihm schoss. Er hatte selbst eine Leica M um den Hals hängen und strahlte mich, und damit jeden Betrachter des Bildes, voller Wärme und zugleich kindlicher Begeisterung an. Das waren nicht mehr die technisch ordentlichen, brav belichteten Bilder von Blüten und Blättern, die ich besonders in den letzten Jahren gemacht hatte. Das waren nun Momentaufnahmen, die so einzigartig waren wie die Lebensgeschichten der Menschen, die ich fotografiert hatte.

Da ich nun in Edinburgh war, ging ich natürlich auch bei dem alten Fotohändler vorbei, der mich jahrelang beraten hatte, und erzählte ihm von meiner Ausstellung. Er drückte meine Hand und sagte: »Und bei mir haben Sie immer eingekauft.«

Ich strahlte ihn an. »Und zwar sehr gern. Ich hab viel bei Ihnen gelernt.« Ich lud ihn spontan ein, mit mir Essen zu gehen, aber er lehnte ab. »Sie wollen sich nicht mit einem alten Mann langweilen«, sagte er, und alle meine Proteste halfen nichts. Aber er versprach, zur Eröffnung zu kommen.

Ende Juli gab es für mich kaum noch etwas zur Vorbereitung zu tun. Die Auswahl der Bilder stand fest, die Reihenfolge, in der gehängt wurde, ebenfalls, die Abzüge waren perfekt, alle Einladungen längst verschickt. Je näher die Vernissage rückte, desto ruhiger wurde es in meinem Leben, und ich hatte Zeit zum Nachdenken. Allerdings war Stephen alles, woran ich denken wollte. Durch ihn hatte sich so vieles in meinem Leben geändert, und ich war überzeugt davon, dass ich ohne ihn die Kraft nicht gehabt hätte, das zu tun, was ich gerade tat. Ich wunderte mich darüber, wie sich meine Gefühle zu ihm verändert hatten, wie die Enttäuschung in den vergangenen Wochen einfach verraucht war. Ich überlegte, ihn zur Ausstellung einzuladen, aber dann verwarf ich den Gedanken wieder. Was erwartete ich von ihm? Wie würde er sich fühlen? Konnte es nach allem, was geschehen war, überhaupt noch ein »wir« geben? Wollte er es? Und wollte ich es überhaupt? Mit ihm müsste ich die ganze Vergangenheit, die ganzen ambivalenten Gefühle wieder in mein Leben lassen. Ich hatte bisher keinen Kontakt zu meinen Eltern. Meine Mam wollte es nicht. Sie nahm es ernst mit dem Sich-Zeit-Nehmen. Waren zwei Monate genug? Ich wollte zwar die ganzen Ambivalenzen nicht, aber langsam, das merkte ich, wurde ich ungeduldig und hatte das Bedürfnis, mit Mam und Dad zu reden, nicht nur mit Eva. Würde es mir leichter fallen, Stephen gegenüberzutreten, wenn ich mich mit meinen Eltern ausgesprochen hatte?

Außerdem war ich sehr glücklich darüber, allein zu

sein. Ich war glücklich, in einer kleinen Wohnung zu sein, statt in einem großen Haus, glücklich, keinen festen Job mehr zu haben, sondern ein großes Risiko eingegangen zu sein, und ja, glücklich darüber, Single zu sein. Es war, als seien große Gewichte von den Schultern gefallen, und ich hatte nicht einmal gewusst, dass ich sie mir im Laufe der Jahre überhaupt aufgehalst hatte.

Holly wunderte sich kein bisschen darüber, als ich mit ihr am Telefon darüber sprach. »Man bekommt doch ständig von allen Seiten gesagt, wie man zu leben hat und was ›das Richtige‹ sein soll. Ein Haus, ein Job, eine Beziehung. Und wenn man das nicht hat, wird einem eingeredet, man hätte Defizite und würde etwas falsch machen. In jedem blöden Film, in jeder Zeitschrift, überall wird man mit diesen Vorstellungen konfrontiert. Ich sag dir was: alles Blödsinn. Mach dein Ding, und mach es gut. Oder hast du mich einmal jammern hören, wie einsam ich mich fühle, weil ich weder Mann noch Kinder noch Haus am See habe?«

»Du hast ständig Männer«, sagte ich.

»Ja. Was spricht dagegen, wenn ich damit glücklich bin? Nichts.«

Eva meldete sich häufig, um mir zu erzählen, was bei unseren Eltern passierte. Unser Vater war aus der Reha zurück, aber noch nicht bereit, auf Reisen zu gehen. Er sollte auf weniger Stress und mehr Bewegung achten. Alkohol trank er gar nicht mehr. Mam half nun mehr auf dem Hof mit. Eva hatte ihren Job gekündigt und sprang bei unseren Eltern als Buchhalterin ein. Ihr Mann knirschte zwar mit den Zähnen, weil sie nun weniger verdiente als vorher, akzeptierte aber ihre Entscheidung.

»Redet ihr?«, fragte ich sie vier Tage vor der Ausstellungseröffnung am Telefon.

»Über Patsy? Ja. Dad tut es gut. Er will unbedingt über sie reden. Mam braucht wohl noch. Sie geht meistens immer noch raus, wenn er von Patsy anfängt.«

»Nicht gut.«

»Das wird. Mit der Zeit«, sagte Eva zuversichtlich.

Sie klang gut, das gefiel mir.

»Weißt du schon, ob du zur Eröffnung kommst?«

»Klar. Ich hab es fest vor.«

Am Tag der Ausstellung landete Holly mittags in Edinburgh und kam direkt zur Galerie, um mir Händchen zu halten, darauf zu achten, dass ich genug aß, nicht schon vorher zu viel trank und präsentabel aussah.

Ich war besonders froh, dass sie da war. Eva hatte kurzfristig absagen müssen, weil sich Callie den Arm gebrochen hatte, Larissa über Ohrenschmerzen klagte und Conor auf Geschäftsreise war.

Da ich Hollys Meinung nach nicht das Richtige zum Anziehen hatte, nahm sie mich noch kurzerhand mit zu Jenners und kaufte es mir: eine schlichte, weit geschnittene dunkelgraue Leinenhose, dazu ein schwarzes, ärmelloses Polohemd und flache, schwarze Sneaker.

»Bist du sicher?«, fragte ich zweifelnd. »Das ist nicht gerade schick.«

»Doch. Aber auf eine andere Art, als du jetzt denkst. Vertrau mir. Alle werden sich aufrüschen. Du bestichst durch schlichte Eleganz. Außerdem bist du hübsch genug, du siehst in allem gut aus. Du musst dich nicht einmal besonders viel schminken.«

Ich bemerkte das leichte Zucken um ihre Mundwinkel. Holly mochte sich über die Jahre ein selbstbewusstes Auftreten antrainiert haben, aber sie litt immer noch darunter, was Alice ihr damals in der Scheune gesagt hatte: dass sie hässlich sei. Natürlich stimmte es nicht, aber Holly half geschickt mit Make-up nach, um ihre Augen ausdrucksstärker zu machen, ihre Lippen verführerischer. Einmal hatte sie mir erzählt, dass ein Mann, mit dem sie eine Nacht verbracht hatte, am nächsten Morgen zu ihr gesagt hatte: »Bitte, Mäuschen, schmink dich ordentlich, bevor du mir unter die Augen kommst.« Natürlich hatte sie ihn auf der Stelle rausgeworfen, aber die Kränkung war geblieben. Niemand, der sie nicht gut kannte, würde irgendetwas davon auch nur vermuten.

Wir gingen zur Galerie zurück, und Tamir musterte mich zufrieden. »Das kommt an«, bestätigte er und nickte Holly anerkennend zu. »Wir verkaufen schließlich heute nicht nur die Fotos, sondern auch und vor allem die Künstlerin.«

Mir wurde in dem Moment klar, dass ich nicht als einzige nervös war.

»Tamir?«

»Hm?«

»Danke.«

»Ach. Hör auf. Wart's erstmal ab«, sagte er und verschwand verlegen im Hinterzimmer.

»Noch zwei Stunden«, sagte Holly. »Was tun wir?«

Ich zuckte mit den Schultern. »Mich vor Aufregung irgendwo einsam sterben lassen?«

»Hervorragende Idee. Lass uns einen passenden Ort suchen.« Holly nahm mich an der Hand und zog mich auf die Straße. Sie winkte ein Taxi herbei, und wir fuhren auf den Calton Hill.

»Schau auf das Wasser«, sagte sie und zeigte in Richtung des Firth of Forth. »Das beruhigt.«

Wir setzten uns ins Gras. Der Wind, der vom Meer kam, zerzauste unser Haar, die Sonne, die erst in ein paar Stunden untergehen würde, strahlte uns an und warf lange Schatten.

»Kommt er?«, fragte ich Holly.

»Hast du ihn eingeladen?«, fragte sie zurück.

»Nein.«

»Warum fragst du dann?«

»Hast du ihm auch nichts gesagt?«

»Ich? Warum denn ich?« Holly seufzte. »Ich spiele doch nicht die Liebesbotin.«

»Ja, ist ja gut. Hast recht«, murmelte ich. »Ich dachte, ich frage mal.«

»Meine Güte. Wenn's um die Liebe geht, wird man nie erwachsen«, sagte Holly und stand auf. »Wir müssen mal so langsam. Hilft ja nichts. Schließlich ist es deine Ausstellung.«

»Na gut.« Ich ließ mich von ihr hochziehen. »Dann wollen wir mal.«

Wir kamen in die Galerie, und es waren schon die ersten Gäste eingetroffen.

»Das ist normal«, sagte Tamir. »Die haben Angst, irgendwas zu verpassen.« Es waren Fotografen, Journalisten und Blogger. Sie stürzten sich auf den Sekt und das Büffet und behielten gleichzeitig alles im Auge. Für mich interessierten sie sich nicht. Tamir bemerkte, dass ich mich wunderte, und sagte grinsend: »Wart's ab, bis ich dich offiziell vorgestellt habe. Die da reagieren nur auf Zuruf. Die kommen nicht von selbst auf einen zu. Die Kritiker, die echten Meinungsmacher, die Käufer, die wichtigen Leute, die kommen erst ganz spät, und dann wirst du hier nicht mehr so entspannt herumstehen können.«

Für mich war die Anspannung fast unerträglich. Ich sah mit großen Augen, wie die Menschen hereinkamen und vor meinen Bildern stehen blieben, sich darüber unterhielten, Details entdeckten und diskutierten. Die Gespräche waren eine wundersame Mischung: Während sich die einen darüber unterhielten, ob sie sich ein Bild über ihrem Sofa vorstellen könnten, sprachen die nächsten über Belichtungszeiten und Objektivstärken, und wieder andere dachten sich die Geschichten aus, die hinter den einzelnen Fotos stecken könnten. Die Frau, die ihrem von einem Windstoß erfassten Regenschirm nachlief und dabei aussah wie eine Straßenkleidung tragende Ballerina mitten in einer grazilen Tanzbewegung, brachte ein Pärchen sogar dazu, die Bewegung geradezu nachzutanzen.

Ich wurde ständig angesprochen, denn schon bald wusste natürlich jeder, dass ich die Fotografin war, und ich musste so viele Hände schütteln und mit so vielen Menschen reden, dass ich nach kurzer Zeit den Überblick verlor, wem ich schon vorgestellt worden war und wem nicht. Holly und Tamir standen mir zum Glück bei und gaben mir Sicherheit. Nach und nach legte sich meine Aufregung etwas.

Ein paar ehemalige Kollegen kamen am späteren Abend, und mit einem gewissen Amüsement musste ich feststellen, wie sie mit einer Mischung aus Argwohn und Neid durch die Räume wanderten und mir nicht mehr als ein paar leere Phrasen zu sagen hatten.

»Akademikerstaub, ich rieche Akademikerstaub«, flüsterte mir Tamir im Vorbeigehen ins Ohr, und ich musste lachen.

Mr. Clarke aus dem Fotoladen war ebenfalls gekommen, er gratulierte mir mit einem breiten Lächeln und bestand darauf, sich von mir herumführen zu lassen. Über jedes einzelne Bild wollte er wissen, wann und wo es entstanden war, was ich in dem Moment gedacht hatte. Wir sprachen über Belichtungszeiten und welche Vorteile meine Leica M hatte, und als wir zu dem Foto der beiden Hochzeitsgäste auf der Schaukel im Park kamen, blieb er fasziniert stehen.

»Das will ich haben«, sagte er.

»Ich mache Ihnen einen Abzug.«

»Nein. Nein, ich will es Ihnen abkaufen. Ich will genau diesen Druck haben. Das ist großartig.«

»Aber ich will es Ihnen wirklich gern schenken«, beharrte ich.

»Auf keinen Fall!« Er sah mich ernst an. »Ich werde es kaufen.« Dann drehte er sich um und ging schnurstracks auf Tamir zu. Ich ging ihm eilig hinterher.

»Tamir, bitte, ich möchte es ihm schenken«, sagte ich.

Doch der Galerist lächelte nur wissend, und der alte Mann sagte: »Ich will der Erste sein, der von Ihnen etwas kauft. Lassen Sie mich.«

Ich ging zurück und suchte Holly, fand sie aber nicht. Mittlerweile war es sehr voll und eng geworden, und ich wünschte, ich könnte einen Moment an der frischen Luft sein.

»Ich hab's gewusst«, sagte eine Stimme hinter mir, die mir so vertraut schien, dass ich in der ersten Sekunde glaubte, ich würde sie mir nur einbilden. Ich drehte mich um und sah Stephen in die Augen. Er lächelte fragend. »Ich hoffe, ich störe nicht. Wenn du mich hier nicht haben willst, gehe ich sofort wieder. Holly meinte, es sei okay, aber …« Mit einer hilflosen Geste verstummte er.

Ich umarmte ihn. »Ich freue mich, dass du da bist«, sagte ich.

Er trat einen Schritt zurück, und obwohl er immer noch lächelte, spürte ich die Distanz zwischen uns. »Du hast dich nie gemeldet«, sagte er.

»Du dich auch nicht«, sagte ich.

»Ich dachte, du willst nicht, dass ich mich melde. Und brauchst erst einmal Zeit für dich. Ich war davon ausgegangen, du würdest dich melden, wenn du soweit bist.«

»Ich wusste wirklich nicht, was ich will.« Ich sah ihm direkt in die Augen. »Ich denke sehr viel an dich. Jeden Tag. Aber ich wollte abwarten, bis meine Ausstellung vorbei ist. Bis ich mit meinen Eltern gesprochen habe. Danach wollte ich mich bei dir melden. Zeit für mich zu haben, war wirklich gut.«

Er nickte, immer noch unsicher. »Melde dich, wenn du so weit bist.« Dann sah er sich um und breitete in überraschendem Überschwang die Arme aus. »Was immer auch geschieht. Ich finde das hier ganz großartig. Du wirst deinen Weg gehen. Das hab ich immer gewusst.«

»Immer«, wiederholte ich schmunzelnd.

Er ging nicht darauf ein, sondern trat auf das Bild vom Spielplatz zu und betrachtete es lange. »Damit wirst du berühmt«, sagte er. Dann riss er den Blick los und wandte sich wieder zu mir. »Gut. Ich geh wieder. Ich hab noch … zu tun, und morgen muss ich früh raus, und du hast sicher hier … Also dann.« Einen Moment lang sah es so aus, als wollte er mich zum Abschied umarmen, aber dann ging er einfach.

Ich ging ihm eilig nach. »Stephen«, rief ich, als er schon auf der Straße war. »Warte.«

Er blieb stehen, ohne sich umzudrehen.

Ich erreichte ihn und sagte: »Ich fände es schön, wenn du noch bleiben könntest.«

»Wie gesagt, ich hab noch … zu arbeiten. Wie das so ist.«

»Für wen arbeitest du gerade?«

»Ach«, er zögerte, »zufällig sogar für den Scotsman, im Moment, aber … Na. Wie es halt so ist.«

»Stephen?«

Endlich sah er mich an.

»Können wir reden?«

»Was, jetzt? Du musst doch wieder rein.«

»Können wir?«

»Du musst wieder rein, Livvie. Die sind da alle nur wegen dir.«

»Die sind alle da, um sich gegenseitig auf die Nerven zu gehen und Sekt zu trinken. Wer wegen mir da ist, wird auch auf mich warten. Setzen wir uns?« Ich deutete auf den Mauervorsprung des Schaufensters einer Weinhandlung.

»Wie geht's dir?«, fragte ich ihn.

Er sah mich verwundert an. »Deshalb wolltest du mit mir reden? Um mich zu fragen, wie es mir geht?«

Ich sah zu Boden und versuchte, die richtigen Worte zu

finden. »Okay«, sagte ich schließlich. »Ich hab mich nicht gemeldet. Aber ich bin nicht böse auf dich, nicht mehr. Ich finde es richtig, dass du mir das mit Patsy nicht sagen wolltest, weil es die Aufgabe meiner Eltern gewesen wäre.«

Er schwieg.

»Ich habe viel darüber nachgedacht, ich habe viel *an dich* gedacht. Ach, Unsinn. Ich hab die ganze Zeit an dich gedacht. Aber irgendwie hab ich es nicht geschafft, mich zu melden. Es war mir alles noch zu …«

»Eng?«

»So in der Art.« Ich nickte gedankenverloren und stellte überrascht fest, dass unser Gespräch darüber, warum ich aus Cheekpoint weggegangen war, erst drei Monate her war. Es fühlte sich an wie aus einem anderen Leben. »Zu viel auf einmal. Es gab eine Menge zu sortieren.«

»Ist es jetzt sortiert?«

»Bin dabei. Mal sehen, was sich heute noch so sortiert.«

Er sah mich fragend an.

»Ich meine die Ausstellung.«

»Ach so.«

Ich sah ihn an, und ich spürte mit einem Mal wieder, wie glücklich er mich machen konnte. »Stephen?«

»Hm?«

»Wenn du das Buch noch schreiben willst …«

»Nein«, unterbrach er mich. »Nein, keine Sorge. Ich hab damit abgeschlossen. Es wird kein Buch geben. Versprochen.«

»Wenn du das Buch noch schreiben willst«, wiederholte ich, »dann solltest du wissen, dass mein Dad ganz viel über Patsy reden möchte. Es ist ihm wahnsinnig wichtig, hat Eva gesagt. Mam braucht wohl noch eine Weile, aber bei Dad löst sich gerade ein richtig dicker Knoten.«

»Hast du mit ihm gesprochen?«

Ich schüttelte den Kopf. »Nein. Aber das werde ich. Ich fahre in zwei Wochen hin. Sagte ich schon, dass ich Zeit brauchte?«

»Du erwähntest so etwas.« Er lächelte.

»Ja. Wenn mich also nicht alles täuscht, läge Dad sehr viel daran, mit jemandem über Patsy zu reden. Ich freue mich sehr darauf. Aber vielleicht möchte er, dass noch mehr Menschen von ihr erfahren. Wir werden sehen.«

»Livvie, du sollst nicht denken, dass ich ...«

»Stephen. Entschuldige, dass ich dich unterbreche, aber du hast mir gesagt, was für ein Buch du schreiben willst. Ich vertraue dir. Ich vertraue dir auch soweit, dass du selbst einschätzen kannst, wie weit du mit meinen Eltern gehen kannst, wenn du dich mit ihnen unterhalten solltest.« Ich stand auf. »Jetzt sollte ich doch mal langsam wieder reingehen. Ist ja meine Ausstellung.« Ich grinste. »Hey, ich hab meine eigene Ausstellung, ist das nicht vollkommen wahnsinnig?«

Stephen stand ebenfalls auf und nahm mich in den Arm. »Du hast es verdient«, sagte er.

Ich zog ihn an mich und küsste ihn.

»Sehen wir uns, wenn ich bei meinen Eltern bin?«, fragte ich ihn.

Er nickte. Dann drehte ich mich um und lief eilig zur Galerie zurück.

30.

Es war ein heißer Sommertag Ende August, und wir saßen auf der Wiese hinter dem Haus unserer Eltern. Eva war mit ihren Töchtern gekommen, und die drei Mädchen machten sich an dem Blumenbeet zu schaffen, das jemand, mit Sicherheit Eva, dort frisch angelegt hatte. Ich vermutete, dass Eva, die nun sehr viel Zeit auf dem Hof verbrachte, ihrem Sinn für ein schönes Heim freien Lauf ließ. Die kleine Larissa klopfte mit einem Schäufelchen Erde fest, egal, ob dies nötig war oder nicht. Ellie rupfte Unkraut, und Callie erklärte ihr laut und deutlich, wie jede einzelne Pflanze, die sie ausgerupft hatte, hieß und warum es sich eigentlich nicht um Unkraut handelte.

Meine Ausstellung lief gut. Ich war nicht über Nacht zum Weltstar geworden, natürlich nicht, aber in den Zeitungen und Blogs war ich sehr gut besprochen worden. Es gab Anfragen von Magazinen, Bilder von mir abdrucken zu dürfen, und einige Aufträge für Abzüge hatte Tamir ebenfalls bekommen. »Das wird«, sagte er zu mir, wann immer ich anrief. »Es läuft. Bleib ganz ruhig.«

Natürlich war ich überhaupt nicht ruhig. Ich freute mich über jedes noch so zarte Interesse, jedes kleinste Signal. Und keine Sekunde bereute ich meinen Entschluss, nicht zurück an die Uni zu gehen.

Als ich zu meinen Eltern gefahren war, war ich fast genauso aufgeregt gewesen wie vor der Ausstellungseröffnung. Wie würde mein Vater auf mich reagieren? Ich hatte Angst, dass ihn die Begegnung mit mir zu sehr aufregen könnte, weil er an die Nacht, in der er sich das Leben nehmen wollte, erinnert wurde. Eva meinte, meine Bedenken seien totaler Unfug. »Ist ja nicht so, dass du eine Fremde wärst, die er zwischendurch mal komplett aus seinem Gedächtnis gestrichen hat«, sagte sie, und ich hoffte, dass sie recht behielt. Vor Mam hatte ich ebenfalls Angst. Sie war noch immer nicht bereit einzusehen, dass es ein Fehler gewesen war, Patsys Tod für immer verschweigen, einfach vergessen zu wollen.

Als wir nun hinter dem Haus saßen, wirkte Dad sehr entspannt und in sich ruhend, während sie die Arme verschränkt und den Blick gesenkt hielt. Gestern war ich mit dem Flieger in Cork gelandet, hatte dann die Nacht im Hotel in Waterford verbracht und war eben mit einem Mietwagen hergefahren.

»Unsere Patsy«, sagte Dad. »Ihr müsst sie euch ein wenig wie Callie vorstellen.« Sein Blick ruhte liebevoll auf Evas mittlerer Tochter, dem Wildfang. »Nur dass wir damals keine Ahnung hatten. Wir wussten nicht, wie wir sie bändigen sollten. Auch die Lehrer wussten uns nichts zu sagen. So etwas wie Patsy hatte hier noch keiner erlebt.« Er seufzte. »Später dann, da haben wir immer mal wieder in der Zeitung etwas gelesen oder im Fernsehen gesehen über Kinder, die anders sind. Da war keines so wie unsere Patsy, aber ich hab dann immer zu eurer Mam gesagt: Vielleicht ist man da jetzt weiter. Vielleicht wüsste heute jemand, was man mit ihr machen müsste.«

»Das heißt, sie war auch vorlaut und hyperaktiv und in der Schule ständig gelangweilt …«, begann Eva.

»… und fing tausend Sachen gleichzeitig an und interessierte sich alle drei Tage für etwas anderes. Ja. Das und noch vieles mehr.«

Eva sah ihn mit einem Flackern im Blick an.

»Keine Sorge, Schatz«, sagte er schnell. »Du machst alles richtig mit Callie. Aber sie ist auch dein zweites Kind. Und wie ich schon gesagt habe, man ist da heute irgendwie weiter. Wir haben noch gedacht, mit etwas mehr Strenge sei es getan. Wir waren einfach überfordert. Es gibt keinen Tag, an dem wir nicht an sie denken. Keinen Tag, an dem ich mir keine Vorwürfe mache.«

»Dad, du sollst dich nicht aufregen«, sagte Eva.

»Es tut mir gut, darüber zu reden. Es würde mich nur aufregen, nicht darüber zu reden. Was denkt ihr, woher ich diesen scheiß Herzinfarkt hatte?«, brummte Dad.

»Weil wir jahrelang unsere Ruhe hatten und dann urplötzlich unbedingt alles hochgekocht werden musste«, sagte Mam. Sie klang bitter. Ich kannte sie so nicht.

»Was macht ihr euch für Vorwürfe?«, fragte ich Dad. Ich hatte beschlossen, nicht auf Mam einzugehen. Es schien ihre Art zu sein, die Erinnerungen an Patsy zu verarbeiten. Sie hatte noch eine Menge mit sich selbst auszumachen.

»Wisst ihr, das ist der Grund, warum wir am liebsten alles vergessen hätten: Wir haben uns geschämt. Wir haben uns schuldig gefühlt und geschämt, weil wir …« Er stockte.

»Weil wir erleichtert waren«, sagte Mam laut und deutlich. »Man muss es sagen, wie es ist.«

»Eure Mam hat recht«, fuhr Dad fort. »Bei aller Trauer, die auf den Schock über ihr Verschwinden und die Gewissheit über ihren Tod folgte, irgendwann merkten wir, wie erleichtert wir waren. Sie rannte nicht mehr Tag und Nacht durchs Haus, um alle zu terrorisieren. Wir mussten keine Angst mehr haben, dass Evas Spielsachen verschwanden oder sie ihre kleine Schwester quälte. Ja, seht mich nicht so an! Patsy wusste nicht, wohin mit sich. Ich kann einem kleinen Kind keinen Vorwurf machen, weil es so ist, wie es ist. Wir haben versucht, was wir für richtig hielten. Wir haben wahrscheinlich als Eltern versagt. Und wir haben als Menschen versagt, weil wir erleichtert waren. Hätten wir euch das sagen sollen?«, fragte Dad. »Und das war das Allerschlimmste. Schlimmer noch als ihr Tod. Jedenfalls fühlte es sich für uns so an. Unser Kind war gestorben, und wir waren erleichtert. Wir waren froh! Nicht, weil wir sie nicht geliebt hätten. Natürlich haben wir sie geliebt. Aber sie hat uns so oft zur Verzweiflung getrieben. Und dann kehrte mit einem Mal Ruhe ein. Es war unmöglich, das irgendjemandem zu sagen. Euch schon gar nicht. So haben wir dann beschlossen, nie mehr über Patsy zu reden.«

»Ganz oder gar nicht«, sagte ich und wiederholte damit unbewusst, was Tamir zu mir gesagt hatte, als er mich zu einer Entscheidung gezwungen hatte.

»Genau. Wir haben uns für ›gar nicht‹ entschieden. Es hätte richtig sein können. Jetzt wissen wir, dass es falsch war.«

»Es muss die Hölle für euch gewesen sein«, sagte Eva, und ihr Blick folgte Callie, die sich gerade mit ihrer großen Schwester um ein leeres Schneckenhaus stritt.

»Wir konnten unser schlechtes Gewissen natürlich nicht ertragen. Wir räumten alles, was uns an Patsy erinnerte, fort. Nun, nicht wirklich alles. Ein paar Spielsachen für Eva behielten wir noch. Später waren wir froh, dass wir nicht ganz konsequent gewesen waren. Wir haben auch ein paar alte Fotos aufgehoben.« Er deutete auf ein schmales Album, das auf dem Gartentisch lag. »Seht es euch an. Das war eure Schwester.«

Wir sahen uns Bild für Bild unsere Schwester an. Auf manchen Fotos ähnelte Callie ihr so sehr, dass es schon fast unheimlich war. Ich konnte nur ahnen, wie Eva sich fühlen musste. Oder wie sich unsere Eltern all die Jahre gefühlt hatten. Der Schmerz musste unbeschreiblich sein. Auch ich empfand einen großen Verlust, obwohl ich meine Schwester nie gekannt hatte. Trotzdem sagte ich:

»Ihr hättet es uns erzählen müssen.« Aus dem Augenwinkel sah ich, dass Eva nickte.

»Du hast recht«, sagte Dad. »Wir haben eine Menge falsch gemacht. Aber wir können es nicht ungeschehen machen und wieder bei null anfangen. Ich fürchte, ihr müsst eure Eltern so nehmen, wie sie sind, und wir haben es verdient, wenn ihr ...« Seine Stimme brach. Ich sah, dass seine Augen voller Tränen waren.

»Das Flurkreuz«, sagte ich.

»Was ist damit?«, fragte Mam.

»Habt ihr gewusst, wer es aufgestellt hat?«

Sie schüttelte den Kopf. »Wir rätseln bis heute.«

»Sprecht mit Stephen«, sagte ich.

»Wegen des Buchs?«, fragte Dad. »Ich würde das sehr gern.«

»Nein«, sagte Mam.

»Kendra, ich würde sehr gern mit ihm reden.«

»Ich meinte nicht nur wegen des Buchs, sondern auch wegen des Flurkreuzes.« Ich erhob mich.

»Was hat er …«, begann Mam. Dann schien sie zu verstehen. »Sein Vater! Was hat sein Vater mit Patsy zu tun?«

Wie weit konnte ich gehen? Durfte ich es ihnen sagen, oder war es an Stephen, mit ihnen zu reden? Es war jedoch schon zu viel geschwiegen worden, sie mussten es erfahren. »Er hat sie in der Nacht, in der sie weggelaufen ist, gesehen. Er hat sie nicht ins Haus gelassen, obwohl sie klatschnass vor der Tür stand und reinwollte, um mit dem Hund zu spielen.«

»Den hat sie geliebt«, sagte Dad. »Nach dem Hund war sie ganz verrückt.«

»Er hat sie bei dem Wetter weggeschickt?«, fragte Kendra erschüttert.

»Stephen muss es euch erzählen«, sagte ich mit Nachdruck. »Sprecht mit ihm. Darüber, und über sein Buch. Überhaupt, sprecht mit den Leuten.«

»Willst du weg, oder warum bist du aufgestanden?«, fragte Eva.

»Kleinen Spaziergang machen vorm Abendessen«, sagte ich heiter. »Bei dem herrlichen Wetter.«

»Es ist viel zu heiß«, stöhnte sie.

»Ich hatte auch nicht vor, dich mitzunehmen.«

»Du bist zum Essen wieder da?«, rief mir Dad hinterher.

»Bestimmt«, sagte ich. »Wenn nicht, rufe ich an.«

Ich schlenderte über die Dorfstraßen. Niemand war zu sehen, es war, als würden alle die Hitze des Tages meiden und sich in den Häusern verkriechen. Dabei wehte eine angenehme Brise, die das Sommerwetter nicht nur erträglich, sondern nahezu perfekt machte. Ich fühlte mich nach der Aufregung vor und während des Gesprächs nun seltsam ruhig und heiter. Mit Dad zu sprechen tat gut, endlich Klarheit zwischen uns allen zu haben, war wunderbar. Wegen Mam machte ich mir schon etwas Sorgen, aber dann dachte ich: Es war ihre Tochter, sie hatte sie geboren. Sie war die Stärkere, die Belastbarere in der Beziehung meiner Eltern, und wahrscheinlich hatte sie damals schon für sie beide entscheiden müssen. Nun zu sehen, dass diese Entscheidung fast ihren Mann getötet hätte, musste unerträglich für sie sein. Aber eben weil sie so stark war, wusste ich auch, dass sie es schaffen würde. Nur brauchte sie eben etwas länger. Ich war zuversichtlich, dass sie und ich auch wieder zu einem guten Verhältnis finden würden.

Mein Handy signalisierte mir, dass ich eine Mail bekommen hatte – Holly wollte wissen, wie es mir ging. Ich würde ihr später mehr berichten können. Jetzt hatte ich keine Zeit, denn ich war gerade auf dem Hof ihrer Eltern angekommen.

Ich hatte Stephen nicht gesagt, wann genau ich kommen würde. Ich hatte ihn überraschen wollen. Seinem Gesicht nach war mir das vollständig gelungen.

»Passt es gerade nicht? Soll ich wieder gehen?«, fragte ich, mit einem Mal unsicher über meine eigene Entscheidung.

Stephen schüttelte zu meiner Erleichterung eilig den Kopf. »Auf keinen Fall!« Er zog mich ins Haus, umarmte mich, dann küsste er mich. Ich versank glücklich in seiner Umarmung. »Warum hast du …«

»Warum ich mich nicht gemeldet habe?« Nun küsste ich ihn.

»Ja.«

»Weil es zu viel gibt, was ich dir sagen will.«

»Zu viel? Und deshalb meldest du dich lieber gar nicht?«

Ich nahm seine Hand, zog ihn hinter mir her durch den Flur ins Wohnzimmer. »Manchmal muss man erst seine Gedanken ordnen«, sagte ich, stellte mich auf Zehenspitzen und küsste ihn zurück. »Ich denke, du kannst dein Buch schreiben. Über Patsy. Über deinen Vater. Sprich mit meinen Eltern.«

»Wirklich?« Er sah aus, als könnte er sich nicht entscheiden, ob dies eine gute oder eine schlechte Nachricht war.

»Ja.« Ich sah mich um. »Bleibst du eigentlich hier? Behältst du das Haus?«

Er zuckte die Schultern. »Ja und nein, ach, eigentlich habe ich noch gar nichts entschieden. Ich will gerade nicht zurück nach London, und ich weiß nicht so genau, wo ich hinmöchte.«

»Es ist doch eigentlich egal, wo du schreibst, oder?« Ich war selbst überrascht, wie schnell ich den Mut aufbrachte für diese Frage, die ich mir für meinen Besuch bei ihm zurechtgelegt hatte.

Er sah mich an. »Ja …?«

»Komm doch ein paar Wochen nach Edinburgh.«

Ein Lächeln zuckte um seinen Mund. »Bist du dir da sicher?«

Ich hob die Schultern. »Ach, wer weiß …«, sagte ich, und dann sah ich zu ihm auf. Hoffend, und zugleich zuversichtlich und neugierig wie nie zuvor in meinem Leben. »Wer weiß, wo wir danach hinwollen, hm?«

»Wir?« Sein Blick wurde ernst.

»Wenn du willst«, sagte ich.

»Unbedingt«, antwortete er und küsste mich.